부활 2

세계문학전집
107

Лев Толстой : Воскресение

부활 2

레프 톨스토이 장편소설

박형규 옮김

문학동네

일러두기

1. 1935~1964년 모스크바 예술문학출판사에서 발간한 톨스토이 저작집 전90권 중 32권을 번역 대본으로 삼았다(Л. Н. Толстой, *Воскресение*, Лолное обрание сочинений: В 90-х т. Т. 32. М.: Худож. лит., 1936).
2. 원주 표시가 없는 주석은 모두 옮긴이주다.
3. 외래어 표기는 국립국어원 외래어표기법에 준했으나, 일부는 현지 발음이나 관용에 따랐다.
4. 러시아어 외 외국어는 이탤릭체로, 강조 부분은 고딕체로 처리했다.
5. 성서의 인용은 한국천주교주교회의 『성경』에 따랐다.

차례 ▌

주요 등장인물

러시아의 인명은 이름과 부칭父稱과 성으로 구성되며, 다양한 애칭과 별칭이 있고 친한 사이에는 이름이나 애칭으로 부르고, 격식을 갖출 때는 이름과 부칭을 같이 부른다.

카튜샤(예카테리나 미하일로브나 마슬로바, 카탸, 카튜하, 류보피, 륩카, 류바샤) … 사생아. 공작가의 하녀이자 양딸로 자람.

네흘류도프 공작(드미트리 이바노비치 네흘류도프, 미탸, 미티카, 미텐카) … 러시아 최상류층 귀족. 근위대 중위.

옐레나 이바노브나 네흘류도바(옐렌) … 그의 어머니.

마리야 이바노브나 네흘류도바(마샤) … 그의 미혼인 큰고모.

소피야 이바노브나 네흘류도바(소냐) … 그의 미혼인 작은고모.

이그나티 니키포로비치 라고진스키 … 그의 매형.

나탈리야 이바노브나 라고진스카야(나타샤) … 그의 손위 누이.

이반 미하일로비치 차르스키 백작 … 그의 이모부. 전직 장관.

예카테리나 이바노브나 차르스카야 … 그의 이모.

아그라페나 페트로브나 … 집안 하녀.

마트료나 파블로브나 … 집안 하녀.

코르차긴 공작 … 전직 장군. 지방 귀족회장.

소피야 바실리예브나 코르차기나 … 그의 아내.

마리야 코르차기나(미탸, 미시) … 그의 딸. 네흘류도프와 혼담이 오감.

나바토프 … 농민 출신 정치범.

노보드보로프 … 학자 출신 정치범.

류보피 그라베츠 … 여대생 정치범.

마르켈 콘드라티예프 … 직공 출신 정치범. 노보드보로프의 추종자.

마리야 바실리예브나 … 귀족회장의 아내. 네흘류도프와 내연 관계.

마리야 파블로브나 셰티니나 … 여성 정치범.

미하일 이바노비치 마슬렌니코프(미카) … 네흘류도프의 옛친구. 도의 부지사.

베라 예프레모브나 보고두홉스카야 … 교사 출신 정치범.

블라디미르 이바노비치 시몬손 … 귀족 출신 정치범.

셀레닌 … 원로원 검사. 네흘류도프의 친구.

아나톨리 페트로비치 파나린 … 변호사.

아나톨리 크릴초프 … 지주 출신 정치범.

에밀리야 키릴로브나 란체바 … 여성 정치범.

페도시야 비류코바(페니치카) … 농민의 아내. 카튜샤와 친한 죄수.

표트르 게라시모비치 … 김나지움 교사. 배심원.

제2부

—

하

10

　이제 도시는 유난히 낯설고 새로운 느낌으로 네흘류도프를 놀라게 했다. 그날 그는 가로등이 환히 켜질 저녁 무렵 기차역에서 집으로 돌아왔다. 방마다 온통 나프탈렌냄새가 진동했고 아그라페나 페트로브나와 코르네이는 지칠 대로 지쳐 불만이 가득한데다, 꺼내서 바람을 쏘이고 다시 집어넣어 보관하는 것 말고는 아무 쓸모도 없는 잡동사니들을 정리하는 일로 말다툼까지 했다. 네흘류도프의 방은 비워져 있긴 하지만 아직 정리가 되지 않았고 트렁크들이 너절하게 흩어져 있어 지나다니기도 힘들었다. 네흘류도프의 귀가는 이 집에서 기묘한 관성으로 행해지는 일에 방해가 된 게 분명했다. 시골의 궁핍한 생활에서 받은 인상이 생생했던 네흘류도프는 한때 자신도 이 모든 미친 짓에 한몫했다는 생각이 들자 대단히 불쾌해졌다. 그리고 모든 살림을 최종적으로 정리할 누나가 올 때까지는 아그라페나 페트로브나가 알아서 정리하도록 맡겨두고 자신은 다음날 여관으로 옮겨가야겠다고 마음먹었다.

아침 일찍 집을 나선 네흘류도프는 교도소 근처에서 맨 처음 눈에 띈 무척 초라하고 꾀죄죄한 방 두 칸짜리 가구 딸린 셋집을 얻었고, 챙겨놓은 물건들을 집에서 실어오도록 일러놓고는 변호사에게 갔다.

바깥은 추웠다. 봄철이면 흔히 그렇듯 뇌우가 지나가자 추위가 닥쳤다. 무척이나 추운데다 살을 에는 바람까지 몰아쳐 얇은 외투 차림이던 네흘류도프는 얼어붙은 몸을 녹이려고 발걸음을 재촉했다.

마을 사람들이 계속 떠올랐다. 여자들, 아이들, 노인들, 그리고 그가 이제야 처음으로 제대로 본 듯한 빈곤과 고통, 특히 싱글거리면서 작고 깡마른 두 다리를 버둥대던 노인 같은 얼굴의 갓난아이를 머릿속에서 지울 수 없었다. 그는 자기도 모르게 그들과 도시에 사는 사람들을 비교해보았다. 푸줏간이며 어물전이며 기성복 상점을 지나면서 그는 말쑥하고 기름진 장사치들의 얼굴을, 그들의 뒤룩뒤룩 살찐 몸을 마치 처음 보기라도 한 듯 깜짝 놀라 바라보았는데, 시골에서는 볼 수 없는 모습들이었다. 그들은 상품에 대해 아무것도 모르는 사람들을 속이는 일이 무용하기는커녕 아주 유익한 일이라고 굳게 믿고 있었다. 등에 단추가 달린 옷을 입은 엉덩이가 펑퍼짐한 마부들도, 금실 테가 둘린 모자를 쓴 문지기들도, 머리를 고불고불하게 지지고 앞치마를 두른 하녀들도, 특히 고급 사륜마차에 몸을 한껏 젖히고 앉아 음탕한 시선으로 얕잡듯이 통행인들을 바라보는, 목덜미에 파란 면도 자국이 있는 마부들도 모두 피둥피둥했다. 그들 사이에서 땅을 잃고 도시로 내몰린 찌든 얼굴의 시골 사람들도 보지 않을 수 없었다. 어떤 이들은 도시의 조건을 잘 활용해 신사처럼 행세하며 자신의 처지를 기뻐하는 듯했지만, 시골에서보다 더 비참하게 사는 사람들도 있었다. 네흘류도프가 보기에 지하실 창가에서 일하는 구두 수선공들이 그런 사람들이었다. 그리고 비누냄새가 물씬한 김이 흘러나오는 열린 창문 앞에서 머리가 헝클어지고 맨살을 드러낸 채 바싹 여윈 두 팔로 다림질을 하는 세탁부들도 그런 사람들이었다. 앞치마를 두르고 맨발에 헌 신을 신고 머리부터 발끝까지 페인트가 묻은 채 네흘류도프를 스쳐지나간 칠장이 두 명도 그런 사람들이었다. 팔꿈치 위까지 옷소매를 걷어붙인 그들은 햇볕에 그을리고 핏줄이 드러난 여윈 팔로 페인트통을 나르며 끊임없이 서로에게 욕지거리를 퍼부었다. 그들의 얼굴은 지쳐 보였고 잔뜩 성이 난 듯했다. 짐마차 위에서 흔들거리는 마부들의 검은 먼지투성이 얼굴도 그랬다. 큰길 모퉁이에 서서 얼굴이 띵띵 부은 채 다 해진 누더기옷을 입고 비럭질을 하는 남자들과 어린아이를 데리고 있는 여자들의 얼굴도 그랬다. 네흘류도프가 간간이 지나치게 되는 목롯집의 활짝 열린 창문 안에서도 그런 얼굴들이 눈에 띄었다. 술병과 찻잔 등이 놓인 지저분한 탁자에는 땀에 젖고 얼굴이 새빨개진 사람들이 멍청한 표정으로 앉아 고함지르며 노래를 불렀고, 하얀 옷의 보이들은 그들 사이에서 부산하게 움직였다. 창가에 앉은 한 사람은 눈썹을 치켜올리고 입술을 비쭉 내밀며 뭔가를 떠올리려는 듯 앞쪽을 뚫어지게 응시했다.

뭐 때문에 저들은 저기에 모여 있는 걸까? 네흘류도프는 찬바람이 일으킨 흙먼지와 갓 칠해 도처에 퍼진 역한 페인트냄새를 자기도 모르게 들이마시며 생각했다.

그는 어느 길에선가 철재를 싣고 가는 짐마차 행렬과 나란히 걷게 되었다. 짐마차 행렬이 울퉁불퉁한 도로를 지나며 시끄러운 쇳소리를 울리자 귀와 머리가 아팠다. 그는 그들을 앞지르려고 빨리 걷기 시작했다. 굉연한 쇳소리 속에서 누군가 갑자기 그의 이름을 부르는 소리가 들렸다. 그는 걸음을 멈추고 저만치 앞쪽에서 포마드를 발라 콧수염에 윤기가 반지르르한 군인을 보았는데, 고급 삯마차에 앉아 유난히 흰 이를 드러내고 싱글벙글 웃으며 손을 흔들고 있었다.

"네흘류도프! 자네 맞지?"

네흘류도프가 처음 느낀 감정은 기쁨이었다.

"아! 셴보크." 그는 반갑게 말했지만, 곧 반가울 게 없다고 느꼈다.

그는 고모들 집에 들렀던 바로 그 셴보크였다. 네흘류도프는 오랫동안 그를 보지 못했지만, 그가 연대를 나와서도 기병의 신분을 유지했고 엄청난 빚을 지고도 그럭저럭 부자들의 세계에서 버티고 있다는 소문을 들은 적 있었다. 자못 만족해하는 쾌활한 그의 모습이 그 사실을 증명했다.

"여기서 만나다니 이렇게 반가울 수가! 이 도시에 아는 사람이 아무도 없었거든. 자네도 많이 늙었군." 그는 삯마차에서 내려 어깨를 쫙 펴면서 말했다. "걸음걸이만 보고도 자네인 걸 금세 알아봤지. 그건 그렇고, 같이 점심이나 할까? 여기 어디 먹을 만한 데 있나?"

"글쎄, 시간이 될지." 네흘류도프는 친구를 모욕하지 않으면서 헤어질 수 있는 방법을 궁리했다. "자네는 어쩐 일로 여기 와 있나?" 그가 물었다.

"볼일이 좀 있어서 왔어. 후견 관련 일이야. 내가 후견인이 되었거든. 사마노프의 일을 봐주고 있어. 있잖아, 그 엄청난 부자. 멍청한 인간이

긴 하지만, 그래도 땅이 5만 4천 데샤티나나 있지." 그는 마치 자기가 그 땅을 전부 일궈내기라도 한 양 자랑스럽게 말했다. "그야말로 재정 경영이 엉망이었어. 땅을 모두 농민들에게 부치게 했는데 그자들이 소작료를 한푼도 내지 않았던 거야. 체납금이 8만 루블이 넘었다니까. 그래서 내가 일 년 만에 모조리 바로잡아서 70퍼센트 이상 수입을 올려주었지. 대단하지 않나?" 그가 자랑스럽게 물었다.

네흘류도프는 이 셴보크란 자가 재산을 홀랑 날려버리고 갚지도 못할 빚을 잔뜩 지고 있었으나, 누군가의 특별한 비호를 받아 돈은 많지만 재산을 탕진해가던 노인의 후견인으로 지정되었고, 지금도 아마 그 후견인 역할 덕분에 살아가는 모양이란 말을 들었던 것이 떠올랐다.

'이 친구에게 모욕감을 주지 않고 헤어질 방법은 없을까?' 네흘류도프는 포마드를 발라 삐죽 뻗친 콧수염과 반들반들하게 윤기가 흐르는 혈색 좋은 친구의 얼굴을 바라보았고, 그가 어디 식사할 만한 데가 있냐고 묻고 정답고도 격의 없이 떠들며 후견인 일을 어떻게 처리했는지 자랑하는 동안 이것만 생각했다.

"그건 그렇고, 어디서 식사할까?"

"나는 시간이 안 돼." 네흘류도프가 시계를 보며 말했다.

"그럼, 이렇게 하지. 오늘 저녁에 경마가 있어. 자네도 오겠나?"

"아니, 못 가."

"그러지 말고 오게. 나는 이제 말이 없어. 대신 그리샤의 말들에 돈을 걸었지. 기억나나? 그 사람에게 훌륭한 말 사육장이 있잖아. 그러니까 와서 저녁도 같이하자고."

"저녁도 안 될 것 같은데." 네흘류도프가 미소 지으며 대답했다.

"무슨 일이야? 지금 어디 가는데? 내가 데려다주겠네."

"변호사에게 가는 길이야. 바로 저 길모퉁이에 사무실이 있어." 네흘류도프가 말했다.

"아, 자네가 교도소에서 무슨 일을 하고 있다던데? 교도소 알선자라도 됐나? 코르차긴가 사람들에게 들었어." 셴보크가 웃으며 말했다. "그사람들은 벌써 떠났어. 대체 무슨 일이야? 이야기 좀 해봐!"

"맞아, 그 말대로야." 네흘류도프가 대꾸했다. "길거리에서 무슨 얘길 하겠나!"

"그건 그래, 자네는 언제나 별났지. 그럼 경마에 오겠나?"

"아니, 갈 수도 없고 갈 기분도 아니야. 제발 화는 내지 말게."

"화를 내다니! 자네 지금 어디서 지내나?" 그는 이렇게 묻더니 돌연 정색을 하고 시선을 한곳에 멈추고 눈썹을 찌푸렸다. 뭔가 기억해내려는 것 같았고, 네흘류도프는 아까 목롯집 창가에서 눈썹을 치켜올리고 입술을 비죽 내밀고 앉아 있던 사람의 아둔한 표정을 그의 얼굴에서 다시 보았다.

"대단한 추위야! 안 그런가?"

"응, 그렇군."

"산 물건들은 자네한테 있나?" 그가 마부를 돌아보며 물었다.

"자, 그럼 잘 가게. 만나서 정말, 정말 반가웠어." 셴보크가 이렇게 말하고 네흘류도프의 손을 꽉 쥔 뒤 삯마차에 훌쩍 올라탔고, 새로 산 하얀 산양가죽 장갑을 낀 큼직한 손을 반들거리는 얼굴 앞으로 흔들면서 유난히 흰 이를 드러내며 버릇처럼 미소 지었다.

'나도 저런 모습이었을까?' 네흘류도프는 변호사 사무실로 가며 생

각했다. '그래, 똑같지는 않았겠지만 저렇게 되려 했었고, 일생을 저렇게 살아갈 거라 생각했었지.'

11

변호사는 접객 순서를 무시하고 네흘류도프를 먼저 들여 이미 읽어본 멘쇼프 모자 사건 기록에 대해 이야기하고, 기소 이유가 빈약하다며 분개했다.

"말도 안 되는 사건입니다." 그가 말했다. "십중팔구 집주인이 보험금을 노리고 저지른 방화인데, 그보다 문제인 것은 멘쇼프 모자의 범죄가 전혀 입증되지 않았다는 점입니다. 증거가 하나도 없으니까요. 예심판사의 지나친 열의와 검사보의 부주의가 낳은 결과입니다. 지방법원이 아니라 여기서 심리를 한다면 반드시 승소할 자신이 있고, 보수는 한푼도 받지 않겠습니다. 그리고 또다른 사건, 그러니까 페도시야 비류코바가 황제 폐하께 올릴 청원서는 써놓았습니다. 페테르부르크에 가시면 직접 제출하고 탄원하세요. 안 그러면 법무부로 조회가 갈 텐데, 법무부에서는 한시라도 빨리 책임에서 벗어나려고 귀찮은 일 따위 대충 회답해버릴 겁니다. 즉 기각된단 말입니다. 그럼 모두 허사가 돼버리죠. 그러니 당신이 직접 높은 분을 만나보셔야 합니다."

"황제 폐하를 말입니까?" 네흘류도프가 물었다.

변호사는 껄껄 웃었다.

"그분은 최고 높은 분이죠. 그러니까 최종심이고요. 제가 말하는 높은 분이란 청원위원회* 서기관이나 주무관 같은 사람입니다. 그럼 이제 다 됐죠?"

"아닙니다. 분리파교도들이 내게 이런 편지를 보내왔습니다." 네흘류도프가 호주머니에서 편지를 꺼내며 말했다. "이 내용이 사실이라면 정말 놀라운 일입니다. 이제부터 그들을 만나 진상을 알아볼 생각입니다."

"당신은 아무래도 교도소에서 흘러나오는 불평을 빨아들이는 깔때기나 병목이 되신 것 같군요." 변호사가 웃으며 말했다. "하지만 너무 많습니다. 감당 못하실 겁니다."

"아니요, 정말 어처구니없는 사건입니다." 네흘류도프는 이렇게 말하고 사건의 진상을 짤막하게 들려주었다. 어느 마을에서 농부들이 복음서 읽기 모임을 가졌는데 상부에서 나와 해산시켰다. 다음 일요일에도 농부들이 모이자, 순경이 그들을 데려가 조서를 작성하고는 재판에 넘겼다. 예심판사가 심문하고 검사보가 소장을 작성했다. 법원은 기소장을 확인하고 그들을 재판에 회부했다. 검사보가 논고를 하는 가운데 탁자에는 물증으로 복음서가 놓였고, 농부들은 유형을 선고받았다.

"무서운 일입니다." 네흘류도프가 말했다. "이게 정말 사실일까요?"

"어떤 점이 그렇게 놀랍습니까?"

"전부가 그렇습니다. 명령을 받은 순경은 이해가 갑니다만 기소장을 작성한 검사보는 교육받은 사람이잖습니까."

"그 점에 오류가 있습니다. 우리는 검사들이나 재판관들을 대체로

---

* 1810년 법제심의회 부설로 만들어진 청원 심의 특별기관. 1835년에 독립기관으로 분리되고 1882년 황제 폐하 직속 청원사무국으로 바뀌었다.

무슨 새로운 자유주의의 선구자쯤으로 생각합니다. 물론 그들도 한때는 그랬을지 모르지만 지금은 많이 달라졌죠. 그들 역시 매달 봉급이 나오는 20일만 기다리는 일개 관리에 불과합니다. 봉급은 매달 받지만 그들은 조금이라도 더 많은 돈을 원하죠. 그들의 원칙은 모두 그 안에서 돌아갑니다. 그래서 실적을 올리느라 누구든 가리지 않고 기소하고, 재판하고, 선고하죠."

"아니, 다른 사람들과 함께 복음서를 읽었다고 유형을 선고해도 되는 법적 근거란 게 실제로 있단 말입니까?"

"복음서를 규정과 다르게 해석해서 교회의 해석을 비판한 것이 입증된다면 멀지 않은 곳으로 유형도 보낼 수 있고, 징역형을 선고할 수도 있습니다. 대중 앞에서 정교를 비방한 자는 형법 제196조에 따라 유형을 받게 되어 있습니다."

"말도 안 되는 일입니다."

"한말씀드리지요. 전 재판관 나리들에게 이렇게 말하곤 합니다." 변호사가 계속했다. "뵐 때마다 고마운 마음을 금할 수가 없다고요. 그들의 자비 덕분에 저와 당신, 그리고 우리 모두가 감옥에 잡혀 들어가지 않는 거니까요. 우리 한 사람, 한 사람의 특권을 박탈하고 그리 멀지 않은 곳으로 추방하는 것쯤이야 그 사람들에게 식은 죽 먹기입니다."

"하지만 그처럼 법률을 적용하는 것이 판사나 검사의 전횡에 달려 있다면 재판은 대체 무엇 때문에 하는 겁니까?"

변호사가 명랑하게 껄껄대고 웃었다.

"대단한 질문이군요! 그건 말이죠, 이보세요. 그건 철학의 문제입니다. 하긴 그런 논의도 필요하겠지요. 이번 토요일에 한번 오십시오. 학자, 문인, 예술가 선생들이 우리집에서 모입니다. 그때 보다 일반적인 문제들에 대해 이야기 나눠보시죠." 변호사는 '일반적인 문제들'이라는 말을 익살과 감격이 섞인 투로 발음하며 말했다. "제 아내와는 안면이 있으시죠? 꼭 와주십시오."

"네, 노력해보죠." 네흘류도프는 자신이 거짓말을 한다고 느끼며 대답했는데, 만약 그가 어떤 노력을 한다면, 그날 저녁 변호사의 집에 모인다는 학자와 문인과 예술가라는 사람들 사이에 끼지 않도록 하는 일일 것이었다.

재판관들이 제멋대로 법률을 적용할 수도 있고 안 할 수도 있다면 재판은 아무 의미도 없다는 네흘류도프의 의견에 대꾸하면서 변호사가 짓던 웃음, 그리고 '철학'이니 '일반적인 문제들'이니 하는 말을 발음하던 어투에서 네흘류도프는 자신과 변호사가, 또는 변호사의 친구들이 사물을 완전히 다른 눈으로 보고 있다는 사실을 알게 되었고, 자신이 셴보크 같은 옛친구들과도 아주 멀어졌지만 변호사나 그 모임에 오는 사람들과는 훨씬 더 멀리 떨어져 있다고 느꼈다.

12

교도소까지는 걸어가기에 멀고 시간도 이미 늦어서 네흘류도프는 삯마차를 잡아타고 교도소로 향했다. 영리하고 선량해 보이는 중년의 마부가 어느 거리를 지날 때 네흘류도프를 돌아보며 건축중인 거대한 집을 가리켰다.

"엄청난 걸 짓고 있습니다." 마부는 마치 자기가 이 건축에 일정 부분 관여하고 있기라도 한 듯 자랑스러운 투로 말했다.

실제로 집은 거대하게 지어지고 있었고 구조가 복잡하고 양식이 예사롭지 않았다. 굵은 통나무들을 꺾쇠로 결합해 만든 튼튼한 비계가 건물에 둘러쳐지고 건물과 거리 사이를 널빤지로 구분지어놓았다. 통나무 비계 위에서 석횟가루를 뒤집어쓴 일꾼들이 개미떼처럼 바삐 움직였다. 어떤 자들은 돌을 놓고, 어떤 자들은 돌을 자르고, 또 어떤 자들은 무거운 자루와 나무통을 위로 날랐다가 빈 자루와 빈 나무통을 다시 들고 내려왔다.

건축기사인 듯한 말쑥한 옷차림의 뚱뚱한 신사가 비계 근처에 서서 위를 가리키며, 공손하게 듣는 블라디미르 출신 청부업자에게 무언가 말하고 있었다. 그들 옆으로는 계속 수레들이 빈 채로 나왔다가 다시 짐을 가득 싣고 들어갔다.

'일을 하는 자들이나 일을 시키는 자들이나 모두 이 일을 당연하다고 믿고 있다. 그들의 집에서는 애를 밴 아내가 과중한 노동과 굶주림에 시달리고, 굶어죽기 직전인 갓난아이가 누더기 모자를 쓴 채 깡마른 두 다리를 버둥대면서 노인처럼 쭈글쭈글한 얼굴로 방글거리는데도 이들은 자기들을 착취하고 약탈하는 장본인들 중 하나이며 자기들과 관계도 없는 한 사람을 위해 이 어이없고 쓸모도 없는 궁전을 세워야 한다.' 네흘류도프는 건물을 바라보며 생각했다.

"어이없는 건물이군." 그는 생각하고 있던 것을 큰 소리로 말했다.

"왜 어이없는 건물입니까?" 못마땅한 듯 마부가 반박했다. "덕분에 많은 사람이 일거리를 얻는데 오히려 고마운 일이죠."

"하지만 쓸데없는 일이잖은가."

"그래도 무슨 필요가 있어서 짓는 거겠죠." 마부가 반박했다. "덕분에 많은 사람이 먹고살고요."

요란한 수레바퀴 소리에 말하기도 힘들어서 네흘류도프는 입을 다물었다. 교도소가 가까워지며 길이 포장도로로 바뀌어 조용해지자 마부가 다시 네흘류도프에게 말을 붙였다.

"요즘 들어 사람들이 도시로 부쩍 몰려들고 있지 뭡니까. 여간 많은 게 아니에요." 그는 톱이나 도끼, 반외투, 자루 등을 어깨에 걸쳐 메고서 그들 쪽으로 걸어오는 시골 출신 노동자들을 가리키며 마부석에서 몸을 틀어 네흘류도프에게 말했다.

"전보다 많아졌나?" 네흘류도프가 물었다.

"많다뿐인가요? 어디를 가나 저런 사람들로 넘쳐납니다. 고용주들은 일꾼들을 나뭇개비 다루듯이 하지요. 어디나 일할 사람이 넘쳐나니까요."

"왜 그렇게 됐을까?"

"인구가 늘어서죠. 갈 데가 없어요."

"인구가 느는 거야 어쩌겠나? 그런데 왜 시골에 남아 있지 않는 걸까?"

"시골에서는 할일이 없으니까요. 땅이 있어야 말이죠."

네흘류도프는 다친 데를 부딪친 것 같은 느낌을 받았다. 다친 데를 어딘가에 부딪치게 되면 그곳만 항상 일부러 건드리게 되는 것 같지만, 사실은 다친 데가 통증에 민감해져서 그럴 것이다.

'어느 곳이나 똑같을까?' 그는 이렇게 생각하고 마부에게 그의 고향에는 땅이 얼마나 있고 마부가 가진 땅은 얼마나 되는지, 왜 도시에 나오게 되었는지 물었다.

"우리 마을은 말입니다, 나리, 땅은 한 사람당 1데샤티나 꼴로 돌아갑니다. 우리집은 세 사람 몫의 땅이 있지요." 마부가 신이 나서 지껄이기 시작했다. "아버지와 두 동생이 있는데, 동생 하나는 군대에 갔습니다. 아버지와 집에 남은 동생이 농사를 짓고 있고요. 사실 농사랄 것도 없습니다. 그래서 동생 녀석도 모스크바로 오고 싶어합니다."

"땅을 빌릴 순 없나?"

"요즘 세상에 누가 땅을 빌려줍니까? 예전 지주들은 이미 땅을 다 들어먹었고요. 모두 장사치들 손에 넘어갔습니다. 그런데 그 장사치들 테서는 땅을 살 수가 없어요. 다 직접 경작하거든요. 우리 마을 땅은 대부분이 어느 프랑스인 겁니다. 이전의 지주한테서 사들였는데, 이 사람도 절대로 빌려주지 않으니 모두 끝장난 거죠."

"어떤 프랑스인인가?"

"뒤파르라는 사람인데, 나리도 들어보셨을지 모릅니다. 왜 그 큰 극장에서 배우들 가발을 만들어 팔아서 큰돈을 벌었다고 하잖습니까. 그 돈으로 우리 마님의 영지를 몽땅 사들였지요. 지금은 그 사람이 지주 행세를 하면서 멋대로 우리를 부려먹고 있지만 별수 있나요. 다행히도 사람은 나쁘지 않습니다. 다만 그 사람의 마누라가 돼먹지 못한 러시아 여자인데, 정말 정나미가 뚝 떨어지죠. 농부들을 완전히 벗겨먹으려고 한단 말이죠. 큰일입니다. 자, 교도소에 도착했습니다. 정문에 마차를 댈까요? 들여보내줄지는 모르겠지만요."

13

네흘류도프는 오늘 마슬로바가 어떤 기분일까 하는 생각에, 그리고 그녀 안에, 교도소에 있는 사람들의 결합 안에 숨겨진, 그에게는 열리지 않은 비밀 앞에서 답답함과 두려움을 느끼며, 정문에서 누른 벨소리를 듣고 나온 간수에게 마슬로바에 대해 물었다. 간수는 잠깐 알아보더니 그녀는 병원에 있다고 대답했다. 네흘류도프는 병원으로 갔다. 마음씨 좋아 보이는 늙은 병원 수위는 곧 그를 안으로 들이고는, 누구를 만나러 왔는지 물은 뒤 소아과 병동으로 안내했다.

온몸에 페놀냄새가 밴 젊은 의사가 복도로 나와 네흘류도프에게 무슨 일로 왔느냐고 딱딱한 말투로 물었다. 이 의사는 죄수들에 대해서는 늘 관용을 베풀었기 때문에 교도소 간부들과는 물론 주임 의사와도 충돌하곤 했다. 그는 네흘류도프가 규정에서 벗어나는 요구를 할지도 모른다고 우려하면서, 자신은 상대가 누구건 결코 그런 예외를 만들지 않겠다는 의지를 보여주려 일부러 딱딱하게 대한 것이었다.

"이곳에 여자는 없습니다. 여긴 소아과 병동입니다." 그가 말했다.

"알고 있습니다만, 교도소에서 여기로 옮겨와 잡역부로 일하는 여자가 있을 텐데요."

"네. 두 사람 있죠. 그런데 무슨 용건입니까?"

"저는 마슬로바라는 여자와 가까운 사이입니다만," 네흘류도프가 말했다. "좀 만나고 싶습니다. 그 여자의 사건 때문에 상고장을 제출하기 위해 페테르부르크로 가는 길인데, 잠깐 만나 전해주고 싶은 게 있습니다. 그냥 사진입니다." 네흘류도프가 호주머니에서 봉투를 꺼내며 말했다.

"그런 거라면 좋습니다." 의사는 말투를 누그러뜨렸고 하얀 앞치마를 걸친 노파에게 잡역부로 온 죄수 마슬로바를 불러오라고 일렀다. "여기 앉으시겠습니까, 아니면 대기실로 가시겠습니까?"

"고맙습니다." 네흘류도프는 자기를 대하는 의사의 태도가 한결 누그러진 것을 느끼고 병원에서 일하는 마슬로바에 대해 만족하느냐고 물었다.

"괜찮습니다. 전에 그 여자가 지내던 환경을 감안하면 나쁘지 않게 일하고 있습니다." 의사가 대답했다. "저기 오는군요."

한쪽 문을 열고 잡역부 노파가 나오고 뒤따라 마슬로바가 나왔다. 줄무늬 옷에 하얀 앞치마를 두르고 머릿수건을 쓰고 있었다. 그녀는 네흘류도프를 보자 얼굴을 붉히면서 잠시 머뭇거리더니 눈썹을 찌푸리고 눈을 내리깐 채 복도의 줄무늬 깔개 위를 빠르게 걸어왔다. 그녀는 네흘류도프의 앞까지 오자 잠시 주춤하더니 얼굴을 더 붉히며 손을 내밀었다. 네흘류도프는 그녀가 흥분해서 화를 냈다고 사과한 그날 이후로 그녀를 보지 못했는데, 오늘도 그때와 같을 거라고 생각했다. 그러나 오늘 그녀의 모습은 그날과 완전히 달랐고, 표정에 무언가 새로운 것이 있었다. 조심스러우면서도 수줍어했는데, 그래도 네흘류도프의 눈에는 아직도 그에게 적의를 품고 있는 것 같았다. 그는 아까 의사에게 말했듯이, 그녀에게도 페테르부르크에 가는 길이라고 알리고 파노보에서 가지고 온 사진이 든 봉투를 건넸다.

"파노보에서 찾은 건데, 옛날 사진이지만 당신이 기뻐할 수도 있을 것 같아서. 받아요."

그녀는 검은 눈썹을 치뜨고 왜 이런 걸 가져왔느냐고 묻는 듯이 놀란 사시 눈으로 그를 쳐다보더니 말없이 봉투를 받아 앞치마 안쪽에 찔러넣었다.

"거기서 당신 이모를 만났어요." 네흘류도프가 말했다.

"만나셨어요?" 그녀가 무덤덤하게 대꾸했다.

"여기서 지내는 건 어때요?" 네흘류도프가 물었다.

"그럭저럭, 좋아요." 그녀가 대답했다.

"힘들진 않고요?"

"아니, 괜찮아요. 아직 익숙하진 않지만."

"나는 아주 기뻐요. 거기보다는 모든 면에서 나을 것 같아서."

"*거기*라니 어디 말인가요?" 그녀가 얼굴을 확 붉히며 물었다.

"거기, 교도소요." 네흘류도프가 당황하며 말했다.

"뭐가 더 나은데요?" 그녀가 물었다.

"여기 사람들이 더 나을 것 같아요. 거기 있는 사람들 같은 사람은 없을 테니까."

"거기도 좋은 사람 많아요." 그녀가 말했다.

"멘쇼프 모자 일은 바쁘게 알아보러 다녔어요. 아마 곧 석방될 겁니다." 네흘류도프가 말했다.

"그렇게 되면 좋겠네요. 정말 좋은 할머니거든요." 그녀가 노파에 대해 말할 때마다 늘 하는 말을 되뇌며 살짝 미소 지었다.

"나는 오늘 페테르부르크에 갑니다. 당신 사건은 곧 재심될 거고, 원판결은 분명 파기될 거예요."

"파기되건 말건 이제는 아무래도 상관없어요." 그녀가 말했다.

"그게 대체 무슨 말이죠, 이제라니?"

"아무것도 아니에요." 그녀가 미심쩍은 듯 그의 얼굴을 힐끗 쳐다보며 말했다.

네흘류도프는 이 말과 눈길을 그의 결심이 여전히 군건한지, 아니면 그녀의 거절을 받아들여 결심을 바꾸었는지 알고 싶다는 뜻으로 해석했다.

"그게 어째서 상관없는진 모르지만," 그가 말했다. "나야말로 당신 판결이 어떻게 나든 상관없어요, 무죄가 인정되건 인정되지 않건. 어쨌거나 나는 어떤 경우에도 내가 전에 말한 대로 실행할 생각이니까." 그가 단호하게 말했다.

그녀는 고개를 들고 까만 사시 눈으로 그의 얼굴을 빤히 바라보다가 시선을 옆으로 돌렸고 온 얼굴이 기쁨으로 빛났다. 하지만 그녀가 꺼낸 말은 눈이 하는 말과는 전혀 달랐다.

"그런 말은 아무리 해도 소용없어요." 그녀가 말했다.

"당신이 내 마음을 알았으면 해서 하는 말이에요."

"그 이야기는 이미 끝났어요. 새삼 더 말할 필요 없어요." 그녀가 미소를 애써 억누르며 말했다.

병실이 소란스러워졌다. 어린아이 울음소리가 들렸다.

"절 부르는 것 같아요." 그녀가 안절부절못하며 말했다.

"오늘은 이만 가볼게요." 그가 말했다.

그녀는 네흘류도프가 내민 손을 못 본 척 악수도 하지 않고 휙 돌아섰고, 기쁨을 감추려고 애쓰면서 종종걸음으로 복도 깔개 위를 걸어 사라졌다.

'저 사람 마음속에서 대체 무슨 일이 일어나고 있는 걸까? 무슨 생각을 하고 있을까? 무엇을 느끼고 있을까? 나를 시험하려는 걸까, 아니면 정말로 용서할 수 없는 걸까? 생각하고 느끼는 것을 전부 다 말하지 못하는 걸까, 아니면 말하고 싶지 않은 걸까? 마음을 푼 걸까, 아니면 원망이 더 커진 걸까?' 네흘류도프는 스스로에게 물어보았지만 답을 얻을 수 없었다. 한 가지 확실한 건 그녀가 변했다는 것, 그녀의 영혼에 중대한 변화가 일어났다는 것, 그리고 그 변화가 그와 그녀뿐만 아니라 그 변화의 목적인 하느님과도 결합하고 있다는 것이었다. 그 결합은 그를 벅찬 기쁨과 감동으로 이끌었다.

어린이용 침대 여덟 개가 나란히 놓인 병실로 돌아온 마슬로바는 간호사의 지시대로 다시 침상을 정리하기 시작했고 시트를 펼치려고 지나치게 몸을 젖히는 바람에 나동그라질 뻔했다. 목에 붕대를 감은 회복기의 남자아이가 그 모습을 보고 웃었고 마슬로바도 참지 못하고 침대 끝에 걸터앉아 크게 너털웃음을 터뜨렸다. 그러자 다른 아이들도 큰 소리로 자지러지게 웃기 시작했다. 간호사가 노기를 띠며 큰 목소리로 그녀를 나무랐다.

"뭘 깔깔대고 있어? 여기가 전에 있던 데 같은 줄 알아? 가서 밥이나 받아와."

마슬로바가 웃음을 거두고 식기를 챙겨 음식이 있는 곳으로 막 걸음을 옮기려 했을 때 웃다가 꾸중을 들은 붕대 감은 남자아이와 눈이 마주쳤고 또다시 웃음이 터졌다. 마슬로바는 이날 혼자 있게 될 때마다 몇 번이고 봉투에서 사진을 살짝만 꺼내 넋을 잃고 들여다보았다. 저녁이 되어 당직이 끝나고 다른 잡역부와 함께 쓰는 방에 혼자 남았을 때에야 비로소 봉투에서 완전히 꺼내 오랫동안 꿈쩍도 하지 않고 사람들 얼굴과 옷들, 발코니 계단, 그와 그녀, 고모들 얼굴 뒤 배경에 찍힌 덤불 등을 하나하나 세세히 두 눈으로 어루만지듯 누렇게 빛바랜 사진을 들여다보았다. 특히 자신의 모습을, 이마 둘레에 늘어뜨린 물결치는 곱슬머리와 생기 있고 발랄한 얼굴을 넋을 잃고 들여다보았다. 그녀는 사진을 보는 데 너무 정신이 팔려 동료 잡역부가 방에 들어온 것도 몰랐다.

"그게 뭐야? 그분이 너한테 주신 거야?" 뚱뚱하고 마음씨 좋은 동료 잡역부가 몸을 숙여 사진을 내려다보며 말했다. "어머, 이게 너야?"

"그럼 누구겠어?" 마슬로바가 미소를 머금고 동료의 얼굴을 물끄러미 바라보며 말했다.

"그럼 이건 누구야? 그분? 이건 그분의 어머니구나?"

"고모님이야. 그런데 나는 못 알아보겠니?" 마슬로바가 물었다.

"어떻게 알아봐? 절대로 못 알아보겠는걸. 얼굴이 숫제 다르잖아. 벌써 십 년도 넘은 사진 같아 보이는데."

"십 년이 뭐야. 훨씬 더 옛날이지." 마슬로바가 대답했고, 별안간 쾌활함은 사라졌다. 표정이 침울해지고 미간에 주름이 깊게 잡혔다.

"*거기*서 살 때는 마음 편했겠지."

"응, 편했고말고." 마슬로바가 눈을 감고 고개를 저으며 말을 되받았다. "징역보다 힘들었지만."

"아니, 왜?"

"저녁 여덟시부터 새벽 네시까지 일했거든. 그것도 매일."

"그럼 왜 때려치우지 않았어?"

"때려치우고 싶어도 그럴 수가 없었어. 말해 뭐하겠어!" 마슬로바가 내뱉듯 말하고 벌떡 일어나 작은 탁자 서랍에 사진을 던져넣었다. 그리고 한 맺힌 눈물을 애써 삼키며 복도로 뛰쳐나가 거칠게 문을 닫았다. 사진을 들여다보는 동안 그녀는 예전 그 시절로 돌아간 듯했고 행복하던 시절을 떠올리며 이제 그와 함께 행복할 수 있으리라 상상했다. 그러나 동료의 말을 듣자 그녀는 현재와 과거의 처지를 비교하게 되었다. 막연하게 느끼고 있었지만 일부러 의식하지 않았던 그 생활의 공포가 남김없이 떠올랐다. 이제야 비로소 그녀는 밤마다 엄습하던 모든 공포를 생생히 머릿속에 떠올렸고 특히 몸값을 치러 자유의 몸으로 만들어주겠다고 약속한 어느 대학생을 기다리던 사육제 밤이 생각났다. 그날 밤 그녀는 앞가슴이 드러나는, 와인을 쏟은 듯 새빨간 실크 드레스를 입고 헝클어진 머리에 빨간 리본을 꽂았다. 새벽 두시쯤 손님 몇을 치르느라 녹초가 된데다 잔뜩 취한 그녀는 무도회 휴식 시간이 되자 앙상한 체구에 여드름투성이 바이올린 연주자에게 피아노 반주를 해주는 여자 옆에 앉아 자신의 힘든 처지를 하소연했다. 그 여자도 자기 처지에 넌더리가 나서 다르게 살고 싶다고 말했고, 그러자 클라라가 합세해 다 함께 이따위 생활을 그만두자고 의견을 모았다. 그들이 일은 이제 끝났다고 생각해 저마다 제 방으로 돌아가려 했을 때, 별안간 현관 쪽에서 취객들이 시끄럽게 떠들어댔다. 바이올린 연주자가 리토르넬로*를 켰고 반주하는 여자도 카드리유**의 첫번째 선회에 맞춰 신명나는 러시아 민요를 격렬하게 두드려댔다. 그러자 연미복 차

---

* 오페라, 칸타타, 아리아 등에서 노래 사이에 반복되는 기악곡.
** 네 사람이 한 조를 이뤄 마주보며 추는 프랑스 춤 또는 춤곡.

림에 흰색 넥타이를 맨 작달만한 남자가 땀범벅이 된 채 술냄새를 풍기고 딸꾹질을 하며 마슬로바를 끌어안았고, 두번째 선회 때는 연미복도 벗어던졌다. 역시 연미복 차림에 턱수염을 기른 뚱뚱한 남자(그들은 다른 무도회에 갔다가 온 듯했다)가 클라라를 끌어안았고, 그들은 오랫동안 빙글빙글 돌며 춤추고 고성을 지르며 마셔댔다…… 그렇게 일 년이 가고 이 년이 가고 삼 년이란 세월이 흘러버렸다. 어찌 변하지 않을 수 있으랴! 그 모든 것의 원인은 그였다. 그러자 그녀 안에서 별안간 이전의 원망이 또다시 고개를 쳐들었고, 그를 마음껏 욕하고 비난하고 싶어졌다. 나는 당신의 속마음을 알고 있다고, 당신에게 쉽게 굴하지 않을 거라고, 당신은 내 육체를 희롱했지만 내 정신은 당신 마음대로 되지 않을 거라고, 나는 절대 당신이 베푸는 자비의 대상이 되지 않을 거라고 그에게 또 한번 퍼부을 기회를 놓친 것이 아쉬웠다. 자신에 대한 연민과 그에 대한 부질없는 증오가 불러일으키는 괴로움에서 벗어나기 위해 그녀는 술을 마시고 싶었다. 여기가 교도소라면 그녀는 맹세를 지키지 못하고 술을 마셨을 것이다. 그러나 병원에서 술을 구하려면 의무국 조수에게 부탁하는 수밖에 없었고 그녀는 그가 집요하게 추근거렸기 때문에 대하기가 두려웠다. 남자들과의 관계는 이제 너무나 역겨웠다. 그녀는 복도 벤치에 잠시 앉아 있다가 방으로 돌아와 동료가 건네는 말에 한 마디도 대꾸하지 않고 파멸한 제 인생이 서러워 한참을 울었다.

14

　네흘류도프는 페테르부르크에서 세 가지 볼일이 있었다. 마슬로바를 위한 원로원 상고, 페도시야 비류코바 사건 청원위원회 신청, 베라 보고두홉스카야가 부탁한 슈스토바의 석방, 역시 그녀가 편지로 부탁한, 요새감옥에 갇혀 있는 아들과 어머니의 면회에 대해 헌병사령부나 3과*에 알아보는 일들이었다. 그는 마지막 두 가지 일을 하나로 쳐서 세번째 볼일로 정리했다. 그리고 네번째 볼일도 있었는데, 복음서를 읽고 해석해주었다는 이유로 가족과 헤어져 캅카스로 유형을 가게 된 분리파교도들 사건이었다. 그는 이 사건을 가능한 한 철저히 규명해보기로, 꼭 그들을 위해서라기보다는 자기 자신을 위해 그 일을 하기로 굳게 다짐했다.

　마지막으로 마슬렌니코프를 방문한 이후로, 특히 시골에 다녀온 뒤로 네흘류도프는 자기가 지금까지 속해서 생활하던 집단, 소수의 만족과 편의를 위해 수백만이 고통을 겪고 있지만 온갖 방식으로 은폐되어 그 고통을 보지 못하고 볼 수도 없는 집단, 따라서 자신들의 생활이 얼마나 잔인하고 죄스러운지 알지 못하는 집단을 일부러 혐오하려한 건 아니었지만 어느새 온몸으로 혐오하게 되었다. 네흘류도프는 이제 거북함과 부끄러움 없이는 이 집단의 사람들과 가까이 지낼 수 없었다. 그럼에도 지난날의 생활습관이, 친척이나 친구 관계가 그를 이집단으로 끌어당겼다. 특히 지금 그의 마음을 유일하게 차지하고 있는

---

* 니콜라이 1세가 1826년에 만든 비밀경찰 조직.

32

일을 하기 위해서는, 즉 마슬로바를 비롯해 고통 속에서 살아가는 사람들을 돕기 위해서는 존경은커녕 그에게 혐오와 경멸만 불러일으키는 이 집단의 구성원들에게 호의와 도움을 청해야 했다.

페테르부르크에 도착한 네흘류도프는 이모이자 전직 장관의 아내인 차르스카야 백작부인의 집에서 묵게 되었다. 이제 그에게는 아주 낯설어진 귀족사회 한복판에 다시 발을 들인 셈이었다. 불쾌했지만 달리 도리가 없었다. 이모 집에 가지 않고 다른 곳에서 묵으면 이모를 욕보이는 일이 되고, 실제로 발이 넓은 이모는 그가 앞으로 힘써보려는 일에 대단히 유용한 인맥이기도 했다.

"글쎄, 너에 대해서 무슨 소문이 들리는 줄 아니? 참으로 기막힐 노릇이구나." 카테리나 이바노브나* 백작부인이 그가 도착하자마자 커피를 권하며 말했다. *"네가 완전히 하워드**가 되어버렸다고 하더구나. 여기저기 교도소를 순례하면서 죄수들을 돕고 있다고 말이야."*

"아니요, 그렇지 않아요. 그런 건 관심 없어요."

"나쁜 일은 아니잖니. 그런데 무슨 로맨스가 끼어 있다고 하던데. 그 이야기나 좀 해보렴."

네흘류도프는 그와 마슬로바의 관계를 사실대로 전부 이야기했다.

"알아, 알고 있지. 불쌍한 옐렌이 네 이야기를 했었어. 네가 그 노부인들 집에서 지낼 때 너를 그 양딸과 맺어주려 했었다고(카테리나 이바노브나 백작부인은 네흘류도프의 고모들을 언제나 경멸했다)…… 그러니까 그게 그 여자로구나? *아직도 예쁘던?"*

---

* 차르스카야 백작부인의 이름과 부칭.
** 존 하워드(1726~1790). 영국의 박애주의자, 교도소 개량 운동가.

예순 살이 된 이모 카테리나 이바노브나는 건강하고 활달하고 정력적인 사람이지만 입이 가벼웠다. 그녀는 키가 크고 아주 뚱뚱하고, 윗입술 주변에 옅은 수염이 눈에 띌 정도로 있었다. 네흘류도프는 그녀를 좋아했고 어릴 때부터 그녀의 활력과 쾌활함에 곧잘 물들곤 했었다.

"아니에요, 이모, 그건 다 끝난 일이에요. 저는 다만 그 여자를 돕고 싶을 뿐이에요. 그 여자는 무고하게 유죄판결을 받았고, 저는 그 일에, 그녀의 운명에 대해 크게 책임을 느끼니까요. 그 여자를 위해서 할 수 있는 모든 일을 할 생각입니다."

"그런데 듣자하니 네가 그 여자와 결혼하려고 한다던데."

"네, 맞아요. 그런데 그 여자가 받아들이지 않습니다."

카테리나 이바노브나는 턱을 들고 눈을 내리깔며 의아한 듯 묵묵히 조카를 바라보았다. 별안간 그녀의 낯빛이 달라지더니 만족의 빛이 드러났다.

"그래, 그 여자가 너보다 지혜롭구나. 아, 너는 정말 바보야! 정말로 그 여자와 결혼할 셈이니?"

"반드시요."

"그런 일에 몸담았던 여자하고?"

"그래서 더 그러는 거예요. 모든 게 제 탓이니까요."

"아니, 너는 그저 바보일 뿐이야." 이모가 미소를 억누르며 말했다. "말도 안 되는 바보, 그래도 난 그런 말도 안 되는 점 때문에 너를 좋아한단다." 그녀는 조카의 지적, 정신적 상태를 정확히 표현한 듯한 이 말이 유난히 마음에 든 양 되풀이했다. "그건 그렇고, 마침 잘됐구나." 그녀가 말을 이었다. "알린이 막달레나들의 보호소*를 운영한다고 해서 한번 가봤었어. 정말 역겨운 여자들뿐이더구나. 난 돌아오자마자 온몸을 구석구석 씻었단다. 하지만 알린은 그 일에 *몸과 마음*을 바쳐 전념하거든. 그러니까 우리도 그 여자를, 네 여자를 그곳에 맡기자꾸나. 그런 여자를 올바르게 이끌 사람은 알린밖에 없어."

"하지만 그 여자는 징역형을 선고받았어요. 저는 그 판결을 파기시키기 위해 온 거고요. 이모에게 부탁드리려는 첫번째 볼일은 이겁니다."

"그랬구나! 그 사건을 어디에서 힘써보려고?"

"원로원에서요."

"원로원에서? 그래, 원로원에는 내 *사촌동생* 료부시카가 있지. 그런데 그 사람은 바보들의 부서라는 신분관리국**에 있거든. 글쎄, 실무자들 중에 아는 사람은 없어. 모두 모르는 사람들 아니면 독일인들뿐이야. 게, 페, 데 하는 *알파벳이 전부* 붙어 있거나, 이바노프니 세묘노프니 니키틴이니 그게 아니면 또 이바넨코니 시모넨코니 니키텐코같이 *각양각색이지*. 하나같이 딴 세상 사람들뿐이야. 그래도 남편한테 얘긴 해봐야지. 그이는 그들을 잘 알 테니까. 그이는 모르는 사람이 없어. 내가 말하마. 근데 설명은 네가 직접 하렴. 그이는 내가 말만 하면 죄다 무슨 말인지 모르겠다고 하거든. 무슨 말을 하든 도무지 못 알아듣겠대. *아주 입버릇처럼 그런다니까*. 남들은 다 알아듣는데 그이만 그런단다."

---

* 폐업 창녀 수용소. 성경에 등장하는 막달레나는 서구 전통에서 회개한 창녀의 모델로 여겨져왔다.

** 귀족, 명예시민, 작위, 성의 변경 등에 관한 업무를 관장하는 원로원의 기관.

이때 긴 양말을 신은 하인이 은쟁반에 편지 한 통을 받쳐들고 왔다.

"어머나, 마침 *알린*한테서 왔구나. 이제 너도 키제베터의 이야기를 듣게 되었구나."

"키제베터가 누군데요?"

"키제베터 말이냐? 오늘 저녁에 와보렴. 어떤 사람인지 알게 될 테니까. 그 사람의 말을 들으면 어떤 극악무도한 인간도 무릎 꿇고 울면서 뉘우치지 않을 수 없게 된단다."

카테리나 이바노브나 백작부인은 기이하게도 그녀의 성격에 전혀 어울리지 않게 그리스도교의 본질은 속죄에 대한 신앙에 있다는 가르침을 열렬하게 지지했다. 그녀는 당시 유행하던 이 가르침을 설교하는 모임에 꼭 참석했고, 자기 집에서 신봉자들의 모임을 갖기도 했다. 이 가르침은 전례나 성상화뿐 아니라 모든 성사마저 부정했는데, 그럼에도 카테리나 이바노브나 백작부인의 집에는 모든 방은 물론이고 그녀의 침대 위에도 성상화가 걸려 있었고, 그녀는 그렇게 어떤 모순도 알아채지 못한 채 교회가 요구하는 것들을 모두 어김없이 지켰다.

"너의 그 막달레나도 그분이 하는 이야기를 들으면 좋을 텐데. 틀림없이 달라질 거야." 백작부인이 말했다. "그러니까 오늘 저녁에 꼭 들러라. 그분의 이야기를 들을 수 있을 거야. 참 훌륭한 분이란다."

"전 별로 흥미가 없어요, *이모.*"

"흥미가 생길 거야. 그러니 꼭 와야 한다. 그리고 또 부탁할 게 있니? *다 말해보렴.*"

"또하나는 요새감옥에 대한 일입니다."

"요새감옥? 그 일이라면 크릭스무트 남작에게 편지를 써줄 수 있다.

아주 점잖은 분이지. 너도 아는 분이잖니. 네 아버지 동료였으니까. 그분은 요새 강신술*에 깊이 빠져 있단다. 뭐 그런 거야 상관없는 일이고, 아무튼 좋은 분이야. 그런데 구체적으로 어떤 일이지?"

"그곳에 수감된 남자가 어머니와 면회할 수 있도록 해주셨으면 합니다. 그런데 제가 듣기로는 그게 크릭스무트가 아니라 체르뱐스키의 소관이라고 해요."

"내가 체르뱐스키는 별로 좋아하지 않지만 그래도 *마리에트의 남편*이니까 그 여자에게 부탁해볼 순 있지. 내 부탁이라면 아마 들어줄 거야. *아주 상냥한 여자거든.*"

"또 한 여자의 일도 부탁드릴게요. 벌써 몇 달째 갇혀 있는데, 무슨 이유인지 아무도 모른답니다."

"그럴 리가, 본인은 알 텐데. 그런 여자들은 그걸 모를 리가 없어. 그런 단발머리 여자**들 일은 다 자업자득이야."

"자업자득인지는 잘 모르겠지만, 어쨌든 그 여자들은 고통받고 있어요. 이모님은 신앙인이고 복음서를 믿으시면서 어떻게 그런 매정한 말씀을……"

"무슨 상관이야. 복음서는 복음서고 싫은 건 싫은 거잖아? 나는 그런 허무주의자들, 특히 단발머리 여자 허무주의자들을 참을 수 없을 정도로 싫어하는데 내가 그들을 사랑하는 척한다면 그게 더 나쁜 거지."

"어째서 그들이 그토록 싫으신데요?"

---

* 기도나 주문으로 신을 내리게 하는 술법.
** 19세기 러시아 허무주의자들은 유물론을 신봉하고 반정부적 입장을 취했는데, 대체로 남자들은 머리를 길렀고, 여자들은 단발로 잘랐다.

"3·1사건*이 있었는데도 이유를 묻는 거니?"

"하지만 그 사람들이 전부 3·1사건에 관여한 건 아니잖아요."

"마찬가지야. 왜 자기 일도 아닌데 끼어들어. 그런 건 여자가 나설 일이 아니야."

"그럼 *마리에트*는 나서도 괜찮다는 말씀인가요." 네흘류도프가 말했다.

"*마리에트? 마리에트는 마리에트지.* 그런데 도대체 그 근본도 모를 할큅키나인가 뭔가 하는 여자가 사람들을 가르치려 드니 말이야."

"가르치려는 게 아니라 민중을 도우려는 거죠."

"그런 사람들이 나서지 않아도 누구를 돕고 누구를 돕지 말아야 할지 다들 잘 알아."

"하지만 민중은 빈곤에 찌들어 살고 있죠. 전 이제 막 영지에서 돌아왔어요. 농민들은 죽을힘을 다해 일을 해도 제대로 먹지 못하는데, 우리는 이렇게 말도 안 되는 사치를 부리며 살아도 되는 걸까요." 네흘류도프는 이모의 상냥함에 이끌려 자기도 모르게 그동안의 생각을 털어놓았다.

"그럼 너는 나도 일만 하면서 아무것도 먹지 말아야 한다는 거냐?"

"아니요, 이모가 드시지 않기를 바라는 게 아니에요." 네흘류도프는 자기도 모르게 웃으면서 말했다. "다만 우리 모두가 일을 하고, 우리 모두가 먹길 바랄 뿐입니다."

이모는 다시 턱을 들고 눈을 내리깔며 호기심어린 눈으로 네흘류도

---

* 1881년 3월 1일, '인민의 의지'파 조직원들이 알렉산드르 2세를 암살했다.

프를 바라보았다.

"*얘야, 넌 결국 끝이 좋지 않겠구나.*" 그녀가 말했다.

"왜요?"

이때 키가 크고 어깨가 넓은 장군이 들어왔다. 차르스카야 백작부인의 남편이자 장관을 지낸 차르스키 백작이었다.

"어이, 드미트리, 잘 있었나." 그가 말끔히 면도한 볼을 조카에게 내밀며 말했다. "언제 왔어?"

백작이 말없이 아내의 이마에 입을 맞췄다.

"*아니, 이애가 좀 이상하네요.*" 카테리나 이바노브나 백작부인이 남편에게 말했다. "글쎄, 나보고 냇가에 가서 속옷을 빨고 감자만 먹으라지 뭐예요. 정말 형편없는 바보지만 그래도 당신한테 부탁이 있다니까 들어주세요. 세상에 둘도 없는 멍청이예요." 그녀가 화제를 바꾸었다. "그런데 당신도 들었나요, 카멘스카야 부인이 절망에 빠져 위독하다는데요." 그녀가 남편에게 말했다. "당신이 한번 찾아가봐요."

"허, 그것참 안됐군." 남편이 말했다.

"자, 함께 저쪽으로 가서 이애 이야기를 들어줘요. 나는 편지를 써야겠어요."

네흘류도프가 옆방으로 들어가자마자 그녀가 뒤에서 외쳤다.

"그럼, *마리에트에게도* 편지를 쓸까?"

"네, 이모."

"그럼, 단발머리 여자에 대한 건 공백으로 남겨둘 테니 네가 알아서 써. 그 여자는 틀림없이 자기 남편한테 말해줄 거고, 그럼 그 사람이 알아서 잘해줄 거야. 나를 야속하다고 생각하지 마라. 난 그런 여자들이 정말 질색이거든, 너의 그 *피보호자*들 말이다. 그렇다고 *내가 그 사람들에게 무슨 원한이 있는 건 아니야.* 그냥 관심이 없을 뿐이지! 그럼, 잘 다녀와라. 이따 저녁에 꼭 와야 해. 키제베터 씨 이야기를 들어야 하니까. 그리고 같이 기도하자. 네가 거부하지만 않는다면 *아주 도움이 될 거다.* 옐렌이나 너나 이런 방면에는 아주 뒤떨어졌단 말이지. 그럼 이따 보자."

15

전직 장관 이반 미하일로비치* 백작은 신념이 확고한 사람이었다.

새가 벌레를 잡아먹고 깃털과 솜털에 싸여 공중을 날아다니는 것이 자연스러운 일이듯이 이반 미하일로비치 백작에게는 일류 요리사들이 만든 고급 요리를 먹고 고가의 화려한 옷을 입고 준족駿足이 모는 마차를 타고 다니는 것이 자연스러운 일이며, 그는 그런 모든 것이 자신을 위해 마련되어 있어야 한다고 젊은 시절부터 믿어왔다. 또한, 국가에서 받는 온갖 녹봉이 늘어날수록, 다이아몬드가 박힌 배지를 포함해 훈장 수가 늘어날수록, 남녀를 불문하고 고귀한 사람들과 만나 이야기 나누는 일이 잦을수록 좋다고 생각했다. 이런 근본적인 신조에 견주어 보면 그 밖의 모든 것은 시시하고 흥미 없는 일이었다. 그런 일은 어찌되든 자신과 상관없었다. 이런 신조에 따라 이반 미하일로비치 백작은 페테

---

* 차르스키 백작의 이름과 부칭.

르부르크에서 사십 년이나 거주하며 활동한 끝에 마침내 장관직을 꿰차게 되었다.

이반 미하일로비치 백작이 이 지위에 오르게 된 주요한 자질을 들자면 첫째, 공문서나 법률의 의미를 이해할 수 있어서 서투르게나마 서류를 꾸밀 줄 알고 철자법에 어긋나지 않게 글을 쓸 수 있다는 것이고, 둘째, 풍채가 훌륭해서 경우에 따라서는 감히 근접할 수 없을 만큼 위엄 있게 보일 수도 있고 필요에 따라서는 야비할 만큼 알랑거릴 수도 있다는 것이고, 셋째, 그는 개인의 도덕 혹은 국가 차원의 보편적 규율이나 원칙이 없는 사람이기 때문에 필요하면 누구에게나 찬성할 수도 찬성하지 않을 수도 있다는 것이었다. 이렇게 처신하면서 그는 단지 체면을 지키고 언행에 뚜렷한 모순이 생기지 않도록 노력할 뿐 자신의 행위 자체가 도덕적인지 비도덕적인지, 그 행위로 말미암아 러시아제국 혹은 전 세계에 최대의 행복 혹은 최대의 해악이 생길 것인지 하는 문제에는 관심이 없었다.

그가 장관이 되었을 때, 그에게 의지하던 많은 사람과 친지들뿐만 아니라 관계없는 제삼자들과 그 자신까지도 전부 그를 대단히 현명하고 국가적으로 중요한 인물이라고 생각했다. 그러나 시간이 지나면서 그가 딱히 이루어놓은 일도 없고 이렇다 할 수완도 발휘하지 못하자 그는 생존경쟁의 원칙에 따라 그와 같은 수준으로 서류를 쓰고 이해하고 훌륭한 풍채에 아무런 원칙도 없는 다른 관료에게 밀려나 퇴직하게 되었고, 그때 비로소 사람들은 그가 두드러지게 현명하기는커녕 사려 깊지도 않고 안목도 좁은데다 교육 수준도 낮은 인물이라는 것을, 자존심은 무척 세지만 기껏해야 보수 신문의 논설이나 쓸 정도의 인물이라는 것을 분명히 알게 되었다. 요컨대 교육 수준도 낮고 자존심만 강한 인물, 그를 밀어낸 다른 관료들과 조금도 다를 바가 없는 인물이라는 것이 밝혀진 셈이고, 그 스스로도 그것을 깨달았다. 그러나 그런 깨달음에도 불구하고 자신은 당연히 해마다 막대한 녹봉을 받고 예복을 꾸밀 새 훈장을 받아야 한다는 신념은 흔들리지 않았다. 이 신념은 너무도 확고해서 누구도 감히 그에게 그런 것들을 주는 일을 반대하지 못했고, 그래서 그는 국가로부터 일부는 연금의 명목으로, 일부는 최고 국가기관의 일원 혹은 갖가지 회의며 위원회의 장이라는 자격으로 해마다 수만 루블에 달하는 돈을 받았고, 제복 어깨와 바지에 새로운 금몰 장식을 달거나 연미복에 새로운 훈장 리본이나 에나멜 별들을 달 권리를, 그 자신도 높이 평가하는 그런 권리를 해마다 얻어냈다. 그 결과 이반 미하일로비치 백작은 넓은 인맥을 갖게 되었다.

이반 미하일로비치 백작은 재직 시절 책임자의 보고를 듣던 태도로 네흘류도프의 이야기를 듣더니 소개장을 두 통 써주겠다고 했다. 한 통은 원로원 상고부의 볼프 의원에게 보내는 것이었다.

"세간에 그 사람에 대한 별의별 소문이 다 떠돌지만 *아무튼 그는 올곧은 사람이야*." 백작이 말했다. "그리고 내게 신세 진 게 있으니 아마도 기꺼이 도와줄 거다."

다른 한 통은 청원위원회의 유력 인사에게 보내는 것이었다. 이반 미하일로비치는 페도시야 비류코바 사건에 무척 관심을 보였다. 네흘류도프가 황후 폐하에게 청원서를 낼 계획이라고 하자, 그는 그들의 이야기가 무척 감동적인 듯하니 기회가 되면 자신이 직접 궁에 가서 이야기해볼 수도 있겠다고 했다. 하지만 분명하게 약속할 수는 없었다.

그러니 어쨌든 형식적인 절차를 밟아 청원서를 제출해두는 편이 좋았다. 그는 기회가 생긴다면, 만약 목요일에 *소위원회*에 참석하게 되면 그때 이야기해볼 수도 있겠다고 생각했다.

백작이 써준 소개장 두 통과 이모가 *마리에트*에게 쓴 편지를 받자 네흘류도프는 곧바로 출발했다.

우선 *마리에트*에게 갔다. 그는 넉넉하지 않은 귀족 가문 딸인 그녀를 소녀 시절부터 알았고, 그녀가 처세에 능한 남자와 결혼한 것도 알고 있었다. 또한 그녀의 남편에 대한 좋지 않은 소문들, 특히나 그가 수많은 정치범들에게 저지른 잔인한 소행에 관한 소문을 들었는데, 그것은 그가 맡은 특수한 임무라고 했다. 네흘류도프는 학대받는 사람들을 돕기 위해 그들을 학대하는 사람들 편에 서야 한다는 것이 언제나 견딜 수 없이 괴로웠다. 학대하는 사람들을 찾아가 그들이 일절 자각하지 못하고 일상적으로 저지르는 잔혹한 행위를 조금이라도 줄여달라고 청하는 일은 마치 그들의 행위를 합법적이라고 인정하는 것처럼 느껴졌다. 이럴 때마다 그는 언제나 내적 혼란과 자기 자신에 대한 불만, 마음의 동요를 느꼈다. 부탁하느냐 포기하느냐 사이에서 갈등하다 그는 언제나 부탁하는 쪽으로 마음을 정했다. *마리에트*와 그녀의 남편을 찾아가면 틀림없이 어색하고 창피하고 불쾌할 테지만, 독방에 갇혀 괴로워하는 불행한 여자가 석방되고 그녀와 그 친척들이 고통에서 벗어날 수 있을 것이었다. 그는 이미 같은 부류라고 생각하지 않지만 자신을 여전히 같은 부류로 여기는 사람들 틈에서 청원하는 입장이 되는 것이 허위처럼 느껴졌고, 그 무리에 들어가 예전의 익숙한 궤도에 발을 들이면 자기도 모르는 사이 경박하고 부도덕한 그 분위기에 굴복하는 것 같은 기분이 들었다. 그는 카테리나 이바노브나 이모 집에서 이미 그런 기분을 느꼈다. 오늘 아침만 해도 무척 진지한 문제를 이야기하면서 어느새 농담조로 말하고 있었던 것이다.

그가 오랜만에 와보는 페테르부르크는 늘 그랬듯이 육체적으로는 흥분되고 정신적으로는 멍해지게 만들었다. 모든 것이 아주 청결하고 편리하게 잘 정비되어 있었고, 사람들의 삶은 도덕적으로 아무런 요구를 받지 않아서인지 유난히 수월해 보였다.

아름답고 깔끔하고 정중한 삯마차 마부는 아름답고 쾌적하게 물이 뿌려진 포장도로를 따라 아름답고 깔끔하고 정중한 순경들과 아름답고 깨끗한 주택들을 지나 *마리에트*가 사는 운하 인근의 집으로 그를 데려갔다.

현관 입구에 눈가리개를 씌운 영국산 말 한 쌍이 끄는 마차가 서 있었고, 볼의 절반까지 구레나룻을 기른, 영국인 같아 보이는 마부는 제복 차림으로 채찍을 들고 마부석에 앉아 있었다.

유난히 깨끗한 제복을 입은 수위가 현관문을 열어주었고, 현관방에는 금몰이 누벼진 더 깨끗한 제복을 입고 잘 손질한 구레나룻을 기른 외출 담당 하인과 깨끗한 새 제복을 입고 총검을 찬 당직 전령병이 서 있었다.

"장군께서는 손님을 받지 않으십니다. 부인께서도 마찬가지고요. 두 분은 곧 외출하십니다."

네흘류도프가 카테리나 이바노브나 백작부인의 편지를 건네고 명함을 꺼내 작은 탁자로 가서 방명록에 만나지 못해 매우 유감이라고 적으려 할 때, 하인이 계단 쪽으로 뛰어가고 수위가 현관으로 나가더니

"어이, 마차" 하고 외쳤고, 전령병은 두 손을 바지 솔기에 붙이고 꼿꼿이 선 채 위엄에 걸맞지 않게 종종걸음으로 계단을 걸어내려오는 아담하고 가냘픈 귀부인을 눈으로 배웅했다.

깃털 장식 모자를 쓴 *마리에트*는 검은 옷에 검은 망토를 걸치고 검은색 새 장갑을 끼고 있었다. 얼굴은 베일에 가려져 있었다.

그녀는 네흘류도프를 보자 이내 알아보고 베일을 들어올리더니 반짝이는 두 눈으로 의아한 듯 쳐다보았다.

"어머, 드미트리 이바노비치 공작!" 그녀가 쾌활하고 기분좋은 목소리로 말했다. "당신이시군요……"

"어떻게 제 이름까지 기억하시죠?"

"당연하죠, 제 동생과 둘이서 당신을 흠모한 적도 있었는걸요." 그녀가 프랑스어로 말하기 시작했다. "그런데 많이 변하셨군요. 어쩌죠, 저는 나가려던 참인데, 유감스럽군요. 그래도 잠깐 들어오세요." 그녀는 망설이듯 멈춰 서서 말했다.

그녀는 벽시계를 힐끗 보았다.

"아니, 안 되겠어요. 전 카멘스카야 부인 댁에 위령기도를 하러 가는 길이라서. 부인은 크게 상심하셨어요."

"카멘스카야 부인이 누구신지요?"

"못 들으셨어요?…… 그분 아드님이 결투를 하다 죽었어요. 포젠과 결투했죠. 외아들인데. 무서운 일이에요. 부인은 비탄에 빠지셨어요."

"예, 그 이야기는 들었습니다."

"아니, 역시 가봐야겠어요. 당신은 내일이나 오늘 저녁에 와주세요." 그녀가 말하고 가뿐한 걸음걸이로 출구로 향했다.

"오늘 저녁은 안 됩니다." 네흘류도프가 그녀와 나란히 현관 계단으로 나서며 말했다. "실은 부탁할 일이 있어서 왔습니다." 그가 현관 계단 앞에 대기중인 밤색 말 한 쌍을 보며 말했다.

"무슨 일인데요?"

"여기 제 이모님이 그 문제에 대해 쓰신 편지가 있습니다." 네흘류도프가 커다란 머리글자가 찍힌 길쭉한 봉투를 그녀에게 내밀며 말했다. "읽어보면 아실 겁니다."

"카테리나 이바노브나 백작부인은 제가 남편의 공무에 영향력을 미칠 수 있다고 잘못 알고 계시죠. 전 남편 일에 끼어들 수도 없고 끼어들고 싶지도 않아요. 하지만 백작부인이나 당신을 위해서라면 언제든 제 원칙을 깰 용의가 있어요. 무슨 일인데요?" 그녀는 검은색 장갑을 낀 작은 손으로 호주머니를 공연히 뒤지며 말했다.

"요새감옥에 한 여자가 수감되어 있습니다. 병을 앓고 있고요. 그녀는 아무 죄도 없습니다."

"그 여자의 성이?"

"슈스토바. 리디야 슈스토바입니다. 편지에 적혀 있습니다."

"네, 알겠어요, 한번 해볼게요." 그녀는 이렇게 말하고 나서 니스를 칠한 바퀴 흙받기가 햇빛에 빛나는, 안쪽에 부드러운 천을 씌우고 중간중간 단추를 박은 반포장마차에 사뿐히 올라타 양산을 펼쳤다. 하인도 마부석에 올라 마부에게 출발하라는 신호를 주었다. 마차가 막 움직이려는 순간 그녀가 마부의 등을 양산으로 살짝 건드리자, 윤기 있는 털에 영국식으로 꼬리가 짧게 잘린 암말들이 재갈을 단단히 맨 아름다운 고개를 움츠리고 가느다란 다리를 번갈아 디디다가 멈췄다.

"꼭 다시 와주세요. 하지만 용건 없이 그냥요." 그녀는 이렇게 말하고 나서 스스로도 그 효과를 잘 아는 듯한 미소를 생긋 지어 보였고, 연극이 끝나고 막을 내리듯이 얼굴에 베일을 내렸다. "자, 출발해요." 그녀가 다시 양산 끝으로 마부의 등을 건드렸다.

네흘류도프는 모자를 들어 인사했다. 밤색 순종 암말들이 콧김을 내뿜고는 발굽소리를 울렸고, 새로 갈아 끼운 고무바퀴를 탄력 있게 퉁기며 고르지 않은 길을 빠르게 달리기 시작했다.

16

네흘류도프는 *마리에트*와 주고받은 미소를 떠올리면서 스스로를 나무라듯 고개를 저었다.

'눈 깜짝할 사이에 다시 저 생활로 휩쓸려들어갈 뻔했어.' 그는 존경하지도 않는 사람들의 비위를 맞춰야 할 때 생기는 자기 안의 모순과 의혹을 의식하며 이렇게 생각했다. 그는 두 번 걸음하지 않도록 어디를 먼저 가고 어디를 나중에 갈지 따져보고는 우선 원로원으로 향했다. 그는 사무실로 안내받았고, 웅장한 실내에는 단정하고 정중한 수많은 관리들이 있었다.

관리들이 네흘류도프에게 마슬로바의 청원서는 수리되어 소개장 수신자인 볼프 의원에게 심리와 조사를 위해 회부되었다고 알려주었다.

"이번주에 원로원 정례회의가 열리지만, 마슬로바 사건은 이번에 올라가기 어려울 겁니다. 잘 부탁해보신다면 뭐 이번주에라도, 그러니까

수요일에 올라가길 기대해볼 수 있습니다." 관리가 말했다.

　원로원 사무실에서 서류 작성을 기다리는 동안 네홀류도프는 카멘스키라는 젊은이가 결투에서 죽게 된 자세한 경위를 들었다. 여기서 그는 처음으로 페테르부르크 도시 전체를 떠들썩하게 한 사건의 전말을 알게 되었다. 사건은 이러했다. 장교들이 작은 술집에서 굴을 안주 삼아 평소처럼 진창 마시고 있었다. 한 장교가 카멘스키가 근무하는 연대에 대해 비판적으로 말했다. 카멘스키는 그에게 거짓말쟁이라고 대꾸했다. 그는 카멘스키를 때렸다. 다음날 결투가 벌어졌고 카멘스키는 복부에 총알을 맞고 두 시간 후 숨졌다. 관리들은 살인자와 입회자들 모두가 체포되어 영창에 들어가긴 했지만 두 주 후면 풀려날 거라고 말했다.

　네홀류도프는 원로원 사무실에서 나와 청원위원회의 막강한 실권자라는 보로비요프 남작의 훌륭한 관저로 갔다. 수위와 하인이 정해진 접견일 외에는 남작을 만날 수 없다고 하면서, 남작은 오늘 황제 폐하를 알현하러 갔고, 내일도 다시 갈 예정이라고 딱딱하게 말했다. 네홀류도프는 편지를 건네고 원로원 의원 볼프에게 가기 위해 마차를 몰았다.

　막 아침식사를 마친 볼프는 평상시와 마찬가지로 소화를 시키기 위해 시가를 물고 집안을 걸어다니다가 그대로 네홀류도프를 맞이했다. 블라디미르 바실리예비치 볼프는 정말로 _무척 품위 있는_ 인물이었는데 그는 그런 자질을 스스로도 높이 평가했고 그 높이에서 다른 사람들을 내려다보았다. 그가 그 자질을 높이 평가할 수밖에 없었던 것은 그 자질 덕분에 눈부시게 출세할 수 있었기 때문이다. 다시 말해, 그는 결혼으로 연 1만 8천 루블의 수입을 안겨주는 재산을 손에 넣었고, 스스로 노력해 원로원 의원 자리를 꿰찼다. 그는 자신을 *무척 품위 있는 인물*일 뿐만 아니라 중세의 기사처럼 청렴결백한 인물이라고도 생각했다. 그가 자부하는 청렴결백이란 개개인에게 몰래 뇌물을 받지 않는 것이었다. 대신에 그는 정부가 요구하는 일이라면 무엇이든 가리지 않고 노예처럼 해내며 이를 조금도 부끄럽게 여기지 않았고, 그 일을 하는 대가로 여비니 부임 수당이니 대여금이니 하는 온갖 비용을 국고에서 집요하게 받아냈다. 언젠가 폴란드왕국 어느 도의 지사로 재임했을 때, 그는 민족과 조상들의 종교를 사랑하는 폴란드인 수백 명을 무고하게 죽이고 파산시키고 유형지와 감방으로 몰아넣고도 부끄럽게 생각하기는커녕 고결하고 용감하고 애국적인 위업으로 여겼다. 또한 자신에게 반한 아내와 처제의 재산을 가로채고도 부끄러운 줄 몰랐다. 오히려 가정생활을 합리적으로 설계하기 위한 처사라고 여겼다.

블라디미르 바실리예비치의 가족으로는 개성 없는 아내, 처제(그는 처제의 재산까지 손에 넣고 그녀의 영지를 팔아 자기 명의로 예금했다), 착하지만 심약하고 못생긴 딸이 있는데, 외롭고 쓸쓸한 날을 보내던 딸은 요즘 알린이나 카테리나 이바노브나 백작부인 집에서 열리는 복음서 모임에 나가며 마음의 위안을 구하고 있었다.

블라디미르 바실리예비치의 아들은 심성은 착했으나 열다섯 살 때부터 턱수염을 기르고 술과 여자를 가까이하며 스무 살 넘도록 방종한 생활에서 벗어나지 못하고 학교도 졸업하지 못한데다 나쁜 모임에 드나들며 빚을 지는 등 아버지 얼굴에 먹칠을 한 까닭에 결국 집에서 쫓겨났다. 처음에는 아버지도 아들이 진 빚 230루블을 갚아주었고, 그다음에 또 한번 600루블을 갚아주었다. 그러나 아버지는 아들에게 이것이 마지막이고, 마음을 바로잡지 못하면 집에서 내쫓아 부자의 연을 끊겠다고 선언했다. 그러나 아들은 개과천선은커녕 1천 루블이나 되는 빚을 또 지고는 도리어 아버지에게 집에서 이렇게 살기 지긋지긋하다고 소리질렀다. 그래서 블라디미르 바실리예비치는 아들에게 가고 싶은 데로 가버리라고, 더이상 그는 자기 아들이 아니라고 선언했다. 그후 블라디미르 바실리예비치는 아들이 없는 사람처럼 살았고, 가족 누구도 그의 앞에서 아들 이야기를 감히 꺼내지 못했다. 블라디미르 바실리예비치는 가장 바람직한 방법으로 가정 문제를 처리했다고 확신하고 있었다.

볼프는 살갑지만 약간은 비웃는 듯한 미소를 입가에 띠었는데, 이것은 자신이 대다수의 사람들보다 우월하고 *품위 있다*고 느낄 때 자기도 모르게 나오는 습관 같은 것이었다. 서재에서 서성이던 그는 걸음을 멈추고 네흘류도프와 인사를 나눈 뒤 편지를 읽었다.

"자, 앉으십시오. 실례지만, 괜찮으시다면 저는 좀 걷겠습니다." 그가 재킷 주머니에 두 손을 찌르고는 장중한 양식으로 꾸며진 커다란 서재를 대각선으로 가로질러 가볍고 부드러운 걸음을 떼며 말했다. "이렇게 당신을 뵙게 되어 기쁩니다. 이반 미하일로비치 백작께 도움을 드리게 된 것도 무척 기쁘고요." 그가 향기롭고 푸르스름한 연기를 내뿜으며 재가 떨어지지 않도록 입에서 조심스럽게 시가를 떼고 말했다.

"사건이 조속히 심리될 수 있도록 도와주십시오, 피고가 시베리아로 가야 한다면 조금이라도 일찍 출발해야 하기 때문입니다." 네흘류도프가 말했다.

"네, 네, 니즈니에서 떠나는 첫 배를 타게 해달라는 말씀이군요." 상대가 무슨 말을 하려는지 늘 미리 알아차리는 볼프가 특유의 관대한 미소를 띠고 말했다. "피고의 성은 뭡니까?"

"마슬로바입니다……"

볼프는 탁자로 다가가 다른 서류들과 함께 철한 한 서류를 들여다보았다.

"아, 그렇군요, 마슬로바. 다른 의원들에게 부탁해두겠습니다. 수요일에 이 사건을 심리하겠습니다."

"그럼 변호사에게 전보를 쳐도 되겠습니까?"

"변호사에게 의뢰하셨습니까? 뭐 때문에 군이 그러셨죠? 뭐, 원하신다면 상관없습니다."

"상고 이유가 불충분할지는 모르지만," 네흘류도프가 말했다. "사건을 살펴보면 유죄판결이 오해에서 비롯된 게 분명하다고 생각합니다."

"그래요 그래요, 있을 수 있는 일이죠. 하지만 원로원은 사건 내용심리는 할 수 없습니다." 블라디미르 바실리예비치는 시가의 재를 바라보며 엄격하게 말했다. "원로원은 법의 적용과 그 해석이 옳은가 옳지 않은가만 볼 뿐입니다."

"이 건은 예외적이라고 생각합니다."

"압니다, 압니다. 예외적이지 않은 사건은 없죠. 우리는 해야 할 일을 합니다. 그뿐입니다." 시가 끝에 붙은 재가 금방이라도 떨어질 것 같았다. "페테르부르크에 자주 오시지 않습니까?" 볼프는 재가 떨어지지 않도록 시가를 고쳐 잡고 말했다. 그러나 역시 떨어질 것 같아 조심스레 재떨이 위로 가져가자 재가 그 안으로 떨어져 부서졌다. "그런데 카멘스키 사건은 정말 무서운 일입니다." 그가 말했다. "훌륭한 젊은이였는데 말이죠. 게다가 외아들인지라 어머니로선." 그는 최근 카멘스키의 일에 대해 페테르부르크 사람들 누구나 떠드는 이야기를 그대로 되풀이했다.

그리고 블라디미르 바실리예비치는 카테리나 이바노브나 백작부인과 그녀가 심취한 새로운 종교 유파에 대해, 비난도 찬성도 하지 않았지만 그의 품위로 미루어 볼 때 분명 쓸데없다고 생각할 그것에 대해 잠시 이야기하고는 벨을 눌렀다.

네흘류도프는 일어나 작별인사를 했다.

"괜찮다면 만찬에 한번 오십시오." 볼프가 손을 내밀며 말했다. "수요일도 괜찮습니다. 그때는 확실한 답변을 드리겠습니다."

시간이 너무 늦어 네흘류도프는 마차를 타고 이모 집으로 곧장 갔다.

17

카테리나 이바노브나 백작부인의 집에서는 보통 일곱시 반에 저녁식사를 했는데 식사는 네흘류도프가 지금껏 본 적 없는 새로운 방식으로 이루어졌다. 하인들은 식탁에 음식을 차려놓기만 하고 물러났고 사람들이 직접 음식을 덜어 와야 했다. 부인들의 수고를 덜어주기 위해 남자들은 힘센 성性으로서 부인과 자신이 먹고 마실 음식과 음료를 가져오는 수고를 남자답게 떠맡았다. 한 코스가 끝나면 백작부인이 식탁의 벨을 눌렀고 그러면 하인들이 소리 없이 들어와 얼른 빈 접시들을 치우고 그릇을 바꾼 뒤 다음 요리를 내왔다. 아주 정성 들인 요리들이었고 술도 고급이었다. 프랑스인 주방장이 하얀 옷을 입은 보조 둘과 크고 밝은 주방에서 일하고 있었다. 만찬에 참석한 사람은 여섯 명이었다. 백작과 백작부인과 그들의 아들, 즉 두 팔꿈치를 식탁에 괸 채 무뚝뚝한 표정을 짓고 있는 근위 장교, 그리고 프랑스인 여자 가정교사와 네흘류도프, 시골에서 온 백작의 수석관리인이었다.

이 자리에서도 결투에 대한 이야기가 오갔다. 황제가 이 사건에 대해 취한 태도에 대해서였다. 황제가 청년의 어머니를 몹시 동정했다는 사실이 이미 알려졌고, 그들도 그녀를 딱하게 생각했다. 하지만 황제가 애도를 표하면서도 군인의 명예를 지킨 살인자를 엄격히 처리하기를 바라지 않는다는 것이 알려지자 그들 또한 군인의 명예를 지킨 살인자에게 관대했다. 카테리나 이바노브나 백작부인만 예의 그 분방함과 경솔함을 내비치며 살인자를 비난했다.

"그렇게 되면 술에 취해 아까운 청년을 죽이는 사건이 또 일어날 거예요. 그건 정말 용서할 수 없는 일이에요."

"글쎄, 난 잘 모르겠는데." 백작이 말했다.

"당신은 그렇겠죠. 내가 하는 말은 언제나 모른다고 하니까." 백작부인이 네흘류도프를 보며 말했다. "다들 알아듣는데 저이만 모른다는구나. 나는 그 어머니가 딱하단 거야. 나는 그자가 사람을 죽여놓고도 흡족해하는 게 싫어."

그러자 이때까지 침묵을 지키던 아들이 살인자를 두둔하고 나서며 어머니에게 반박했는데, 장교로서 그는 다른 도리가 없었을 것이며 그렇게 하지 않았다면 군법회의를 거쳐 연대에서 쫓겨났을 거라고 꽤 거칠게 말했다. 네흘류도프는 대화에 끼지 않고 듣고만 있었고, 한때 장교였던 그는 수긍하지는 않았지만 젊은 차르스키의 의견을 이해는 할 수 있었는데, 어쩌다가 타인을 죽인 장교와 교도소에서 본 젊고 준수한 죄수, 즉 다툼 끝에 사람을 죽이고 징역형을 선고받은 청년을 자기도 모르게 비교하게 되었다. 두 사람 다 폭음 끝에 살인자가 되었다. 농부는 홧김에 살인을 저지르고 아내와 가족들, 친척들과 떨어져 족쇄가 채워지고 머리를 박박 깎인 채 징역을 살게 되었지만, 장교는 영창의 깨끗한 방에 앉아 맛있는 음식에 술도 마시고 책도 읽고, 오늘이나 내일이면 석방되어 사람들의 특별한 관심거리가 되긴 하겠지만 예전과 다름없이 살아갈 것이다.

네흘류도프는 자기 생각을 말했다. 처음에는 조카의 의견에 동의하던 카테리나 이바노브나 백작부인도 나중에는 침묵을 지켰다. 다른 모든 사람들처럼 네흘류도프 역시 자신이 공연한 이야기를 꺼낸 것 같다고 느꼈다.

그날 저녁, 만찬이 끝나자마자 큰 홀에는 마치 설교를 위해 특별히 제작한 듯한, 등받이가 높고 조각 장식이 된 의자들이 몇 줄로 놓였고, 큰 탁자 앞에 설교자용 안락의자와 작은 탁자가 물병과 함께 놓이자 사람들이 점점 모여들기 시작했다. 오늘 모임에서는 외국에서 온 키제베터의 설교가 있을 예정이었다.

현관 앞 승강장에는 고급스러운 마차들이 서 있었다. 휘황찬란하게 장식된 큰 홀에는 실크와 벨벳과 레이스로 몸을 휘감고 가발을 넣어 머리를 부풀리고 드레스의 허리를 잘록하게 졸라맨 귀부인들이 앉아 있었다. 귀부인들 사이에 무관들과 문관들, 그리고 청소부 두 명, 상인과 하인과 마부까지 평민 다섯 명이 있었다.

머리가 하얗게 센 키제베터는 영어로 말했고, 코안경을 쓴 젊고 마른 여자가 능숙하고 재빠르게 통역했다.

그는 우리의 죄가 너무 크기 때문에 그에 대한 벌을 피할 수 없지만, 죄에 대한 벌을 항상 생각하며 살아가는 것도 불가능하다고 말했다.

"친애하는 형제자매 여러분, 자기 자신에 대해, 자기 삶에 대해 한번 생각해봅시다. 우리가 어떤 행동을 하고 있는지, 어떻게 살고 있는지, 사랑이 넘치는 신을 어떻게 분노하게 하는지, 또 어떻게 그리스도를 고통받게 하는지 생각해봅시다. 그러면 우리는 용서도, 출구도, 구원도 없이 파멸의 구렁텅이에 떨어질 운명이라는 것을 깨닫게 될 것입니다. 우리를 기다리는 것은 무서운 파멸과 영원한 고통뿐입니다." 그가 울먹이며 떨리는 목소리로 말했다. "어떻게 해야 구원받을 수 있을까요? 형제들이여, 이 무서운 불길에서 어떻게 해야 구원받을 수 있을까요? 집은 이미 불길에 휩싸였지만 출구가 없습니다."

그는 잠시 침묵했고 진짜 눈물이 그의 뺨을 타고 흘러내렸다. 스스로 아주 마음에 들어하는 이 대목에 이르면 그는 팔 년째 어김없이 목에 경련이 일고 코가 막히고 두 눈에는 눈물이 흘렀다. 그리고 이 눈물이 그를 한층 더 감동시켰다. 방안에서는 흐느끼는 소리가 들렸다. 카테리나 이바노브나 백작부인은 모자이크 장식의 작은 탁자 앞에 앉아 두 손으로 머리를 받친 채 살찐 어깨를 들썩이며 떨고 있었다. 마부는 채찍으로 내리쳐도 사람들이 길을 비키지 않을 때처럼 놀라고 질린 얼굴로 독일인을 바라보았다. 사람들은 대부분 카테리나 이바노브나 백작부인과 같은 자세였다. 유행하는 드레스를 입은 볼프의 딸은 무릎을 꿇고 두 손으로 얼굴을 감싸고 있었다.

설교자가 갑자기 고개를 추켜들더니 환희의 순간을 연기하는 배우처럼 환한 미소를 지으며 부드럽고 달콤한 목소리로 말하기 시작했다.

"하지만 구원은 있습니다. 쉽고 기쁘게 받을 수 있는 구원이 있습니다. 그 구원은 우리를 위해 당신을 고통에 맡기신 하느님의 독생자가 우리를 대신하여 흘리신 피입니다. 그분의 고통, 그분의 피가 우리를 구원합니다. 오오, 형제자매들이여," 다시 그는 목이 메어 말했다. "인류의 속죄를 위해 독생자를 내어주신 하느님께 감사드립시다. 그 성스러운 피는……"

네흘류도프는 몹시 역겨워져 얼굴을 찌푸리고 수치심으로 인해 터지려는 신음을 억누르며 까치발로 그곳을 나와 자기 방으로 갔다.

18

다음날 네흘류도프가 옷을 갈아입고 막 아래층으로 내려가려는데 하인이 모스크바에서 온 변호사의 명함을 가지고 들어왔다. 변호사는 자기 볼일이 있기도 있지만 마슬로바 사건이 빨리 심리된다면 원로원의 심리에도 출석하기 위해 온 것이었다. 네흘류도프가 보낸 전보는 그의 도착과 엇갈렸다. 네흘류도프가 마슬로바 사건의 심리가 언제 열리고 담당 의원이 누구인지 말하자 변호사는 빙긋 웃었다.

"정확하게 세 유형의 의원이 모두 모이는군요." 그가 말했다. "볼프는 페테르부르크 관료형, 스코보로드니코프는 학자풍 법률가형, 베는 실무적 법률가형입니다. 따라서 셋 중 베가 가장 노련한 셈이지요." 변호사가 말을 이었다. "이 사람이 가장 기대됩니다. 그런데 청원위원회 쪽 일은 어떻게 됐습니까?"

"오늘 보로비요프 남작에게 가보려고 합니다. 어제는 만날 수가 없었어요."

"보로비요프가 왜 남작인지 아십니까?" 변호사가 외국식 작위를 순수 러시아 성과 함께 발음하는 네흘류도프의 다소 희극적인 어조에 이렇게 대꾸했다.* "파벨황제께서 궁정 시종이었던 그의 조부에게 포상으로 내리신 겁니다. 어떤 일인지는 모르지만 황제를 흡족하게 해드렸던 모양입니다. 그를 남작으로 만들겠다. 내 생각에 이의를 제기하지 마라. 그렇게 보로비요프 남작이 만들어진 겁니다. 본인은 무척 자랑스럽게 생각하죠. 아주 노회한 사람입니다."

"제가 그런 사람에게 가려는 거군요." 네흘류도프가 말했다.

"마침 잘됐습니다. 함께 가시죠. 제가 모시겠습니다."

네흘류도프가 출발하기 위해 현관으로 나왔을 때, 하인이 *마리에트*가 보낸 편지를 가지고 왔다.

> *당신을 기쁘게 해드리기 위해 저는 제 신념을 거스르면서까지 남편에게 당신이 보호하려는 여자 일을 부탁했습니다. 아마 그녀는 곧 석방될 수 있을 거예요. 남편이 요새감옥 사령관에게 편지를 썼으니까요. 용건이 없더라도 그냥 들러주세요…… 기다릴게요. M.*

---

* 러시아에는 원래 남작 작위가 없었다.

"어떻습니까?" 네흘류도프가 변호사에게 말했다. "정말 무서운 일 아닙니까! 칠 개월이나 독방에 가두었던 여자가 실은 아무 죄도 없었다니, 게다가 그 여자를 석방하는 것이 딱 한 마디면 되는 일이라니 말입니다."

"뭐 그런 거죠. 아무튼 당신은 바라던 것을 얻으셨군요."

"그렇긴 하지만 이 성공이 씁쓸합니다. 이런 식이라면 거기서 대체 무슨 일이 벌어지고 있는 걸까요? 그들은 대체 무슨 이유로 그 여자를 가둬두었던 걸까요?"

"그런 건 깊이 생각하지 않는 게 좋습니다. 자, 가시죠." 현관 계단을 나서며 변호사가 말했고 그가 빌린 훌륭한 대형 사륜 삯마차가 계단 앞으로 다가왔다. "보로비요프 남작 댁에 가시죠?"

변호사가 마부에게 행선지를 말했고 훌륭한 말들이 네흘류도프를 이내 남작의 집으로 데려다주었다. 남작은 집에 있었다. 첫번째 방에는 울대뼈가 튀어나오고 목이 길고 걸음걸이가 유달리 경쾌한, 약식 제복 차림의 젊은 관리와 두 부인이 있었다.

"성함을 말씀해주시겠습니까?" 울대뼈가 튀어나온 젊은 관리가 경쾌하고 우아한 걸음걸이로 부인들 곁을 떠나 네흘류도프에게 다가와 물었다.

네흘류도프가 이름을 말했다.

"안 그래도 남작께서 당신에 대해 말씀하셨습니다. 잠시만 기다리십시오!"

젊은 관리가 문안으로 들어가 눈물범벅이 된 상복 차림의 부인을 데리고 나왔다. 부인은 눈물을 보이지 않으려고 앙상한 손가락으로 엉킨 베일을 내렸다.

"이쪽으로 오십시오." 젊은 관리가 가벼운 걸음걸이로 서재 문가로 가 발을 멈추고는 문을 열며 네흘류도프에게 말했다.

서재로 들어서자 네흘류도프는 중키에 몸이 다부지고 프록코트를 걸친 짧은 머리의 남자 앞에 서게 되었는데, 그는 커다란 책상 옆 안락의자에 앉아 즐거운 표정으로 앞을 주시하고 있었다. 하얀 콧수염과 턱수염 사이로 불그레한 홍조가 두드러졌고, 선량해 보이는 얼굴은 미소를 띠고 있었다.

"만나서 무척 반갑습니다. 당신 어머님과는 오랜 지인이자 친구였어요. 당신이 어렸을 적에, 그리고 장교였을 적에도 만난 적이 있지요. 자, 앉아서 무슨 용건이지 말씀하세요…… 그래요, 그렇군요." 네흘류도프가 페도시야의 사연을 이야기하자 그는 짧게 깎은 희끗희끗한 머리를 끄덕이며 말했다. "계속하세요, 말씀하세요. 무슨 말씀인지 잘 알겠습니다. 그래요, 그래, 정말 감동적인 이야기로군요. 그런데 청원서는 제출하셨나요?"

"여기 가지고 왔습니다." 네흘류도프가 주머니에서 청원서를 꺼내며 대답했다. "이 사건에 특별한 관심을 가져주십사 부탁드리고자 찾아왔습니다."

"잘 쓰셨군요. 이건 반드시 내 손으로 올리겠습니다." 남작이 밝은 얼굴에 전혀 어울리지 않는 연민의 표정을 지으며 말했다. "정말 감동적입니다. 여자는 아직 어린데 남편이 너무 난폭해서 싫어하게 되었고, 시간이 흐르면서 서로 사랑하게 된 것이로군요…… 좋습니다. 내가 직접 올리겠습니다."

"이반 미하일로비치 백작께서도 황후 폐하께 직접 올리시겠다고 하셨습니다."

네흘류도프의 말이 끝나기도 전에 남작의 표정이 일변했다.

"아무튼 사무실에 청원서 먼저 제출하세요. 나도 최선을 다해보지요." 그가 네흘류도프에게 말했다.

이때 젊은 관리가 걸음걸이를 뽐내듯 들어왔다.

"그 부인께서 몇 마디 더 드릴 말씀이 있다고 합니다."

"음, 들여보내요. 공작, 여기 있다보면 얼마나 많은 눈물을 보게 되는지 모릅니다. 그 눈물을 전부 닦아줄 수 있다면 얼마나 좋겠습니까! 힘닿는 데까지 하고는 있지만."

귀부인이 들어왔다.

"아까 말씀드린다는 걸 잊었는데, 그 사람이 딸을 넘기지 못하게 절대 허락하지 말아주셨으면 합니다. 안 그러면 그 사람이 무슨 일을 저지를지……"

"아까 그러겠다고 말씀드렸잖습니까!"

"부탁드려요, 남작. 제발 부탁드립니다, 이 어미를 도와주세요."

그녀가 그의 손을 움켜쥐고 입을 맞추기 시작했다.

"다 잘될 겁니다."

귀부인이 나가자 네흘류도프도 작별인사를 했다.

"힘닿는 데까지 해봅시다. 법무부에도 조회해보지요. 그들이 당신에게 답변을 줄 겁니다. 그때 가서 할 수 있는 일을 다 해봅시다."

네흘류도프는 서재에서 나와 사무실을 지나갔다. 원로원과 마찬가지로 이곳의 웅장한 방에도 복장부터 말투에 이르기까지 단정하고 정중하고 절도 있는데다 명쾌하고 엄격하고 훌륭한 관리들이 있었다.

'참으로 많군, 헤아릴 수 없을 정도로 많아. 다들 잘 먹어서 혈색들이 좋고, 셔츠며 손도 청결하고, 반짝반짝하게 잘 닦인 구두를 신었구나. 대체 누가 이 모든 걸 이렇게 만드는 걸까? 죄수들이나 농민들과 달리 이들은 얼마나 안락한 생활을 누리는가?' 네흘류도프는 자기도 모르게 다시 생각에 잠겼다.

19

페테르부르크의 교도소에 수감된 죄수들의 운명을 손안에 쥔 사람은 평소 단춧구멍에 하얀 십자훈장 하나만 달고 있지만 사실은 가슴을 다 덮을 수 있을 만큼 숱한 훈장을 받은, 공적은 많지만 지금은 늙어 망령이 들었다는 소문이 도는 독일계 남작 가문 출신의 노장군이었다. 이 노장군이 대단히 자랑스러워한다는 그 십자훈장은 과거 그가 캅카스에서 근무할 때 머리를 밀고 군복에 총칼로 무장한 러시아 농민들을 통솔해, 자유와 집과 가족을 지키려고 일어선 천 명이 넘는 캅카스 주민들을 죽인 공로로 받은 것이었다. 그뒤 그는 폴란드에서 근무하며 그곳에서도 러시아 농민들을 강다짐해 갖가지 만행을 저지르게 했고, 그 공으로 훈장과 군복에 다는 장식을 수여받았다. 그후에도 또 몇 곳에서 근무했고 이제는 쇠약한 노인이 되어 관에서 제공하는 훌륭한 집과 봉급과 명예를 얻어 편안히 살고 있었다. 그는 상부의 명령을 철저히 이행했고 또 그것을 매우 중요하게 생각했다. 상부의 명령에 특별한 의미를 부여하면서 그는 세상일은 무엇이든 변할 수 있지만 상부의 명령만은 예외라고 믿었다. 그의 직무란, 남녀 정치범을 십 년 안에 절반은 죽어나가는 요새감옥 독방에 가두는 일이었다. 어떤 사람은 미쳐서 죽고, 또 어떤 사람은 폐병으로 죽고, 단식을 하거나 유리 조각으로 동맥을 끊거나 목을 매거나 자기 몸에 불을 질러 자살하는 사람들도 있었다.

노장군은 그 모든 걸 알았고, 알 뿐만 아니라 그런 일들이 전부 그의 눈앞에서 벌어지는데도 뇌우나 홍수 같은 천재지변이 양심에 영향을 미치지 않듯 그런 일에 대해 단 한 번도 양심의 가책을 느끼지 않았다. 그런 일은 황제 폐하의 이름으로 상부에서 내려온 명령을 수행한 결과이며 명령은 무슨 일이 있어도 받들어야 하는 것이므로 그 결과에 대해 생각하는 것은 무익할 뿐이었다. 노장군은 지극히 중요한 직무 실행력이 무뎌지지 않도록 아예 아무 생각도 하지 않는 것을 군인으로서의 애국적 의무로 여기며 이러한 사안들에 대해 머리 쓰는 것을 스스로에게 허용하지 않았다.

노장군은 직무상의 의무에 따라 일주일에 한 번씩 요새감옥 독방들을 돌면서 죄수들의 청원을 들어주어야 했다. 죄수들은 그에게 다양한 청원을 해왔다. 그는 꼼짝하지 않고 묵묵히 그들의 말을 끝까지 들었지만, 뭔가를 이루어준 적은 지금까지 단 한 번도 없었다. 그들의 요구가 하나같이 법에 배치되었기 때문이다.

네흘류도프가 노장군의 집으로 가고 있을 때 시계탑의 가녀린 종소리가 〈하느님의 영광 가득히〉를 울린 다음 두시를 알렸다. 이 소리를 듣자 네흘류도프는 데카브리스트의 수기에서 읽었던 것을, 그리고 매

시간 반복되는 이 감미로운 음악이 종신형 죄수들의 영혼에 어떻게 울렸을지 떠올렸다.* 네흘류도프가 그의 집 현관 입구에 이르렀을 때, 노장군은 어두컴컴한 응접실에서 상감기법으로 장식한 작은 탁자 앞에 앉아 부하의 동생인 젊은 화가와 종이 위에 찻잔 받침을 돌리며 점을 치고 있었다. 화가의 가늘고 축축한 손가락들과 노장군의 뻣뻣하고 주름지고 앙상한 손가락들이 깍지로 맞물린 채 알파벳이 적힌 종이 위에서 뒤집어놓은 받침접시와 함께 꿈질꿈질 움직이고 있었다. 받침접시는 장군이 한 질문, 즉 영혼들은 죽어서도 서로를 알아보는가에 답하던 참이었다.

사환을 대신하던 종졸들 중 하나가 네흘류도프의 명함을 들고 들어왔을 때 마침 잔 다르크의 영혼이 받침접시를 통해 답하고 있었다. 잔 다르크의 영혼은 알파벳으로 이미 '서로를 알아볼 것이다'라고 답했고 그대로 종이에 적혔다. 종졸이 왔을 때 받침접시는 'п' 위에 멈췄다가 'о' 위로 가더니 다시 움직여 'с' 위에 멈췄고 잠시 뒤 이리저리 꿈질거리기 시작했다. 장군의 의견에 따르면, 받침접시가 꿈질거린 것은 다음 글자가 'л'이어야 했기 때문이다. 즉 그가 생각하기에 잔 다르크는 영혼이 서로를 알아볼 수 있으려면 지상의 모든 것으로부터 정화된 이후에после 가능하다 혹은 그와 비슷한 대답을 내놓아야 했고, 따라서 다음 글자는 'л'이 되어야 했다. 그러나 화가는 다음 글자가 분명 'в'일 거라 생각했는데, 잔 다르크가 영혼은 보이지 않는 영혼체가 빛을 통해по свету 서로를 알아본다고 대답하리라 믿었기 때문이다. 칙칙한 회색

---

* 페트로파블롭스크 요새감옥에 수감되었던 안드레이 로젠(1800~1884)의 수기에 나옴.

눈썹을 음울하게 찌푸리고 손을 뚫어지게 바라보던 노장군은 받침접시가 스스로 움직인다고 상상하며 'ㅠ' 쪽으로 끌어당겼다. 성긴 머리털을 귀 뒤로 빗어 넘긴 창백한 젊은 화가는 생기 없는 하늘색 눈으로 어두컴컴한 응접실 한쪽 구석을 보다가 신경질적으로 입술을 실룩거리며 접시를 'в' 쪽으로 끌어당겼다. 장군은 하던 일을 방해받자 얼굴을 찡그리며 잠시 침묵했고, 종졸이 건넨 명함을 들고 코안경을 걸치더니 저린 손가락을 문지르며 굵은 허리가 아픈 듯 앓는 소리를 내며 키 큰 몸을 쭉 펴서 일어섰다.

"서재로 안내하게."

"각하, 저 혼자서 마저 끝마치게 해주십시오." 화가가 일어서며 말했다. "지금 영혼이 왔다는 게 느껴집니다."

"좋아, 마무리하게." 장군이 단호하고 엄격하게 말하고 곧게 편 두 다리를 성큼성큼 떼며 결연하고 규칙적인 걸음걸이로 서재에 들어섰다. "반갑군." 장군은 네흘류도프에게 책상 옆 안락의자를 가리키며 걸걸한 목소리로 부드럽게 말했다. "페테르부르크에 온 지 오래됐나?"

네흘류도프는 온 지 얼마 되지 않았다고 대답했다.

"모친이신 공작부인은 건강하신가?"

"어머님은 돌아가셨습니다."

"이런, 결례를 했군, 애도를 표하네. 아들놈이 자넬 만났다고 하던데."

장군의 아들도 그와 마찬가지로 출세가도를 달려 군사아카데미를 마친 뒤 첩보국에서 근무하고 있었고 자신이 맡은 일을 무척 자랑스럽게 여겼다. 그 일이란 간첩들을 감독하는 것이었다.

"나는 자네 부친과 함께 근무도 했었네. 친구이자 동료였지. 그래, 자네는 어디서 근무하고 있나?"

"아니요, 근무는 하지 않습니다."

장군은 못마땅한 듯 고개를 갸웃했다.

"실은 장군께 드릴 부탁이 있습니다." 네흘류도프가 말했다.

"오, 기쁜 일이군. 무슨 일인가?"

"제 부탁이 부적절하다면 부디 용서하십시오. 하지만 저로서는 꼭 부탁을 드려야만 해서요."

"무슨 일인데 그러시나?"

"실은 이곳 교도소에 구르케비치라는 사람이 수감되어 있습니다. 그 사람의 어머니가 면회를 원합니다. 그게 안 된다면 최소한 책이라도 들여보낼 수 있게 해주길 바라고 있습니다."

장군은 네흘류도프의 말에 만족도 불만도 아닌 표정으로 고개를 갸웃한 채 생각에 잠긴 듯이 실눈을 떴다. 그러나 사실 장군은 아무 생각도 하고 있지 않았고, 자신은 법에 따를 수밖에 없다는 것을 너무나 잘 알고 있었기 때문에 네흘류도프의 부탁에는 관심조차 없었다. 그는 그저 머리를 비우고 쉬고 있을 뿐이었다.

"잘 알겠지만 그건 내 소관 밖의 일이네." 그가 뜸을 들인 뒤 말했다. "면회에 대해 말하자면, 황제 폐하의 칙령에 준하는 규정 안에서 허용되는 경우에만 승낙할 수 있네. 그리고 책에 대해서는, 교도소 안에 도서실이 있고 반입이 허가된 책은 뭐든 빌려볼 수 있지."

"네, 그렇습니다만 그 사람에게 필요한 것은 전문 서적입니다. 공부를 하고 싶어하거든요."

"그런 말은 믿지 마시게." 장군이 잠시 입을 다물었다. "공부를 위해서가 아니야. 소란만 일으킬 걸세.”

“하지만 그렇게 괴로운 처지에서는 시간을 보낼 수 있는 일이 필요하지 않겠습니까?” 네흘류도프가 말했다.

“그자들은 늘 불평만 늘어놓지.” 장군이 말했다. “우리는 그자들을 정말 잘 안다네.” 그는 그들에 대해 말할 때 막돼먹은 종족에 대해 말하듯 했다. “어쨌든 이곳에서는 다른 곳에서 좀처럼 얻을 수 없는 편의가 제공되고 있으니까 말이야.” 장군은 계속했다.

그리고 그는 자기 말이 옳다는 것을 증명하려는 듯, 마치 수감자에게 쾌적한 거주지를 제공하는 것이 이 교도소의 주요 목적이라도 되는 양 이곳 죄수들이 누리는 모든 편의를 자세히 나열했다.

“전에는 꽤 가혹했던 게 사실이지만 지금은 훌륭한 대우를 해주고 있네. 식사는 세 접시가 제공되는데 그중 한 접시는 언제나 고기일세. 비프커틀릿이나 커틀릿 같은. 게다가 일요일에는 한 접시가 더 늘어 디저트까지 나가지. 러시아인들이 모두 이런 식사를 하면 얼마나 좋을까 생각될 정도라네.”

장군은 노인들이 흔히 그렇듯 여러 번 되풀이해 외우다시피 한 주제가 나오자, 죄수들의 요구 사항이며 배은망덕의 증거로 그간 수없이 되풀이했던 것을 다시 늘어놓았다.

“그들은 종교 서적도 오래된 잡지도 모두 볼 수 있네. 아무튼 이곳 도서실에는 책이 충분해. 그런데 잘 읽지도 않아. 처음에는 흥미를 갖는 듯 보이지만 새책은 절반쯤만 책장을 터놓은 상태로 팽개쳐버리고*, 헌

---

* 당시 책은 가장자리를 재단하지 않고 접지 상태 그대로 제본되었으므로 붙어 있는 책장을 칼 등으로 터서 읽어야 했다.

책은 아예 손도 대지 않아. 언젠가 이런 시험까지 해봤다네." 장군이 어색한 미소를 지으며 말했다. "책 속에 일부러 종잇조각을 끼워뒀어. 그런데 나중에도 그게 그 위치에 그대로 있었네. 그들은 마음대로 글도 쓸 수 있어." 장군이 계속했다. "석판과 석필이 지급되거든. 그러니 무료하면 뭐든 얼마든지 쓸 수 있어. 썼다 지울 수도 있고. 그런데 그들은 그것조차 하지 않아. 처음에는 안절부절못하고 거칠게 굴지만 나중에는 살도 찌고 아주 유순해진다네." 장군은 지금 자기가 하는 말이 어떤 무서운 의미를 지니는지 조금의 의심도 없이 말했다.

네흘류도프는 그의 갈라지고 늙은 목소리와 뻣뻣해진 손발, 흰 눈썹 밑으로 보이는 생기 없는 눈동자, 팔다리의 앙상한 뼈마디, 군복 깃에 늘어진 면도한 볼살, 특히 잔인한 대량 학살의 공훈으로 받은 그의 하얀 십자훈장 등을 바라보면서 그의 말에 반박하거나 그 말의 의미를 설명한들 아무 소용이 없겠다고 생각했다. 그래도 그는 오늘 아침 석방 지시가 떨어졌다는 여자 죄수 슈스토바에 대해 애써 용기를 내어 물었다.

"슈스토바? 슈스토바라…… 이름을 일일이 기억하지는 못하네. 죄수가 너무 많아서 말이지." 그는 죄수가 너무 많다는 이유로 다시 그들을 비난하면서 말했다. 그는 벨을 눌러 종졸에게 서기를 불러오라 일렀다.

종졸이 서기를 부르러 간 사이 그는 네흘류도프에게 어디서든 성실하게 근무를 하라며 황제 폐하에게 필요한 것은 바로 그런 성실하고 소중한 인재라고(물론 자신도 그중 한 사람이라는 것을 넌지시 비치면서) 말했다…… "그리고 조국을 위해"라고도 했는데, 그저 장식으로 덧붙인 말이 분명했다.

"이렇게 늙은 나도 힘닿는 한 봉직하고 있네."

어딘가 불안해 보이면서도 영리한 눈빛의 비쩍 마른 서기가 들어와 슈스토바라는 여자 죄수는 요새의 특별한 장소*에 갇혀 있으며 그 여자에 대한 지령은 아직 당도하지 않았다고 보고했다.

네흘류도프는 이 무서운 노인에 대한 혐오와 연민을 얼굴에 드러내지 않으려 애쓰며 자리에서 일어났다. 노인은 노인대로 길을 잃고 헤매는 게 분명한 옛친구의 경솔한 아들에게 너무 엄격해서도 안 되지만 그렇다고 아무 훈계도 하지 않고 내버려두는 것도 도리가 아니라고 생각했다.

"그럼 잘 가게, 친구, 그리고 부디 이 늙은이를 나쁘게 생각하지 말아주게. 자네를 좋아해서 하는 말이니까. 수감중인 죄수들과 관계를 맺지 않도록 해주게. 본인들은 죄가 없다고 말하지만 모두 아주 부도덕한 자들이거든. 우리는 그들을 아주 잘 알지." 그는 의심의 여지조차 허용하지 않는 투로 말했다. 실제로 그는 자신의 말에 조금의 의혹도 갖지 않았다. 사실이 그래서라기보다는, 만일 그게 사실이 아니라면 자신이 지금까지 만족스러운 삶을 살아온 명예로운 영웅이 아니라 젊어서부터 양심을 팔고 늙어서까지 줄곧 양심을 외면하는 한낱 불한당이라는 걸 스스로 인정하는 꼴이 되기 때문이었다. "아무튼 우선은 봉직을 하게." 그가 말을 이었다. "폐하께는 성실한 인재가 필요해…… 그리고 조국에도," 그리고 덧붙였다. "만일 나나 다른 사람들이 모두 자네처럼 봉직

---

* 페트로파블롭스크 요새의 성루, 즉 트루베츠코이 능보를 말함. 1703년 표트르 1세가 건설했고, 18세기 중반부터는 정치범 감옥으로 쓰였다.

하지 않는다면 어떻게 되겠나? 누가 남겠나? 다들 국가 일을 이러쿵저러쿵 비난만 하지 나서서 도울 생각은 하지 않으니."

네흘류도프는 한숨을 깊이 내쉬며 고개 숙여 인사했고, 장군이 관대하게 내민 크고 앙상한 손을 맞잡은 뒤 방을 나왔다.

장군은 못마땅하다는 듯이 고개를 젓고 허리를 주무르며 응접실로 돌아갔다. 화가는 이미 잔 다르크의 영혼이 내린 답을 적어놓고 장군을 기다리고 있었다. 장군은 코안경을 쓰고 죽 읽어내려갔다. "영체에서 나오는 빛으로 서로를 알아볼 것이다."

"오," 장군이 눈을 감고 수긍하며 말했다. "그런데 말일세, 만일 모든 사람의 빛이 똑같다면 어떻게 알아보지?" 그가 이렇게 묻고 또다시 화가와 손깍지를 끼고는 작은 탁자 앞에 앉았다.

그사이 네흘류도프의 마차는 대문을 빠져나왔다.

"여긴 정말 갑갑한 곳이더군요, 나리." 마부가 네흘류도프를 돌아보며 말했다. "나리를 기다리지 않고 그냥 돌아가버릴까 생각했습니다."

"그래, 갑갑한 곳이야." 네흘류도프는 그의 말에 맞장구치고는 가슴 가득 공기를 들이마시며 하늘에 차분하게 떠 있는 연기 같은 구름, 네바강을 따라 조각배들과 증기선들이 일으키는 반짝이는 잔물결을 물끄러미 바라보았다.

20

다음날 네흘류도프는 마슬로바 사건의 심리가 예정된 원로원으로 갔다. 그리고 이미 마차들이 서 있는 웅장한 원로원 건물 현관 마차 승강장에서 변호사와 만났다. 화려하고 웅장한 계단을 따라 이층으로 올라가자, 이 건물 통로를 속속들이 아는 변호사가 재판규정 시행 연호가 쓰여 있는 왼쪽 문으로 향했다. 첫번째 길쭉한 방에서 외투를 벗고 수위에게서 의원들이 모두 모였다는 것과 마지막 의원이 방금 들어갔다는 말을 전해들은 파나린은 하얀 셔츠에 흰 넥타이를 맨 연미복 차림에 밝고 자신 있는 태도로 옆방으로 들어갔다. 다음 방의 오른편에는 커다란 옷장이, 그 옆으로 탁자가 나란히 놓여 있고 왼편에 나선형 계단이 있었다. 약식 제복 차림의 점잖은 관리가 겨드랑이에 서류가방을 낀 채 계단을 내려오고 있었다. 재킷에 회색 바지를 입고 긴 백발을 늘어뜨린 예스러운 풍모의 노인이 유독 네흘류도프의 눈길을 끌었는데, 노인 옆에는 하급 관리 두 명이 유난히 공손한 자세로 서 있었다.

백발의 노인이 환복실로 들어갔다. 이때 파나린은 사람들 틈에서 자기처럼 연미복 차림에 흰 넥타이를 맨 동료 변호사를 발견하고 곧 활기차게 대화를 나누기 시작했다. 네흘류도프는 그곳에 있는 사람들을 둘러보았다. 방청인은 열다섯 명이고 그중 둘은 여자였다. 한 사람은 코안경을 쓴 젊은 여자이고 다른 한 사람은 백발의 부인이었다. 지금 열리는 심리는 신문기사에 의한 명예훼손 사건으로, 평소보다 방청인이 많이 모였고 대부분 언론계 종사자들이었다.

맵시 있는 제복 차림에 혈색 좋고 잘생긴 집행관이 한쪽 손에 서류를 들고 들어와 파나린에게 다가오더니 무슨 사건으로 왔는지 물었고, 마슬로바 사건이라고 알려주자 서류에 뭔가 적고는 돌아갔다. 이때 환복실 문이 열렸고 예스러운 풍모의 노인이 나왔는데, 재킷이 아니라 새를 연상시키는 옷을 걸치고 가슴에는 반짝이는 금몰 장식을 달고 있었다.

노인 자신도 이 우스꽝스러운 복장이 어색했던지 평소보다 빠른 듯한 걸음으로 맞은편 문으로 들어갔다.

"저분이 베입니다, 사람들의 존경을 받는 인물이죠." 파나린이 네흘류도프에게 이렇게 말하고 자기 동료를 소개하더니 이제 곧 심리가 열리는 흥미로운 사건에 관해 이야기했다.

심리가 시작되어 네흘류도프는 방청인들과 함께 왼쪽 법정으로 들어갔다. 파나린과 그들 모두는 격자 칸막이 뒤쪽 방청석으로 갔다. 페테르부르크의 변호사만 칸막이 앞쪽 변호인석으로 걸어나갔다.

원로원 법정은 지방법원보다 작고 구조도 더 간단했다. 다른 점이 있다면 의원들 앞쪽 탁자에 녹색 나사가 아니라 금몰이 둘린 진홍색 벨벳이 덮여 있다는 것뿐이었다. 공명정대한 재판을 행하는 곳이라면 어디에나 있는 정의표, 성상화, 황제의 초상이 있는 것은 똑같았다. 그리고 여기서도 어김없이 집행관이 엄숙한 목소리로 "개정" 하고 선언했다. 그러자 역시 어김없이 모두가 일어서고 법복 차림의 의원들도 어김없이 들어와 등받이가 높은 의자에 앉았으며 짐짓 자연스러운 체하려고 애쓰면서 어김없이 탁자에 팔꿈치를 짚었다.

원로원 의원은 네 명이었다. 좁다란 얼굴을 깨끗이 면도한 강한 눈빛의 의장 니키틴, 의미심장하게 입술을 꼭 다문 채 작고 하얀 손으로 서류를 뒤적이는 볼프, 다음은 뚱뚱하고 육중한 몸집에 얼굴이 얽은 학자풍 법률가 스코보로드니코프, 마지막 네번째로 등청한 예스러운 풍모의 노인 베였다. 의원들과 함께 주임 서기가 들어오고 나서 검사차장이 입정했는데, 검사차장은 음울한 까만 눈에 가무잡잡한 얼굴, 몸이 마르고 중키에 말끔히 면도한 젊은 남자였다. 네흘류도프는 육 년 동안 만나지 못했지만 기묘한 제복을 입은 이 남자가 그와 대학 시절 절친했던 친구임을 알아보았다.

"검사차장 셸레닌이죠?" 그가 변호사에게 물었다.

"그렇습니다. 그런데 왜요?"

"저 사람을 잘 압니다. 훌륭한 사람이죠······"

"좋은 검사차장이죠. 유능한 사람입니다. 저 사람에게 부탁할걸 그랬습니다." 파나린이 말했다.

"저 사람은 어떠한 경우에도 양심적으로 행동할 겁니다." 네흘류도프는 셸레닌과 나눈 우정과 순수함, 정직함, 예의바름 등 그가 지닌 아름다운 최고의 성품을 떠올리며 말했다.

"하지만 이제는 그럴 시간이 없습니다." 파나린이 사건 보고에 귀를 기울이며 속삭였다.

지방법원의 판결을 변경 없이 유지한 항소심 판결에 대한 상고 심리가 시작되었다.

네흘류도프는 귀를 기울이며 눈앞에서 벌어지는 일의 의미를 이해하려 애썼지만 여기서도 지방법원과 마찬가지로 중요한 문제는 제외되고 극히 지엽적인 것만 논의되고 있었다. 사건의 요점은 어느 주식회사 사장의 사기 행위를 들춰낸 신문기사에 관한 것이었다. 따라서 당연히 주식회사 사장의 배임 행위가 사실인지 아닌지, 그리고 그러한 배임 행위를 근절하기 위한 방법이 논의되어야 했다. 그러나 그런 논의는 이루어지지 않았다. 발행자는 칼럼 기고자의 기사를 인쇄할 법적 권리를 가졌는지, 기사를 인쇄함으로써 그가 어떤 범죄를 저질렀는지, 즉 명예훼손죄인지 비방죄인지, 또 명예훼손죄는 비방죄를 포함하는지, 혹은 비방죄는 명예훼손죄를 포함하는지 등등 일반인들은 조금도 이해할 수 없는 온갖 법률 조문이나 판례에만 논의가 집중되었다.

네흘류도프가 유일하게 이해한 한 가지는 사건을 보고하고 있는 볼프가 어제 자기에게는 사실상 원로원은 사건 내용 심리는 할 수 없다고 단정적으로 말해놓고, 오늘 이 사건에서는 편파적으로 항소심 판결 파기에 유리하도록 보고했다는 것, 그리고 셀레닌은 그의 신중한 성격과 달리 예상외로 열을 올리며 반대 의견을 펼쳤다는 것이었다. 신중한 성격의 셀레닌이 격앙했던 까닭은 주식회사 사장이 돈 문제에서는 치사한 인간이라는 것을 익히 아는데다 볼프가 사건 심리 전날 밤에 사장에게서 향응을 제공받았다는 것을 우연히 알게 되었기 때문이었다. 그래서 지금 주식회사에 유리한 방향으로 사건을 차분하게 보고하는 볼프에게 화가 난 나머지 셀레닌은 평범한 사건에 지나칠 정도로 흥분해 의견을 펼쳤던 것이다. 셀레닌의 논고는 볼프에게 모욕감을 주었다. 얼굴이 벌게진 볼프는 말없이 어깨를 들썩거렸고 놀란 듯한 몸짓을 하고는 화가 나 굳은 얼굴로 다른 의원들과 평의실로 물러갔다.

"아까 무슨 사건이라고 하셨죠?" 의원들이 물러가자 집행관이 다시 파나린에게 물었다.

"마슬로바 사건이라고 했잖소." 파나린이 대답했다.

"참 그랬죠. 그 사건은 오늘 심리될 겁니다. 그런데……"

"그런데 뭡니까?" 변호사가 물었다.

"보셨다시피 지금 이 사건이 저 지경이 되어버려서 판결 선고가 끝나면 의원님들이 다시 나오지 않으실지도 모릅니다. 그러나 제가 보고 드리겠습니다……"

"그러니까 어떻게 된다는 겁니까?……"

"제가 보고하겠습니다, 네네." 그리고 집행관은 종이쪽지에 뭔가 적었다.

의원들은 실제로 이 비방 사건 판결의 선고를 마치고서 마슬로바 사건을 포함한 나머지 사건들은 평의실에서 차를 마시고 담배를 피우며 처리할 작정이었다.

21

의원들이 평의실 탁자 앞에 앉자마자 볼프는 원판결이 파기되어야만 하는 이유를 열띤 어조로 주장하기 시작했다.

원래 심술궂은 의장은 오늘따라 유난히 기분이 좋지 않았다. 그는 법정에서 사건 보고를 듣는 동안 이미 자기 의견을 정리해두었으므로 지금 볼프가 하는 말에는 귀기울이지 않고 자기 생각에만 골몰했다. 그는 오래전부터 바라고 바라던 중요한 자리에 자기가 아니라 빌랴노프가 임명된 일을 어제 비망록에 적어두었는데, 지금 그 구절들을 떠올리고 있었다. 의장 니키틴은 봉직생활 동안 접촉한 가장 높은 두 계급의 고관들에 대한 자신의 평가가 언젠가 아주 중요한 역사적 자료가 될 거라 확신했다. 그는 어제 비망록의 한 장章을 가장 높은 두 계급의 몇몇 관리에 대한 통렬한 비판으로 채웠는데, 그 표현에 의하면, 오늘날

위정자들이 파멸로 몰고 가고 있는 러시아를 구하려는 그의 충정을 그들이 방해했다는 내용이었고―사실 그들은 그가 지금보다 더 많은 봉급을 받는 것을 방해했을 뿐이지만, 그는 이 모든 것이 후대에는 완전히 새롭게 조명될 거라 생각했다.

"그렇습니다, 물론입니다." 그는 볼프의 질문을 제대로 듣지도 않고 대답했다.

한편, 베는 앞에 놓인 종이에 꽃 그림을 그리면서 슬픈 얼굴로 볼프의 말을 듣고 있었다. 베는 순수한 자유주의자였다. 그는 1860년대의 전통을 신성하게 지켰고 그가 공명정대라는 원칙에서 벗어나는 경우는 자유주의를 위한 일을 할 때뿐이었다. 그래서 이 사건에서 그는 비방죄로 신문사를 고소한 주식회사 사장이 추악한 인간이라는 이유뿐만 아니라 신문기자를 비방죄로 처벌하는 것은 언론과 출판의 자유를 위협한다는 이유에 따라 이 상고는 마땅히 기각되어야 한다고 생각했다. 볼프가 보고를 마치자 베는 꽃 그림을 완성하지 못한 채 슬픈 표정으로―그는 이처럼 명백한 일을 증명해야 한다는 것이 슬펐다―, 그러나 부드럽고 유쾌한 목소리로 간단명료하고 설득력 있게 상고의 근거가 없음을 증명했고, 백발의 머리를 숙이고는 완성하지 못한 꽃 그림을 마저 그리기 시작했다.

볼프의 맞은편에 앉아 내내 굵은 손가락으로 턱수염과 콧수염을 모아 입속에 집어넣고 씹던 스코보로드니코프는 베가 말을 마치자 턱수염 씹기를 당장 멈추고 새된 목소리로 크게 말했는데, 주식회사 사장이 악당일지라도 법률적 근거가 있다면 주저하지 않고 원판결을 파기하겠지만 근거가 부족하므로 이반 세묘노비치(베)의 의견에 동의한다는 입장이었고, 그는 볼프를 한방 먹인 것이 기뻤다. 의장도 스코보로드니코프의 의견에 찬성했고, 그렇게 이 건은 기각되었다.

볼프는 비양심적이고 편파적인 자기 처사가 들통난 꼴이라 몹시 불만이었지만 태연한 체하면서 마슬로바 사건 기록을 펴놓고 읽는 데 몰두했다. 그러는 사이 의원들은 벨을 울려 차를 시켰고 카멘스키 결투 사건과 더불어 페테르부르크 사람들의 관심을 모은 사건에 대해 이야기했다. 형법 제995조에 해당하는 범죄 혐의를 받고 체포된 어느 관공서 국장의 사건이었다.

"낯 뜨거운 이야기군요." 베가 혐오스러운 표정으로 말했다.

"그게 뭐 나쁜 건가요? 어느 독일 작가가 그런 건 범죄로 치지도 않을뿐더러 앞으로는 남자들끼리의 결혼도 허용해야 한다고 제안했는데, 그걸 소개한 러시아 책을 보여드리겠습니다." 스코보로드니코프가 손샅에 낀 찌그러진 담배를 쪽쪽 빨며 큰 소리로 웃었다.

"있을 수 없는 일이야." 베가 말했다.

"얼마든지 보여드리겠습니다." 스코보로드니코프는 책 제목과 발행 연월일, 출판사까지 댔다.

"그런데 그 사람이 시베리아 어느 도시의 지사로 임명되어 간다는 말이 있어요." 니키틴이 말했다.

"그거 잘됐군요. 주교가 십자가를 들고 그를 맞이할 겁니다. 그런 주교도 필요한 법이지요. 제가 한 사람 추천할까 싶습니다." 스코보로드니코프가 이렇게 말하고 담배 꽁초를 재떨이에 던지고는 턱수염과 콧수염을 입속에 한 움큼 집어넣고 씹기 시작했다.

이때 집행관이 들어와 변호사와 네흘류도프가 마슬로바 사건의 심리에 입회하기를 바란다고 알렸다.

"바로 이 사건입니다." 볼프가 말했다. "완전히 소설입니다." 그가 이렇게 말하고 네흘류도프와 마슬로바와의 관계에 대해 아는 데까지 이야기했다.

이야기가 끝나자 담배를 피우고 차를 마신 의원들은 법정으로 나가 선행 사건의 판결을 선고하고 이윽고 마슬로바 사건의 심리에 착수했다.

볼프는 날카로운 목소리로 마슬로바의 상고 이유를 아주 자세히 이야기했는데, 이번에도 사심이 전혀 없지는 않은 태도로, 원판결 파기를 바라는 기색을 역력히 드러내며 말했다.

"덧붙일 말이 있습니까?" 의장이 파나린 쪽을 보고 말했다.

파나린은 일어서서 하얀 셔츠를 입은 넓은 가슴을 펴며 조목조목 놀랍도록 설득력 있게, 그리고 정확한 표현을 써가며 원판결이 어떻게 법률의 정당한 해석에서 벗어나는지 그 여섯 항목을 논증하고 간결하게나마 사건의 본질을 짚은 다음 원판결의 명백한 부당성을 주장했다. 파나린은 간결하고도 힘있는 어조로 변론했고, 의원들이 누구보다 깊은 통찰력과 법률 지식으로 사건을 이해하고 있겠지만 자기가 굳이 다시 밝히는 까닭은 변호사라는 직책의 의무가 그러하기 때문이라는 것을 강조하며 용서를 구한다는 듯이 말했다. 파나린이 변론을 끝냈을 때, 원로원이 원판결을 파기하리라는 데는 의심의 여지가 없어 보였다. 변론을 마친 파나린은 자신만만한 미소를 지었다. 네흘류도프는 자기가 선임한 변호사의 미소를 보면서 파기를 확신했다. 그러나 의원들의 얼굴을 보고는 승리를 확신하며 미소 짓는 사람이 파나린뿐이라는 것을 알아챘다. 의원들과 검사차장의 얼굴에는 미소도 없고 승리를 확신하는 표정도 없었으며, 그들은 오히려 '당신네들 군소리는 넌더리가 날 만큼 들어왔고 그따위 건 아무 소용 없다'며 지겨워하는 기색이었다. 그들은 변호사가 군소리를 마치고 쓸데없이 자신들을 더이상 잡아두지 않게 되자 비로소 만족스러운 표정을 지었다. 변론이 끝나자 의장은 검사차장을 돌아보았다. 셀레닌은 상고 이유가 모두 부족하므로 원판결을 변경 없이 유지해야 한다고 간결하고 명쾌하고 정확하게 논고를 펼쳤다. 그리고 의원들은 의논하기 위해 자리에서 일어나 평의실로 물러갔다. 평의실에서는 의견이 둘로 갈렸다. 볼프는 파기를 주장했다. 베도 사건의 진상을 이해하고 전체 법정의 광경이며 배심원들의 오류를 하나하나 동료들에게 설명하면서 매우 격렬하게 파기를 주장했다. 니키틴은 언제나처럼 법의 엄정성과 존엄성을 주장하며 반대 의견을 냈다. 이제 스코보로드니코프의 발언에 달려 있었다. 그는 상고 기각을 표명했는데, 도덕적 책임감에 이 여자와 결혼하겠다는 네흘류도프의 결심이 더없이 역겨웠기 때문이었다.

유물론자이며 다윈의 진화론을 신봉하는 스코보로드니코프는 온갖 추상적 도덕관이나 그보다 더 나쁜 종교관을 경멸해야 마땅한 광기로 여겼을 뿐만 아니라 그런 이야기를 들으면 개인적 모욕감을 느끼기까지 했다. 매춘부에 불과한 여자를 둘러싸고 일어난 이 모든 소란이, 그런 여자를 변호하기 위해 유명한 변호사와 네흘류도프가 이곳 원로원까지 직접 왔다는 사실이 그는 너무도 역겨웠다. 그래서 그는 턱수염을 입속에 집어넣으면서 얼굴을 찌푸린 채 자신은 이 사건에 대해 아는 바가 없지만 상고 이유가 부족하므로 의장의 의견에 동의해 기각에 찬성할 수밖에 없다고 아주 천연덕스럽게 말했다.

상소는 기각되었다.

22

"기가 찰 노릇이군!" 네흘류도프가 서류가방을 챙긴 변호사와 대기실로 나오며 말했다. "이렇게 명백한 사건에서 형식을 트집잡아 기각하다니. 기가 찰 노릇이야!"

"이 사건은 이미 원심에서 결딴난 겁니다!" 변호사가 말했다.

"셀레닌까지 기각을 주장하다니. 기가 찹니다, 기가 차!" 네흘류도프는 계속 되풀이했다. "이제 어떻게 해야 합니까?"

"도리가 없습니다. 폐하께 청원합시다. 여기 있는 동안 직접 제출하시는 게 좋겠습니다. 청원서는 제가 써드리겠습니다."

이때 제복에 훈장을 주렁주렁 단 왜소한 볼프가 대기실로 들어와 네흘류도프에게 다가왔다.

"어쩔 수 없게 됐습니다, 공작. 상고 이유가 불충분했으니까요." 그는 좁은 어깨를 움츠리고 눈을 찡그리며 말하고는 볼일이 있다며 가버렸다.

볼프가 간 뒤 옛친구인 네흘류도프가 여기 와 있다는 이야기를 들은 셀레닌도 그를 찾아왔다.

"여기서 자네를 만날 줄은 정말 몰랐어." 그가 네흘류도프에게 다가오며 말했는데, 입으로는 미소를 지었으나 눈빛은 여전히 우울했다.

"자네가 페테르부르크에 와 있는 것도 몰랐었어."

"나도 자네가 원로원 검사장인 줄 몰랐어……"

"아니, 검사차장이야." 셀레닌이 정정했다. "그건 그렇고 어떻게 원로원 같은 델 왔나?" 그가 침울한 눈빛으로 옛친구를 바라보며 말했다. "페테르부르크에 왔다는 얘기를 듣긴 했네만, 여기는 무슨 일로 온 건가?"

"정의를 되찾아 아무 죄도 없이 형을 받은 한 여자를 구하려고 왔어."

"어떤 여자?"

"방금 판결이 난 사건의 주인공이야."

"아, 마슬로바 사건 말이군." 셀레닌이 말했다. "이유가 너무 불충분한 상고였어."

"문제는 상고가 아니라 무고한 사람이 형을 받았다는 거야."

셀레닌은 한숨을 지었다.

"얼마든지 있을 수 있는 일이지, 그렇지만……"

"있을 수 있는 일이 아니라 분명한 사실이야……"

"그걸 자네가 어떻게 아나?"

"내가 배심원이었으니까. 우리가 어떤 잘못을 저질렀는지 분명히 알아."

셀레닌은 생각에 잠겼다.

"그때 당장 의견을 밝혔어야지." 그가 말했다.

"나는 그렇게 했어."

"공판 기록에도 남겼어야 해. 상고장에도 그것을 적었더라면……"

언제나 일에 쫓겨 사교계에 잘 출입하지 않는 셀레닌은 네흘류도프의 로맨스에 대해 아무것도 모르는 것 같았다. 네흘류도프는 그것을 눈치채고 자기와 마슬로바의 관계는 굳이 말할 필요가 없다고 생각했다.

"그래, 하지만 그 판결이 불합리하다는 건 명백하지 않나." 그가 말했다.

"원로원으로선 그런 것을 말할 권리가 없어. 원로원이 원판결의 옳고 그름을 임의대로 판단하고 판결을 파기한다면 원로원은 정당성을 잃을 뿐 아니라 정의를 되찾기는커녕 오히려 파괴하게 될 걸세." 셀레닌이 이전 사건을 떠올리면서 말했다. "더욱이 배심원들의 결정은 아무 의미도 없게 될 거야."

"내가 아는 건 오직 한 가지야. 그 여자는 맹세코 무고한데, 부당한 형벌로 고생하는 여자를 구하려는 나의 마지막 희망이 사라졌다는 거. 최고기관이 명백한 불법을 인정한 셈이지."

"원로원이 인정한 건 아니지. 원로원은 사건 내용을 심리한 것도 아니고 또 할 수도 없어." 셀레닌이 눈을 짜그리며 말했다. "자네는 이모님 댁에 묵고 있겠지." 그가 화제를 돌리려는 듯 말했다. "어제 자네 이모님이 자네가 여기 와 있다고 알려주셨어. 백작부인이 외국에서 온 설교자의 모임에 자네가 오기로 했다며 나를 초대하셨어." 셀레닌이 어색하게 미소 지으며 말했다.

"아, 나는 참석했었어. 하지만 혐오스러워서 중간에 나와버렸지." 네흘류도프는 화제를 돌리려는 셀레닌에게 화가 나서 쏘아붙이듯 말했다.

"아니, 왜 혐오스러워? 어쨌든 그것도 종교적 감정의 발현 아니겠나, 비록 한쪽에 치우친 분파적인 것이긴 하지만."

"그건 어리석은 헛소리일 뿐이야."

"아니, 그렇지 않아. 그보다 우스운 건 우리가 교회의 가르침을 제대로 알지도 못하면서 기본적인 교리를 무슨 새로운 계시쯤으로 생각한다는 점이야." 셀레닌은 자신의 새로운 견해를 옛친구에게 알려주고자 안달이 난 듯 말했다.

네흘류도프는 어이없다는 표정으로 셀레닌을 바라보았다. 셀레닌은 실망스러운 듯 눈을 내리깔았는데 그 눈에는 슬픔과 더불어 악의가 가득했다.

"자네는 정말 교회의 가르침을 믿어?" 네흘류도프가 물었다.

"물론 믿지." 셀레닌이 생기 없는 눈빛으로 네흘류도프를 바라보며 대답했다.

네흘류도프는 한숨을 지었다.

"놀랍군." 그가 말했다.

"나중에 다시 이야기하지." 셀레닌이 말했다. "지금 가겠네." 그가 공손하게 다가온 집행관에게 말했다. "꼭 다시 만나자고." 그리고 한숨지으며 말을 이었다. "정말 한번 볼 수 있겠나? 난 늘 일곱시에 집에서 식사를 해. 우리집은 나데즈딘스카야 거리에 있어." 그가 번지를 댔다. "그후로 많은 물이 흘렀군.*" 그가 대기실을 떠나며 엷은 미소를 띠고 덧붙였다.

"가능하면 가보겠네." 셀레닌과 짧은 대화를 나눈 뒤 네흘류도프는 한때 소중하고 다정한 사람이었던 그가 이제 자신에게 적까지는 아니

---

* '오랜 세월이 흘렀다'는 관용적 표현.

지만 낯설고 인연도 없는 이해하지 못할 존재가 되어버렸다고 느끼며
이렇게 말했다.

23

네흘류도프가 기억하는 대학 시절의 셀레닌은 훌륭한 아들이자 믿
음직한 친구, 또래 사이에서는 교양이 넘치고 재치 있는 사교계 인사
로, 또 언제나 품위 있고 수려한 외모에 아주 성실하고 정직한 젊은이
로 통했다. 그는 특별히 노력하지 않아도 늘 성적이 우수했고 논문으로
여러 번 금메달을 받았으면서도 현학적인 데가 없었다.

그는 말뿐이 아닌 실제 행동으로 인류에게 봉사하는 것을 젊은 날의
목적으로 삼았다. 그에게 봉사란 국가에 봉직하는 것이었고 이 형식 외
에는 상상할 수 없었다. 그래서 대학을 졸업하자마자 헌신할 수 있는
일을 다방면에서 체계적으로 탐색했고, 결국 법령 편찬을 관장하는 황
제 폐하 직속 사무국 2과*에 자신의 재능이 가장 유익하게 쓰일 수 있
을 거라 판단하고 들어갔다. 하지만 요구받은 모든 일을 정확하고 양심
적으로 수행해도 유익한 존재가 되고자 하는 욕구가 충족되지 않았고
일에서 자부심도 느끼지 못했다. 게다가 천박하고 허영심 많은 직속상
관과 충돌하며 점점 불만만 커지다가 마침내 2과에서 원로원으로 자리
를 옮기게 되었다. 원로원은 이전 근무지보다는 다소 나았지만 여전히

---

* 현행법의 정리를 담당했으나, 나중에 새 법안의 편찬을 통괄했다.

불만족스러웠다.

그는 원로원이 자신의 기대와도 다르고, 마땅히 지향해야 할 모습과도 다르다는 것을 늘 느꼈다. 원로원에서 근무하는 동안 친척들의 도움으로 시종보에 임명되었을 때, 그는 흰색 리넨으로 앞을 대고 금몰이 장식된 제복을 차려입고 도움받은 여러 사람에게 인사를 하기 위해 마차를 타고 이곳저곳을 찾아다녀야 했다. 그러나 아무리 생각해도 그 직무에 대한 합당한 의의를 찾을 수 없었다. 그는 관청에서 근무할 때보다 더 '이건 아닌데'라는 느낌을 받았지만, 한편으로는 그에게 큰 만족을 안겨줬다고 믿는 사람들이 낙담할까봐 그 지위를 거절할 수 없었고, 또 한편으로는 그 지위가 그의 본성의 저급한 측면들을 만족시켜준 것도 사실이었다. 금몰이 장식된 제복을 걸친 모습을 거울에 비추어보거나, 그 지위를 우러르는 사람들이 보이는 존경심이 싫지 않았던 것이다.

똑같은 일이 결혼할 때도 일어났다. 세간의 관점에서 볼 때 아주 눈부신 결혼이었다. 결혼을 한 이유 역시 그가 만약 이 혼사를 거절한다면 결혼을 바라는 신부도, 결혼을 성사시킨 사람들도 모욕감을 느끼며 실망할까봐 염려했기 때문이었고, 또 한편으로는 명문가의 아리따운 아가씨와 결혼한다는 것이 자부심과 만족감을 주었기 때문이었다. 그러나 결혼 또한 관청 근무나 궁중의 직무 못지않게 '이건 아닌데'라는 것이 드러났다. 첫아이를 낳은 이후 더이상 자식을 원하지 않았던 아내는 사치스러운 사교계 생활을 시작했고 그 역시 어쩔 수 없이 사교계에 드나들게 되었다. 그녀는 눈에 띄는 미인도 아니고 남편에게 충실하지도 않았는데, 말할 것도 없이 사교계 생활로 남편의 삶에 나쁜 영향

을 끼쳤고 자신도 극심한 수고와 피로만 얻을 뿐이면서도 그런 생활을
계속 영위했다. 그는 아내의 생활을 바꾸어보려 무척 노력했지만 그의
모든 시도는 그런 생활도 필요하다는 그녀의 신념, 더욱이 친척과 지인
들이 지지해주는 신념이라는 돌벽에 부딪쳐 산산조각나고 말았다.

긴 금발을 늘어뜨리고 언제나 맨발로 뛰어다니는 어린 딸은 그가 바
라던 것과는 전혀 다르게 양육되고 있었으므로 그에게 매우 낯선 존재
였다. 부부 사이에는 불화가 일상이 되었고 서로를 이해하려는 마음도
없었으며, 다른 사람들 앞에서는 드러내지 않는 조용한 무언의 싸움,
예의 때문에 그나마 억제되는 부부싸움은 그에게 가정생활을 더욱 견
디기 어려운 것으로 만들었다. 그렇게 가정생활은 관청 근무나 궁중의
직무보다 훨씬 더 '이건 아닌데'가 되고 말았다.

무엇보다도 가장 '이건 아닌데'인 것은 종교에 대한 그의 태도였다.
그가 속한 집단의 동시대 모든 사람과 마찬가지로 그 역시 자신을 양
육한 미신의 질곡을 조금의 노력도 없이, 지적으로 성장하면서 자연스
레 타파해버렸고 스스로 그 미신에서 언제 해방되었는지도 몰랐다. 진
지하고 정직한 사람이던 그는 청년 시절과 대학 시절, 그러니까 네흘류
도프와 가까이 지내던 시절에는 자신이 공식 종교의 미신으로부터 자
유롭다는 것을 숨기지 않았다. 그러나 한 해 두 해 지나 그가 높은 지위
를 차지하게 되고, 또 보수주의의 반동이 당시 사회를 휩쓸자 그의 정
신적 자유가 그를 방해하기 시작했다. 집안의 여러 가지 일, 특히 아버
지가 죽고 추도회를 지내야 했던 것, 어머니가 그에게 정진을 바랐던
것, 그리고 사회가 얼마큼 요구하던 것은 말할 것도 없고 공무상으로도
기도회며 성찬식이며 감사예배며 그 밖의 비슷한 갖가지 전례들에 끊

임없이 참석해야 했던 것이다. 종교의 외적 형식과 얽히지 않는 날은 거의 없었고, 피할 수도 없었다. 요컨대 예배에 참석하면서 믿지도 않는 것을 믿는 체하든가(그는 솔직한 성격상 결코 그럴 수 없었다), 모든 외적 형식을 허위라고 결론짓고 그 허위에 일조하지 않아도 되도록 생활을 정리하든가 둘 중 하나를 택해야 했다. 그러나 이처럼 어렵지 않아 보이는 일도 막상 실행하자니 아주 많은 어려움이 따랐다. 그러자면 주변 사람들과 끊임없이 충돌해야 했고 지금의 처지를 바꾸어야 했으며, 그 직무 덕분에 그가 지금 사람들에게 제공하고 있고 미래에 더 많이 제공할 것으로 기대되는 모든 이익을 희생해야 했다. 그러기 위해서는 어디까지나 자신이 정당하다고 믿어야 했다. 조금이나마 역사를 알고 일반적 종교의 발생, 그리스도교의 발생과 분열에 대해 아는 현대의 교양인이라면 누구나 상식의 정당성을 확신하듯이 그도 자신의 정당성을 굳게 믿었다. 그는 교회의 가르침이 진리라고 인정하지 않는 자신이 옳다는 것을 또렷이 알고 있었다.

그러나 이런저런 생활조건의 압박 아래서 정직한 인간인 그도 작은 허위를 허용하고 말았는데, 불합리한 것을 불합리하다고 단정하기 위해서는 우선 그것을 연구해야 한다고 자신을 타일렀던 것이다. 그야말로 작은 허위였으나 바로 그 허위 때문에 그는 지금 헤어나지 못하는 더 큰 허위 속으로 끌려들어가고 말았다.

그의 출생과 양육의 배경이자 주위 사람들이 그가 믿기를 요구하는 정교, 그리고 사람들에게 유익한 활동을 계속하려면 인정할 수밖에 없는 정교가 과연 올바른 것인지 자문해보았을 때, 그는 이미 답을 갖고 있었다. 그는 이 문제를 해명하기 위해 볼테르나 쇼펜하우어, 스펜서,

콩트 등*의 책이 아니라 헤겔의 철학서나 *비네*, 호먀코프**의 종교서를 손에 들었고, 자연스럽게 그 속에서 그에게 필요했던 바로 그것, 즉 그를 길렀던 종교적 가르침, 그의 이성은 이미 오래전에 허용하지 않았지만 그렇다고 완전히 부정해버리면 생활 전체가 불쾌함으로 넘쳐나고, 인정하면 그 불쾌함이 일거에 소멸되는 종교적 가르침이 주는 안도감과 정당화를 발견했다. 그리하여 그는 인간은 개별적 지식으로 진리를 인식할 수 없다, 진리는 총체로서의 인간들에게만 계시된다, 그 진리를 인식하는 유일한 수단은 계시다, 그 계시는 교회가 보존하고 있다 등의 온갖 흔한 궤변을 받아들였다. 바로 그때부터 그는 허위라는 자각도 없이 기도회며 추도회며 예배에 태연히 나갈 수 있었고, 정진을 할 수 있었고, 성상화 앞에서 성호를 그을 수 있었고, 사람들을 이롭게 한다는 의식을 주고 기쁨 없는 가정생활을 견딜 수 있는 위안을 주는 근무상의 활동을 계속할 수 있었다. 그는 자신이 신앙을 가졌다고 생각하면서도, 사실 이런 신앙이야말로 '이건 아닌데'라는 것을 온 존재로 의식하고 있었다.

　바로 그래서 그의 눈은 언제나 슬픔에 잠겨 있었다. 그리고 지금의 모든 허위가 아직 내면에 자리잡지 않았던 시절에 알고 지낸 네흘류도프를 보자 예전의 자기 모습이 떠올랐다. 특히 그에게 종교에 대한 자신의 생각을 서둘러 내비치고 나자 어느 때보다도 더 강렬하게 그 모든 것이 '이건 아닌데'라고 느껴지면서 견딜 수 없이 슬퍼졌다. 네흘류도프 역시 옛친구를 만나 기뻤던 처음의 인상이 사라지자 똑같은 감정

---

* 교회의 의미로서의 신의 관념을 부정한 철학자들.
** 신의 객관적 존재의 관점에서 교회의 역할을 인정한 철학자들.

을 느꼈다.

그래서 그들은 다시 만나기로 약속했지만 만나기 위해 애쓰지 않았고, 네흘류도프가 페테르부르크에 머무는 동안 결국 두 사람은 다시 만나지 못했다.

24

네흘류도프는 원로원에서 나와 변호사와 보도를 따라 걸었다. 변호사는 자기 마차 마부에게 뒤따라오라고 이르고는 네흘류도프에게 아까 의원들이 말하던 국장 사건에 대해, 그러니까 그의 범죄 사실이 어떻게 발각되었고 법적으로는 징역형을 받아야 마땅하지만 어떻게 시베리아 어느 도의 지사로 부임하게 되었는지 이야기했다. 그 사건의 전모와 추악함에 대해 다 이야기한 뒤에는 그들이 오늘 아침에 지나치며 보았던, 아직 다 짓지 못한 기념비의 설립을 위해 모았던 기부금을 고관들이 횡령했다는 사건, 아무개의 정부情婦가 주식으로 수백 루블을 벌었다는 이야기, 누구는 아내를 팔았고 누구는 아내를 샀다는 이야기를 아주 신이 난 듯 늘어놓았고, 갖가지 횡령과 온갖 종류의 범죄를 저지르고도 교도소가 아니라 정부 요직에 그대로 앉아 있다는 고위 관리들에 대한 이야기를 새로 꺼냈다. 결코 고갈되지 않을 이런 이야깃거리는 변호사에게 크나큰 즐거움이었는데, 페테르부르크의 고관들과 변호사들을 돈 버는 수단을 기준으로 비교할 때 그런 이야기들이야말로 후자의 수단이 얼마나 정당하고 깨끗한지를 아주 명백하게 보여주기 때문이었다. 그래서 변호사는 고관들의 범죄에 대한 자신의 마지막 이야기를 네흘류도프가 끝까지 듣지도 않고 서둘러 작별한 뒤 삯마차를 잡아타고 강변도로*의 집으로 가버리자 몹시 당황했다.

네흘류도프는 매우 슬펐다. 원로원의 상고 기각을 통해 무고한 마슬로바에게 가해질 무의미한 고통을 뚜렷이 확인했을 뿐만 아니라, 자신의 운명을 그녀와 결합시키겠다는 변함없는 결심이 더욱 힘겨워졌기 때문이다. 게다가 변호사가 그토록 즐겁게 이야기한, 세상에 군림하는 고관들의 끔찍한 죄악과 그 옛날 사랑스럽고 정직하고 고결했던 셀레닌의 냉담하고 섬뜩하고 적의어린 시선이 줄곧 떠올라 더욱더 슬퍼졌다.

네흘류도프가 집으로 돌아오자 수위는 약간의 경멸이 담긴 표정을 지으며, 어떤 여자가 수위의 방에서 쓴 것이라며 편지 한 통을 건네주었다. 슈스토바의 어머니가 쓴 편지였다. 그녀는 딸의 구원자이자 은인인 그에게 감사하다는 말과 함께, 바실리옙스키섬圖 5번가에 있는 자기 집에 와주기를 간절히 바란다고 썼다. 베라 예프레모브나를 위해 꼭 필요한 일이라고도 했다. 그를 수고롭게 할 별다른 용무가 있는 건 아니니 걱정하지 말라고, 그냥 얼굴만 보아도 기쁘겠다고 쓰여 있었다. 그리고 가능하다면 내일 아침에 와달라고 청했다.

다른 한 통은 네흘류도프의 옛 동료인 시종무관 보가티료프가 보낸 것이었는데, 네흘류도프는 분리파교도들의 이름으로 자신이 직접 작성한 청원서를 황제에게 개인적으로 봉정해달라고 그에게 부탁했었

---

* 페테르부르크의 드보르초바야 강변도로. 부유층의 저택이 많았다.

다. 보가티료프는 큼직하고 호방한 필체로, 약속한 대로 그 청원서를 자신이 직접 황제에게 올리겠지만, 사건 담당자를 찾아가 사전에 잘 부탁해두는 것이 좋겠다는 생각이 문득 떠올랐다고 썼다.

페테르부르크에 머문 며칠 동안 네흘류도프는 자신이 원하는 것을 이룰 수 없으리란 완전한 절망감을 느꼈다. 모스크바에서 구상했던 그의 계획은 현실의 생활에 발을 들여놓는 사람들이 어쩔 수 없이 환멸을 맛보게 되는 청춘의 꿈처럼 부서지고 말았다. 그러나 페테르부르크에 온 이상 작정했던 일은 모두 수행해야 한다는 것을 사명처럼 여겼기에 그는 내일 보가티료프를 잠깐 만난 뒤 그의 조언대로 분리파교도 사건 담당자를 만나보기로 마음먹었다.

그가 막 서류가방에서 분리파교도들의 청원서를 꺼내 다시 훑어보고 있을 때 노크 소리가 들렸고, 카테리나 이바노브나 백작부인의 하인이 들어와 이층으로 차를 드시러 오라고 알렸다.

네흘류도프는 곧 가겠다고 대답하고는 서류를 가방에 챙겨넣고 곧장 이모에게 갔다. 이층으로 올라가면서 그는 창밖으로 거리를 내다보다가 *마리에트*의 밤색 말이 끄는 쌍두마차를 발견했고 이 예기치 않은 방문에 기분이 좋아져서 미소까지 머금었다.

모자를 쓴 *마리에트*는 이번에는 검은색이 아니라 다양한 색이 어우러진 밝은 옷차림을 하고 찻잔을 손에 든 채 백작부인의 안락의자 옆에 앉아 아름다운 미소를 머금은 눈을 반짝이며 재잘거리고 있었다. 네흘류도프가 방안에 들어섰을 때 *마리에트*는 방금 전 우스꽝스럽고 짓궂은 이야기를 한 듯했는데—네흘류도프는 그들의 웃음소리로 이를 알아챘다—옅은 수염이 난 사람 좋은 카테리나 이바노브나 백작부인이 뚱뚱한 몸을 흔들며 요란하게 웃어젖혔다. *마리에트는 특유의 장난꾸러기 같은 미소를 머금고* 생기 있고 발랄한 표정으로 고개를 비스듬히 기울인 채 말없이 상대방을 바라보았다.

네흘류도프는 그들의 말 몇 마디만 듣고도 현재 페테르부르크에 돌고 있는 두번째 뉴스, 즉 신임 시베리아 지사에 대한 이야기임을 알아차렸고, 백작부인이 한참이나 웃음을 그치지 못할 정도로 *마리에트가* 아주 우스꽝스러운 이야기를 했으리라 짐작했다.

"웃다 죽겠네." 백작부인이 기침까지 해가며 말했다.

네흘류도프는 인사하고 그들 옆에 앉았다. 그리고 *마리에트*의 되양스러움에 대해 한마디하려던 순간, 그녀가 그의 얼굴에 떠오른 진지하고 조금은 불만스러운 표정을 읽고 당장 그의 마음을 사기 위해—처음 그를 만났을 때부터 그랬던 것처럼—표정뿐만 아니라 기분까지 완전히 바꾸었다. 그녀는 별안간 정색을 했고 생활이 불만스러워 무언가를 찾으며 구하는 듯한 진지한 태도를 취했으며, 겉으로만 그런 척한게 아니라 네흘류도프와 똑같은 기분, 비록 그 기분이 어떤 것인지 말로 표현할 수는 없었지만 그와 똑같은 기분에 젖어들었다.

그녀는 하려던 일이 잘 해결됐느냐고 그에게 물었다. 그는 원로원에서 실패한 이야기와 셀레닌과 만난 이야기를 했다.

"아! 정말 순수한 영혼을 지닌 분이시죠! 그분이야말로 두려움도 *비난도 모르는 기사예요. 순수한 영혼.*" 두 부인은 사교계에 퍼져 있는 셀레닌에 대한 판에 박힌 형용구를 늘어놓았다.

"그 친구의 아내는 어떤 사람입니까?" 네흘류도프가 물었다.

"아내 말인가요? 글쎄요, 이러쿵저러쿵 말하고 싶지 않아요. 하지만 그 부인은 남편을 이해하지 못해요. 그건 그렇고, 어떻게 된 일이죠, 그분까지 기각에 찬성하셨다고요?" 그녀가 진심으로 동정하면서 물었다. "정말 무서운 일이에요. 그 여자가 너무 안됐네요!" 그녀가 한숨을 쉬며 덧붙였다.

그는 얼굴을 찌푸리고는 화제를 바꾸기 위해, 그녀의 도움으로 요새 감옥에서 풀려난 슈스토바에 대해 말했다. 네흘류도프는 남편을 설득해준 그녀의 노고에 감사하다고 말하고 슈스토바와 그 가족이 누구의 도움도 받지 못하며 겪었을 고통을 생각하면 참으로 소름 돋는다고 덧붙이려 했는데 말을 마치기도 전에 그녀가 분노를 드러냈다.

"말도 마세요." 그녀가 말했다. "남편이 그 여자의 석방을 허락했을 때 한 가지 생각이 저를 사로잡았어요. 그들은 왜 죄 없는 여자를 가두었던 것일까?" 그녀가 네흘류도프가 하려던 말을 했다. "말도 안 되는 일이에요. 말도 안 돼요!"

카테리나 이바노브나 백작부인은 *마리에트*가 조카에게 사뭇 교태를 부린다고 생각하며 내심 흥미롭게 지켜보고 있었다.

"얘야," 두 사람이 말을 멈추자 백작부인이 말했다. "내일 저녁 알린네로 오지 않을래, 키제베터 씨가 거기 오시거든, 당신도요." 그녀가 *마리에트*에게도 덧붙였다.

"*그분이 네 얘기를 하시더구나.*" 그녀가 조카에게 말했다. "네가 한 말을 전부 들려드렸더니 그분이 조짐이 좋다고 하셨어. 네가 언젠가 꼭 그리스도를 찾아올 거라고 말이야. 그러니까 꼭 와야 한다. *마리에트* 당신도 이애에게 권해줘요. 당신도 꼭 오고요."

"저는요, 백작부인, 우선 첫째로, 공작에게 무엇을 권할 권리가 없는 사람이랍니다." *마리에트*가 네흘류도프를 쳐다보며 말했다. 그 시선에는 백작부인의 말과 복음에 대해 자신과 네흘류도프는 완전히 일치된 의견을 가졌음을 확인하는 듯한 암시가 있었다. "둘째로, 저는 별로 내키지 않아요, 아시다시피……"

"그래요, 당신은 언제나 반대로만, 자기 마음대로 하니까요."

"제 마음대로라뇨? 저는 그냥 보통 여자들 같은 신앙생활을 하는데요." 그녀가 생긋 웃으며 말했다. "그리고 셋째로," 그녀가 계속했다. "내일은 프랑스 극장에 가거든요……"

"아! 그거 봤나요…… 그 왜, 이름이 뭐더라?" 카테리나 이바노브나 백작부인이 말했다.

*마리에트*가 유명한 프랑스 여배우의 이름을 댔다.

"너도 꼭 가보렴, 정말 대단하단다."

"누굴 먼저 봐야 하죠, *이모*? 여배우? 아니면 설교자인가요?" 네흘류도프가 웃으며 말했다.

"말꼬리 좀 잡지 마라."

"일단 설교자를 먼저 보고 여배우를 나중에 보는 게 좋겠습니다. 안 그러면 설교에 대한 흥미를 잃어버릴 테니까요." 네흘류도프가 말했다.

"아니에요, 프랑스 극장에 먼저 가고, 나중에 회개하는 편이 나아요." *마리에트*가 말했다.

"이봐요, 둘이서 날 그렇게 웃음거리 만드는 법이 어딨어요. 설교는 설교고, 연극은 연극이지. 구원받기 위해 슬픈 얼굴을 하고 눈물 흘릴 건 없어요. 믿기만 하면 마음이 즐거워지거든."

"*이모*, 설교자들보다 설교를 더 잘하십니다."

"그러게요." *마리에트*가 잠시 생각에 잠겼다가 말했다. "내일 저희 특별석으로 오세요."

"글쎄요, 갈 수 있을지……"

하인이 들어와 손님의 방문을 알리자 대화가 중단되었다. 찾아온 사람은 백작부인이 회장으로 있는 자선단체의 비서였다.

"이걸 어쩌나, 여간 따분한 양반이 아니거든. 저쪽에 가서 따로 만나는 게 낫겠구나. 곧 돌아오마. *마리에트*, 이애한테 차 좀 따라줘요." 백작부인이 비트적거리는 빠른 걸음으로 방을 나서며 말했다.

*마리에트*는 장갑을 벗고 약손가락에 보석반지를 여러 개 낀 평평하고 힘찬 손을 드러냈다.

"드시겠어요?" 그녀가 새끼손가락을 뻗친 상태로 알코올램프 위의 은제 다기를 들며 말했다.

그녀의 얼굴이 진지하고 슬픈 표정으로 바뀌었다.

"훌륭한 의견을 가진 분들이 저라는 사람과 제 처지를 혼동하시는 걸 보면 여간 곤혹스럽지가 않아요."

그녀는 마지막 단어를 말하며 금세라도 눈물을 보일 것 같았다. 사실 잘 따져보면 별다른 의미 없는 막연한 말이었으나 네흘류도프에게는 심오함과 진실함, 선량함을 지닌 것처럼 들렸다. 그는 자신을 바라보며 이런 말을 하는 아름답고 훌륭한 옷차림의 젊은 여자에게 마음이 끌렸다.

네흘류도프는 눈을 떼지 않고 말없이 그녀를 빤히 바라보았다.

"분명히 당신은 당신의 내면에서 일어나고 있는 모든 일을 제가 이해하지 못할 거라고 생각하실 거예요. 하지만 당신이 하신 일을 모두가 알고 있답니다. *공공연한 비밀이에요.* 저도 당신의 생각에 크게 감동받았고, 당신을 강력히 지지해요."

"천만에요, 감동하고 말 것도 없습니다. 아직 한 게 없으니까요."

"뭐 상관없어요. 저는 당신의 감정을 이해하고 그 여자도 이해해요. 아무튼, 그래요, 좋아요, 이제 그 일에 대해서는 말하지 않을게요." 그녀는 그의 얼굴에서 불만의 기색을 읽고 이 이야기를 멈췄다. "하지만 당신이 교도소에서 일어나는 모든 고통과 공포를 보시고서," *마리에트는* 오직 그의 마음이 자신에게 끌리길 바라는 심정으로, 그가 중요하고 소중하게 여기는 모든 것을 여자의 직감으로 짐작하며 말했다. "당신이 고통받는 사람들을, 세상의 냉담함과 잔혹함으로 고통받는 사람들을 도우려 하신다는 걸 잘 알고 있어요…… 그 일을 위해서는 목숨까지 내놓을 수 있다는 것도요. 저도 그럴 수 있다면 좋겠죠. 하지만 인간은 누구나 각자의 운명이 있으니까요."

"당신은 운명이 만족스럽지 않습니까?"

"저요?" 그의 질문이 당혹스러운 듯 그녀가 말했다. "저는 만족해야 하고, 그래서 만족하고 있어요. 하지만 제 안에서 뭔가가 잠에서 깨어서는……"

"그걸 다시 잠들게 해선 안 됩니다. 그 목소리에 귀를 기울여야 해요." 네흘류도프는 그녀의 속임수에 완전히 말려들어 이렇게 말했다.

훗날 네흘류도프는 그날 그녀와 나눈 대화를 떠올릴 때마다 몹시 부끄러웠다. 허위라기보다는 그의 말을 흉내낸 그녀의 말과 그녀의 얼굴이, 그가 끔찍한 교도소와 시골에서 받은 인상에 대해 이야기할 때 자못 감동한 듯 귀를 기울이던 그 얼굴이 떠오르곤 했다.

백작부인이 돌아왔을 때 그들은 마치 오랜 친구보다 더 막역한, 자신들을 이해하지 못하는 군중 속에서 유일하게 서로의 마음만은 이해하는 예외적인 관계라도 되는 듯 대화를 나누고 있었다.

　그들은 당국의 부정, 불행한 사람들의 고통, 농민들의 빈곤에 대해 말하고 있었지만 실은 그 말소리 아래 서로 주고받는 눈길 속에서 '나를 사랑해줄 수 있나요?' '사랑하고말고요' 하고 끊임없이 묻고 답하고 있었다. 성적 감정은 아무도 예기치 못한 무지개의 형상으로 두 사람을 서로에게 끌어당겼다.

　그녀는 떠나면서 언제든지 그를 도울 용의가 있다고 말했고, 그와 긴히 할 이야기가 있으니 내일 저녁 잠깐이라도 꼭 극장으로 와달라고 부탁했다.

　"언제 또 당신을 뵙겠어요?" 그녀가 한숨을 내쉬며 덧붙였고, 반지를 주렁주렁 낀 손에 조심스럽게 장갑을 꼈다. "그러니까 꼭 오겠다고 약속해주세요."

　네흘류도프는 약속했다.

　그날 밤 네흘류도프는 자기 방에서 홀로 촛불을 끄고 침대에 누웠으나 오랫동안 잠들지 못했다. 마슬로바의 일, 원로원의 결정, 마슬로바를 따라가겠다고 결심한 일, 그리고 토지에 대한 권리를 포기한 일에 대해 생각하자 이 모든 것에 대한 답처럼 "언제 또 당신을 뵙겠어요?" 하던 그녀의 한숨과 시선과 미소가 생생히 떠올랐고, 눈앞에서 그녀를 보는 것 같아 자신도 모르게 미소를 지었다. '시베리아로 떠나는 것이 옳은 결정일까? 재산을 포기하는 것은 옳은 결정일까?' 그는 자신에게 물었다.

창문에 드리운 커튼 사이로 보이는 페테르부르크의 밤은 환했으나*
자신의 물음에 대한 답은 모호했다. 그의 머릿속에는 모든 것이 뒤죽박
죽 엉켜 있었다. 그는 예전의 기분을 되살려 당시 생각의 흐름을 되짚
어보았지만 이제 그런 생각은 더이상 예전처럼 설득력 있지 않았다.

'갑자기 이 모든 것을 결정해놓고 내가 그렇게 살아가지 못한다면
어떻게 될까. 좋은 일을 하고도 후회하게 된다면.' 그는 자신에게 물었
으나 대답할 수 없자 우울감과 절망감을 느꼈다. 아무리 생각해도 답을
구하지 못한 그는 카드놀이에서 크게 지고 나면 잠에 푹 빠졌던 것처
럼 깊은 잠에 들었다.

25

다음날 아침, 잠에서 깬 네흘류도프에게 처음 떠오른 생각은 어제
자신이 뭔가 추악한 짓을 했다는 것이었다.

그는 어제 일을 곰곰이 생각해보았다. 추악한 짓이나 나쁜 행동은
없었지만, 카튜샤와 결혼하겠다는 것이나 농민들에게 토지를 나누어
주겠다는 그의 모든 의도가 전부 실현될 수 없는 공상이고 스스로 감
당하지도 못할 부자연스러운 일이니 앞으로도 지금까지 살아오던 대
로 살아야겠다는 좋지 못한 생각이 있었다.

나쁜 행동은 없었지만 그것보다 훨씬 나쁜 것이 있었다. 나쁜 행동

---

* 백야를 말함.

은 되풀이하지 않을 수도, 뉘우칠 수도 있지만 나쁜 생각은 또다른 나쁜 행위를 낳기 마련이다.

나쁜 행동은 나쁜 행동으로 가는 길을 낼 뿐이지만, 나쁜 생각은 가차없이 우리를 그 길로 이끈다.

네홀류도프는 아침에 일어나 어제 있었던 일을 떠올렸고 잠시나마 자신이 그런 생각을 했다는 사실에 놀랐다. 그는 자신이 하려는 일이 아무리 생소하고 어려울지라도 지금 그에게 가능한 단 하나의 생활임을 알았고, 예전의 생활로 되돌아가는 것은 그 생활이 아무리 익숙하고 수월할지라도 죽음과도 같은 것임을 알았다. 그리고 어제의 유혹은 푹 자고 난 사람이 중요하고 즐거운 일을 위해 이제는 일어나야지 하고 스스로 타이르면서도 여전히 뒹굴뒹굴할 때 느끼는 쾌감 같은 거라 생각했다.

페테르부르크에서 머무는 마지막날 아침, 그는 마차를 타고 바실리옙스키섬에 있는 슈스토바의 집을 찾아갔다.

슈스토바의 집은 이층에 있었다. 네홀류도프는 청소부가 일러준 대로 뒷문으로 돌아가 가파른 계단을 올라갔고 음식냄새가 진동하는 후텁지근한 부엌으로 들어갔다. 소매를 걷어붙이고 앞치마를 두른 안경 쓴 중년 여자가 스토브 앞에 서서 김이 오르는 냄비 속을 휘젓고 있었다.

"누굴 찾아오셨어요?" 그녀가 부엌에 들어온 사람을 안경 너머로 쳐다보며 따지듯이 물었다.

그러나 네홀류도프가 이름을 밝히기도 전에 여자가 갑자기 놀라면서도 기쁜 표정을 지었다.

"아, 공작님!" 부인이 앞치마로 손을 닦으며 외치듯이 말했다. "어째서 뒷문으로 오셨어요? 당신은 우리의 은인이십니다. 전 그애의 어미

랍니다. 하마터면 딸 하나를 영영 잃을 뻔했지요. 당신은 우리의 구원자이십니다." 그녀가 네흘류도프의 손을 덥석 잡고 입맞추려 하며 말했다. "제가 어제 댁에 갔었지요. 여동생이 가보라고 특별히 당부했거든요. 그 동생도 지금 여기 있습니다. 자, 이리로, 이쪽으로 따라오세요." 슈스토바의 어머니는 좁은 문을 지나 어두운 복도로 네흘류도프를 안내했고, 접어올려서 허리띠에 집어넣은 치맛자락을 바로잡고 머리를 매만지며 말했다. "동생은 코르닐로바라고 합니다. 아마 들어보셨을 거예요." 그녀가 문 앞에서 발을 멈추더니 나지막이 덧붙였다. "동생도 정치운동을 하고 있어요, 아주 똑똑한 여자랍니다."

슈스토바의 어머니는 복도로 통하는 문을 열고 네흘류도프를 작은 방으로 안내했는데, 탁자 앞 조그만 소파에 줄무늬 사라사 재킷을 입고 어머니를 닮은 창백하고 둥근 얼굴에 구불거리는 금발의 작고 통통한 젊은 여자가 앉아 있었다. 그 앞 안락의자에는 옷깃에 자수가 놓인 러시아식 루바시카 차림에 거뭇한 콧수염과 턱수염을 기른 청년이 몸을 접은 듯이 앉아 있었다. 둘은 대화에 빠져 있었는지 네흘류도프가 방안으로 들어온 뒤에야 시선을 돌렸다.

"리다*, 네흘류도프 공작님이시다, 바로 그……"

창백한 얼굴의 젊은 여자는 놀란 듯 귀 뒤로 흐트러진 머리를 매만지며 자리에서 벌떡 일어나더니 커다란 회색 눈을 방에 들어온 사람에게 고정했다.

"베라 예프레모브나가 도와달라고 부탁했던 위험한 처자가 바로 당

---

* 리디야의 애칭.

신이었군요?" 네흘류도프가 미소 짓고 한 손을 내밀며 말했다.

"네, 저예요." 리디야가 대답하고 입을 활짝 벌려 보기 좋은 치열을 드러내며 선량하고 앳된 미소를 지었다. "실은 이모가 당신을 무척 뵙고 싶어하셨어요. 이모!" 그녀가 문에 대고 듣기 좋고 부드러운 목소리로 불렀다.

"베라 예프레모브나는 당신이 체포된 것을 무척 걱정하고 있었습니다." 네흘류도프가 말했다.

"여기 앉으세요, 아니 여기가 더 좋겠어요." 청년이 일어나자 리디야가 일부가 부서졌지만 푹신해 보이는 안락의자를 가리키며 부드럽게 말했다. "제 사촌오빠 자하로프예요." 그녀가 청년을 향한 네흘류도프의 시선을 알아채고 소개했다.

청년은 리디야와 마찬가지로 선량한 미소를 지으며 손님에게 인사하고 그가 자리에 앉자 창가에서 의자를 가져와 옆에 앉았다. 열여섯 살쯤 되어 보이는 금발의 김나지움 학생이 다른 문에서 나와 창턱에 말없이 걸터앉았다.

"베라 예프레모브나는 이모와 절친한 사이죠, 저는 그분에 대해 아는 게 거의 없지만요." 리디야가 말했다.

이때 옆방에서 하얀 재킷에 벨트를 맨, 선한 인상에 지적인 분위기를 지닌 여자가 나왔다.

"안녕하세요, 와주셔서 정말 고맙습니다." 그녀가 리디야와 나란히 소파에 앉으며 말을 건넸다. "그런데 베로치카*는 어떻게 지내나요? 당

---

* 베라의 애칭.

신은 만나셨겠죠? 어떻게 잘 견뎌내고 있나요?"

"그분은 불평하지 않습니다." 네흘류도프가 말했다. "올림포스의 신이라도 된 기분이라고 말하더군요."

"아아, 베로치카답군요, 알 만합니다." 리디야의 이모가 미소를 띠고 고개를 끄덕이며 말했다. "그녀는 인정받아야 해요. 정말 훌륭한 인품을 갖췄거든요. 언제나 남을 위해 일하고 자기를 위해서는 아무것도 바라지 않아요."

"네, 그분은 자신을 위해서는 아무것도 바라지 않고 오로지 당신의 조카만 걱정했습니다. 당신의 조카가 아무 죄도 없이 수감된 것 때문에 무척 괴로워하고 있었어요."

"그건 사실이에요." 리디야의 이모가 말했다. "무서운 일이죠! 사실 이애는 저 때문에 고초를 겪었답니다."

"아니, 전혀 그렇지 않아요, 이모!" 리디야가 말했다. "저는 이모가 부탁하지 않았더라도 그 서류를 맡았을 거예요."

"내가 말하게 해주렴. 내가 너보다 더 잘 알잖니." 이모가 말을 이었다. "사실은," 그녀가 네흘류도프를 쳐다보며 계속했다. "사건은 어떤 사람이 제게 잠시 문서를 보관해달라고 부탁하면서 시작됐어요. 그런데 저는 집이 없어서 이애한테 가져갔는데, 그날 밤 가택수색을 당해 문서를 압수당하고 이 아이까지 끌려갔던 거고 여태 거기 갇혀 그 문서를 맡긴 사람이 누구냐고 추궁당했던 거예요."

"그래도 전 말하지 않았어요." 리디야는 딱히 걸리적거리지도 않는 머리칼을 괜스레 잡아당기며 빠르게 말했다.

"그래, 네가 말했다는 뜻이 아니야." 이모가 반박했다.

"미틴이 체포된 건 제 탓이 아니에요." 리디야가 얼굴을 붉히고 불안한 표정으로 주위를 살피며 말했다.

"그 이야기는 하지 말자꾸나, 리도치카*." 어머니가 말했다.

"왜요, 전 하고 싶어요." 리디야는 미소를 거두고 얼굴을 붉힌 채 머리칼을 잡아당기던 손을 멈추더니 이번에는 손가락으로 돌돌 감으며 연신 주위를 두리번거렸다.

"어제도 네가 그 말을 꺼냈을 때 어떤 일이 벌어졌는지 알잖니."

"염려 마세요…… 절 그냥 내버려두세요, 엄마. 전 아무 말도 하지 않았어요, 아무 말도 하지 않았다고요. 그 남자가 이모와 미틴에 대해 두 번이나 신문했지만 전 아무 말도 하지 않았고, 아무것도 대답하지 않겠다고 못 박았어요. 그런데 그…… 페트로프가……"

"페트로프란 자는 밀정이자 헌병입니다. 악랄한 자예요." 이모가 끼어들어 네흘류도프에게 조카의 말을 설명했다.

"그때 그 사람이," 리디야가 흥분하며 서둘러 말을 이었다. "저를 설득하기 시작했어요. '당신이 무슨 말을 하건 아무에게도 해를 끼치지 않을 거야, 도리어 그 반대지…… 당신이 말해준다면 어쩌면 우리가 헛되이 괴롭히고 있는지도 모르는 무고한 사람들이 풀려날 수도 있어.' 그래도 저는 말하지 않겠다고 했어요. 그러자 그 사람이 '좋아, 싫으면 말 안 해도 되니까 대신에 내가 하는 말을 부정하진 마' 하더니 여러 사람의 이름을 댔고, 결국 미틴의 이름도 나왔어요."

"그 이야긴 그만해." 이모가 말했다.

---

* 리디야의 애칭.

"아, 이모, 방해하지 말아줘요……" 리디야는 다시 머리칼을 잡아당기며 여전히 주위를 두리번거렸다. "그랬는데 갑자기, 생각해보세요, 그다음날 옆 감방 사람이 벽을 두들기더니 미틴이 체포됐다고 하는 거예요. 제가 그 사람을 배신한 것 같은 기분이 들었어요. 얼마나 괴로웠는지 몰라요, 상상할 수 없을 만큼이요, 미쳐버릴 정도로요."

"그래, 그래도 그 사람이 체포된 건 너와 조금도 상관없다는 게 나중에 밝혀졌잖니." 이모가 말했다.

"그래요, 하지만 전 아무것도 모르고 있었어요. 전 제가 그를 배신했다고만 생각했어요. 벽과 벽 사이를 왔다갔다하며 줄곧 그 생각만 했어요. 제가 배신했다고요. 누워서 눈을 감아도 들렸어요, 누군가 제 귀에 대고 속삭이는 소리가요. 네가 배신했어, 미틴을 팔아넘겼어, 미틴을 배신했어. 환청이라고 생각했지만 듣지 않을 수 없었어요. 잠을 자려 해도 잠이 오지 않고 생각하지 않으려 해도 마음대로 되지 않았으니까요. 얼마나 무서웠는지 아세요!" 리디야가 더욱 흥분하며 말하고 손가락으로 머리칼을 감았다 풀었다 하며 줄곧 주위를 두리번거렸다.

"리도치카, 진정해." 어머니가 그녀의 어깨에 손을 올리며 거듭 말했다.

그러나 리도치카는 이미 말을 멈출 수가 없었다.

"그리고 무서웠던 건……" 그녀가 무슨 말인가 더 하려다가 끝맺지 못한 채 울음을 터뜨렸고 소파에서 솟구치듯 일어나 안락의자에 한 번 부딪치고는 방에서 뛰쳐나갔다. 어머니가 따라가려고 일어섰다.

"그 악당들은 목을 매달아서 죽여야 해." 창턱에 걸터앉은 김나지움 학생이 말했다.

"뭐라고?" 어머니가 물었다.

"아무 말도…… 그냥 해본 소리예요." 김나지움 학생은 이렇게 대답하고는 탁자에 놓인 담배를 집어들어 피우기 시작했다.

26

"그래요, 젊은 사람들에게 독방은 정말로 끔찍한 곳이죠." 이모가 고개를 저으며 말하고 담배를 피워 물었다.

"누구에게나 그럴 겁니다." 네흘류도프가 말했다.

"아니, 누구에게나 그런 건 아니에요." 이모가 말했다. "진정한 혁명가들에게 오히려 그곳은 휴식처이자 안식처라고 하던데요. 비합법적인 활동에 가담하는 사람들은 언제나 불안과 물질적 궁핍에 시달리고, 자기뿐만 아니라 타인 때문에, 자신에게 주어진 임무 때문에 공포 속에서 살게 되죠. 그러다 마침내 체포되어 모든 것이 끝나버리면 모든 책임에서 해방되는 거예요. 앉아서 휴식을 취하는 겁니다. 체포되고 나면 오히려 기쁨을 느낀다고 해요. 그렇지만 죄 없는 젊은이들에게, 리도치카처럼 엉뚱하게도 가장 먼저 잡히는 죄 없는 사람들에게 첫 충격은 공포 그 자체예요. 자유를 잃고, 난폭한 대우를 받고, 형편없는 음식에 더러운 공기 같은 결핍은 전부 대수롭지 않아요. 그런 결핍이 세 배쯤 는다 해도 처음 투옥됐을 때 받는 정신적 충격만 없다면 얼마든지 견뎌낼 수 있죠."

"당신도 그런 경험을 했습니까?"

"저요? 두 번 들어갔었죠." 이모가 서글프면서도 유쾌한 미소를 지으며 말했다. "처음 들어갔을 때는, 저 역시 아무 죄 없이 잡혔는데," 그녀가 말을 이었다. "전 스물두 살에 아이가 하나 있었고, 임신중이었어요. 자유를 잃고 아이와 남편과 생이별해야 하는 것이 가슴 아팠지만 제가 더이상 인간이 아니라 물건이 되어버렸단 것을 깨달았을 때 느꼈던 감정에 비하면 아무것도 아니었어요. 그들은 딸과 작별인사를 하려는 저를 다그치며 마차에 태웠어요. 어디로 데려가느냐고 물어도 가보면 안 다는 대답뿐이었죠. 대체 무슨 죄목으로 끌고 가느냐 물어도 대답해주지 않았어요. 심문이 끝나자 옷을 벗기고 번호 달린 죄수복을 입혀 천장이 둥근 감방으로 끌고 갔고, 감방 문을 열어 그 안에 처넣고는 자물쇠로 잠근 뒤 뚜벅뚜벅 발소리를 내며 모두 떠나버렸죠. 총을 든 초병 하나만 남아서 말없이 왔다갔다하며 이따금 감방 문틈으로 안을 들여다보았어요. 못 견디게 괴로웠어요. 잊히지도 않아요, 가장 화가 났던 건 심문하던 한 장교가 제게 담배를 권했던 일이에요. 그러니까 그자는 사람들이 담배를 얼마나 좋아하는지 알았던 거예요. 사람들이 햇빛과 자유를 얼마나 사랑하는지도, 어머니가 자식을, 자식이 어머니를 얼마나 사랑하는지도 알았을 거예요. 그렇다면 왜 그자들은 소중한 모든 것에서 저를 떼어놓고 짐승처럼 가둬놓았을까요? 그들을 처벌하지 않고 넘어가선 안 돼요. 신과 인간을 믿고, 인간은 서로 사랑해야 한다고 믿는 사람도 그런 일을 당하고 나면 더이상 믿지 않게 되죠. 저도 그후로는 사람을 믿지 않게 되었고 성격도 거칠어졌어요." 그녀는 말을 맺고 생긋 웃었다.

리디야를 따라나갔던 어머니가 돌아와, 아직 리디야가 진정되지 않아 다시 들어오지는 못할 거라고 말했다.

"도대체 뭐 때문에 저런 젊은 생명이 망가져야 하는 건가요?" 이모가 말했다. "제가 원인이 되었다는 게 정말 가슴 아파요."

"시골의 맑은 공기라도 쐬면 나아질 거예요." 어머니가 말했다. "저애 아버지에게 보낼까 해요."

"정말이지 당신이 도와주지 않으셨다면 저애는 죽었을지도 몰라요." 이모가 말했다. "고맙습니다. 그리고 베라 예프레모브나에게 편지를 전해달라고 부탁드리기 위해 뵙자고 했어요." 그녀가 호주머니에서 편지를 꺼내며 말했다. "봉하지 않았으니 읽어보고 찢어버리시거나 그대로 전해주시길 바랍니다." 그녀가 말했다. "당신을 곤란하게 할 내용은 없어요."

네흘류도프는 편지를 전해주겠다고 약속하고 나서 그들과 작별하고 거리로 나왔다.

그는 편지를 읽어보지 않고 봉한 뒤 그대로 수신자에게 전해주기로 마음먹었다.

27

페테르부르크에서 네흘류도프의 발목을 붙잡았던 마지막 일은 분리파교도 사건이었는데, 그는 황제 앞으로 보낼 청원서를 예전의 연대 동료인 시종무관 보가티료프에게 맡길 작정이었다. 네흘류도프가 아침 일찍 찾아갔을 때 보가티료프는 출근을 앞두고 아침식사중이었다. 보가티료프는 작고 다부진 체격에 맨손으로 편자를 구부릴 정도로 체력이 남달랐고, 선량하고 정직하고 올곧은 성격에 자유주의적 사상을 지닌 사람이었다. 그럼에도 그는 궁정과 친밀한 관계를 유지했고 황제와 황실을 사랑했다. 또 그는 상류사회에 속해 살면서도 그 사회의 좋은 면만 보고 좋지 못한 일이나 부정에는 절대 관여하지 않는 일종의 놀라운 요령을 터득하고 있었다. 그는 절대 다른 사람을 비난하거나 헐뜯지 않았다. 말수는 적은 편이지만 꼭 필요한 말을 할 때는 우렁찬 목소리로 할말을 하고, 큰 소리로 껄껄 웃어젖히곤 했다. 그런 행동은 처세술이라기보다 그의 본디 성격이었다.

"아니, 이게 누구야, 반갑군, 반가워. 함께 식사하지 않겠나? 여기 좀 앉게. 비프스테이크가 일품이야. 난 언제나 본질적인 것에서 시작하고 본질적인 것으로 끝내지. 하, 하, 하! 술이나 한잔하세." 그가 붉은 포도주가 담긴 유리병을 가리키며 큰 소리로 말했다. "안 그래도 자네 생각을 하고 있었어. 청원서는 내가 올리겠네. 황제 폐하께 반드시 직접 드리겠어. 언뜻 떠오른 생각인데, 자네는 토포로프한테 먼저 가보는 게 좋겠네."

네흘류도프는 토포로프라는 이름을 듣자 눈살을 찌푸렸다.

"모든 게 그 사람한테 달려 있거든. 어차피 황제께서도 그 사람에게 하문하실 테니까. 어쩌면 그 사람이 자네의 바람을 이뤄줄지도 모르지."

"자네가 권하니 가보겠네."

"좋아. 그나저나 피테르*는 어때, 자네에게 어떤 영향을 주고 있나."

* 페테르부르크의 별칭.

보가티료프가 우렁차게 말했다. "말해보게, 응?"

"최면에 걸린 느낌이야." 네흘류도프가 말했다.

"최면?" 보가티료프가 되뇌며 큰 소리로 껄껄 웃었다. "식사는 안 할 텐가, 자네 편할 대로 하게." 그는 냅킨으로 콧수염을 닦았다. "그럼 가보는 거지? 응? 만일 그 사람이 부탁을 들어주지 않으면 나한테 가져오게. 내가 내일 올릴 테니까." 그는 외치듯이 말한 다음 식탁에서 일어나 식후에 입가를 닦듯 무의식적으로 크게 성호를 긋고는 사브르를 찼다. "자, 그럼 오늘은 이만 실례하겠네. 나가봐야 해서."

"같이 나가지." 네흘류도프는 흐뭇한 표정으로 보가티료프의 넓적하고 힘센 손을 꼭 쥐며 말했고, 늘 그랬듯 건강하고 자연스러운, 상쾌하고 기분좋은 인상을 받으며 현관 계단에서 그와 헤어졌다.

찾아가봐야 좋은 결과가 있을 것 같지 않았지만 그래도 네흘류도프는 보가티료프가 권한 대로 분리파교도 사건의 열쇠를 쥐고 있다는 토포로프에게 가기 위해 마차를 몰았다.

토포로프가 차지하고 있는 직위는 그의 사명으로 미루어 보아 내적으로 모순을 안고 있었고, 그 모순은 아둔하거나 도덕적 감정이 결여된 사람이 아니라면 누구나 알아챌 수 있었다. 토포로프는 두 가지 부정적 특성을 모두 지니고 있었다. 그의 직위가 지닌 모순이란 신이 세웠고, 지옥의 문으로도, 어떤 인간의 힘으로도 움직일 수 없는 교회를 외적인 수단으로, 심지어 폭력에 기대어 수호한다는 것이었다. 그 무엇으로도 흔들 수 없고 신성불가침한 신의 조직을 토포로프와 그의 관리들이 이끄는 인간의 조직이 유지하고 지킨다는 것이었다. 토포로프는 아직 이 모순을 보지 못했는데 어쩌면 알고 싶지 않은 건지도 몰랐

108

고, 그래서인지 지옥의 문으로도 이길 수 없는 교회를 폴란드 가톨릭 신부나 개신교 목사, 분리파교도들이 파괴하지 않을까 무척이나 진지하게 염려했다. 기본적인 종교적 감정, 인류의 평등과 박애에 대한 의식이 결여된 사람 모두가 그렇듯이 토포로프 역시 민중이란 자신과 전혀 다른 이질적인 존재이기 때문에 자기에게는 없어도 아무 상관 없는 것이 민중에게는 꼭 필요하다고 굳게 믿고 있었다. 그 자신은 마음속 깊이 아무것도 믿지 않았고 그러한 상태를 오히려 편하고 기분좋게 여겼지만 민중이 자기와 같은 상태에 이를까봐 두려워했고, 그가 항상 말한바, 민중이 그렇게 되지 않도록 구하는 것이 자신의 신성한 의무라고 여겼다.

어느 요리책에 가재는 산 채로 삶기기를 좋아한다고 쓰여 있는데, 그는 요리책의 비유적 표현을 문자 그대로 받아들여 민중은 미신에 사로잡히기를 좋아한다고 확신했고, 그렇게 생각하고 말했다.

자신이 수호하는 종교에 대한 그의 태도는 썩은 고기로 닭을 기르는 양계업자의 태도와 똑같았다. 썩은 고기는 너무나 불쾌하지만 닭이 좋아하는 사료이므로 그것으로 닭을 길러야 한다는 것이다.

그는 이비론의 성모, 카잔의 성모, 스몰렌스크의 성모 등에 대한 공경은 모두 조야한 우상숭배이지만 민중이 좋아하고 믿는 이상 유지할 필요가 있다고 생각했다. 그러나 토포로프는 자기처럼 잔혹한 사람들, 계몽의 혜택을 받았으면서도 그 빛을 마땅히 써야 할 곳, 즉 무지의 암흑에서 빠져나오려는 민중을 돕는 데 쓰지 않고 도리어 그들을 어둠속에 가두기 위해 쓰는 사람들이 언제나 존재했고 지금도 존재하기에 민중이 여전히 미신을 좋아한다는 생각은 하지 못했다.

네흘류도프가 그의 응접실에 들어갔을 때 토포로프는 서재에서 어느 수녀원장과 담소중이었는데, 귀족 출신에 무척 활력이 넘치는 수녀원장은 서부 국경지방에서 정교로 개종할 것을 강요받고 있는 우니아트파*교도들에게 정교를 전파하고 있었다.

특별 임무를 띠고 응접실에서 당직 근무를 서던 관리는 네흘류도프에게 방문 용건을 물었고, 그가 황제 폐하에게 올릴 분리파교도들의 청원서 때문에 왔다고 대답하자 청원서를 보여줄 수 있느냐고 했다. 네흘류도프가 청원서를 건네자 관리는 그것을 들고 서재로 갔다. 펄럭이는 베일이 달린 머릿수건을 쓰고 검은 옷자락을 뒤로 길게 늘어뜨린 수녀원장은 손톱을 깨끗이 다듬은 하얀 두 손에 황옥 묵주를 모아 쥔 채 서재에서 나와 출구로 갔다. 네흘류도프에게는 여전히 들어오라는 말이 없었다. 토포로프는 청원서를 읽으며 고개를 내젓고 있었다. 분명하고 힘있는 어조의 청원서를 읽으면서 놀라움과 불쾌함을 느꼈기 때문이다.

'이런 것이 폐하의 손에 들어간다면 불쾌한 문제와 오해를 불러일으킬 수 있다.' 그는 청원서를 다 읽고 이렇게 생각했다. 그는 이것을 탁자에 내려놓고 벨을 눌러 네흘류도프를 들여보내라고 지시했다.

토포로프는 분리파교도 사건을 기억했고 전에도 그들의 청원서를 받은 적이 있었다. 사건은 이러했다. 정교에서 이탈한 일파의 그리스도교도들이 처음에는 훈계를 받고 재판에 회부되었으나 법원은 그들에게 무죄를 선고했다. 주교가 도지사와 함께 그들의 결혼이 불법이라는

---

* 16세기 말 우크라이나와 백러시아에서 일어난 종파로, 가톨릭과 정교의 통일을 꾀했다.

이유를 들어 남편들과 아내들과 자식들을 각각 다른 유형지로 분산 추방하기로 결정했다. 이 아버지들과 어머니들이 자기들을 떼어놓지 말아달라고 탄원했다. 토포로프는 맨 처음 이 사건을 맡았을 때를 떠올렸다. 그때 그는 그 일을 막아야 할지 말아야 할지 망설였다. 그러나 농민들의 가족들을 따로따로 다른 곳으로 추방한다고 해서 나쁠 건 없었다. 살던 곳에 그대로 살게 하면 그들이 정교에서 이탈했다는 게 알려져 사람들에게 나쁜 영향을 줄 수도 있었고, 게다가 주교가 유독 열중하던 일이었던지라 그는 원래 결정대로 일을 진행시켰다.

그러나 지금은 페테르부르크에 폭넓은 인맥을 가진 네흘류도프 같은 보호자가 얽혀 있어 자칫 그 문제가 잔혹한 사건으로서 황제에게 상주되거나 외국 신문에 보도될 위험이 있었기에 그는 당장 이례적인 결정을 내리기로 결심했다.

"안녕하십니까." 그는 아주 바쁜 듯이 일어선 채 네흘류도프를 맞이하고는 곧바로 용건에 착수했다.

"이 사건은 저도 알고 있습니다. 명부를 확인하자마자 이 불행한 사건을 상기했습니다." 그는 청원서를 손에 들고 네흘류도프에게 보이며 말했다. "이 사건을 다시 상기시켜주셔서 무척 고맙습니다. 도 당국의 열의가 조금 지나쳤던 것 같습니다……" 네흘류도프는 창백하고 무표정한 그의 가면 같은 얼굴을 바라보며 잠자코 듣고 있었다. "그래서 저는 지시를 내려 그 처분을 철회하고 그 사람들을 원래 살던 곳으로 돌려보내도록 조치하겠습니다."

"그럼 이 청원서는 제출하지 않아도 됩니까?" 네흘류도프가 말했다.

"당연하죠. 제가 약속하겠습니다." 그는 '저'라는 말에 특히 힘을 주었고 분명히 저의 청렴함, 저의 말이 가장 확실한 보증이라 단단히 믿는 듯했다. "지금 당장 여기에 쓰겠습니다. 좀 앉으십시오."

그는 탁자에 가서 쓰기 시작했다. 네흘류도프는 앉지 않고 그의 민둥민둥 벗어진 좁은 정수리며 잽싸게 펜을 놀리는 굵고 푸른 힘줄이 불거진 손을 내려다보며 왜 이 사람이 자기에게 이토록 친절하게 대하는지 놀라고 있었다. 모든 일에 냉담한 이 남자가 왜 이렇게 허둥댈까? 무엇 때문일까?……

"자, 그럼," 토포로프가 봉투를 봉하며 말했다. "당신의 **피보호자들**에게 잘 말씀해주십시오." 그가 미소 짓듯 입술을 오므리며 덧붙였다.

"대체 이 사람들은 무엇 때문에 고초를 겪었던 겁니까?" 네흘류도프가 봉투를 받으며 말했다.

토포로프는 고개를 들고 네흘류도프의 질문이 자못 만족스럽기라도 한 듯 히죽 웃었다.

"간단히 말씀드리긴 힘듭니다. 그러나 다만 우리가 보호하는 민중의 이익은 너무나 중요하므로 신앙의 문제를 다룰 때 보이는 지나친 열의는 오늘날 널리 퍼져 있는 신앙에 대한 무관심에 비하면 그리 무섭지도 않고 해롭지도 않다고 말씀드릴 수 있겠습니다."

"하지만 종교의 이름으로 으뜸가는 선의 원칙이 파괴되고 있는 건 무엇 때문입니까? 가족을 생이별시키다니요……"

토포로프는 네흘류도프의 말이 귀엽다는 듯이 여전히 너그럽게 미소 지었다. 네흘류도프가 무슨 말을 하더라도 토포로프로서는 자신이 견지하는, 자신이 생각하기에 폭넓고 드높은 국가의 입장에서 볼 때 그가 풋내기로밖에는 보이지 않았다.

"개인의 관점으로는 그렇게 생각할 수 있습니다." 토포로프가 말했다. "그러나 국가의 입장에서 보면 문제가 다릅니다. 그럼, 안녕히 가십시오." 그가 목례를 하고 악수를 청하며 말했다.

네흘류도프는 그와 악수한 것을 후회하며 말없이 서둘러 나왔다.

'민중의 이익이라니,' 그는 토포로프의 말을 되뇌었다. '제 이해겠지, 저만 생각하는.' 토포로프의 집을 나서며 그는 생각했다.

그러자 정의를 회복하고 신앙을 지키며 민중을 계몽한다는 제도들의 표적이 된 이들의 얼굴이 머릿속을 스쳐지나갔다. 술을 밀매한 죄로 처벌받은 여자, 절도죄로 감금당한 젊은이, 거리를 어슬렁거리다 체포된 떠돌이, 방화죄로 처벌받은 방화범, 횡령죄로 기소된 은행가를 비롯해 필요한 정보를 얻을 수도 있다는 이유 하나만으로 체포된 가엾은 리디야, 정교를 거스른 죄로 처벌받을 뻔했던 분리파교도들, 입헌정치를 바랐다는 이유로 처벌받은 구르케비치. 네흘류도프는 이들 모두가 정의를 파괴하거나 사회를 어지럽혔기 때문이 아니라 관리들이나 부자들이 민중의 재산을 긁어모아 가지려는 것을 방해했기 때문에 체포되고 감금당하고 추방당했다는 생각이 들었다.

면허 없이 술을 팔던 여자도, 거리를 어슬렁거리던 도둑도, 조직의 문서를 가지고 있던 리디야도, 미신을 타파하던 분리파교도들도, 헌법의 필요성을 역설했던 구르케비치도 관리들과 부자들에게 방해가 되었다. 이모부, 원로원 의원들, 토포로프에서부터 말끔하게 차려입고 책상 앞에 앉아 있는 각 부처 말단 관리들에 이르기까지 관리들은 모두 무고한 사람들이 고통받는 것을 염려하기보다는 오로지 사회의 위험인물들을 제거하는 데에만 부심하고 있다는 것이 네흘류도프에게는 명백해 보였다.

그래서 죄 없는 한 사람을 처벌하지 않기 위해 죄인 열 사람을 용서하라는 원칙이 지켜지지 않고, 도리어 썩은 부분을 도려내기 위해 건강한 부분까지 잘라내는 식으로 진짜 위험한 한 사람을 제거하기 위해 무고한 열 사람을 형벌이라는 수단으로 제거하고 있었던 것이다.

이러한 설명이 지금 일어나고 있는 모든 현상을 아주 단순 명료하게 해준다고 느꼈지만, 오히려 이 단순 명료함 때문에 네흘류도프는 인정하기가 망설여졌다. 그토록 복잡한 현상이 이토록 간단하게 설명된다는 것이, 정의나 선, 법률, 신앙, 신과 같은 모든 말이 그저 말에 지나지 않을 뿐이고 가장 조야한 탐욕과 잔혹함을 숨기고 있다는 것이 믿어지지 않았다.

28

네흘류도프는 그날 저녁 페테르부르크를 떠나고 싶었지만 마리에트와 극장에서 만나기로 한 약속이 마음에 걸렸고, 그래서 꼭 그럴 필요는 없다고 생각하면서도 약속은 지켜야 한다고 스스로를 속이며 극장으로 출발했다.

'내가 유혹을 이겨낼 수 있을까?' 그는 알량한 마음으로 생각했다. '마지막으로 나를 시험해보자.'

연미복으로 갈아입은 그는 불후의 작품 〈춘희〉 2막이 시작될 무렵 극장에 도착했고, 외국에서 온 여배우가 폐병으로 죽어가는 여자를 새로운 방식으로 연기하고 있었다.

극장은 만원이었고, 네흘류도프가 *마리에트*의 일층 특별석 위치를 묻자마자 안내인이 그를 정중히 안내해주었다.

복도에서 제복 차림의 하인이 그와 일면식이 있는 것처럼 가볍게 목인사를 하며 문을 열어주었다.

맞은편 특별석에 앉은 사람들, 그 뒤쪽에 앉은 사람들, 가까이에 등을 보이고 있는 사람들, 일층 좌석에 앉은 하얀 머리, 반백 머리, 이마가 드러난 민머리, 완전한 대머리, 포마드를 바른 머리, 곱슬머리 관객들이 실크와 레이스로 지은 의상으로 단장하고 부자연스러운 목소리로 독백하는 뼈만 앙상한 여배우에게 시선을 집중하고 있었다. 문을 열자 누군가 쉿 하고 소리 냈고 찬 공기와 더운 공기의 두 줄기 흐름이 네흘류도프의 얼굴을 스쳐지나갔다.

특별석에는 *마리에트*와 붉은 케이프를 걸치고 커다랗고 육중해 보이는 스타일로 머리를 틀어 올린 낯선 부인과 두 남자가 앉아 있었는데, 그중 솜과 염색한 리넨으로 앞가슴을 군인답게 부풀리고 매부리코에 위엄 있는 표정을 짓고 있는 훤칠하고 잘생긴 장군은 *마리에트*의 남편이었다. 다른 한 사람은 아마색 머리가 조금 벗어졌으나 구레나룻을 근사하게 기르고 턱수염을 깨끗이 면도한 남자였다. 우아하고 섬세하고 품위 있는 *마리에트*는 데콜테 차림을 해서 목부터 부드러운 선을 그리며 내려오는 탄탄한 양어깨를 드러냈는데, 어깨와 목이 이어지는 부분에 작고 검은 점 하나가 살짝 눈에 띄었다. 그녀는 네흘류도프를 돌아보고는 부채로 자기 뒤의 의자를 가리키며 와줘서 고맙다는 듯이, 그리고 의미심장한 눈빛으로―그에게는 그렇게 보였다―생긋 웃어 보였다. 그녀의 남편은 늘 그렇듯 차분한 표정으로 네흘류도프를 일별하고 가볍게 고개를 숙였다. 그의 태도, 그가 아내와 주고받는 시선에서 아름다운 아내를 소유한 지배자의 의식이 엿보였다.

여배우의 독백이 끝나자 박수 소리로 극장이 떠나갈 듯했다. *마리에트*는 자리에서 일어나 사각사각 스치는 소리가 나는 실크 스커트를 누르면서 특별석 뒤쪽으로 나와 남편을 네흘류도프에게 소개했다. 장군은 시종 눈웃음을 지으며 만나서 반갑다고 말하고는 예의 그 침착하고도 속을 들여다볼 수 없는 굳은 표정으로 침묵했다.

"오늘 떠나야 했지만 당신과 한 약속이 걸려서요." 네흘류도프가 *마리에트*를 보며 말했다.

"저는 보지 않더라도 저 훌륭한 여배우만큼은 보셔야죠." *마리에트*가 그의 말뜻을 알아차리고 말했다. "마지막 장면에서 정말 훌륭하지 않았나요?" 그녀가 남편을 보며 말했다.

남편은 고개를 끄덕였다.

"저는 별 감흥이 없던데요." 네흘류도프가 말했다. "오늘 참으로 많은 불행을 봐서……"

"그래요, 앉아서 그 이야기를 들려주십시오."

그녀의 남편이 귀를 기울이며 빈정거리듯이 더 짙은 눈웃음을 지었다.

"저는 오늘 오랫동안 수감되었다가 겨우 풀려난 여자의 집에 다녀왔습니다. 사람이 심각하게 망가져버렸더군요."

"당신한테 말했던 바로 그 여자예요." *마리에트*가 남편에게 말했다.

"그렇군요, 그 여자가 자유의 몸이 되어 대단히 기쁩니다." 그는 고개

116

를 연신 *끄덕*이며 차분히 말했지만, 네흘류도프의 눈에는 그의 콧수염 아래 입술에 번진 비웃음이 보였다. "담배 좀 피우고 오겠습니다."

네흘류도프는 *마리에트*가 그에게 긴히 말해야 한다던 무언가를 기다렸지만, 그녀는 그 말을 하지 않았고 말할 기미조차 없이 네흘류도프가 연극에 감동했을 거라 생각한 듯 연극에 대해 농담을 섞어가며 이야기했다.

네흘류도프는 그녀가 자기에게 할 이야기가 있었다기보다는 어깨와 작고 검은 점을 드러내고 야회에 걸맞게 치장한 자신의 아름다운 모습을 보이고 싶었을 뿐이라는 것을 깨달았고, 그러자 유쾌하면서도 역겨웠다.

모든 것을 덮고 있던 매력의 덮개가 걷힌 것은 아니지만, 그는 그 덮개 아래 무엇이 있는지를 보았다. *마리에트*를 바라보면서 그는 그녀의 아름다움에 감탄했지만, 그녀가 수천 명의 피눈물과 목숨을 희생시킨 대가로 자기의 직위를 쌓아올린 남편과 살면서 그런 것에 전혀 개의치 않는 거짓말쟁이라는 것을, 어제 그녀가 했던 말은 모두 거짓이고, 그녀는 그가 자신을 좋아하게 되는 것―이유는 그도, 그녀 자신도 몰랐다―만을 바랐을 뿐이었다는 것을 알았다. 그는 그녀에게 끌리기도 했지만 불쾌하기도 했다. 그는 몇 번이고 떠날 생각을 하며 모자를 집었다가도 다시 자리를 지켰다. 그러나 그녀의 남편이 짙은 콧수염에 밴 담배냄새를 풍기면서 특별석으로 돌아와 마치 네흘류도프를 알아보지 못한 듯 관대함과 경멸이 섞인 시선을 던졌을 때, 그는 열렸던 문이 닫히기도 전에 복도로 나왔고 외투를 찾아 들고 극장을 떠났다.

넵스키 거리를 따라 집으로 가던 중 앞쪽 넓은 아스팔트 보도를 유유히 걸어가는 큰 키에 도발적이고 화려한 옷차림의 육감적인 여자가 눈에 띄었는데, 그녀의 얼굴과 자태에서 추악한 권력의식이 엿보였다. 마주치거나 앞질러 가는 사람들 모두가 그녀를 힐끔힐끔 돌아보았다. 네흘류도프도 그녀를 앞질러 더 빨리 걸으면서 자기도 모르게 뒤돌아보았다. 짙게 화장한 얼굴은 아름다웠고, 여자는 네흘류도프를 보자 눈을 빛내며 생긋 웃었다. 순간 야릇하게도 네흘류도프는 *마리에트*가 떠올랐다. 방금 전 극장에서 경험한 것과 똑같은 유혹과 혐오가 느껴졌기 때문이다. 네흘류도프는 걸음을 재촉해 그녀와 거리를 벌렸고 자신을 나무라며 모르스카야 거리로 꺾었다가 강변도로로 나와서는 순경이 의아해할 만큼 왔다갔다하며 서성거렸다.

'내가 극장에 들어갔을 때 그 여자도 내게 저런 미소를 지었지.' 그는 생각했다. '그 미소도 이 미소도 의미는 똑같다. 다만 차이가 있다면 이 여자는 꾸미지 않고 솔직하게 '내가 필요하면 나를 붙잡아. 아니면 그냥 지나가'라고 말한다는 것뿐이다. 그러나 그 여자는 그따위 생각은 하지도 않는 척 고결하고 우아하게 살고 있지만, 실상 그 본바탕에 있는 건 똑같다. 이 여자는 최소한 정직하기라도 하지만 그 여자는 거짓투성이다. 게다가 이 여자는 어쩔 수 없이 그런 처지에 몰렸지만, 그 여자는 위험한 불장난을 즐기며 추하고 더러운 욕망을 채우려 한다. 거리의 여자는 불쾌함보다 갈증이 더 강한 사람에게 주는 더러운 물과 같지만, 극장에 있던 그 여자는 자기에게 걸려드는 자들을 죽게 만드는 독과 같다.' 네흘류도프는 귀족회장의 아내와 자신의 관계를 떠올렸고, 그러자 수치스러운 기억이 밀려들었다. '인간 안에 도사리고 있는 혐오스러운 야수성,' 그는 생각했다. '그 본능이 순수한 형태를 띠는 한 인간은 고결한 정신적 삶의 위치에서 그것을 내려다보며 경멸할 수 있고, 그럼으로써 타락하든 스스로를 지키든 올바른 인간으로 남는다. 그러나 이 야수성이 미적인 척, 시적인 척하는 너울 아래 숨어 상대에게 굴종을 요구하면, 인간은 그것을 신격화하면서 선악을 구별할 수 없게 되고 만다. 참으로 끔찍한 일이다.'

네흘류도프는 마치 궁전이나 보초, 요새, 강, 배, 주식거래소를 보듯이 사실을 또렷이 보았다.

그날 밤 지상에 마음을 가라앉히고 휴식을 주는 어둠은 없고 어디서 나오는지 알 수 없는 어스름하고 불쾌하고 부자연스러운 빛만 존재했듯이, 네흘류도프의 마음에도 이제 휴식을 주는 무지의 어둠은 없었다. 모든 것이 명백했다. 중요하고 좋다고 여겨지는 모든 것은 쓸데없거나 혐오스럽다는 것, 또 현란하게 빛나고 사치스러운 것은 전부 모두에게 익숙해진 오랜 죄악들, 벌을 받기는커녕 승리를 자축하는 죄악들, 인간이 생각해낼 수 있는 온갖 매혹으로 꾸며진 죄악들을 감추고 있다는 것도 명백했다.

네흘류도프는 그것을 잊고 싶고, 보고 싶지 않았지만 그럴 수 없었다. 페테르부르크를 감싼 어스름의 원천이 보이지 않는 것처럼 이 모든 것을 그에게 열어준 빛의 원천도 보이지 않았으나, 또한 이 빛은 어스름하고 불쾌하고 부자연스러웠으나, 그는 이 빛이 열어준 것을 보지 않을 수 없었다. 그래서 그는 기쁘면서도 불안했다.

29

모스크바에 돌아온 네흘류도프는 원로원이 법원의 판결을 확정했으니 시베리아로 떠날 준비를 해야 한다는 슬픈 소식을 마슬로바에게 전하기 위해 바로 교도소 병원으로 갔다.

변호사가 써주어 지금 그가 마슬로바의 서명을 받기 위해 가져가는, 황제에게 올릴 청원서에는 큰 기대를 걸지 않았다. 게다가 묘하게도 그는 이제 그 성공을 바라지 않았다. 그는 이미 시베리아로 가서 유형수들과 징역수들 사이에서 살 각오를 한 터라, 오히려 마슬로바가 무죄 석방될 경우 그녀와 어떻게 생활을 꾸려가야 할지가 더 머릿속에 그려지지 않았다. 그는 미국에 노예제도가 있던 시대에, 노예제도를 합법화하고 정당화하는 국가에서 성실한 시민이 살기에 적합한 장소는 교도소뿐이라고 했던 미국 작가 소로의 말을 떠올렸다. 네흘류도프 역시 페테르부르크에서 모든 것을 알고 난 후로는 그렇게 생각하고 있었다.

'그래, 오늘날 러시아에서도 성실한 시민이 살기에 적합한 장소는 교도소뿐이야!' 그는 생각했다. 그가 탄 마차가 교도소 병원에 이르러 담 안으로 들어설 때 이 말을 더욱 실감했다.

병원 수위가 네흘류도프를 알아보고 마슬로바는 이제 여기 없다고 알려주었다.

"그럼 어디에 있습니까?"

"다시 감방으로 돌아갔습니다."

"왜 돌아갔죠?" 네흘류도프가 물었다.

"그런 족속들은 도리가 없잖습니까, 각하," 수위가 얕잡듯이 웃으며 말했다. "의사 조수와 불장난하다 들켜 주임 의사가 돌려보냈습니다."

네흘류도프는 마슬로바와 그녀의 마음 상태가 자기에게 그토록 큰 영향을 미치리라곤 생각지 못했다. 그는 이 소식에 망연자실했다. 예기치 않은 큰 불행을 접했을 때 같은 기분이었다. 몹시 가슴이 아팠다. 이 소식을 전해듣고 맨 처음 든 감정은 수치스러움이었다. 무엇보다 그녀의 마음에 변화가 일어나고 있다며 기뻐했던 스스로가 우스꽝스러웠다. 그의 희생을 거부하며 그녀가 했던 모든 말과 비난과 눈물이, 그 모든 것이 사실은 그를 최대한 이용하려 한 타락한 여자의 교활한 술수에 지나지 않았다는 생각이 들었다. 수위가 말한 것처럼, 마지막으로 면회했을 때 그는 그녀에게서 되돌릴 도리가 없는 타락의 징후를 보았던 것 같았다. 모자를 쓰고 병원을 나서는 네흘류도프의 머릿속에 본능적으로 이런 생각이 번득였다.

'이제 어떻게 해야 하지?' 그는 스스로에게 물었다. '그녀와 나는 아직도 묶여 있는 걸까? 그녀가 그런 행동을 했으니 나는 이제 자유로워질 수 있는 걸까?' 그는 스스로에게 계속 물었다.

그러나 이런 질문을 던진 순간, 스스로 자유로워졌다고 생각해 그녀를 버린다면 정작 벌하고 싶었던 그녀가 아니라 자기 자신을 벌하는 것이 되리란 것을 이내 깨달았고, 그러자 섬뜩해졌다.

'아니다! 이미 벌어진 일은 내 결심을 바꾸지 못하며, 오히려 더 굳게 결심해야 한다. 마슬로바는 하고 싶은 대로 하게 내버려두자. 조수와 놀아나고 싶다면 그러라지. 그건 그녀의 문제다…… 나는 내 양심이 시키는 대로 행하면 그만이다.' 그는 스스로를 다독였다. '내 양심은 속죄를 위해 자유를 희생하라고 요구하고 있다. 형식적으로라도 그녀와 결혼하고 어디든 그녀가 가는 곳으로 따라가겠다는 나의 결심을 바꾸어선 안 된다.' 그는 집요하게 스스로를 다독이면서 병원을 나섰고 결연한 발걸음으로 교도소 쪽으로 걸어갔다.

정문에 이른 그는 당직 간수에게 마슬로바를 면회하러 왔다고 소장에게 보고해달라고 요청했다. 네흘류도프를 알아본 당직 수위가 교도소의 중대 소식을 전해주었다. 대위였던 소장이 면직되고 후임으로 엄격한 새 소장이 부임했다는 소식이었다.

"굉장히 엄해졌습니다. 큰일입니다." 간수가 말했다. "마침 소장님이 계시니까 바로 보고하겠습니다."

교도소 안에 있던 소장이 곧 네흘류도프에게 왔다. 신임 소장은 큰 키에 앙상하고 광대뼈가 불거진, 동작이 굼뜬 음울한 사람이었다.

"면회는 정해진 날에만 허용됩니다." 그가 네흘류도프를 보지도 않고 말했다.

"하지만 저는 폐하께 올릴 청원서에 서명을 받아야 합니다."

"제가 전달하겠습니다."

"수감자 본인을 직접 만나야 합니다. 전에는 항상 허가되었는데요."

"전에는 그랬겠죠." 소장이 네흘류도프를 흘끔 보고는 말했다.

"도지사가 내준 허가증이 있습니다." 네흘류도프가 지갑을 꺼내면서 주장했다.

"보여주십시오." 소장이 상대의 눈을 보지 않은 채 말했고, 까슬까슬하고 길쭉한 집게손가락에 금반지를 낀 하얀 손으로 네흘류도프가 건넨 종이를 받아 천천히 읽었다. "그럼 사무실로 가시죠." 그가 말했다.

사무실에는 아무도 없었다. 소장은 면회에 입회할 셈인 듯 탁자 앞에 앉아 그 위에 놓인 서류를 만지작거렸다. 네흘류도프가 정치범 보고두홉스카야를 면회할 수 있느냐고 묻자, 소장은 안 된다고 바로 잘랐다.

"정치범 면회는 허용되지 않습니다." 그가 다시 서류를 읽으며 말했다.

보고두홉스카야에게 전할 편지를 호주머니에 넣어두었던 네흘류도프는 죄를 들킨 범죄자가 된 기분이었다.

마슬로바가 사무실로 들어오자 소장은 잠깐 고개를 들었다가 마슬로바에게도 네흘류도프에게도 시선을 주지 않은 채 말했다.

"시작하시죠!" 그러고는 계속 서류를 들여다보았다.

마슬로바는 예전처럼 하얀 재킷에 치마를 입고 머릿수건을 두르고 있었다. 네흘류도프에게 다가와 그의 싸늘하고 냉담한 얼굴을 보자 그녀는 얼굴이 빨개졌고 한 손으로 재킷 자락을 만지작거리면서 눈을 내리떴다. 당혹해하는 그 모습이 네흘류도프에게 병원 수위의 말을 확인해주는 것 같았다.

네흘류도프는 전처럼 그녀를 대하려 했지만 생각처럼 손을 내밀 수 없었다. 그만큼 지금 그는 그녀가 혐오스러웠다.

"나쁜 소식을 가져왔습니다." 그가 그녀를 보지도 않고 담담한 목소리로 말했다. "원로원에서 기각됐어요."

"저도 예상하고 있었어요." 그녀가 헐떡이는 듯한 묘한 목소리로 말했다.

네흘류도프는 예전 같았으면 그게 무슨 소리냐고 물었을 것이다. 그러나 지금은 그저 그녀를 한번 쳐다볼 뿐이었다. 그녀의 눈에 눈물이 차올랐다.

그러나 이 또한 그의 마음을 누그러뜨리기는커녕 화만 더 부추겼다.

소장이 일어서서 방안을 이리저리 서성거렸다. 걷잡을 수 없는 혐오 감이 일었지만 네흘류도프는 그래도 원로원의 기각에 대해서만큼은 유감을 표현해야 할 것 같았다.

"절망하진 말아요," 그가 말했다. "폐하께 청원하면 가능할 수도 있고, 나도 그것을……"

"그것 때문이 아니라……" 그녀가 눈물 젖은 사시 눈으로 애원하듯 그의 얼굴을 바라보며 말했다.

"그럼 뭐 때문인데요?"

"당신은 병원에 갔다가 분명 제 얘길 들으셨겠죠……"

"그게 어떻단 겁니까, 그건 내 알 바 아닙니다." 네흘류도프가 눈살을 찌푸리며 매몰차게 말했다.

그녀가 병원 이야기를 꺼내자마자, 가까스로 진정됐던 모욕감이 다시 새로운 힘으로 그의 안에서 끓어올랐다. '어떤 귀족의 딸도 나와 결혼하는 것을 행복으로 안다. 그런 내가 이런 여자의 남편이 되겠다고 말했는데. 그새를 참지 못하고 조수 따위와 놀아나다니.' 그는 증오에 찬 눈으로 그녀를 바라보며 생각했다.

"이 청원서에 서명해요." 그가 호주머니에서 큰 봉투를 꺼내 탁자에 펼치며 말했다. 그녀는 머릿수건 끝자락으로 눈물을 닦았고 어디에 무엇을 써야 할지 물으며 탁자 앞에 앉았다.

그가 어디에 무엇을 쓸지 알려주자 탁자 앞에 앉은 그녀가 왼손으로 오른쪽 소매를 걷어올렸다. 그는 그녀를 내려다보면서 이따금 흐느낌으로 떨리는, 탁자 쪽으로 몸을 숙인 그녀의 등을 말없이 바라보았고, 그러자 그의 마음속에서 악과 선의 두 감정, 즉 모욕당한 자존심과 고통받는 그녀에 대한 연민이 충돌했지만 마침내 후자가 이겼다.

무엇이 먼저였는지는, 그녀를 가여워하는 마음이 먼저였는지 자기도 똑같은 죄를 지었으면서 그녀를 책망하는 자신의 치졸함을 상기한 것이 먼저였는지는 알 수 없었다. 그러나 그는 홀연 자신의 죄를 깨닫고 그녀를 애처롭게 여겼다.

그녀가 청원서에 서명하고 잉크가 묻은 손가락을 치마에 닦더니 일어서서 그를 힐끗 쳐다보았다.

"결과가 어떻게 되건, 무슨 일이 있건 내 결심은 바뀌지 않을 겁니다." 네흘류도프가 말했다.

그녀를 용서했다는 생각이 들자 그녀에 대한 연민과 애정이 한층 강해졌고, 그는 그녀를 위로해주고 싶었다.

"내가 한 말은 꼭 지킬 겁니다. 당신을 어디로 보내건 나는 함께 갈 거예요."

"부질없는 일이에요." 그녀가 서둘러 그의 말을 가로막았지만 온 얼굴이 환해졌다.

"여행길에 뭐가 필요할지 생각해둬요."

"딱히 없을 것 같아요. 고마워요."

소장이 그들에게 다가왔고, 네흘류도프는 소장의 말이 떨어지기도 전에 그녀와 작별하고서 지금까지 느껴보지 못했던 잔잔한 기쁨과 평안, 만인을 향한 사랑의 감정을 느끼며 교도소 문을 나섰다. 마슬로바의 어떤 행동도 그녀에 대한 자기의 사랑을 바꿔놓지 못한다고 생각하자 그는 날아오를 듯이 기뻤다. 조수와 놀아나고 싶다면 그러라지. 그건 그녀의 문제다. 그는 자기 자신이 아니라 그녀를 위해서, 신을 위해서 그녀를 사랑하는 것이었다.

의사 조수와 놀아났다는 이유로 마슬로바가 병원에서 쫓겨난 사건, 네흘류도프가 정말로 일어난 일이라고 믿었던 사건의 진상은 이렇다. 마슬로바가 간호장의 지시를 받고 복도 끝에 있는 약국에 폐병 약을 받으러 갔는데, 마침 그곳에는 이미 오래전부터 그녀에게 추근거리며 넌더리나게 하던 우스티노프라는 여드름투성이 키 큰 조수가 혼자 있었다. 그녀는 그에게서 벗어나려고 세게 뿌리쳤고 그가 선반에 부딪치는 바람에 약병 두 개가 바닥에 떨어져 깨졌다.

때마침 복도를 지나가던 주임 의사가 병이 깨지는 소리를 들었고, 새빨개진 얼굴로 황급히 뛰쳐나오는 마슬로바가 보이자 노엽게 고함을 쳤다.

"이봐, 아줌마, 이런 데까지 와서 농탕질을 벌인다면 당장 쫓겨날 줄 알아. 대체 뭔 일이야?" 그가 안경 너머로 조수를 엄하게 쏘아보며 물었다.

조수는 히죽거리면서 변명했다. 주임 의사는 그의 말을 끝까지 듣지도 않고 고개를 들어 안경 너머를 보더니 병동으로 가버렸고 그날 바로 소장에게 마슬로바 대신 좀더 조신한 여자를 보내달라고 요청했다. 마슬로바가 의사 조수와 놀아났다는 사건의 내용은 이것이 전부였다. 남자와 놀아났다는 이유로 병원에서 쫓겨난 일은 네흘류도프와 재회한 뒤 이미 남자들과의 관계에 심한 환멸을 느끼던 마슬로바에게 특히 마음의 상처를 주었다. 그녀의 과거와 현재의 처지를 근거로 멋대로 판단하는 남자들은 전부, 심지어 여드름투성이 그 조수까지도 그녀를 희롱할 권리가 있다는 듯이 굴었고 그녀가 거절하면 깜짝 놀라는 태도를 보이곤 해 그것에 더없이 모욕감을 느꼈고 자기연민에 눈물이 왈칵 쏟아졌다. 네흘류도프를 만나면 그도 분명 듣게 될 그 부당한 일에 대해 해명하고 싶었다. 그러나 막상 해명한다고 생각하자, 그가 믿어주지 않을 것이며 해명할수록 그의 의심만 굳어지리라는 생각이 들어 그저 말없이 흐느끼기만 했다.

　네흘류도프가 두번째 면회를 왔을 때처럼 마슬로바는 끝까지 그를 용서하지 않고 미워하리라 다짐하고 있었지만, 이미 오래전부터 그를 다시 사랑하고 있었고, 그래서 자기도 모르게 그가 바라던 대로 술도 담배도 끊고 교태도 부리지 않고 병원에 잡역부로 들어갔던 것이었다. 그녀가 그 모든 일을 한 이유는 그가 바라는 바를 알았기 때문이다. 네흘류도프가 결혼하겠다고 말할 때마다 그녀가 그의 희생을 완강하게 거절했던 것은 자신이 쏟아냈던 오만한 말들을 뒤집고 싶지 않았기 때문이기도 했지만, 그보다는 자기 같은 여자와 결혼하면 그가 불행해질 거라고 생각했기 때문이었다. 그녀는 그의 희생을 받아들이지 않겠다고 단단히 마음먹었지만, 그가 자기를 경멸한다고 생각하면, 자기를 예전의 그런 여자로 여기며 그녀 안에서 일어나고 있는 변화를 보지 못한다고 생각하면 마음이 아팠다. 그녀가 병원에서 나쁜 짓을 저질렀다고 생각할 그를 상상하면, 최종적으로 징역형을 선고받았다는 소식을 들었을 때보다 더 괴로웠다.

30

네흘류도프는 마슬로바가 가장 먼저 출발하는 유형수 이송대에 포함될 가능성을 생각해 서둘러 출발 채비를 했다. 아무리 시간이 많아도 다 처리하지 못할 만큼 일이 쌓여 있었다. 예전과는 완전히 반대였다. 예전에는 항상 무엇을 할까 궁리해야 했고 일의 흥미 또한 언제나 드미트리 이바노비치 네흘류도프 한 사람에게 국한된 것이었다. 모든 생활의 흥미가 드미트리 이바노비치에게 집중되어 있었음에도 그 모든 일이 지겨웠다. 하지만 지금은 모든 일이 드미트리 이바노비치가 아니라 온전히 다른 사람들과 관계된 것인데도 모든 일이 흥미롭고 매력적이었고, 게다가 그 일은 끝이 없었다.

그뿐만 아니라 예전에 바쁘게 돌아갔던 드미트리 이바노비치 개인의 일은 언제나 분노와 짜증을 불러일으켰지만, 남을 위해 하는 지금의 일은 대체로 기쁨을 안겨주었다.

최근 네흘류도프가 몰두하는 일은 크게 세 종류였는데, 그는 습관대로 그 일들에 관련된 것들을 정리해 서류가방 세 개에 나누어 보관했다.

첫번째 일은 마슬로바를 돕는 일이었다. 이제 이 일은 황제에게 청원서를 올리는 것과 시베리아로 떠날 채비를 하는 것이 남았다.

두번째 일은 영지 정리였다. 파노보에서는 소작료를 마을 농민의 공동 자금으로 돌린다는 조건으로 농민들에게 땅을 넘겨주었다. 그러나 약속을 확실하게 하기 위해서는 계약서와 유언장을 작성하고 서명해둘 필요가 있었다. 쿠즈민스코예에서는 아직 자신이 직접 소작료를 받기로 되어 있었지만, 지불 기한을 정하고 수입의 얼마를 자기 생활비로 하고 얼마를 농민들을 위한 자금으로 남겨둘 것인지 결정해야 했다. 시베리아에 가게 되면 비용이 얼마나 들지 모르는 상황인지라 수입을 반으로 줄이긴 했지만 전부를 포기할 수는 없었다.

세번째 일은 죄수들을 돕는 일인데, 그들의 요청이 점점 많아지고 있었다.

처음에는 도움을 청하는 죄수들과 교류하면서 당장 그들의 고통을 덜어주려는 마음으로 동분서주했다. 그러나 부탁하는 사람이 너무 많아져 한 사람 한 사람을 모두 돕기는 불가능하다는 생각이 들자 그는 본의 아니게 네번째 일에 착수하게 되었고, 요즘은 다른 일들보다 이 일이 그의 마음을 채우고 있었다.

네번째 일이란 소위 형사재판이라는 이 놀라운 제도가 도대체 무엇이고 무엇 때문에 존재하고 어디서 생겨난 것인가 하는 문제를 해결하는 것이었다. 그와 알게 된 죄수들이 수감된 교도소, 그리고 온갖 기묘한 형법에 따라 수백수천의 희생자가 신음하고 있는 페트로파블롭스크 요새감옥부터 사할린에 이르기까지 그 모든 유폐 장소는 바로 형사재판의 결과물이었다.

네흘류도프는 죄수들과의 개인적 교류, 변호사나 교도소 사제, 교도소장이 들려준 이야기, 죄수 명부를 통해 죄수들이 모두 다섯 종류로 분류될 수 있다는 결론을 얻었다.

첫번째 부류는 완전히 무고한 사람들, 방화범으로 몰려 수감된 멘쇼프나 마슬로바처럼 오심의 희생자가 된 사람들이다. 이 부류는 그리 많지는 않고, 사제의 말에 따르면 전체의 약 7퍼센트라고 하는데, 특히 그의 흥미를 끈 것은 그들의 처지였다.

두번째 부류는 분노, 질투, 만취 등 특수한 상황에서 참지 못하고 범죄를 저지른 사람들이다. 그들을 재판하고 구형하는 재판관들도 그런 상황에 놓이면 분명 그들과 다르지 않을 것이다. 네흘류도프가 관찰한 바에 따르면 이 부류의 사람들은 전체 범죄자의 과반수를 차지했다.

세번째 부류는 자신들 입장에서는 정당할 뿐 아니라 훌륭하다고까지 생각했지만 그들과는 아무 상관도 없는 사람들이 법이라는 미명하에 그들의 행동을 범죄로 간주하는 바람에 수감된 사람들이다. 이 부류에는 주류 밀매업자, 밀수업자, 대지주의 숲이나 국유림에서 풀을 베고 장작을 구한 사람들이 속했다. 그리고 도둑질로 생계를 잇는 산민들, 교회 물건을 빼돌리는 신앙심 없는 사람들도 여기에 속했다.

네번째 부류는 사회의 평균 수준보다 정신적으로 우월하다는 이유만으로 죄인 취급을 당하는 사람들이다. 분리파교도들, 독립을 위해 봉기를 일으킨 폴란드인들이나 체르케스인*들, 반정부운동을 했다는 죄목으로 재판을 받는 사회주의자들, 파업 주도자들 등이 속했다. 네흘류도프가 관찰한 바로는, 가장 우수한 집단에 속하는 이들은 죄수 전체에서 대단히 큰 비율을 차지했다.

마지막 다섯번째 부류는 사회에 어떤 죄를 저질렀다기보다 오히려 사회가 지은 더 큰 죄의 피해자가 된 사람들이다. 매트를 훔친 앳된 청년을 비롯해 네흘류도프가 교도소 안팎에서 보았던 수백 명이 이 부류에 포함되는데, 그들은 사회에서 버림받고 끊임없는 억압과 유혹 때문

---

* 북캅카스와 흑해 연안 지역에 사는 민족.

에 우둔해지고, 생활조건 때문에 범죄라 불리는 것을 저지르지 않을 수 없는 지경에 체계적으로 내몰린 듯한 사람들이었다. 네흘류도프가 관찰한 바로는, 이즈음 그가 알게 된 절도범과 살인범 대부분이 이 부류에 속했다. 그들을 더 가까이 알게 된 뒤로는 새로운 학파의 학자들이 범죄형이라고 부르는 방탕하고 타락한 사람들, 형법과 형벌의 필요성에 대한 주요 증거가 되는 사람들도 이 부류에 넣었다. 네흘류도프가 판단하기에 이른바 타락한 유형, 범죄적 유형, 비정상적 유형의 사람들은 사회에 죄를 지었다기보다 사회가 그들에게 죄를 지은 것이고, 사회는 현재 살아 있는 그들에게만 직접적인 죄가 있는 것이 아니라 과거에 살았던 이전 세대들, 즉 그들의 부모와 선조에게도 죄가 있다.

그중에서도 오호틴이라는 상습 절도범은 특히 놀라운 경우였다. 그는 매춘부의 사생아로 하숙집에서 자랐고, 서른 살이 될 때까지 만났던 사람들 중 그나마 도덕적인 사람은 순경들뿐이었다. 어려서부터 도둑 패거리에 들어간 그는 익살을 잘 떠는 재주로 사람들의 시선을 끌었다. 그는 네흘류도프에게 보호를 청하는 입장이면서도 자기 자신은 물론이고 재판관, 교도소, 형법뿐만 아니라 신의 계율까지 포함하는 온갖 규범에 대해 익살스럽게 빈정거렸다. 또 한 사람은 부하들을 이끌고 어느 늙은 관리를 살해한 뒤 금품을 약탈한 표도로프라는 잘생긴 농부인데, 그의 아버지는 아무 이유도 없이 부당하게 집을 몰수당하고 군대에 끌려갔다가 한 장교의 정부와 눈이 맞아 혼쭐이 났다고 했다. 표도로프는 매력적이고 열정적인 성격에 무엇을 통해서건 삶의 쾌락만을 갈구했는데, 지금껏 뭔가를 위해 쾌락을 억제하는 경우를 본 적도 없고 쾌락 외에 삶에 다른 목적이 있다는 말을 들어본 적도 없는 사람이었다.

네흘류도프는 이 두 사람이 본래 풍부한 재능을 타고났지만 내버려진 식물이 그렇듯 아무렇게나 자라 타락하게 되었다고 생각했다. 그는 또 혀를 내두를 정도로 우둔하고 잔인한 부랑자와 여자도 보았는데, 이들은 이탈리아학파*가 말하는 범죄형의 전형이 아니었다. 그들은 연미복을 입거나 견장을 차거나 레이스로 치장한 교도소 밖 자유로운 사람들과 다를 바 없이 단지 개인적인 차원에서 역겨움을 일으키는 사람들일 뿐이었다.

네흘류도프가 몰두하던 네번째 일이란, 무엇 때문에 이처럼 다양하고 많은 사람들이 교도소 안에서 신음하고, 동시에 그와 전혀 다를 바 없는 사람들은 교도소 밖에서 자유로이 활보하며 그들과 똑같은 사람들을 재판하고 있는지를 연구하는 것이었다.

우선 네흘류도프는 그 해답을 책에서 발견하려고 관련 서적을 닥치는 대로 사들였다. 그는 롬브로소, 가로팔로**, 페리***, 리스트****, 모즐리*****, 타르드의 저서를 탐독했다. 그러나 그 책들을 읽을수록 환멸만 느낄 뿐이었다. 저술하고 논쟁하고 가르치는 등 학술적 목적을 위한 연구가 아니라 직접적이고 단순한 삶의 문제들을 해결하기 위해 연구하는

---

* 범죄보다 범죄자를 중심으로 고찰해야 한다고 주장한 형법학 이론의 한 학파.
** 라파엘레 가로팔로(1851~1934). 이탈리아 법학자, 정치가, 범죄학자. 범죄의 원인은 사회환경이 아니라 범죄자 내부에 있다고 주장했다.
*** 엔리코 페리(1856~1929). 이탈리아 범죄학자. 범죄자들을 '인류의 특수한 변종'으로 여겼다.
**** 프란츠 폰 리스트(1851~1919). 오스트리아 법학자, 형법 교수. 형벌의 목적은 범죄자가 다시 범죄를 저지르지 않게 하는 데 있다고 주장했다.
***** 헨리 모즐리(1835~1918). 영국 정신과의사, 해부학자, 심리학자. 법의학적 관점에서 정신병을 연구했다.

사람들이 경험하는 문제에 맞닥뜨린 것이다. 학문은 형법과 관련된 아주 까다롭고 난해한 수많은 문제에 대해 해답을 내놓을 뿐 그가 구하던 질문의 답은 주지 않았다. 그의 질문은 아주 간단했다. 대체 무슨 권리로 일부 인간들이 다른 인간들을 수감하고 괴롭히고 채찍질하고 죽이는가, 그들도 그들이 괴롭히고 채찍질하고 죽이는 사람들과 똑같은 사람들이 아닌가? 그런데 그에게 주어진 해답은 인간은 자유의지를 지니는가에 대한 논의들이었다. 두개골 등을 측정해서 범죄적 성격을 알아볼 수 있는가? 유전은 범죄를 저지르는 데 어떤 역할을 하는가? 선천적인 부도덕성이 존재하는가? 도덕이란 무엇인가? 광기란 무엇인가? 퇴화란 무엇인가? 기질이란 무엇인가? 기후, 식품, 무지, 모방, 최면, 욕망 등은 범죄에 어떤 영향을 미치는가? 사회란 무엇인가? 사회의 의무란 어떤 것인가? 이와 같은 것들에 대한 논의뿐이었다.

이러한 논의들을 보면서 네흘류도프는 언젠가 그가 만난, 하굣길이던 어린 소년의 대답을 떠올렸다. 네흘류도프는 소년에게 맞춤법을 배웠느냐고 물었다. "배웠어요." 소년이 대답했다. "그럼 어디 한번 '발'을 써보렴." "무슨 발이요? 개의 발이요?" 영악한 얼굴의 소년이 대답했다. 네흘류도프는 하나의 근본적인 질문을 던졌으나 학술 서적들에는 바로 이 소년의 대답과 같이 무수한 답변이 있었다.

책들에는 지혜로운 답변, 학술적인 답변, 흥미로운 답변들이 많았으나 중요한 한 가지에 대한 답변은 없었다. 인간은 어떤 권리로 다른 인간을 처벌하는가? 이 질문에 대한 답은 존재하지 않았을 뿐만 아니라 모든 논증은 일종의 공리를 통해 필요하다고 인정된 처벌을 해명하고 정당화하는 것으로 수렴되었다. 네흘류도프는 틈나는 대로 많은 관련 서적을 읽었지만 이런 피상적인 연구에는 답이 존재하지 않는다는 결론에 이르렀고, 언젠가 그 답을 찾으리라 기대했다. 그래서 그는 최근 들어 더욱 자주 머릿속에 떠오르는 답의 정당성을 우선은 믿지 않기로 했다.

31

마슬로바가 속한 이송대는 7월 5일에 출발하게 되었다. 네흘류도프도 그날 그녀를 따라갈 수 있도록 준비했다. 출발 전날 밤 네흘류도프의 누나가 남편과 함께 그를 만나기 위해 도시로 왔다.

네흘류도프의 누나 나탈리야 이바노브나 라고진스카야는 동생보다 열 살이 많았다. 그는 어느 정도 누나의 영향을 받으며 자랐다. 그녀는 어린 시절부터 그를 아주 귀여워했고 결혼하기 전까지는 또래처럼 친하게 지냈다. 그때 그녀는 스물다섯 살의 아가씨였고, 그는 열다섯 살의 소년이었다. 그 시절 그녀는 이제는 죽고 없는 동생의 친구 니콜렌카 이르테네프를 흠모했었다. 남매는 그 니콜렌카를 사랑했고, 그에게도 있고 자신들 안에도 있는, 모든 사람을 하나로 묶는 훌륭한 기질을 사랑했다.

그후 두 사람은 타락해버렸다. 그는 군에서 복무하며 방탕한 생활을 했고, 그녀는 정욕에 이끌려 사랑하게 된 남자, 한때 그녀와 드미트리에게 가장 성스럽고 소중했던 모든 것을 좋아하지 않을뿐더러 심지어 그게 뭔지도 이해하지 못하고, 그녀가 생활신조로 삼던 도덕적 완성이나 봉사하는 삶을 자아도취 혹은 남들 앞에서 돋보이려는 허영쯤으로 생각하는 남자와 결혼하면서 타락해버렸다.

라고진스키는 명성도 재산도 없었지만 자유주의와 보수주의 사이를 적당히 헤엄쳐 다니며 그때그때 필요에 따라 자기 생활에 가장 득이 될 만한 것을 선택했고, 특히 여자들 마음을 사는 재능을 살려 법조계에서도 비교적 눈부신 출세가도를 달리는 수완가였다. 그는 이미 청년기를 지나서야 외국에서 네흘류도프 집안사람들을 알게 되었고, 그때 결혼 적령기를 지난 나타샤*의 마음을 사로잡아 *격이 맞지 않는다며* 반대하던 그녀 어머니의 만류에도 결국 그녀와 결혼했다. 네흘류도프는 내색하지 않으려, 좋지 않은 감정을 떨치려 애썼지만 여전히 매형이 탐탁지 않았다. 그가 매형을 그렇게 생각했던 것은 야비함과 교만함과 편협함 때문이기도 했지만, 누나가 그런 보잘것없는 인간을 열렬하게 맹목적으로, 육체적으로 사랑할 뿐 아니라 남편의 비위를 맞추기 위해 자신의 내적인 장점들까지 모두 내팽개친 것이 더욱 마음에 들지 않았기 때문이다. 네흘류도프는 나타샤가 털북숭이에 머리가 벗어진데다 유체스러운 남자의 아내라는 것을 생각할 때마다 못 견디게 괴로웠다. 심지어 그의 자식에게도 좋은 감정이 생기지 않았다. 그리고 누나가 또 아이를 가졌다는 소식을 들을 때마다 그들 남매와는 질이 다른 그 남자에게서 누나가 못된 병이라도 옮은 듯 연민을 느꼈다.

라고진스키 부부는 자식들—그들에게는 아들과 딸이 있었다—은 데려오지 않고 둘만 와서 일류 호텔의 최고급 방에 묵었다. 나탈리야

---

* 나탈리야의 애칭.

이바노브나는 곧 어머니가 살던 옛집으로 갔으나 남동생을 만나지 못했고, 아그라페나 페트로브나로부터 그가 가구 딸린 셋집으로 옮겨갔다는 이야기를 듣고 그곳으로 찾아갔다. 낮에도 램프를 켜야 하는 어두컴컴하고 퀴퀴한 냄새가 나는 복도에서 꾀죄죄한 일꾼이 그녀를 맞으며 공작은 지금 없다고 알렸다.

나탈리야 이바노브나는 동생의 방에 들어가 쪽지에 몇 마디 적어두려 했다. 복도지기가 그녀를 안내했다.

방 두 칸짜리 작은 셋집에 들어간 나탈리야 이바노브나는 집안을 유심히 둘러보았다. 모든 것에서 익숙한 정갈함과 반듯함이 보였고, 지금까지 보지 못했던 검소한 모습에는 깜짝 놀랐다. 책상 위에는 눈에 익은 개 모양 청동상이 달린 문진이 놓여 있었다. 그리고 익숙한 방식대로 정갈하게 올려둔 서류철과 서류들, 문구류, 그리고 형벌에 관한 법령집, 헨리 조지의 영어 원서, 타르드의 프랑스어 원서가 보였고 이 책에는 역시 눈에 익은 상아로 된 휘움한 종이칼이 끼워져 있었다.

그녀는 탁자 앞에 앉아 동생에게 꼭 오늘 자기를 찾아와달라고 쪽지를 남긴 뒤, 오늘 본 모든 것에 새삼 놀란 양 고개를 절레절레 젓고는 호텔로 돌아왔다.

나탈리야 이바노브나는 동생에 관한 두 가지 일에 관심을 느끼고 있었다. 하나는 도시 사람들 모두가 말해서 그녀도 듣게 된 동생과 카튜샤의 결혼이고, 또 하나는 역시 모두가 알고 있는데다 많은 이들이 위험한 정치적 행위로 간주하는, 농민들에게 땅을 분배하는 일이었다. 나탈리야 이바노브나는 동생이 카튜샤와 결혼한다는 것이 한편으로는 마음에 들었다. 그 결단성이 감탄스러웠고, 결혼 전 행복했던 시절의 자신과 동생의 모습이 떠오르기도 했다. 하지만 그와 동시에 동생이 그런 끔찍한 여자와 결혼한다는 게 무척 두렵기도 했다. 후자의 감정이 더 강했기에 그녀는 무척 어려운 일이겠지만 가능한 한 동생을 설득해 마음을 돌려놔야겠다고 마음먹었다.

또하나의 문제, 즉 농민들에게 땅을 분배하는 일은 그리 크게 신경 쓰이진 않았지만, 그녀의 남편이 몹시 흥분해서 동생을 설득하라고 요구했다. 이그나티 니키포로비치는 그 문제에 대해 스스로 화젯거리가 되어 자신을 과시하고 시선을 끌려는 행위일 뿐 무분별하고 경솔하고 오만한 처사라고 말했다.

"농민들에게 땅을 나눠주고 소작료까지 그들이 쓰도록 한다니, 대체 무슨 의미가 있지?" 그가 말했다. "만일 처남이 정 그러고 싶다면 농민은행*을 통해 팔면 그만이야. 그편이 더 의미 있을 거야. 어쨌거나 제정신으론 할 수 없는 짓이라고." 이그나티 니키포로비치는 이미 후견을 염두에 둔 듯 그 해괴망측한 계획에 대해 동생과 진지하게 이야기해보라며 아내를 다그쳤다.

32

집에 돌아와 책상에서 누나의 쪽지를 본 네홀류도프는 곧바로 그녀에게 갔다. 이미 저녁이었다. 이그나티 니키포로비치는 다른 방에서 쉬

---

* 1882년에 생긴 농민토지은행.

고 있었고 나탈리야 이바노브나 혼자 동생을 맞았다. 허리를 꽉 조인 검은색 실크 드레스를 입은 그녀는 가슴에 빨간 리본을 달고 검은 머리는 유행하는 스타일로 틀어 올리고 있었다. 동갑내기 남편 때문에 젊어 보이려고 애쓰는 게 분명했다. 동생을 보자 그녀는 소파에서 벌떡 일어나 빠른 걸음으로 실크 드레스 자락을 살랑거리며 다가왔다. 그들은 입을 맞추고 미소 지으면서 서로의 얼굴을 바라보았다. 말로는 표현할 수 없는 의미심장하고 진실이 깃든 시선을 나눈 뒤, 아무 진실도 담기지 않은 대화가 시작되었다. 두 사람은 어머니가 죽은 뒤로 만난 적이 없었다.

"살이 좀 붙고 더 젊어졌네." 그가 말했다.

그녀의 입술이 만족스러운 듯 오므라들었다.

"넌 좀 여윈 것 같은데."

"그런데 이그나티 니키포로비치는?" 네흘류도프가 물었다.

"쉬고 있어. 어제 잠을 못 잤거든."

할말이 많았지만 둘 다 입을 다물었고, 오직 시선만이 그들이 할말을 하지 않고 있음을 말해주었다.

"아까 네가 사는 곳에 갔었어."

"응, 알아. 난 집을 나왔어. 나한테는 너무 컸고, 쓸쓸하고 따분해서. 이제 그런 건 필요 없어. 그러니까 누나가 전부 가져가, 가구고 뭐고 다."

"그래, 아그라페나 페트로브나도 그러더라. 거기도 갔었거든. 정말 고마워. 하지만……"

그때 호텔의 보이가 은제 다기 세트를 들고 들어왔다.

두 사람은 보이가 다기 세트를 내려놓는 동안 잠시 침묵했다. 나탈리야 이바노브나는 탁자 맞은편 안락의자로 옮겨 앉아 말없이 차를 따랐다. 네흘류도프도 말이 없었다.

"그건 그렇고, 드미트리, 난 다 알고 있어." 나탈리야가 그의 얼굴을 쳐다보며 결심한 듯이 말했다.

"음, 누나가 안다니까 정말 기쁜데."

"그런 생활을 했던 여자가 쉽게 바뀔 거라고 생각하니?" 나탈리야 이바노브나가 말했다.

그는 제대로 이해하고 제대로 대답하려고 애쓰며 팔꿈치를 괴지 않고 안락의자에 곧추앉아 그녀의 말을 주의깊게 들었다. 마슬로바와 마지막으로 만났을 때 느꼈던 기분 덕택에 그의 마음은 아직까지 평온한 기쁨과 모두를 향한 호의로 채워져 있었다.

"나는 그 여자가 아니라 나 자신을 바꾸려는 거야." 그가 대답했다.

나탈리야 이바노브나는 한숨지었다.

"결혼 말고 다른 방법도 있잖아."

"나는 결혼이 가장 좋은 방법이라고 생각해. 게다가 그것은 나를 유익한 존재가 될 수 있는 세계로 이끌어줄 거야."

"나는," 나탈리야 이바노브나가 말했다. "그게 너의 행복이라고 생각하지 않아."

"문제는 내 행복이 아니야."

"물론 그렇겠지. 하지만 그 여자에게 심장이란 게 있다면, 행복해질 수 없다는 걸 알 테고 행복을 바랄 수도 없을 거야."

"그 여자는 바라지 않아."

"그건 알아, 하지만 인생이란……"

"인생이 뭐?"

"다른 것을 요구하지."

"인생은 우리가 해야 할 당연한 것을 바랄 뿐 그 밖에는 아무것도 요구하지 않아." 눈가와 입가에 잔주름이 지긴 했으나 아직 젊음을 잃지 않은 그녀의 얼굴을 바라보며 네흘류도프가 말했다.

"난 모르겠다." 그녀가 한숨지으며 말했다.

'안타깝고 애처롭다! 어떻게 이렇게 변해버릴 수 있지?' 네흘류도프는 결혼 전의 나타샤를 떠올리며, 그리고 어릴 적 많은 추억을 공유한 그녀에게 부드러운 감정을 느끼며 생각했다.

그때 이그나티 니키포로비치가 미소 띤 얼굴로 여느 때처럼 고개를 빳빳이 들고 넓은 가슴을 활짝 편 채 안경과 대머리와 검은 턱수염을 빛내며 경쾌한 걸음으로 들어왔다.

"안녕하시오, 안녕하시오." 그가 부자연스럽게 의식적으로 강세를 넣으며 인사했다.

(갓 결혼했을 때는 처남과 '너나들이'하며 허물없이 지내려 애썼지만 결국 '당신'이라는 호칭을 쓰게 되면서 둘의 사이는 굳어지고 말았다.)

두 사람은 악수를 나눴고, 이그나티 니키포로비치는 가볍게 안락의자에 앉았다.

"두 사람 대화를 방해한 건 아닌가요?"

"아닙니다, 나는 내 말과 행동을 누구에게도 숨기지 않아요."

그의 얼굴과 털이 수북한 손과 너그러운 척 으스대는 말투를 듣자 네흘류도프의 부드럽던 기분은 순식간에 사라져버렸다.

"그래요, 지금 동생의 계획에 대해 이야기하고 있었어요." 나탈리야 이바노브나가 말했다. "차 따를까요?" 그녀가 찻주전자를 잡으며 덧붙였다.

"응, 좋지, 그런데 그 계획이란 게 뭡니까?"

"죄수들과 함께 시베리아에 가는 겁니다. 그들 가운데 내가 책임져야 할 여자가 있어요." 네흘류도프가 말했다.

"내가 듣기로는 단순히 따라가는 게 아니라 그 이상의 뭔가가 있다던데요."

"맞아요, 결혼도 할 생각입니다. 그 여자가 승낙한다면."

"오, 그렇군요! 혹시 불쾌하지 않다면, 그 동기를 설명해주겠습니까? 난 도무지 이해가 안 돼서."

"동기는 그 여자가…… 그 여자가 타락의 길에 들어선 첫 계기가……" 네흘류도프는 적당한 표현을 찾지 못하는 스스로에게 화가 났다. "죄는 내가 지었는데 벌은 그 여자가 받게 되었다는 게 동기입니다."

"처벌을 받았다면 그녀도 죄가 없진 않을 텐데요."

"아니요, 아무 죄도 없습니다."

네흘류도프는 필요 이상으로 흥분하며 모든 사정을 이야기했다.

"그래요, 그렇다면 재판장의 실수이고 배심원이었던 당신의 경솔함이 원인이었겠군요. 하지만 그런 경우를 대비해 원로원이라는 게 있잖습니까."

"원로원은 기각했습니다."

"기각했다, 그러니까 상고의 이유가 불충분했던 모양이군요." 이그나티 니키포로비치가 재판의 결과는 진리라는 일반적 견해에 무조건 찬성한다는 어조로 말했다. "원로원은 사건 자체를 심리할 순 없어요. 재판 그 자체에 오류가 있다면 황제 폐하 앞으로 청원해야 합니다."

"그것도 해봤지만 성공할 가망이 없어 보입니다. 어차피 법무부에 조회하면 법무부는 원로원에 문의할 거고, 원로원은 그 결정을 반복할 뿐일 테니까 대개 그렇듯 죄 없는 자가 처벌을 받겠죠."

"첫째, 법무부는 원로원에 문의하지 않습니다." 이그나티 니키포로비치가 깔보는 듯한 미소를 지으며 말했다. "법무부에서 서류를 넘겨받아 오류가 발견되면 그에 따라 다시 판결을 내릴 것이고, 둘째, 죄 없는 사람이 처벌받는 일은 절대로 없습니다. 간혹 있다 하더라도 아주 예외적인 일입니다. 벌이란 죄지은 자가 받기 마련이고요." 이그나티 니키포로비치가 서두르는 기색 없이 자족의 미소를 띠며 말했다.

"하지만 나는 그 반대의 확신을 얻었습니다." 네흘류도프가 매형에게 반감을 느끼며 말을 꺼냈다. "재판에서 유죄선고를 받은 사람들의 태반이 무고하다고 확신합니다."

"무슨 의미입니까?"

"말 그대로 죄가 없다는 의미입니다. 그 여자만 하더라도 독살 사건에 누명을 쓴 것이고, 얼마 전 알게 된 어느 살인 사건에서도 농부가 누명을 썼고, 또 집주인이 저지른 방화에 방화범으로 몰려 유죄선고를 받을 뻔한 모자도 죄가 없었습니다."

"글쎄요, 물론 오심은 언제나 있을 수 있고 앞으로도 있을 겁니다. 아무튼 인간이 만든 제도인 만큼 완전할 수는 없어요."

"자라온 환경의 영향으로 자신의 행위가 범죄임을 인식하지 못하기 때문에 무죄인 사람들도 많습니다."

"아니, 그건 납득하기 어렵군요. 어떤 도둑이라도 도둑질이 나쁘다는 것, 도둑질을 해선 안 된다는 것, 도둑질이 부도덕하다는 것쯤은 압니다." 이그나티 니키포로비치가 침착하고 자신만만하게, 늘 그랬듯 특히 네흘류도프의 신경을 거스르는 얄잡는 미소를 띠며 말했다.

"아니요, 모릅니다. 모두가 도둑질하지 말라고 말하지만, 그들은 공장주들이 그들의 임금을 떼어먹고 그들의 노동을 도둑질하고 있다는 것, 수많은 관리들을 거느린 정부가 세금의 형식으로 끊임없이 그들의 돈을 도둑질하고 있다는 것을 보고 또 알고 있습니다."

"이건 뭐 무정부주의로군요." 이그나티 니키포로비치가 처남이 한 말의 의미를 태연하게 정의해버렸다.

"나는 그게 뭔지 모릅니다. 그저 있는 사실을 말하고 있을 뿐입니다." 네흘류도프가 계속했다. "그들은 정부가 그들의 돈을 도둑질하고 있다는 걸 알고 있습니다. 지주들이 벌써 오래전부터 공동의 소유물이어야 할 토지를 그들에게서 빼앗아 자기들을 착취하고 있다는 것도요. 그런데 그들이 빼앗긴 땅에서 땔감으로 쓸 잔가지라도 주우면 우리는 그들을 잡아다 교도소에 처넣고 스스로 도둑놈이라고 확신시키려 하죠. 하지만 정작 도둑은 자기들이 아니라 자기들 땅을 빼앗아간 놈들이라는 것을, 또한 빼앗긴 것을 *되찾는 것*이 자기 가족에 대한 의무라는 것을 그들은 알고 있습니다."

"잘 모르겠군요. 설사 납득이 간다 해도 찬성하지는 않습니다. 땅은 누군가의 소유가 되지 않을 수 없어요. 땅을 나눠준다 하더라도," 이그나티 니키포로비치가 네흘류도프를 가리켜 사회주의자라고, 사회주

이론이 요구하는 것은 모든 땅을 평등하게 분배하는 것인데 그런 분배 방식은 지극히 어리석고 부당하다고 차분한 어조로 힘주어 말했다. "당신이 오늘 땅을 균등하게 분배한다 해도, 내일이면 다시 땅은 더 근면하고 유능한 사람들 손에 넘어갈 겁니다."

"아무도 땅을 균등하게 분배하려 하지 않아요. 땅은 개인의 소유가 되어서도 안 되고 사고팔거나 빌려주는 대상이어서도 안 됩니다."

"소유권이란 인간에게 처음부터 주어진 겁니다. 소유권이 없으면 땅을 개간하는 일에 조금도 흥미를 갖지 않았겠죠. 소유권을 없애봐요, 그러면 우리는 야만의 시대로 되돌아가고 말 겁니다." 이그나티 니키포로비치가 고압적인 어투로 토지 소유권에 대한 흔한 주장을 되풀이했는데, 당시 너무도 자명하게 여겨지던 그 주장에 따르면 토지 소유를 향한 인간의 열망이 바로 그 증거였다.

"천만에요, 그 반대죠. 오늘날 지주들은 건초더미에 드러누운 개처럼 땅을 개발할 줄도 모르면서 그럴 능력이 있는 자들이 땅을 사용하지 못하게 막고 있지만, 토지를 균등하게 분배하면 지금처럼 땅을 헛되이 놀리는 일은 없을 겁니다."

"이봐요, 드미트리 이바노비치, 그건 완전 헛소리예요! 오늘날 토지 사유 폐지가 가당키나 합니까? 그게 당신의 *지론*이란 건 나도 압니다. 하지만 단도직입적으로 말해도 된다면……" 이그나티 니키포로비치의 얼굴이 창백해졌고 목소리가 떨리기 시작했다. 이 문제에 무척 자극받은 게 분명했다. "한 가지 충고합니다만, 이 일의 실제 해결에 착수하기에 앞서 잘 숙고하길 바랍니다."

"내 개인적인 일을 말하는 건가요?"

"그래요. 일정한 지위에 있는 우리는 모두 이 지위에 따르는 의무를 지켜야 하며 우리가 태어나면서 조상으로부터 물려받았고 우리 후손에게 물려주어야 할 생활양식을 유지해야만 합니다."

"내가 의무로 여기는 것은……"

"잠깐만," 네흘류도프가 끼어들지 못하게 막으면서 이그나티 니키포로비치가 계속했다. "나 자신이나 자식들을 위해 하는 말이 아닙니다. 내 자식들의 재산은 보장되어 있고 나도 우리 가족이 먹고살 수 있을 만큼의 벌이는 하고 있고 자식들도 앞으로 어려움 없이 살 겁니다. 그렇기 때문에 내가 당신의, 미안한 말이지만, 충분히 고려하지 않은 행위에 대해 항의하는 건 결코 나의 개인적인 이해 때문이 아니라 원칙적으로 당신에게 동의할 수 없기 때문입니다. 충고합니다만, 좀더 생각하시고 좀더 책을 들여다보시길……"

"내 일은 내가 결정할 테니 상관 말아주십시오. 뭘 읽고 뭘 읽으면 안 되는지는 나도 알고 있습니다." 네흘류도프는 창백해지며 이렇게 말했고, 양손이 차가워지고 자제할 힘이 사라지는 것 같아 입을 다물고 차를 마셨다.

33

"그런데 아이들은?" 네흘류도프는 조금 마음이 가라앉자 누나에게 물었다.

누나는 아이들을 할머니, 즉 남편의 어머니에게 맡겼다고 말했다. 그리고 네흘류도프와 남편의 논쟁이 멈춘 것을 무척 기뻐하면서 그가 어릴 적 자기의 흑인 인형과 프랑스 여자라고 부르던 여자 인형을 가지고 놀았던 것처럼 아이들도 인형으로 여행놀이를 하며 논다고 말했다.

"그런 걸 다 기억해?" 네흘류도프가 미소 지으며 말했다.

"게다가 노는 게 어쩜 너하고 그리 똑같은지 몰라."

불쾌한 대화는 끝났다. 나타샤는 비로소 마음이 놓였으나 남편이 있는 자리에서 남동생과 자기만 아는 일을 이야기하고 싶지 않아 이곳에까지 알려질 정도로 모두가 관심을 갖는 페테르부르크의 뉴스, 즉 결투로 외아들을 잃고 슬퍼하는 카멘스카야 부인 이야기를 꺼냈다.

이그나티 니키포로비치는 결투에서의 살인을 일반 형사범죄에서 제외하는 새 제도에 찬성하지 않는다고 의견을 밝혔다.

그의 의견은 네흘류도프의 반박을 불러일으켰고, 두 사람이 아까 끝내지 못한 논쟁에 다시 불을 붙였다. 두 사람은 자기 의견을 주장하기보다는 서로 상대방을 비난하며 자기 신념을 고집했다.

이그나티 니키포로비치는 네흘류도프가 자기의 모든 활동을 얕보면서 비난한다고 느꼈다. 그래서 그의 견해가 틀렸다는 것을 확실히 알게해주고 싶었다. 한편, 네흘류도프는 자기 영지 문제에 간섭하는 매형이 못마땅한 건 제쳐두고라도(마음속 깊은 곳에서는 매형과 누나, 그리고 그의 상속인인 조카들에게 그럴 권리가 있다고 느끼고 있었다), 이 편협한 인간이 자신만만하고 차분한 어조로, 네흘류도프가 큰 범죄라고 여기는 일을 합법적이라고 계속 주장하는 데 분개하고 있었다. 특히 그의 교만한 태도가 네흘류도프의 신경을 긁었다.

"그럼 재판소는 무엇을 할 수 있습니까?" 네흘류도프가 물었다.

"결투한 두 사람 중 한 사람을 살인범으로 판결내리고 징역형을 선고하는 거죠."

네흘류도프는 또다시 양손이 차가워졌고 흥분하며 말했다.

"그러면 뭐가 어떻게 되는데요?" 그가 물었다.

"공평해지는 거죠."

"공평함이 재판소 활동의 목적이라도 되는 것 같군요." 네흘류도프가 말했다.

"그 밖에 뭐가 있습니까?"

"계급적 이익을 유지하는 것이겠죠. 내 생각에 법원은 우리 계급에 유리한 현존 질서를 유지하는 행정상의 무기일 뿐입니다."

"아주 새로운 견해로군요." 이그나티 니키포로비치가 차분히 미소 지으면서 말했다. "법원은 조금 다른 임무를 수행한다고 보는 게 보통인데 말이에요."

"내가 본 바에 따르면 이론적으로는 그렇지만 실제로는 그렇지가 않습니다. 법원의 목적은 오로지 사회를 현상태로 유지하는 겁니다. 그러기 위해서 법원은 보통 사람들보다 높은 기준에 서서 그 기준을 높이려는 사람들, 이른바 정치범이라고 불리는 사람들이나 평균보다 낮은 곳에 있는 사람들, 이른바 범죄형이라고 불리는 사람들을 박해하며 처벌하고 있는 겁니다."

"첫째, 이른바 정치범이라고 하는 사람들이 보통 사람들보다 높은 기준을 지녀서 처벌받는다는 데 동의할 수 없습니다. 그들 대부분은 약간의 차이는 있겠지만 당신이 평균 이하로 간주하는 범죄형과 마찬가지로 기형적인 사회의 쓰레기들입니다."

"그러나 나는 재판관들보다 비교할 수 없을 정도로 높은 기준을 지닌 사람들을 알고 있습니다. 분리파교도들은 모두 도덕적이고 굳건한 사람들로……"

그러나 이그나티 니키포로비치는 대화중 누군가 자기 말을 가로채도록 놔두지 않는 사람의 버릇대로 네흘류도프의 말을 듣지 않고 계속 말을 이었고, 그래서 네흘류도프는 더욱 화가 났다.

"법원의 목적이 현존 질서의 유지라는 데도 동의할 수 없어요. 법원은 자신의 목적을 따르고 있습니다. 교정이라든가……"

"교도소에서 교정을 한다니, 멋진 말이군요." 네흘류도프는 일어섰다.

"아니면 격리라든가," 이그나티 니키포로비치가 집요하게 계속했다. "사회를 위협하는 타락한 짐승과도 같은 자들을 격리하는 거죠."

"바로 그게 문제예요. 법원은 아무것도 하지 않고 있습니다. 사회는 그런 것들을 실행할 수단을 갖추고 있지 않아요."

"왜 그렇죠? 이해하지 못하겠군요." 이그나티 니키포로비치가 억지 미소를 지으며 물었다.

"본래 합리적인 형벌은 과거에 쓰였던 체형體形과 사형, 두 가지밖에 없다고 말하고 싶군요. 인간의 성정이 부드러워지면서 그 형벌들은 쓰이지 않게 되었지만." 네흘류도프가 말했다.

"당신한테서 그런 말을 듣다니 신기하고 놀랍군요."

"그래요, 고통을 주어서 앞으로 다시는 그런 짓을 못하도록 하는 건 합리적이죠. 사회에 유해한 위험인자들의 목을 잘라버리는 것 또한 어디까지나 정당한 방법일 겁니다. 두 가지 형벌 모두 합리적 목적을 지닙니다. 하지만 무위와 나쁜 본보기로 인해 타락한 사람을 교도소에, 그러니까 생존이 보장되고 노는 것이 의무인 조건, 가장 타락한 사람들의 공동체에 가두는 일에 무슨 의미가 있습니까? 그리고 어째서 죄수 한 명에게 500루블도 넘는 나랏돈을 들여 이곳저곳으로 이송하는 겁니까? 툴라 도에서 이르쿠츠크 도로, 쿠르스크 도에서……"

"아니요, 그래도 사람들은 그 나랏돈 여행이란 걸 두려워하죠. 만일 그런 이송이나 교도소가 없다면 우리는 불안감 때문에 이렇게 앉아 있는 것조차 할 수 없을 겁니다."

"교도소가 우리의 안전을 보장한다고 말할 수도 없습니다. 죄수들은 평생 교도소에 처박혀 있는 게 아니라 언젠가는 풀려나니까요. 더군다나 그런 시설이 그런 사람들을 악덕과 타락의 극단으로 몰아갑니다. 위험을 키운다는 겁니다."

"징치懲治제도를 개선해야 한다고 말하려는 겁니까."

"개선이 문제가 아닙니다. 교도소의 조건을 개선하기 위한 비용이 국민 교육에 쓰는 것보다 훨씬 많을 것이고 그렇게 되면 국민에게 새로운 부담만 줄 겁니다."

"하지만 징치제도에 결함이 있다고 해서 재판제도 자체를 부정할 순 없습니다." 또다시 이그나티 니키포로비치는 처남의 말은 듣지도 않고 자기 말만 했다.

"그 결함들은 결코 고칠 수도 없습니다." 네흘류도프가 언성을 높였다.

"그럼 어쩌란 말입니까? 다 죽여야 하나요? 아니면 어느 정치가가 제언한 것처럼 눈알을 파버립니까?" 이그나티 니키포로비치가 득의양

양하게 미소 지으며 말했다.

"글쎄요, 잔인하지만 목적에는 부합하는군요. 그러나 현재 행해지고 있는 것은 잔인하기만 할 뿐 목적에도 맞지 않고 어리석기까지 해서, 정신이 올바른 사람들이 어째서 그런 무의미하고 잔혹한 형사재판에 관여하는지 이해할 수가 없습니다."

"그러나 나는 그런 일을 하고 있습니다." 이그나티 니키포로비치가 창백해지면서 말했다.

"그건 당신이 알아서 할 문제죠. 하지만 나로선 이해할 수 없습니다."

"당신은 참 많은 것을 이해하지 못하는군요." 이그나티 니키포로비치가 떨리는 목소리로 말했다.

"나는 어느 법정에서 검사보가 인지상정을 지닌 사람이라면 동정할 수밖에 없는 불쌍한 청년에게 유죄판결을 내리려고 안간힘을 쓰는 걸 봤습니다. 또 어떤 검사가 분리파교도를 심문하며 그가 복음서를 읽은 것을 형법 조항에 억지로 끼워 맞추던 것도 기억하고 있습니다. 그래요, 법원의 활동 전체가 무의미하고 잔혹한 행위에 지나지 않습니다."

"그렇게 생각했다면 나는 그곳에서 근무하지 않았을 겁니다." 이그나티 니키포로비치가 말했다.

네흘류도프는 매형의 안경 밑에서 유난히 반짝이는 무언가를 보았다. '설마 눈물인가?' 네흘류도프는 생각했다. 실제로 그것은 분함을 이기지 못해 흘리는 눈물이었다. 이그나티 니키포로비치는 창가로 걸어가 손수건을 꺼내 기침을 하며 안경을 벗고 눈물을 닦았다. 소파로 돌아온 이그나티 니키포로비치는 담배에 불을 붙이고는 아무 말도 하지 않았다. 네흘류도프는 매형과 누나를 괴롭힌 것이 가슴 아프기도 하고 점직하기도 했다. 더군다나 내일 떠나면 다시는 그들과 만나지 못할 것이기 때문이었다. 그는 당혹스러운 심경으로 그들과 작별하고 집으로 돌아왔다.

'내가 말한 것은 충분히 진실일 수 있다. 최소한 그는 나에게 반박하지 않았다. 하지만 그렇게까지 말할 필요는 없었는데, 반감에 휩싸여 그를 모욕하고 불쌍한 나타샤까지 괴롭히다니, 역시 나는 그리 변한 것이 없다.' 그는 생각했다.

34

마슬로바가 속한 유형수 이송대는 기차역에서 오후 세시에 출발할 예정이었다. 그래서 네흘류도프는 그들이 교도소에서 나오기를 기다렸다가 함께 역까지 가기 위해 열두시 전까지는 교도소에 갈 생각이었다.

네흘류도프는 이런저런 물건들과 서류를 챙기다가 일기장에 시선이 멈췄고 최근 써놓은 몇 구절을 다시 읽어보았다. 가장 최근의 일기는 페테르부르크로 떠나기 전에 쓴 것이었다.

카튜샤는 내 희생을 원하지 않고 자신을 희생하려 한다. 그녀도 이겼고 나도 이겼다. 그녀 안에서 일어나고 있는—믿기 두렵지만—내적 변화가 나를 기쁘게 한다. 믿기 두렵지만, 그녀가 다시 살아나고 있음을 나는 느낀다.

이어서 이렇게 적혀 있었다.

무척 괴로우면서도 기쁘다. 그녀가 병원에서 불미스러운 행동을 했다는 이야기를 들었다. 그러자 갑자기 못 견디게 괴로웠다. 이렇게까지 괴로우리라 상상하지 못했다. 나는 혐오와 증오를 품은 채 그녀와 이야기하다가 문득 나 자신에 대해, 그리고 그녀를 증오하게 된 원인에 대해 성찰하게 되었고, 나도 똑같은 짓을 숱하게 저질렀으며 지금도 마음속으로 그 죄를 짓고 있다는 생각이 들었고, 갑자기 나 자신이 혐오스럽고 그녀가 안쓰러웠다. 그러자 마음이 무척 편해졌다. 제 눈 속에 있는 들보를 볼 수 있다면* 우리는 얼마나 더 선해질까.

그리고 그는 오늘 날짜로 적었다.

나는 오늘 나타샤를 만나러 갔다가 독선적인 마음에 휩싸여 그녀 앞에서 나쁜 모습을 보였고, 개운치 않은 기분만 남았다. 하지만 어쩌겠는가? 내일부터 새 삶이 시작된다. 안녕, 낡은 삶이여, 영원히 안녕. 여러 가지 인상이 쌓였지만 아직 하나로 묶을 수가 없다.

다음날 잠을 깨자 네홀류도프는 매형과 충돌했던 것을 가장 먼저 후

---

* 「마태복음」 7장 4절 "네 눈 속에는 들보가 있는데, 어떻게 형제에게 '가만, 네 눈에서 티를 빼내주겠다' 하고 말할 수 있느냐?"에서 빌린 표현.

회했다.

'이대로 떠나서는 안 돼.' 그는 생각했다. '찾아가서 사과해야겠다.'

그러나 시계를 보니 시간이 촉박했다. 이송대의 출발에 늦지 않으려면 서둘러야 했다. 부랴부랴 채비를 마친 네흘류도프는 문지기 편으로 짐을 보내고, 함께 가기로 한 페도시야의 남편 타라스도 곧장 기차역으로 보내고는 먼저 눈에 띈 삯마차를 잡아타고 교도소로 갔다. 수인열차는 네흘류도프가 탈 우편열차보다 두 시간 빨리 떠날 것이어서 그는 다시 돌아오지 않을 작정으로 집세 계산을 말끔히 마쳤다.

7월의 찌는 더위가 이어졌다. 간밤의 무더운 기운이 가시지 않은 거리와 집집의 돌벽들, 지붕의 함석판들이 뜨거운 열기를 뿜어냈다. 바람 한 점 없는데다 가끔 불어오는 바람도 먼지와 페인트냄새를 가득 머금은 후덥지근한 공기를 실어왔다. 거리에는 행인이 드물었고 어쩌다 지나가는 사람들도 건물의 그늘로 들어갔다. 햇볕에 새까맣게 그을린 채 일하는 도로포장 인부들만 나무껍질 신발을 신고 길 한복판에 앉아서 뜨겁게 달구어진 모래밭에 깔 자갈을 망치로 두드리고 있었고, 땀에 절어 누레진 흰 제복에 오렌지색 권총 끈을 늘어뜨린 채 권태롭게 몸을 움직이는 음울한 얼굴의 순경들이 나란히 길 한가운데 서 있고, 하얀 두건의 양쪽 구멍으로 귀만 비어져 나온 말들이 햇빛을 가리려고 한쪽으로 차양을 친 철도마차를 끌며 방울소리와 함께 도로를 오갔다.

네흘류도프가 교도소에 도착했을 때 죄수들은 아직 나오기 전이었고, 새벽 네시부터 시작된 인수인계 작업이 긴장된 분위기 속에서 계속되고 있었다. 이송되는 죄수는 남자 623명, 여자 64명이었다. 이들을 일일이 이송수 명부와 대조하고, 병약자는 골라내어 호송병에게 인도해야 했다. 신임 소장과 두 부소장, 의사, 의사 조수, 호송대 장교, 서기는 마당 담벼락 그늘에 가져다놓은 탁자에 서류와 사무용품을 올려놓고 앉아 죄수들을 한 사람씩 점호해 검사하고 심문하며 무언가 적고 있었다.

햇빛이 이미 탁자 절반까지 비쳐들었다. 무덥고 바람 한 점 없는데다 서 있는 죄수들이 내뿜는 입김으로 날이 더욱 푹푹 찌는 듯했다.

"이게 뭐야, 끝이 없네!" 큰 키에 뚱뚱하고 혈색 좋은, 팔이 짧고 어깨가 치켜올라간 호송 대장이 콧수염에 덮인 입으로 쉼없이 담배를 깊숙이 빨아대며 말했다. "진이 다 빠지는군. 어디서 이렇게나 많이 모인 거야? 아직도 많이 남았나?"

서기가 살펴보았다.

"남자 스물넷이 남았고, 그리고 여자들입니다."

"이봐, 뭐하고 있어, 이리 와!" 호송대 장교가 아직 점호받지 않은 죄수들이 서로 밀쳐대는 것을 보고 고함쳤다.

죄수들은 벌써 세 시간이 넘도록 그늘도 없는 뙤약볕 아래서 차례를 기다리며 줄 서 있었다.

인수인계 작업은 교도소 안마당에서 이루어졌고 문밖에는 평소처럼 라이플총을 든 초병이 있었다. 그 옆으로 죄수들의 짐과 병약자들을 싣고 갈 짐마차가 스무 대쯤 대기하고, 모퉁이에는 죄수들의 가족과 지인들이 할 수만 있다면 떠나는 죄수와 한마디라도 더 나누고 뭔가를 건네주기 위해 무리 지어 기다리고 있었다. 네흘류도프도 이 무리 속에 있었다.

그는 한 시간쯤 서 있었다. 잠시 후, 문 뒤에서 찰그랑거리는 쇠사슬 소리, 발소리, 관리들의 목소리, 기침소리, 사람들이 떼로 웅성거리는 소리가 들렸다. 그렇게 오 분쯤 이어졌고 그사이 간수들이 작은 문으로 들락거렸다. 마침내 호령소리가 들렸다.

핑연한 소리를 울리며 문이 열리고 찰그랑거리는 쇠사슬 소리가 더욱 크게 들리더니 하얀 제복에 총을 든 호송병들이 거리로 나와 익숙하고 숙련된 동작으로 문 앞에서 넓은 원을 그리며 정렬했다. 그들이 정렬하자 새로운 호령소리가 들리더니 민머리에 블린* 모양 모자를 쓴 죄수들이 어깨에 자루를 메고 족쇄가 채워진 발을 끌면서, 한 손으로는 자루를 들고 다른 한 손은 흔들면서 두 사람씩 짝을 지어 나오기 시작했다. 먼저 남자 징역수들이 나왔는데, 모두 똑같은 회색 바지와 등에 마름모꼴 표식을 꿰매 붙인 죄수복을 입고 있었다. 젊은 사람, 늙은 사람, 마른 사람, 뚱뚱한 사람, 얼굴이 창백한 사람, 머리털이 붉은 사람, 머리털이 검은 사람, 콧수염이 있는 사람, 턱수염이 있는 사람, 턱수염이 없는 사람, 러시아인, 타타르인, 유대인 할 것 없이 모두 족쇄를 절그럭거리면서 멀리 여행이라도 떠나는 듯 힘차게 한 손을 흔들며 걸어나왔고 열 걸음쯤 떼고 멈추더니 조용히 네 명씩 정렬했다. 뒤이어 똑같은 민머리에 똑같은 옷차림의 사람들이 이번에는 족쇄 대신 수갑을 차고 밀려나왔다. 유형수들이었다…… 그들도 힘차게 걸어나와 멈추더니 네 명씩 종대로 정렬했다. 이어 농민공동체에서 추방된 농민들이 나왔고, 그다음은 여자들이었는데 회색 죄수복을 입고 머릿수건을 두

---

* 러시아식 팬케이크.

른 징역수들이 먼저 나오고, 저마다 도시민 복장, 농민 복장을 한 유형
수들과 자발적으로 죄수들을 따라가는 여자들 순으로 나왔다. 그중 몇
몇은 회색 카프탄 자락에 젖먹이를 감싸안고 있었다.

여자들과 함께 남자아이들과 여자아이들이 제 발로 걸어나왔다. 아
이들은 말떼 속 망아지처럼 죄수들 사이에 끼여 있었다. 남자 죄수들은
간간이 기침을 하거나 띄엄띄엄 토막말을 하며 묵묵히 서 있었다. 여자
들 사이에서는 이야기 소리가 끊이지 않았다. 네흘류도프는 마슬로바
가 나오자마자 알아보았지만 이내 사람들 속으로 사라져 보이지 않았
다. 보이는 거라곤 등에 자루를 짊어진 남자 죄수들 뒤에서 아이들과
함께 정렬한 회색 생물들, 인간다움을, 특히 여성다움을 상실한 한 무
리의 생물들뿐이었다.

교도소 안마당에서 이미 점호를 마쳤지만 호송병들은 다시 인원을
점검했다. 재점호는 여러 번 다시 시작되었는데 죄수 몇몇이 자리를 옮
겨다니는 통에 호송병들의 셈이 뒤엉켰기 때문이다. 호송병들은 고분
고분하게 복종하는 죄수들에게 험상궂은 얼굴로 욕을 퍼부었고 툭툭
밀치며 처음부터 다시 셌다. 인원 점검이 끝나고 호송대 장교가 뭔가
호령하자 갑자기 동요가 일었다. 병약한 남녀들과 아이들이 앞 다퉈 짐
마차 쪽으로 돌진해서는 자루들을 얹고 수레 위로 기어올라갔다. 울어
대는 젖먹이를 안은 여자들, 자리다툼하는 명랑한 아이들, 음울한 얼굴
의 남자 죄수들이 기어올라가 자리를 잡았다.

몇몇 남자 죄수가 모자를 벗고 호송대 장교에게 다가가 뭔가 요청했
다. 네흘류도프가 나중에 안 바로 그들은 짐마차에 태워달라고 청한 것
이었다. 호송대 장교가 요청하는 죄수들을 쳐다보지도 않고 담배를 피

우다 말고 갑자기 짧은 한쪽 팔을 번쩍 치켜들자 얻어맞을까봐 놀란 죄수가 민머리를 어깨 사이로 움츠러뜨리며 재빨리 한 발짝 물러났다.

"귀족으로 만들어줄까,* 평생 잊지 못하게! 잔말 말고 걸어가!" 장교가 버럭 외쳤다.

장교는 단 한 사람, 족쇄 때문에 휘청거리는 키 큰 노인에게만 짐마차에 탈 것을 허락했다. 노인은 블린 모양 모자를 벗고 짐마차 쪽으로 가며 성호를 그었다. 노쇠하고 힘없는 다리에 채워진 족쇄가 걸리적거려 그가 한참 동안 짐마차 위로 기어오르지 못하자 짐마차에 앉아 있던 한 여자가 노인의 한쪽 손을 잡아 끌어올려주었다.

모든 짐마차가 자루들로 가득차고 허락받은 죄수들이 자루 위에 앉자, 호송대 장교는 군모를 벗고 손수건으로 이마와 대머리와 붉고 굵은 목을 닦고는 성호를 그었다.

"일동, 앞으로 갓!" 그가 호령했다.

호송병들은 일제히 총을 절걱거렸고, 죄수들은 모자를 벗어 성호를 그었는데 몇몇은 왼손으로 성호를 그었다. 떠나보내는 사람들이 뭐라고 외쳐대면 죄수들도 뭐라고 외치며 답했고 여자들은 오열했다. 이윽고 하얀 군복을 입은 호송병에게 둘러싸인 죄수 무리가 쇠사슬 찬 발로 먼지를 일으키며 움직이기 시작했다. 앞쪽에는 호송병들이, 그 뒤로 족쇄가 채워져 절그럭 소리를 내는 죄수들이 네 명씩 줄지어 따르고, 그 뒤로 유형수들, 농민공동체에서 추방된 자들이 둘씩 수갑을 찬 채 따르고, 그 뒤로 여자들이 걸어갔다. 그 뒤에서는 온갖 자루들과 병약

---

* 알아보지 못할 정도로 흠씬 패주겠다는 뜻.

한 죄수들을 가득 실은 짐마차들이 따랐는데 그중 한 짐마차의 꼭대기에 앉은 여자가 얼굴을 감싼 채 새청을 지르며 하염없이 목놓아 울고 있었다.

35

죄수 행렬이 너무 길어서 선두가 시야에서 사라질 즈음에야 자루와 병약한 자들을 실은 짐마차들이 움직이기 시작했다. 짐마차들이 움직이자 네흘류도프는 대기중이던 삯마차에 올라타 마부에게 행렬을 앞지르라고 일렀다. 남자 죄수들 중 아는 이가 있나 찾아보기도 하고, 여자 죄수들 속에서 마슬로바를 찾아 자신이 보낸 물건들을 잘 받았는지 물어보기 위해서였다. 날씨가 꽤 더워졌다. 바람 한 점 없는데 수많은 사람들의 걸음이 일으킨 흙먼지가 길 한가운데로 가는 죄수들 머리 위로 자욱이 떠올랐고 이것 또한 하나의 긴 행렬을 이루었다. 네흘류도프가 탄 삯마차의 말은 발이 느려서 빠른 걸음으로 걸어가는 죄수들을 겨우 조금 앞질렀다. 똑같은 죄수복에 똑같은 죄수화를 신고 동시에 수많은 발을 움직여가는 낯설고 기이한 무리는 스스로를 격려하듯 한쪽 손을 흔들며 나아갔다. 이 많은 사람이 하나같이 똑같은 형상들인데다 이처럼 특수하고 기묘한 조건에 놓인 것을 보자 네흘류도프는 그들이 사람이라기보다 특이하고 무서운 생명체처럼 여겨졌다. 징역수 무리에서 살인범 표도로프를, 유형수 무리에서 익살꾼 오호틴을, 그리고 그에게 도움을 청했던 부랑자를 발견하고 나서야 그런 인상은 사라졌다.

거의 모든 죄수가 자기들을 앞질러 가는 마차와 그 속에 앉아 자기들을 들여다보는 신사를 곁눈질하고 돌아보았다. 표도로프는 네흘류도프를 알아보았다는 표시로 고개를 한 번 끄덕였고 오호틴은 한쪽 눈을 찡긋했다. 그러나 두 사람 다 인사는 허용되지 않는다는 걸 알았으므로 인사는 하지 않았다. 여자 죄수 행렬과 나란해지자 네흘류도프는 곧 마슬로바를 발견했다. 그녀는 행렬 둘째 줄에서 걷고 있었다. 가장자리에서 걸어가는 얼굴이 빨갛고 다리가 짧고 눈이 검고 죄수복 자락을 허리춤에 쑤셔넣은 못생긴 여자가 예쁜이였다. 그 뒤에 간신히 다리를 끌며 걷는 임산부가 있었고, 세번째가 마슬로바였다. 그녀는 자루를 어깨에 메고 똑바로 앞만 보고 걷고 있었다. 얼굴은 침착하고 결연해 보였다. 그녀와 나란히 서서 힘차게 걸어가는 네번째 여자는 젊고 아름답고 짧은 죄수복에 시골 아낙처럼 머릿수건을 둘렀는데, 그녀가 바로 페도시야였다. 네흘류도프는 마차에서 내려 마슬로바에게 자신이 보낸 물건들을 받았는지, 건강은 어떤지 물어볼 생각으로 다가갔으나 행렬 앞쪽에서 걷던 호송대 부사관이 금방 알아채고 그에게 뛰어왔다.

"이보세요, 행렬에 접근하면 안 됩니다." 그가 다가오며 외쳤다.

부사관은 가까이 다가와 네흘류도프를 알아보자(교도소의 모든 사람이 이미 네흘류도프를 알았다) 거수경례를 하고 옆에 멈춰 서서 말했다.

"지금은 안 됩니다. 기차역에서는 괜찮지만 도중에 다가가는 건 안 됩니다. 뒤처지지 말고 걸어!" 그가 죄수들에게 고함치고는 더위에도 아랑곳없이 반짝이는 멋진 새 장화를 신은 발로 기운차게 제자리로 뛰어갔다.

네홀류도프는 인도로 돌아와 마부에게 뒤에서 따라오라고 이르곤 대열이 보이는 곳에서 걷기 시작했다. 대열은 지나는 곳곳에서 사람들로부터 연민과 공포가 섞인 시선을 받았다. 마차를 타고 지나가는 사람들은 고개를 쑥 내밀고 죄수들이 시야에서 사라질 때까지 그들을 눈으로 전송했다. 행인들은 걸음을 멈추고 놀라고 겁먹은 얼굴로 이 무서운 광경을 지켜보았다. 몇몇은 다가와 돈을 내밀었다. 돈은 호송병들이 받았다. 몇몇은 최면에 걸린 것처럼 뒤를 따라가다가 이윽고 발을 멈추고 고개를 저으면서 행렬을 눈으로 좇았다. 여기저기 현관 입구며 대문에서 사람들이 서로 불러대며 뛰어나오기도 했고 창턱에 몸을 걸치기도 하며 무서운 행렬을 미동도 않고 말없이 바라보았다. 어느 네거리에서 호사스러운 대형 포장마차 때문에 잠시 행렬이 멈췄다. 마부석에는 번들거리는 얼굴에 엉덩이가 크고 등에 두 줄로 단추가 달린 옷을 입은 마부가 앉아 있었다. 마차 안 뒷자리에는 남편과 아내가 앉아 있었는데, 마르고 창백한 얼굴에 환한 빛깔 모자를 쓴 아내는 화사한 양산을 들었고 남편은 실크 모자에 밝은색 멋진 외투를 입고 있었다. 그들 맞은편 자리에는 자식들이 앉아 있었다. 단정하게 차려입고 꽃처럼 싱둥한 금발머리를 풀어헤친 소녀는 어머니와 마찬가지로 화사한 빛깔의 양산을 들었고 여덟 살쯤 된 남자아이는 길고 야윈 목과 툭 불거진 쇄골을 드러낸 채 기다란 리본으로 장식된 수병 모자를 쓰고 있었다. 아버지는 대열이 그들의 길을 가로막자 알아서 빨리 우회하지 않았다고 성을 내며 마부를 나무랐고, 어머니는 실크 양산으로 햇빛과 먼지를 피하면서 신경질적으로 눈살을 찌푸렸다. 엉덩이가 큰 마부는 이 길로 가라고 했던 주인이 이제 와서 부당하게 책망하자 골이 나서 얼굴을 찌푸렸다. 그는 윤기 흐르는 아래턱과 목이 땀으로 흥건한 암컷 검정말들이 자꾸 앞으로 나가려는 것을 간신히 진정시키고 있었다.

순경은 호사스러운 마차 주인의 환심을 사려고 죄수들을 잠시 멈추게 하고 마차를 먼저 보내려 했으나, 아무리 부유한 신사라고 해도 감히 깨뜨릴 수 없는 음울하고도 엄숙한 분위기가 대열에 감도는 것을 감지했다. 그래서 그는 부자에 대한 존경의 표시로 거수경례만 하고는, 만일 무슨 일이 생기더라도 이 마차에 탄 귀인들은 지키겠다고 맹세라도 한 듯 매서운 눈초리로 죄수들을 쏘아보았다. 마차는 행렬이 다 지나가기를 기다려야 했다. 자루들과 죄수들을 실은 마지막 짐마차가 덜그럭거리며 지나가고 나서야 비로소 그들은 움직일 수 있었다. 한편, 자루 위에 앉아 히스테리를 부리던 여자는 겨우 마음을 가라앉힌 참이었는데 호사스러운 마차를 보자 또다시 큰 소리로 울며 새청을 지르기 시작했다. 두 검정말은 마부가 가볍게 고삐를 늦추자 포장도로에 말발굽소리를 울렸고 타이어에 얹혀 부드럽게 흔들거리는 마차를 별장으로 몰고 갔다. 남편과 아내, 여자아이와 쇄골이 튀어나온 남자아이는 별장으로 놀러가던 참이었다.

부모는 아이들에게 방금 본 것을 설명해주지 않았다. 그래서 아이들은 그 광경의 의미를 스스로 깨달아야 했다.

여자아이는 부모의 표정으로 미루어 보아 저 사람들은 부모나 자기가 아는 사람들과는 전혀 다른 사람들이라고, 나쁜 사람들이니까 저렇게 다룰 수밖에 없는 거라고 생각하며 문제를 해결했다. 그래서 여자아이는 그들이 무섭기만 했고 그들이 더이상 보이지 않자 기뻤다.

그러나 눈도 깜박이지 않고 주의깊게 죄수들의 행렬을 지켜보던 목이 길고 야윈 남자아이는 문제를 다르게 해결했다. 그는 신의 계시라도 받은 듯, 이들도 자신을 비롯한 모든 사람과 똑같다는 것을, 그러므로 누군가 이들에게 뭔가 나쁜 짓을, 해서는 안 되는 나쁜 짓을 하고 있다는 것을 분명하게 깨달았다. 그래서 이 아이는 머리가 깎이고 쇠사슬에 묶인 사람들이 가엾은 만큼이나 이들에게 그런 형벌을 가한 사람들에게 큰 공포를 느꼈다. 그 때문에 입술이 차츰 부풀어올랐지만 아이는 이런 일로 우는 건 수치스럽다고 여기면서 울음을 꾹 참았다.

36

죄수들이 걸어가는 속도에 맞춰 걷던 네흘류도프는 가벼운 옷차림인데도 몹시 더웠다. 특히 거리에 자욱한 흙먼지와 뜨거운 태양의 열기로 숨이 턱턱 막혔다. 4분의 1베르스타쯤 걷고서 그는 삯마차에 올라탔는데, 길 한복판의 마차 안은 더 달궈진 듯했다. 그는 어제 매형과 나눈 대화를 떠올려보려 했지만 지금은 그 생각도 아침만큼 그를 흥분시키지 않았다. 교도소에서 나와 대열을 이루어 걸어가는 무리에서 받은 인상이 그런 생각을 덮어버린 것이다. 무엇보다 견디기 힘든 것은 살인적인 더위였다. 어느 담 모퉁이 나무 그늘 아래, 실업학교 학생 두 명이 쪼그려 앉아 있는 아이스크림 장수 앞에 모자를 벗고 서 있었다. 한 소년은 아이스크림을 다 먹고 이미 뿔 모양 수저를 핥으며 쩝쩝거렸고, 다른 한 소년은 노란 컵에 아이스크림이 가득 담기기를 기다리고 있었다.

"여기 어디 뭐라도 마실 만한 데가 없겠나?" 네흘류도프는 시원한 것을 마시고 싶은 욕구를 참지 못해 마부에게 물었다.

"저쪽에 괜찮은 식당이 하나 있습니다." 마부가 대답하고 길모퉁이를 돌아 큰 간판을 내건 문 앞으로 네흘류도프를 안내했다.

계산대 뒤에 루바시카 차림으로 앉아 있는 얼굴이 투실투실한 점원도, 언젠가는 새하얬을 옷을 입고 손님 없는 빈 식당 여기저기에 앉아 있던 보이들도 낯선 손님을 신기한 듯 바라보며 주문을 권했다. 네흘류도프는 탄산수를 시켰고 창가에서 조금 떨어진, 지저분한 식탁보를 씌운 작은 테이블로 가서 앉았다.

다기와 하얀 유리병이 놓인 테이블에 두 남자가 앉아 땀을 훔쳐내며 뭔가를 사이좋게 계산하고 있었다. 그중 한 사람은 이그나티 니키포로비치처럼 뒤통수 가장자리에만 검은 머리털이 남아 있었다. 그를 보자 네흘류도프는 어제 매형과 나눈 대화가 생각났고 떠나기 전 누나 부부를 한번 더 만나야겠다고 다짐한 것도 떠올랐다. '출발 전에는 아무래도 틈이 날 것 같지 않다.' 그는 생각했다. '편지를 쓰는 게 낫겠어.' 그는 종이와 봉투와 우표를 가져다달라고 부탁하고는 차가운 탄산수를 마시며 뭐라고 쓸지 궁리했다. 그러나 생각이 흩어지기만 해서 도저히 써내려갈 수 없었다.

　사랑하는 나타샤, 어제 이그나티 니키포로비치와 그런 대화를 나누고 나서 마음이 무거워졌고 이대로 떠날 순 없겠다는 생각이 들었어……

그는 첫머리를 쓰기 시작했다. '이제 뭐라고 쓰지? 내가 한 말을 용서해달라고? 그러나 나는 내 생각을 말했을 뿐이다. 용서해달라고 하면 그는 내가 주장을 철회한다고 생각할 것이다. 그런 뒤에는 내 재정문제에 간섭하려 들겠지…… 안 돼, 그럴 순 없어.' 그러자 그의 내부에서 조금도 자기 자신을 모르는 교만하고 낯선 인간에 대한 증오가 다시 고개 들었고, 네흘류도프는 쓰던 편지를 호주머니에 쑤셔넣은 채 계산을 마치고 마차에 올라 대열을 좇았다.

날은 더욱 더워졌다. 벽과 돌들이 열기를 토해내고 있었다. 뜨거운 포장도로에 닿은 발바닥은 델 것 같았고, 네흘류도프는 니스칠을 한 마차 흙받기에 맨손이 닿자 화상을 입은 듯 깜짝 놀랐다.

말들은 무기력한 걸음걸이로 먼지투성이 울퉁불퉁한 포장도로에서 단조로운 말발굽소리를 내며 간신히 나아갔다. 마부는 꾸벅꾸벅 졸았고, 네흘류도프는 아무 생각도 하지 않고 멍하니 앞만 바라보며 앉아 있었다. 비탈길로 접어들자 커다란 건물 앞에 사람들이 몰려 있고 그 옆에 총을 든 호송병이 서 있었다. 네흘류도프는 마차를 세우게 했다.

"무슨 일이죠?" 그가 문지기에게 물었다.

"죄수가 어떻게 되었나봅니다."

네흘류도프는 마차에서 내려 사람들이 모인 쪽으로 다가갔다. 울퉁불퉁한 비탈길 돌바닥에 얼굴이 붉고 납작코에 적황색 턱수염을 기른 어깨가 딱 바라진 중년의 죄수가 회색 상의와 바지를 입은 채 고꾸라져 있었다. 주근깨투성이 손바닥을 아래로 두 팔을 벌린 채 대자로 뻗은 그는 아주 느리고 규칙적으로 두툼하고 튼실한 가슴을 들썩였고 핏발 선 눈을 하늘에 고정한 채 가쁘게 헐떡였다. 그 옆에는 얼굴을 잔뜩 찌푸린 순경과 도붓장수, 우편집배원, 점원, 양산을 든 노파, 빈 광주리를 든 까까머리 소년이 서 있었다.

"감방에 오래 틀어박혔던 사람들은 몸이 약해져 있죠. 쇠약해질 대로 쇠약해진 사람들을 갑자기 이런 불볕더위 속으로 끌어냈으니 원." 점원이 네흘류도프를 돌아보며 누군가를 비난했다.

"이러다 분명 죽을 거야." 양산을 든 노파가 울먹이는 목소리로 말했다.

"셔츠를 풀어줘야 해요." 우편집배원이 말했다.

순경은 떨리는 굵은 손가락으로 남자의 힘줄이 불거진 붉은 목덜미 위의 끈을 서툴게 풀기 시작했다. 그는 눈에 띄게 흥분하고 당황한 상태였지만 몰려든 사람들에게 한마디 던져둘 필요가 있다고 생각했다.

"왜들 모여드는 겁니까? 안 그래도 더워 죽겠는데. 바람을 막고 섰잖아요."

"의사에게 보여야 합니다. 병약한 사람들은 두고 가야죠. 이건 송장을 호송하는 거나 마찬가지라고요." 점원이 법률 지식을 자랑하듯이 말했다.

순경은 셔츠 끈을 다 풀자 허리를 펴고 두리번거렸다.

"다들 흩어지라고 했잖소. 당신들이 상관할 일이 아닙니다. 무슨 구경이라도 났습니까?" 순경은 동의를 구하는 듯 네흘류도프를 쳐다보며 말했지만 그의 시선에서 동의를 얻지 못하자 호송병을 힐끗 쳐다보았다.

그러나 호송병은 한쪽으로 비켜서서 닳아버린 구두 뒤축만 내려다볼 뿐 순경의 난처함에는 무관심했다.

"그럼 누구 일이라는 겁니까, 정작 저들은 관심도 없는데. 질서를 위해서라면 사람을 죽여도 괜찮단 말입니까?"

"죄수도 어쨌든 사람인데." 모여든 사람들이 말했다.

"머리 쪽을 높이고 물을 줘요." 네흘류도프가 말했다.

"물은 가지러 보냈습니다." 순경이 대답하고 죄수의 겨드랑이 밑으로 두 손을 넣고 끙끙거리면서 상체를 조금 높은 곳으로 끌어당겼다.

"왜들 모여 있어?" 갑자기 상관의 의연한 목소리가 들렸다. 죄수 둘레에 모여든 사람들 쪽을 향해 이 지역 파출소장이 빠른 걸음으로 다가온 것이었다. 그는 유난히 깔끔한 반짝이는 여름 제복에 그보다 더 반짝이는 높다란 장화를 신고 있었다. "돌아가시오! 뭐하러들 여기 서 있나!" 그는 뭐 때문에 사람들이 모였는지도 모르면서 호통부터 쳤다.

가까이 다가와 죽어가는 죄수를 보자 그는 예견한 일이라는 듯 고개를 끄덕이더니 순경에게 말했다.

"어떻게 된 건가?"

순경은 죄수 행렬이 이곳을 지나던 중 이 죄수가 쓰러졌고 호송병이 그냥 내버려두라고 했다고 보고했다.

"그럼 어쩔 셈인가? 파출소로 데려가야지. 마부 불러."

"청소부가 부르러 뛰어갔습니다." 순경이 거수경례를 하며 말했다.

점원이 더위에 대해 무슨 말인가 하려 했다.

"이게 당신 일이야? 응? 가던 길이나 가게." 파출소장이 이렇게 말하면서 엄하게 노려보자 점원은 그대로 입을 다물었다.

"물을 마시게 해야 합니다." 네흘류도프가 말했다.

파출소장은 네흘류도프도 엄하게 쏘아보았지만 아무 말 하지 않았다. 청소부가 컵에 물을 담아 가져오자, 소장은 순경에게 먹이라고 지시했다. 순경은 옆으로 축 늘어진 머리를 들어올려 물을 먹이려 했지만 죄수의 입은 물을 받아들이지 못했고 물이 턱수염을 따라 겉옷 가슴과 먼지투성이가 된 대마 셔츠를 적시며 흘러내렸다.

"머리에 끼얹어!" 파출소장이 지시하자 순경은 블린 모양 모자를 벗기고 곱슬곱슬한 적황색 머리털과 정수리에 물을 부었다.

죄수는 깜짝 놀라 눈을 번쩍 떴지만 상태는 그대로였다. 얼굴을 따라 흙먼지로 더러워진 물줄기가 흘렀지만 입은 여전히 규칙적으로 헉헉거렸고 온몸이 떨리고 있었다.

"저건 뭐지? 저 마차를 불러." 파출소장이 네흘류도프의 마부 쪽을 가리키며 순경에게 말했다. "어이! 이리 와!"

"손님이 계십니다." 마부는 눈도 맞추지 않고 침울하게 말했다.

"제가 빌린 마차입니다." 네흘류도프가 말했다. "하지만 쓰십시오. 요금은 제가 지불하겠습니다." 그가 마부를 돌아보며 덧붙였다.

"뭘 꾸물거리고 서 있어?" 파출소장이 외쳤다. "얼른 태우게!"

순경과 청소부와 호송병이 죽어가는 사람을 부축해 마차 뒷좌석에 앉히려 했다. 그러나 그는 몸을 가누지 못했다. 머리가 뒤로 젖혀지고 몸뚱이는 자꾸 좌석 아래로 미끄러졌다.

"옆으로 눕혀!" 파출소장이 지시했다.

"괜찮습니다, 소장님, 제가 이렇게 잡고 가겠습니다." 순경이 죽어가는 사람 옆에 앉아 힘센 오른팔로 겨드랑이 밑을 끌어안으며 말했다.

호송병은 각반 없이 방한화를 신은 그의 두 발을 들어 마부석 밑으로 밀어넣었다.

파출소장이 주변을 둘러보다가 포장도로 위에 떨어진 죄수의 블린 모양 모자를 발견하고 줍더니 그의 젖혀진 젖은 머리에 씌워주었다.

"출발!" 그가 지시했다.

마부는 화가 난 얼굴로 돌아보며 고개를 내저었고 순경까지 태운 마차는 뒤로 한 번 덜컹하고 되돌더니 파출소 쪽으로 느릿느릿 나아가기 시작했다. 죄수 옆에 앉은 순경은 이리저리 흔들리면서 굴러떨어질 것 같은 남자의 몸뚱이를 연신 고쳐 끌어안았다. 호송병은 마차 옆에서 걸어가면서 남자의 두 발을 계속 바로잡아주었다. 네흘류도프는 그들을 뒤따라갔다.

37

죄수를 태운 마차는 소방서 보초 옆을 지나 파출소 마당으로 들어갔고 현관 앞 마차 대는 곳에 멈췄다.

마당에서는 소방관들이 소매를 걷어붙이고 큰 소리로 웃고 떠들면서 그들의 짐마차를 씻고 있었다.

마차가 멈추자 순경들이 모여들었고 죄수의 겨드랑이와 양다리를 움켜잡고 삐걱거리는 마차에서 들어냈다.

죄수를 데려온 순경은 마차에서 내려 한쪽 팔이 저린 듯 몇 번 돌리더니 모자를 벗고 성호를 그었다. 빈사 상태의 죄수는 문을 통과하고 계단을 따라 이층으로 옮겨졌다. 네흘류도프는 그들을 뒤따라갔다. 죄수가 옮겨진 지저분하고 작은 방에는 침대가 네 개 있었다. 그중 두 개에는 잠옷 차림의 환자 둘이 앉아 있었는데 한 사람은 입이 비뚤어지고 목에 붕대를 감은 남자였고, 또 한 사람은 폐병 환자였다. 침대 두 개는 비어 있었다. 그중 한 침대에 죄수를 눕혔다. 속옷에 긴 양말만 신은 키 작은 남자가 눈을 번득이고 눈썹을 연신 움찔거리며 빠르고 소리 없이 죄수 옆으로 다가와 가만히 내려다본 뒤 네흘류도프를 바라보며 큰 소리로 웃어젖혔다. 이곳 임시진료소에 수용된 광인이었다.

"다들 나를 놀래려나본데." 그가 말했다. "그렇게는 안 될걸."

빈사 상태의 죄수를 옮겨온 순경들 뒤로 소장과 의사 조수가 들어왔다.

조수는 주검이나 다름없는 사람에게 다가가 주근깨투성이의 누르스름한, 아직은 부드럽지만 이미 죽은 것처럼 창백한 팔을 잠시 잡아보고는 놓았다. 그러자 팔은 생기 없이 배 위로 툭 떨어졌다.

"늦었어요." 조수는 고개를 저었고, 절차나 지키려는 듯 죽은 자의 젖은 셔츠를 풀어헤치고 자기의 곱슬곱슬한 머리털을 귀 뒤로 넘기면서 누르께한 근육질의 가슴팍에 귀를 가져다댔다. 모두 침묵했다. 조수는 일어나서 다시 고개를 젓고는 열린 채 멈춰버린 하늘색 눈동자의 눈꺼풀을 만져보았고 이어서 다른 쪽 눈꺼풀도 만졌다.

"난 안 놀라, 안 놀라." 광인이 줄곧 조수 쪽으로 침을 뱉어대며 말했다.

"어떡하지?" 파출소장이 말했다.

"어떡하기요?" 조수가 되풀이했다. "시체실행이죠."

"다시 확인해봐, 확실한가?" 파출소장이 물었다.

"손쓰기엔 너무 늦었습니다." 조수가 풀어헤쳐진 시신의 셔츠를 여미며 말했다. "그래도 마트베이 이바니치가 한번 보시도록 사람을 보내겠습니다. 페트로프, 다녀오게." 조수가 말하고 시신에서 물러났다.

"시체실로 옮겨." 파출소장이 말했다. "그리고 자네는 사무실로 오게, 서명해야 하니까." 줄곧 죄수 곁을 떠나지 않고 있던 호송병에게 파출소장이 덧붙였다.

"알겠습니다." 호송병이 대답했다.

순경들이 죽은 남자를 다시 들어올리고는 계단을 내려갔다. 네흘류도프도 그 뒤를 따라가려는데 광인이 앞을 가로막았다.

"당신은 저들하고 한패가 아닌 것 같은데, 담배 좀 주시오." 그가 말했다.

네흘류도프는 담뱃갑을 꺼내 그에게 주었다. 광인은 눈썹을 움찔거리면서 사람들이 자기에게 최면을 걸어 괴롭힌다고 빠르게 이야기했다.

"저놈들은 전부 내 적이오. 영매를 써서 날 괴롭히고 고문해……"

"실례하겠소." 네흘류도프는 그의 말을 다 듣지 않고 시체를 어디로 옮겨갔는지 알아보기 위해 마당으로 나왔다.

시체를 떠멘 순경들은 어느새 마당을 지나 지하실 입구로 들어가고 있었다. 네흘류도프가 그쪽으로 가려 할 때 파출소장이 그를 불러 세웠다.

"무슨 용건이라도 있습니까?"

"아닙니다, 아무것도." 네흘류도프가 대답했다.

"용건이 없으면 돌아가십시오."

네흘류도프는 거스르지 않고 마차로 돌아갔다. 마부는 졸고 있었다.

네흘류도프는 그를 깨워 다시 기차역으로 향했다.

마차가 채 백 걸음도 가기 전에 총을 멘 호송병이 뒤따르는 짐마차가 보였고, 그 위에도 이미 죽은 듯한 죄수가 누워 있었다. 죄수는 짐마차 위에 벌렁 누워 있었고 민머리 얼굴 위에 블린 모양 모자가 코까지 흘러내린 채 덮여 있었는데 짐마차가 덜커덩덜커덩 흔들릴 때마다 모자가 튀어올랐다. 두꺼운 장화를 신은 짐마차 마부는 옆에서 걸으면서 말을 몰았다. 순경 한 명이 그 뒤를 따라가고 있었다. 네흘류도프가 자기 마부의 어깨를 두드렸다.

"무슨 일입니까!" 마부가 마차를 세우며 말했다.

네흘류도프는 마차에서 내려 짐마차 뒤에서 또다시 소방서 보초 옆을 지나 파출소 마당으로 들어갔다. 마당에서 짐마차를 씻던 소방관들은 이미 없었고 대신 그 자리에 키 크고 깡마른 소방서장이 테두리가 파란 모자를 쓰고 호주머니에 두 손을 찔러넣은 채 서서, 한 소방관이 끌고 온 목이 투실투실한 밤색 수말을 주의깊게 살펴보고 있었다. 수말은 한쪽 앞발을 절었고 소방서장은 곁에 서 있던 수의사에게 성난 어조로 뭔가 말했다.

파출소장도 거기 서 있었다. 또다른 시체가 실려 들어오는 것을 보자 그가 짐마차 쪽으로 걸어왔다.

"어디서 데려온 건가?" 그가 못마땅하게 고개를 저으며 물었다.

"스타라야 고르바톱스카야 거리입니다." 순경이 대답했다.

"죄수인가?" 소방서장이 물었다.

"그렇습니다."

"오늘만 벌써 두 명째군." 파출소장이 말했다.

"흠, 이런 게 법인가. 이런 무더위에." 소방서장이 절뚝이는 밤색 수 말을 끌고 온 소방관에게 소리쳤다. "구석 쪽 마구간에 넣어둬! 말을 병 신으로 만들어놓다니, 나중에 혼날 줄 알아, 이 개자식아. 이 말이 네놈 보다 훨씬 비싸단 말이다, 이 망할 자식아."

이번 시체도 첫번째와 마찬가지로 순경들이 짐마차에서 내려 이층 임시진료소로 옮겼다. 네흘류도프는 최면에라도 걸린 듯 그들 뒤를 따 라갔다.

"무슨 일이십니까?" 순경이 그에게 물었다.

그는 대꾸하지 않고 시체가 옮겨진 곳으로 갔다.

광인은 침대 위에 앉아 아까 네흘류도프가 준 담배를 뻑뻑 피워대고 있었다.

"아, 또 오셨네!" 그가 말을 걸며 껄껄 웃었다. 시체를 보자 그는 얼굴 을 찌푸렸다. "또야," 그가 말했다. "진절머리가 나네. 난 어린애도 아닌 데, 안 그래요?" 그는 대답을 바라는 듯 미소 지으며 네흘류도프를 돌 아보았다.

그러는 사이 네흘류도프는 아무도 가리지 않아 드러난 시체를 보았 고 아까는 모자로 가려져 볼 수 없었던 얼굴도 보았다. 먼젓번 죄수가 못생겼던 것과 달리 이 죄수는 잘생기고 용모가 단정했다. 그는 한창때 의 젊은이였다. 머리털 절반이 깎여 몹시 흉한 상태인데도 완전히 생기 를 잃은 검은 눈동자 위로 살짝 솟은 넓은 이마와, 검은 콧수염 위로 그 리 크지 않은 매부리코가 아름다웠다. 파래진 입술은 미소를 머금고 있 었다. 짧은 턱수염은 얼굴 아랫부분에만 테두리처럼 있었고 머리털을 민 쪽 옆으로 작고 단단한 잘생긴 귀가 보였다. 표정은 온화하면서도 진

172

지하고 선해 보였다. 얼굴만 봐도 그의 정신적 삶이 얼마나 무참하게 짓밟히고 파괴되었는지 알 수 있었고, 두 팔과 족쇄가 채워진 두 다리의 날씬한 뼈대, 균형잡힌 사지의 강인한 근육은 이 젊은이가 얼마나 건강하고 활동적인 인간이자 동물이었는지를 보여주었다. 일개 동물로 보더라도 그는 소방서장이 그처럼 화를 내며 아꼈던, 다친 밤색 수말 따위보다 훨씬 더 완벽했다. 그럼에도 누구 하나 그의 죽음을 애석해하지 않고 가축의 죽음만큼도 슬퍼하지 않았다. 그의 죽음에서 사람들은 시체가 금방 부패할 테니 얼른 치워야 한다는 성가심과 번거로움만 느꼈다.

조수를 대동하고 의사와 관할 경찰서장이 병실에 들어왔다. 의사는 땅딸막하고 다부진 체구에 실크 재킷을 걸치고 근육질의 넓적다리가 꼭 끼는 폭이 좁은 바지를 입고 있었다. 얼굴이 공처럼 둥글고 붉은 뚱뚱한 경찰서장은 숨을 들이쉴 때마다 볼 한가득 공기를 모았다가 서서히 토하는 버릇 때문에 더 둥글둥글해 보였다. 의사는 시체를 눕힌 침대 한쪽에 걸터앉아 아까 조수가 했던 것처럼 맥을 짚고 심장에 귀를 갖다댔고 자기 바지를 매만지며 일어섰다.

"죽었습니다." 그가 말했다.

관할 경찰서장이 볼 한가득 공기를 모았다가 서서히 내뱉었다.

"어느 교도소에서 왔나?" 그가 호송병에게 물었다.

호송병은 대답하면서 시체의 발목에 채워진 족쇄를 가리켰다.

"풀어주라고 하지. 마침 대장장이가 있으니까." 관할 경찰서장이 이렇게 말하고는 다시 볼을 불룩하게 부풀리더니 서서히 숨을 내뱉으며 문 쪽으로 걸어갔다.

"왜 이렇게 된 겁니까?" 네흘류도프가 의사를 보며 물었다.

의사는 안경 너머로 그를 흘끗 쳐다보았다.

"왜 이렇게 되었냐고요? 일사병으로 죽은 거 말입니까? 그건, 겨울 내내 해도 들지 않는 곳에서 운동도 하지 않고 처박혀 지내다가 갑자기 햇볕을 쬐면, 특히 오늘 같은 날에 떼거리로 걷게 되면 공기도 잘 통하지 않으니까 쓰러질 수밖에요."

"그럼 왜 하필 오늘 같은 날에 출발시킨 거죠?"

"그건 저들에게 물어봐야죠. 그런데 당신은 누구십니까?"

"저는 그냥 외부인입니다."

"아, 그렇군요!…… 이만 실례하겠습니다, 바빠서." 의사는 기분이 상한 듯이 말하고 바지를 아래로 잡아당겨 펴면서 환자들이 있는 침대 쪽으로 갔다.

"좀 어떤가?" 그가 입이 비뚤어지고 목에 붕대를 감은 창백한 남자 환자에게 물었다.

그사이 광인은 자기 침대에 걸터앉아 담배를 피우다 말고 의사를 향해 침을 뱉었다.

네흘류도프는 계단을 내려와 마당으로 나왔고, 소방서의 말들과 암탉들, 구리 헬멧을 쓴 보초를 지나 문밖으로 빠져나와서 마부가 다시 꾸벅꾸벅 졸고 있는 마차에 올라타 기차역으로 향했다.

38

네흘류도프가 기차역에 도착했을 때 죄수들은 이미 창문에 격자 쇠창살이 끼워진 찻간에 타고 있었다. 플랫폼에는 배웅하는 사람 몇이 서 있었다. 찻간에 가까이 가는 것은 금지였다. 오늘 호송병들은 유난히 근심이 많은 듯했다. 교도소에서 기차역까지 오는 동안 네흘류도프가 보았던 두 사람 외에도 세 사람이 더 일사병으로 쓰러져 죽었다. 한 사람은 먼저 죽은 두 사람과 마찬가지로 가까운 파출소로 옮겨졌지만, 나머지 두 사람은 기차역에 와서 쓰러졌다.* 호송병들은 충분히 더 살 수도 있었을 다섯 명의 목숨이 호송 도중 끊어져서 걱정하는 것이 아니었다. 그런 건 중요하지 않았고, 그들이 신경쓰는 것은 이런 상황이 벌어졌을 때 법규에 따라 해야 하는 모든 일, 즉 시체들과 그들의 서류와 소지품을 모처로 인도하고 니즈니로 가는 명단에서 그들의 이름을 삭제하는 일을 해야 한다는 것이었다. 이런 무더위에는 특히나 귀찮기 짝이 없는 일이었다.

호송병들은 이런 일로 눈코 뜰 새 없이 바빴으므로 일이 모두 끝나기 전까지는 네흘류도프의 부탁도, 찻간에 다가가게 해달라는 다른 사람들의 부탁도 모두 거절되었다. 그러나 네흘류도프는 호송대 부사관에게 돈을 슬쩍 쥐여주고 허락을 받았다. 부사관은 네흘류도프를 들여보내면서 지휘관 눈에 띄지 말고 얼른 이야기를 마치고 나오라고 당부했다. 찻간은 모두 열여덟 개인데, 지휘관이 탄 찻간 외에는 어느 찻간이고 죄수들로 빽빽했다. 네흘류도프는 열차 창문을 따라 걸으면서 그 안에서 흘러나오는 소리에 귀를 기울였다. 어느 찻간에서고 쇠사슬 소리와 부질없는 북새 소리, 무의미하고 저속한 말들이 마구 뒤엉켜 들

* 1880년대 초 부티르스카야교도소에서 니제고롯스카야 철도의 기차역으로 죄수들을 호송하던 도중 하루 사이에 죄수 다섯 명이 일사병으로 사망했다—원주.

렸다. 그러나 네흘류도프의 기대와는 달리 도중에 쓰러진 동료 죄수들에 대한 이야기는 어디에서도 들리지 않았다. 짐이니 식수니 자리 선택 같은 이야기뿐이었다. 어느 찻간의 창문을 들여다보자 통로 한가운데서 호송병들이 죄수들의 수갑을 풀어주고 있었다. 죄수들이 두 손을 내밀면 한 호송병이 열쇠로 수갑을 열었다. 그러면 다른 호송병이 그 수갑을 모았다. 네흘류도프는 남자 죄수들의 찻간을 모두 지나 여자 죄수들의 찻간으로 다가갔다. 그중 두번째 찻간에서 한 여자가 "오-오-오! 아이고, 오, 오, 오!……"하고 일정한 간격으로 신음하는 소리가 들렸다.

네흘류도프는 그 옆을 지나 호송병이 가리킨 대로 세번째 찻간 창문으로 다가갔다. 네흘류도프가 그쪽으로 머리를 가까이 대자마자 사람들의 악취를 가득 머금은 열기가 훅 끼쳤고 여자들의 새된 목소리가 또렷이 들렸다. 좌석마다 죄수복과 재킷을 입고 얼굴이 벌게진 채 땀범벅이 된 여자 죄수들이 큰 소리로 떠들고 있었다. 쇠창살에 바짝 붙은 네흘류도프의 얼굴이 그들의 주의를 끌었다. 바로 옆에 있던 여자 죄수들이 말없이 다가왔다. 재킷을 걸친 마슬로바는 머릿수건을 쓰지 않은 채 반대편 창가에 앉아 있었다. 좀더 가까운 곳에는 하얀 얼굴에 미소를 머금은 페도시야가 앉아 있었다. 네흘류도프를 알아본 그녀가 마슬로바를 쿡 찌르더니 창문 쪽을 가리켰다. 마슬로바는 후다닥 일어서서 검은 머리에 머릿수건을 쓰더니 땀방울이 맺힌 붉은 얼굴로 생기 있게 웃으며 창문으로 다가와 쇠창살을 잡았다.

"정말 더워요." 그녀가 기쁜 미소를 지으며 말했다.

"물건은 받았어요?"

"받았어요, 고마워요."

"더 필요한 건 없어요?" 네흘류도프가 마치 페치카처럼 달궈진 찻간이 뿜어내는 열기를 느끼며 물었다.

"아무것도 없어요, 고마워요."

"마실 것이 좀 있으면 좋겠어요." 페도시야가 말했다.

"아니, 물도 없어요?"

"있었는데 다 마셔버렸어요."

"그럼 지금," 네흘류도프가 말했다. "호송병한테 부탁하겠습니다. 이제 니즈니에 도착할 때까지는 못 만날 테니까."

"당신도 정말 가시는 건가요?" 마슬로바가 마치 몰랐다는 듯이 말하고 네흘류도프를 기쁨어린 눈으로 힐끗 보았다.

"다음 기차로 갑니다."

마슬로바는 아무 말도 하지 않고 몇 초 뒤 깊은 한숨을 내쉬었다.

"나리, 죄수가 열두 명이나 쓰러져 죽었다는 게 사실인가요?" 심기가 불편해 보이는 나이든 여자 죄수가 남자처럼 걸걸한 목소리로 물었다.

코라블료바였다.

"열두 명이란 말은 듣지 못했습니다. 두 명은 내 눈으로 직접 봤지만." 네흘류도프가 대답했다.

"열두 명이라던데요. 그런 짓을 하고도 그놈들은 아무렇지도 않다는 건가요? 악마들!"

"여자들 중에 아픈 사람은 없습니까?" 네흘류도프가 물었다.

"여자들이 더 강해요." 키 작은 다른 여자 죄수가 웃으며 말했다. "그런데 한 사람이 산기가 있어요. 저봐요, 지금도 신음하고 있잖아요." 여전히 신음소리가 새어나오는 옆 찻간을 가리키며 그녀가 말했다.

"아까 뭐 필요한 거 없냐고 물으셨으니 말인데요." 마슬로바가 기쁨의 미소를 애써 억누르며 말했다. "저 여자를 여기에 남겨둘 순 없을까요, 저렇게 힘들어하니까요. 지휘관에게 말씀해주시면 좋겠어요."

"그래요, 말해볼게요."

"한 가지 더 있는데, 저 여자를 남편인 타라스와 만나게 해주실 수 있나요." 그녀가 페도시야를 향해 미소 지으며 덧붙였다. "그 사람도 당신과 같은 기차로 가는 것 같던데요."

"이보세요, 이야기를 하시면 안 됩니다." 호송대 부사관의 목소리가 들렸다. 그는 네흘류도프를 들여보내준 그 사람이 아니었다.

네흘류도프는 물러나 산기가 있는 여자와 타라스의 일을 부탁하기 위해 지휘관을 찾았으나 한참을 둘러봐도 보이지 않았고, 호송병들에게서 대답을 얻을 수도 없었다. 그들은 그만큼 허둥대고 있었다. 일부는 어딘가로 죄수를 데려가고, 일부는 자기들 식량을 사러 뛰어다니거나 찻간 안에서 짐 놓을 자리를 찾고, 또 일부는 호송대 장교와 동행하는 부인들 시중을 드느라 네흘류도프의 질문에 제대로 대답할 틈조차 없었다.

두번째 벨이 울리고 나서야 네흘류도프는 호송대 장교를 찾아냈다. 팔이 짧은 장교는 한쪽 손으로 입을 덮은 콧수염을 쓰다듬고 어깨를 치켜올리며 부사관을 꾸짖고 있었다.

"무슨 일이십니까?" 그가 네흘류도프를 보고 물었다.

"저 찻간에 산기가 있는 여자가 있는데, 어떻게든 손을 써야 할 것 같습니다……"

"낮으라죠. 어떻게든 되겠죠." 호송대 장교가 짧은 두 팔을 힘차게 저어 자기 찻간으로 걸어가며 말했다.

그때 호각을 든 차장이 지나갔다. 마지막 벨과 호각이 울리자 플랫폼에서 배웅하는 사람들 속에서, 여자 죄수 찻간에서 울부짖는 소리가 터져나왔다. 네흘류도프는 타라스와 플랫폼에 서서 쇠창살 너머로 남자 죄수들의 민머리가 보이는 찻간들이 잇따라 지나가는 것을 보았다. 이윽고 창문 안으로 여자 죄수들의 머릿수건을 쓴 머리와 쓰지 않은 머리가 보이는 첫번째 찻간이 지나가고, 그 뒤로 여전히 신음소리가 흘러나오는 두번째 찻간이 지나가고, 마지막으로 마슬로바가 탄 세번째 찻간이 지나갔다. 그녀는 다른 여자 죄수들과 함께 창가에 서서 네흘류도프를 바라보며 그에게 애연한 미소를 보내고 있었다.

39

네흘류도프가 타고 갈 여객열차는 출발까지 두 시간이 남았다. 네흘류도프는 그사이에 누나에게 다녀올까 생각했으나 이날 아침 일어난 일들 때문에 극도로 흥분하고 지쳤던지라 일등석 여객 대합실 소파에 앉자마자 생각지도 않게 졸음이 밀려와 모로 누워 손바닥으로 뺨을 괸 채 잠이 들었다.

연미복을 입고 가슴에 배지를 단 보이가 냅킨을 손에 든 채 네흘류도프를 흔들어 깨웠다.

"손님, 네흘류도프 공작님 맞으시죠? 어느 부인께서 찾고 계십니다."

네흘류도프는 눈을 비비며 일어나 자기가 지금 어디에 있고 오늘 아침 무슨 일이 있었는지 떠올렸다.

죄수들의 행렬, 시신들, 쇠창살이 박힌 찻간들, 거기 갇힌 여자들, 누구의 도움도 받지 못하고 산통으로 신음하던 여자 죄수, 그리고 쇠창살 너머로 그에게 애연한 미소를 보내던 마슬로바가 떠올랐다. 그러나 현실에서는 전혀 다른 것이 눈앞에 있었다. 술병과 꽃병, 촛대, 식기가 놓인 탁자, 그 둘레를 바삐 오가는 민첩한 보이들이 있었다. 홀 안쪽 식기장 앞과 과일이 담긴 그릇과 술병들 뒤로 식당 운영자, 매대로 다가가는 여객들의 등이 보였다.

잠을 자던 자세에서 몸을 일으켜 앉고 조금 정신이 들자 네흘류도프는 안에 있는 사람들이 모두 문가에서 일어나는 일을 호기심어린 눈으로 지켜보고 있다는 것을 알아차렸다. 그도 그쪽을 바라보았는데, 공기처럼 가벼워 보이는 베일로 머리를 감싼 귀부인이 안락의자에 앉은 채 실려가는 모습이 보였다. 앞쪽에서 안락의자를 운반하는 하인의 얼굴이 눈에 익었다. 뒤쪽에서 운반하는 사람은 금몰이 둘린 모자를 썼는데, 역시 그가 아는 수위였다. 안락의자 뒤에는 앞치마를 두른 곱슬머리의 단정한 하녀가 보따리와 뭔가 들어 있는 둥근 가죽 케이스와 양산을 들고 따라가고 있었다. 그 뒤로는 입술이 축 처지고 중풍 환자같이 목이 뻣뻣한 코르차긴 공작이 여행모자를 쓰고 가슴을 내민 채 걸어가고, 미시와 사촌 남동생 미샤, 그리고 네흘류도프도 아는, 긴 목에 울대뼈가 튀어나온 외교관 오스텐이 예의 그 명랑한 표정으로 뒤따랐다. 그는 생글거리는 미시에게 뭔가를 설득하려는 듯 농담 섞인 어조로 이야기하고 있었다. 맨 뒤에서는 의사가 뚱한 표정으로 담배를 피우며 걸었다.

근교의 영지에서 지내던 코르차긴가 사람들이 니제고롯스카야 철도 근처에 있는, 공작부인 여동생의 영지로 가는 길이었다.

짐꾼들과 하녀와 의사의 행렬은 그 자리에 있던 많은 이의 호기심과 존경을 불러일으키며 부인 전용 대합실로 들어갔다. 노공작은 테이블에 자리를 잡자마자 보이를 불러 뭔가를 주문했다. 미시와 오스텐은 자리를 잡고 앉으려 하다가 문가에서 아는 부인을 발견하고 그쪽으로 걸어갔다. 나탈리야 이바노브나였다. 나탈리야 이바노브나가 아그라페나 페트로브나를 데리고 두리번거리며 식당으로 들어오고 있었다. 그녀는 미시와 남동생을 거의 동시에 발견했다. 그녀는 네흘류도프에게 가볍게 고개를 끄덕이곤 미시에게 먼저 다가갔다. 그러나 미시와 입맞춤을 나누고 곧장 동생에게 다가갔다.

"아아, 겨우 찾았네." 그녀가 말했다.

네흘류도프는 일어나서 미시와 미샤, 오스텐과 인사하고 선 채 대화를 나누었다. 미시는 근교 별장에 화재가 나서 하는 수 없이 이모 집으로 옮겨가게 되었다고 했다. 오스텐이 이 기회를 틈타 화재에 대한 우스운 일화를 이야기하기 시작했다.

네흘류도프는 오스텐의 이야기를 듣지 않고 누나에게 말을 건넸다.

"와줘서 정말 기뻐." 그가 말했다.

"난 벌써부터 와 있었어." 그녀가 답했다. "아그라페나 페트로브나하고." 그녀는 아그라페나 페트로브나를 가리켰다. 비옷을 입고 모자를 쓴 아그라페나 페트로브나는 그들의 대화를 방해하지 않기를 바라면서 상냥하고 품위 있게 멀리서 네흘류도프에게 쑥스러운 듯 눈인사를 했다.

"여기서 깜박 잠이 들어버렸어. 와줘서 정말 기뻐." 네흘류도프가 되풀이했다. "실은 누나에게 편지를 쓰려고 했었어." 그가 말했다.

"정말?" 그녀가 놀란 듯이 말했다. "무슨 일로?"

미시는 남매 사이에 사적인 이야기가 오가는 것을 눈치채고 동행들과 한옆으로 물러났다. 네흘류도프는 누군가의 수화물과 상자와 담요 등이 놓인 창가의 벨벳 소파로 가 누나와 앉았다.

"어제 누나가 묵는 호텔에서 나오자마자 돌아가서 사과할까 했는데, 매형이 어떻게 받아들일지 몰라서." 네흘류도프가 말했다. "내가 매형에게 말이 좀 지나쳤어, 그래서 괴로웠어." 그가 말했다.

"알아, 그리고 믿어," 누나가 말했다. "네가 그러려고 했던 게 아닐 거라고. 너도 알잖니……"

그녀가 눈물을 글썽이며 그의 손을 쥐었다. 그녀의 말은 짧고 불분명했지만 충분히 이해되었고 그 말에 담긴 의미가 그의 마음을 울렸다. 그녀의 말은 자신을 사로잡고 있는 사랑, 즉 남편에 대한 사랑 말고도 동생에 대한 사랑이 자신에게는 더없이 소중하며, 동생과의 불화는 어떤 것이든 자신에게 견딜 수 없는 고통이란 의미였다.

"고마워, 누나, 고마워…… 아, 내가 오늘 뭘 봤냐면," 그가 죽은 두번째 죄수를 불현듯 떠올리며 말했다. "남자 죄수 둘이 죽임을 당했어."

"죽임을 당했다고?"

"어이없이 그냥 죽임을 당했어. 이런 살인적인 더위에 끌려나와서. 두 남자가 일사병으로 죽었어."

"설마! 어떻게? 오늘? 방금?"

"응, 방금 전에. 난 그들의 시체를 봤어."

"그런데 죽임을 당했다고? 누가 죽였다는 거야?" 나탈리야 이바노브나가 반문했다.

"죄수들을 강제로 끌어낸 자들이 죽인 거지." 네흘류도프는 그녀가 자기 남편과 같은 관점에서 이 사건을 보고 있다고 느끼면서 성마르게 말했다.

"오, 세상에!" 두 사람 곁으로 다가온 아그라페나 페트로브나가 말했다.

"그래, 우리는 그 불행한 사람들이 어떤 취급을 받고 있는지 아무것도 몰라. 하지만 우리는 알아야 해." 네흘류도프가 노공작 쪽을 바라보며 덧붙였고, 바로 그때 냅킨을 두르고 샴페인 잔을 앞에 둔 노공작이 네흘류도프를 돌아보았다.

"네흘류도프!" 그가 큰 소리로 불렀다. "더위 좀 식히지 않겠나? 여행 전의 한 잔은 각별하지!"

네흘류도프는 사양하고 얼굴을 돌렸다.

"그런데 이제부터 어떻게 할 생각이니?" 나탈리야 이바노브나가 말을 이었다.

"할 수 있는 일을 해야지. 뭘 해야 할지는 모르지만 뭐든 해야 한다는 건 느끼니까. 내가 할 수 있는 일은 다 해볼 거야."

"그래, 그렇겠지, 이해해. 그런데 저 사람들과는," 그녀가 미소를 띠고 코르차긴 쪽을 돌아보며 말했다. "정말 완전히 끝난 거야?"

"완전히. 양쪽 모두 아무 미련도 없다고 생각해."

"아쉽구나. 난 아쉬워. 나는 저 아가씨가 마음에 들거든. 하지만 어쩔 수 없지. 그런데 너는 뭐 때문에 너 자신을 구속하려고 하니?" 그녀가 여짓여짓 덧붙였다. "대체 왜 가려는 거야?"

"그래야 하니까 가는 거야." 더는 이야기하지 않겠다는 듯 네흘류도프는 진지하고 차갑게 대꾸했다.

하지만 곧 그는 누나에게 그런 차가운 태도를 보인 것이 멋쩍어졌다. '나는 왜 누나에게 내 생각을 다 말하지 못할까?' 그는 생각했다. '아그라페나 페트로브나에게도 들려주자.' 그는 늙은 하녀를 힐끗 곁눈질하고는 속으로 중얼거렸다. 아그라페나 페트로브나가 옆에 있다는 것이 오히려 누나에게 자기의 결심을 다시 말할 용기를 주었다.

"누나, 카튜샤와 결혼하려는 내 의도를 물은 거지? 알다시피 난 그러기로 결심했지만 그 여자가 단호하게 거절했어." 그는 말했고, 그 목소리는 그 말을 할 때마다 그랬듯이 떨렸다. "그 여자는 내 희생을 바라지 않아. 그런 처지에 있으면서도 나보다 더 큰 희생을 치르려고 해. 그 희생이 일시적인 것일지라도 난 받아들일 수 없어. 그러니 함께 가서 그녀 곁에서 내가 할 수 있는 일을 다 하면서 그녀가 진 운명의 짐을 덜어주고 싶어."

나탈리야 이바노브나는 아무 말도 하지 않았다. 아그라페나 페트로브나는 납득하기 어렵다는 듯이 나탈리야 이바노브나를 바라보며 고개를 내둘렀다. 그때 부인 전용 대합실에서 아까의 행렬이 다시 나타났다. 수위와 잘생긴 하인 필리프가 공작부인이 앉은 안락의자를 떠메고 나왔다. 그녀는 하인들을 멈추게 하고는 네흘류도프를 자기 쪽으로 불렀고, 그가 너무 꽉 쥐지는 않을까 걱정하며 반지를 주렁주렁 낀 하얀 손을 슬픈 표정으로 내밀었다.

"*굉장하군요!*" 그녀가 더위에 대해 말했다. "정말이지 못 견디겠어요. *이 더위가 나를 죽이고 있어요.*" 그리고 러시아의 살인적인 날씨에 대해 몇 마디 하더니 한번 놀러오라고 네흘류도프를 초대한 뒤 하인들에게 신호를 보냈다. "꼭 들러주세요." 그녀가 실려가면서 긴 얼굴을 네흘류도프에게로 돌리고는 덧붙였다.

네흘류도프는 플랫폼으로 나왔다. 공작부인 일행은 오른쪽 일등칸 쪽으로 갔다. 네흘류도프는 짐을 진 기차역 짐꾼과 자루를 어깨에 멘 타라스와 왼쪽으로 걸어갔다.

"이 사람은 내 길동무야." 네흘류도프가 전에 누나에게도 말한 적 있었던 타라스를 소개했다.

"어머나, 너 삼등칸으로 가니?" 나탈리야 이바노브나가 삼등칸 앞에서 걸음을 멈추는 네흘류도프를 보고, 짐꾼과 타라스가 삼등칸으로 오른 뒤에 물었다.

"응, 여기가 편해, 타라스와 함께 가니까." 그가 대답했다. "참, 한 가지 더," 그가 덧붙였다. "쿠즈민스코예의 땅은 아직 농민들에게 넘기지 않았으니까 만약 내가 죽는다면 누나 아이들이 상속받게 될 거야."

"드미트리, 그만." 나탈리야 이바노브나가 말했다.

"내가 농민들에게 땅을 넘기더라도 확실한 건 땅 이외의 재산은 모두 누나의 아이들이 상속받는다는 거야. 난 아마도 결혼은 하지 않을 것 같고, 결혼하더라도 아이는 없을 테니까…… 그러니까……"

"드미트리, 제발 그런 소리 하지 마." 나탈리야 이바노브나는 이렇게 말했지만, 네흘류도프는 그녀가 그의 말에 기뻐한다는 것을 알았다.

앞쪽 일등칸 앞에는 몇 사람밖에 없었고, 그들은 코르차기나 공작부인이 실려 들어간 찻간을 아직도 바라보고 있었다. 그 밖의 사람들은 모두 자기 자리로 흩어졌다. 늦게 온 승객들이 플랫폼에 깔린 널빤지를 쿵쿵 울리며 달려왔고, 차장들이 문을 요란하게 닫으면서 승객들에게 자리에 앉으라고 다그치고 배웅하는 사람들에게는 내리라고 요구했다.

네흘류도프는 작열하는 태양에 달궈져 후끈후끈한 악취가 진동하는 찻간에 들어갔다가 바로 덱으로 나왔다.

유행하는 디자인의 모자를 쓰고 망토를 걸친 나탈리야 이바노브나는 아그라페나 페트로브나와 나란히 찻간 앞에 선 채 뭔가 할말을 찾고 있었지만 떠오르지 않는 듯했다. 심지어 *"편지해"*라는 말조차 할 수 없었다. 남매는 먼길을 떠나는 사람들이 주고받는 상투적인 말을 오래전부터 비웃어왔기 때문이다. 재산과 상속에 관한 짧은 대화는 모처럼 샘솟은 남매의 정다운 관계를 단번에 깨뜨려버렸다. 그들은 지금 서로에게 서먹한 기분을 느꼈다. 그래서 나탈리야 이바노브나는 기차가 움직이자 오히려 마음이 놓였는데, 이제 고개를 끄덕거리며 슬프고도 살가운 얼굴로 "잘 가, 드미트리, 안녕!"만 하면 되었기 때문이다. 하지만 기차가 떠나자 그녀는 동생과 나눈 이야기를 남편에게 어떻게 전해야 할지 생각했고 그녀의 얼굴은 진지하고 걱정스러운 표정으로 흐려졌다.

네흘류도프 역시 누나에게 더없이 선한 애정 말고는 별다른 감정도, 숨기는 것도 없었지만 지금은 함께 있는 것이 괴롭고 어색해서 되도록 빨리 벗어나고 싶었다. 그토록 가깝던 예전의 나타샤는 이미 사라지고 그에게 남이나 다름없는 불쾌한 검은 털북숭이 남편의 노예만 남은 느낌이었다. 그는 그것을 똑똑히 깨달았는데, 그녀가 자기 남편의 관심사인 땅의 분배와 상속에 대한 얘기에만 유난히 생기 있게 얼굴을 빛냈기 때문이다. 그는 그것이 슬펐다.

40

온종일 작열하는 햇볕에 달궈진데다 사람들로 들어찬 커다란 삼등 찻간은 숨이 턱턱 막힐 정도여서 네흘류도프는 찻간으로 들어가지 않고 덱에 남았다. 그러나 덱에서도 숨막히는 건 마찬가지였고, 기차가 건물들 사이를 벗어난 뒤 틈새로 바람이 불어들어오자 비로소 가슴 가득 숨을 들이쉬었다. '그래, 죽임을 당한 거야.' 그는 누나에게 했던 말을 속으로 되풀이했다. 그러자 오늘 받은 모든 인상 가운데 두번째로 죽은 죄수의 아름다운 얼굴과 입가의 미소, 이마에 배인 엄준한 기운, 파랗게 깎인 머리 밑으로 드러난 작고 단단한 잘생긴 귀가 특히 생생하게 떠올랐다. '가장 무서운 건 사람을 죽여놓고도 그를 누가 죽였는지 아무도 모른다는 사실이다. 그는 살해된 것이다. 그도 다른 모든 죄수들처럼 마슬렌니코프의 지시에 따라 교도소에서 끌려나왔다. 마슬렌니코프는 분명 그 통상적인 지시를 내리고 제목이 인쇄된 서류에 우스운 장식을 곁들여 서명했을 것이고, 그러니까 당연히 자신에게 죄가 있다는 생각은 전혀 하지 않았을 것이다. 죄수들을 검진한 교도소 의사는 더더구나 그럴 것이다. 그는 자기 직무를 꼼꼼히 수행해 병약자들을 골라냈을 뿐, 이런 폭염에 죄수들을 집단으로 그렇게 오랫동안 이송

할 거라곤 예상치 못했을 것이다. 소장은?…… 하지만 소장 역시 모월 모일에 징역수 몇 명, 유형수 몇 명, 남자 죄수 몇 명, 여자 죄수 몇 명을 출발시키라는 명령을 받고 그대로 실행했을 뿐이다. 어디어디에서 몇 명의 죄수를 명단과 대조해 인수하고, 어디어디에서 몇 명을 인도하는 것이 직분인 호송대 장교에게도 죄를 물을 수 없다. 그는 늘 하던 대로 죄수 행렬을 인솔했고, 오늘 죽은 두 사람처럼 건장한 남자들이 폭염을 이기지 못해 죽으리라곤 예상치 못했을 것이다. 그렇다면 아무에게도 죄가 없다. 그런데도 몇 사람이 죽임을 당했다. 그 죽음에 대해 아무 책임도 없는 사람들에게 죽임을 당했다.

'이것은 모두,' 네흘류도프는 생각했다. '이 모든 사람이, 그러니까 도지사니 소장이니 파출소장이니 순경이니 하는 사람들이 세상에는 인간을 인간답게 대하지 않아도 되는 상황이 있다고 여기기 때문에 벌어진 일이다. 마슬렌니코프나 소장이나 호송대 장교가 지사도 아니고 소장도 아니고 호송대 장교도 아니었다면, 그런 폭염에 그 많은 사람을 한꺼번에 출발시켜도 될지 심사숙고했을 것이고, 출발한 뒤에도 스무 번 이상 멈춰 서서, 기진맥진해서 숨을 헐떡이는 사람이 보이면 대열에서 빼내어 그늘로 데려가 물을 주고 휴식을 취하게 했을 것이고, 그래도 만약 불행한 일이 일어났다면 동정했을 것이다. 그러나 그들은 동정은커녕 다른 사람들이 동정하는 것조차 방해했다. 왜냐하면 그들은 인간에 대한 의무는 보지 않고 오로지 자신의 직무와 그에 따르는 요구만을 보면서 그것을 인간적 관계보다 우위에 두었기 때문이다. 바로 여기에 모든 원인이 있다.' 네흘류도프는 생각했다. '단 한 시간이라 해도, 아무리 예외적인 경우라 해도, 인간애보다 더 소중한 것이 있다고 인정

하는 순간 인간은 아무 죄책감 없이 다른 인간들에게 어떠한 범죄라도 저지를 수 있게 된다.'

네흘류도프는 너무 깊이 생각에 잠겨 날씨가 바뀐 것도 알아차리지 못했다. 해는 낮게 깔린 구름 뒤로 숨었고 서쪽 지평선에서 옅은 잿빛 구름이 천천히 몰려왔다. 저멀리 어디선가 빨라진 비구름이 들판과 숲 위로 비스듬히 거센 비를 뿌렸다. 비구름에서 축축한 기운이 흘러나왔다. 간간이 번개가 비구름을 찢었고, 우르릉거리는 천둥소리는 더 빈번하게 기차의 굉음과 섞이며 대기를 때렸다. 비구름은 점점 더 가까워졌고 바람에 쫓겨 비스듬히 내리치는 빗줄기가 덱이며 네흘류도프의 외투를 어룽지게 했다. 그는 자리를 옮겨 습기를 머금은 상쾌한 공기와 오랫동안 비를 기다리던 대지에서 풍기는 곡물의 향기를 맡으며 창밖으로 스쳐지나가는 과수원과 숲, 노랗게 익은 호밀밭, 아직 초록빛이 남은 귀리밭의 가지런한 이랑들, 암녹색 꽃이 한창인 감자밭의 검은 두둑을 바라보았다. 모든 것이 유약을 바른 것 같았다. 초록은 더 진한 초록으로, 노랑은 더 진한 노랑으로, 검정은 더 진한 검정이 되었다.

"더 내려라, 더!" 네흘류도프는 은혜로운 빗줄기에 흠뻑 젖어 생기를 되찾아가는 들판과 과수원과 채소밭을 기쁘게 바라보며 말했다.

세차게 내리던 비는 금세 그쳤다. 비구름의 일부는 비가 되어 쏟아졌고, 일부는 그냥 흘러가버렸고, 젖은 땅에는 뿌리다 만 마지막 가느다란 빗줄기만 수직으로 떨어졌다. 해가 다시 얼굴을 내밀었고, 만물이 빛나기 시작했다. 동쪽 지평선 위로 야트막하게 보랏빛이 두드러진 선명한 무지개가 한쪽 끝이 잘린 채 휘움히 걸렸다.

'내가 무슨 생각을 하고 있었지?' 자연의 변화가 끝나고 기차가 높다랗고 가파른 비탈길을 내려갈 때 네흘류도프는 스스로에게 물었다. '그렇다, 그 사람들, 소장도 호송병도 모두 원래는 온화하고 선량한 사람들이지만 맡은 직무를 수행하면서 사악하게 변해버린 것이다.'

그는 교도소에서 일어난 일을 이야기했을 때 마슬렌니코프가 보인 무관심, 교도소장의 냉담함, 병약한 죄수들을 짐마차에 태워주지도 않고 기차에서 산고로 괴로워하는 여자 죄수에게도 아무 관심 없던 호송대 장교의 잔혹함을 생각했다. '이 사람들은 모두 직무를 수행한다는 이유만으로 가장 평범한 동정심조차 느끼지 못하는 몰인정한 인간들이 되어버렸다. 관직에 있는 그들은 자신의 감정에 인간애가 침투하는 것을 허용하지 않는다. 저 돌 깔린 땅이 빗물을 받아들이지 않는 것처럼.' 네흘류도프는 다양한 색의 돌들로 포장된 비탈길에 빗물이 스며들지 못하고 여러 갈래의 작은 개울들이 되어 흘러내려가는 것을 바라보며 생각했다. '하기야 이렇게 땅을 깎아낸 경사면에는 돌을 깔 필요가 있을지 모르나 곡물이나 풀, 덤불, 나무를 기를 수 있는 힘을 잃어버린 땅을 보는 건 서글픈 일이다. 인간도 이와 마찬가지다.' 네흘류도프는 생각했다. '어쩌면 도지사도 교도소장도 순경도 필요한 존재일지 모른다. 그러나 인간이라면 지녀야 하는 중요한 특성, 즉 사랑과 연민을 상실한 사람들을 보는 건 끔찍한 일이다.'

'문제는,' 네흘류도프는 생각했다. '저들이 법이 아닌 것을 법으로 인정하고, 신이 인간의 마음속에 심어놓은, 잠시도 미룰 수 없는 영원불변의 법은 법으로 인정하지 않는다는 데 있다. 그래서 나는 저들과 함께 있으면 못 견디게 외로워지는 것이다.' 네흘류도프는 생각했다. '나는 왠지 저들이 두렵다. 실제로 저들은 무서운 사람들이다. 강도보다 더 무섭다. 강도에게는 그래도 동정을 기대할 수 있지만 저들은 동정을 모른다. 돌들에게 식물을 키우는 힘이 없듯 저들은 동정심을 가질 수 없게 미리 조치되어 있는 것이다. 바로 그것이 저들이 무서운 이유다. 푸가초프나 라진*이 무섭다고들 하지만, 나는 저들이 천배 더 무섭다.' 그는 계속 생각했다. '예컨대 우리 시대의 사람들, 즉 그리스도교도들, 자선가들, 선량한 사람들이 아무 죄책감 없이 가장 무서운 악행을 저지르도록 하려면 어떡해야 하는가, 라는 심리학적 과제가 주어진다면 그 답은 오직 하나다. 현재의 이 상태를 유지하는 것, 그런 사람들이 지사가 되고 소장이 되고 장교가 되고 순경이 되는 것이다. 다시 말해 첫째, 이른바 공적 직무를 수행하는 사람들은 타인을 형제애로 대해서는 안 되며 물건을 다루듯 해야 한다고 믿어야 하고, 둘째, 이러한 직무의 종사자들은 조직적으로 결속해야 하는데, 이는 그들이 타인에게 한 행위의 결과에 대해 개인적으로 책임을 지지 않게 하기 위해서다. 이러한 조건들 없이는 오늘 내가 보았던 것과 같은 무서운 직무 수행은 절대로 불가능하다. 이는 사랑 없이도 인간을 다룰 수 있다고 믿는 데서 비롯된다. 그러나 그런 상황은 있을 수 없다. 물건은 사랑 없이도 다룰 수 있다. 나무를 베거나 벽돌을 굽거나 쇠붙이를 버리거나 하는 일은 사랑 없이도 가능하다. 그러나 사랑 없이는 인간을 다룰 수 없고, 그것은 세심한 주의를 쏟지 않고는 꿀벌을 다룰 수 없는 것과 같다. 꿀벌의 본성이 그러하다. 조심성 없이 다루었다가는 꿀벌이고 키우는 사람이고 모두 해를 입는다. 인간을 다루는 것도 마찬가지다. 그렇지 않은 경우는

---

* 17~18세기에 농민 반란을 일으켜 황제의 정부를 위협했던 지도자들.

없다. 인간 상호간의 사랑이야말로 인간 생활의 근본 법칙이기 때문이다. 인간은 억지로 일할 수는 있어도 억지로 사랑할 수는 없다. 그렇다고 해서 사랑 없이 사람들을 대해도 괜찮다는 결론이 성립되는 건 아니다. 그들에게 무언가를 요구할 때는 더욱 그렇다. 사람들에게 사랑을 느끼지 못한다면 차라리 가만있는 것이 낫다.' 네흘류도프는 자기 자신에 대해 생각했다. '그럴 때는 자기 자신에게, 또는 자신이 좋아하는 뭔가에 마음을 쓰되, 사람에게는 마음을 쓰지 마라. 먹고 싶을 때 먹어야 해가 없고 몸에 이롭듯이 사람을 사랑할 때 사람을 대해야 해가 없고 이로울 수 있다. 어제 내가 매형에게 했듯 사랑 없이 사람을 대한다면, 오늘 내가 보았던 것처럼 타인에 대한 잔혹과 야만은 끝이 없게 될 것이고, 내가 평생 경험해온 것처럼 자기 자신에 대한 고뇌도 끝이 없게 될 것이다. 그렇다, 바로 그런 것이다.' 네흘류도프는 생각했다. '이것으로 됐다, 된 거야!' 그는 괴롭기 한량없는 폭염 뒤에 오는 상쾌함, 그리고 오랫동안 자신을 짓누르던 문제에 명쾌한 답을 얻었다는 자각으로 곱절의 기쁨을 느끼며 혼잣말을 되풀이했다.

41

네흘류도프가 탄 찻간은 절반쯤 승객들이 차 있었다. 하인들, 장인들, 직공들, 푸주한들, 유대인들, 점원들, 여자들, 노동자의 아내들이 있었고, 그 밖에 병사 한 명과 귀부인 두 명─젊은 여자, 드러낸 팔에 팔찌를 줄줄이 찬 중년 부인─과 기장이 달린 검은 모자를 쓴 근엄한 표정의 신사가 있었다. 다들 자리를 잡고 편안히 앉아 해바라기씨를 까먹거나 담배를 피우거나 옆 사람들과 활기차게 이야기를 나누었다.

타라스는 통로 오른편에 행복한 표정으로 앉아 네흘류도프의 자리를 지키면서, 맞은편에 앉은 모직 반코트를 입고 앞을 풀어헤친 건장한 남자와 활기차게 이야기를 나누었다. 나중에 알고보니, 그는 일자리를 구하러 가는 정원사였다. 네흘류도프는 타라스에게 가려다가 난징 무명 외투를 입고 하얀 턱수염을 기른 점잖은 풍모의 노인과 시골풍 옷차림의 젊은 여자가 이야기를 나누는 곳에서 발을 멈췄다. 여자 옆에는 거의 흰색에 가까운 머리를 땋고 새 사라판*을 입은 일곱 살짜리 여자아이가 바닥까지 닿지 않는 두 발을 흔들며 계속 해바라기씨를 까먹고 있었다. 노인은 네흘류도프를 돌아보더니 혼자 앉았던 칠이 번들거리는 좌석에서 자기 외투자락을 걷어올리며 상냥하게 말했다.

"자, 앉으시죠."

네흘류도프는 고맙다고 말하고 그가 가리킨 자리에 앉았다. 네흘류도프가 앉자마자 여자는 멈췄던 이야기를 계속했다. 그녀는 도시에 나가 일하는 남편을 만나고 집으로 돌아가는 길인데 남편이 자기를 어떻게 맞아주었는지 이야기하던 참이었다.

"하느님이 이끌어주신 덕분에 사육제 때 남편한테 가서 잠시 머물렀어요." 그녀가 말했다. "하느님이 또 도와주신다면 성탄절 때도 가려고요."

"좋은 일이오." 노인이 네흘류도프를 돌아보며 말했다. "이따금 만나

---

* 긴 점퍼스커트 형태의 전통 의상.

야지요. 젊은 사람이 도시에서 혼자 살다보면 못된 버릇이 들기 십상이니까."

"그렇지 않아요, 할아버지, 그이는 그런 남자가 아니에요. 그런 바보 같은 짓은 아예 안 해요. 순박한 아가씨 같다니까요. 번 돈은 한 푼도 빼지 않고 집으로 부쳐요. 이 아이를 보고 얼마나 기뻐하던지, 말로 다 표현할 수가 없네요." 여자가 생글거리며 말했다.

해바라기씨를 까먹으면서 그들의 대화를 듣던 여자아이가 어머니의 말을 뒷받침이라도 하듯 차분하고 영리한 눈으로 노인과 네흘류도프의 얼굴을 올려다보았다.

"흠, 아주 현명한 사람이군. 그렇다면 그보다 좋을 게 없지요." 노인이 말했다. "저런 건 안 하오?" 그가 통로 다른 쪽에 앉아 있는 직공인 듯한 부부를 눈으로 가리키며 물었다.

직공 남편은 보드카병을 입에 대고 고개를 젖혀 술을 들이켜고, 아내는 술병을 넣었던 자루를 손에 든 채 남편을 뚫어지게 보고 있었다.

"아니요, 그이는 술도 담배도 하지 않아요." 노인과 이야기하던 여자는 한번 더 남편을 자랑할 기회를 놓치지 않았다. "할아버지, 그런 사람은 정말 드물어요. 그이는 꼭 이분 같아요." 그녀가 네흘류도프를 보며 말했다.

"그렇다면 그보다 좋을 게 없지요." 술을 마시는 직공을 바라보며 노인이 말했다.

직공은 몇 모금 마신 뒤 아내에게 술병을 건넸다. 아내는 술병을 건네받자 웃으면서 고개를 젓더니 자기 입에 댔다. 직공은 자기를 향한 시선을 느끼고 네흘류도프와 노인 쪽으로 외쳤다.

"왜 그러십니까, 나리? 술 마시는 게 뭐 잘못됐습니까? 우리가 일하고 있을 때는 관심도 없으면서 이렇게 한잔하면 모두가 쳐다본다니까. 제가 벌어 저도 마시고 마누라도 주는 것뿐입니다."

"그래요, 그래요." 네흘류도프는 뭐라고 대답해야 할지 몰라 이렇게 말했다.

"제 말이 맞죠, 나리? 제 마누라는 야무진 여자입니다! 전 마누라에게 만족해요, 절 끔찍이 아껴주니까요. 내 말 맞지, 마브라?"

"당신이나 마셔. 난 더 안 마실래." 아내가 술병을 건네며 말했다. "괜한 소릴 다 하네." 그녀가 덧붙였다.

"이렇다니까요." 직공이 계속했다. "좋을 때는 좋지만 그렇지 않을 땐 기름 떨어진 달구지처럼 삐걱거린다 말입니다. 그렇지, 마브라?"

마브라는 웃으면서 취한 듯한 몸짓으로 한 손을 내저었다.

"또 시작이네……"

"이렇다니까요, 좋을 때는 좋아요, 뭐 한동안은요. 하지만 고삐가 밑으로 빠지는 날엔 그야말로 뭔 짓을 저지를지 종잡을 수가 없지요…… 정말 그렇습니다, 나리, 용서하세요, 제가 좀 마셨습니다요, 이제 어쩐다……" 직공은 이렇게 말하더니 히죽거리는 아내의 무릎을 베고 한잠 자려는 듯 누웠다.

네흘류도프는 잠시 그대로 앉아 노인의 이야기를 들었는데, 노인은 페치카 장인으로 오십삼 년을 일했고 그동안 자기가 놓은 페치카가 셀 수도 없을 정도로 많다고, 이제는 일을 그만두고 쉬고 싶은데 좀처럼 그렇게 되지 않는다고 말했다. 그는 도시에 와서 자식들 일자리를 알아보고 집안일을 돌보러 마을로 돌아가는 중이었다. 노인의 이야기를 다들은 네흘류도프는 일어나서 타라스가 잡아놓은 자리로 갔다.

"나리, 앉으세요. 자루는 이쪽으로 치우겠습니다." 타라스 맞은편에 앉아 있던 정원사가 네흘류도프의 얼굴을 올려다보며 다정하게 말했다.

"좀 좁긴 해도 괜찮습니다." 타라스가 싱글거리며 노래하는 듯이 말하더니 힘센 두 팔로 2푸드나 되는 자루를 깃털처럼 들어올려 창가로 옮겼다. "자리는 얼마든지 있습니다. 서서 가도 되고 좌석 밑으로 들어가도 괜찮고요. 어디건 편안하니 자리를 다툴 필요가 없습니다!" 그가 선량하고 상냥한 얼굴을 빛내며 말했다.

타라스가 예전에 말하길, 자기는 술을 마시지 않을 때는 말이 없지만 술이 들어가면 말이 술술 나와 못할 말이 없다고 했었다. 실제로 그는 취하지 않으면 대체로 말이 없었다. 드물고 특별한 경우이긴 하지만, 일단 술이 들어가면 흥이 올라 말수가 많아졌다. 그럴 때면 그는 더없이 소박하고 솔직하게, 더없이 선량해 보이는 하늘색 눈과 입가에 친근한 미소를 줄곧 띠며 상냥한 말씨로 주저리주저리 늘어놓곤 했다.

오늘 그는 그런 상태였다. 네흘류도프가 가까이 오자 그는 잠시 말을 멈췄다. 그러나 자루를 치우고는 다시 전처럼 앉아 노동자다운 힘센두 손을 무릎 위에 놓고 정원사의 눈을 똑바로 바라보며 말을 이었다. 그는 새로 사귄 사람에게 자기 아내가 왜 유형을 받게 되었는지, 자기가 왜 시베리아로 가고 있는지 그녀의 사건을 하나에서 열까지 자세히 이야기하고 있었다.

네흘류도프도 아직까지 그 이야기를 자세히 들은 적이 없었으므로 흥미를 가지고 귀를 기울였다.

그가 자리에 왔을 때 이야기는 벌써 독살이 벌어졌고 가족들이 페도시야의 소행이라고 단정지었다는 대목에 이르렀다.

"제 괴로운 사연을 털어놓던 참입니다." 타라스가 네흘류도프에게 공손하게 말했다. "이렇게 인정 많은 분을 만나 이런저런 사는 이야기를 하다보니 저도 모르게 죄다 털어놓게 되네요."

"아, 그래요, 그렇군요." 네흘류도프가 말했다.

"그래, 그렇게 된 걸세, 친구, 그렇게 전부 드러나게 된 거지. 어머니가 곧장 구운 과자를 들고 '순경한테 갈 거다' 하셨고, 사려 깊은 아버지는 '조금만 기다려, 할멈, 며늘아기는 아직 어려서 자기가 무슨 짓을 저질렀는지도 모르고 있으니 가엾게 여겨야 해. 그애도 지금 몹시 마음이 괴로울 거야' 하셨어. 그래도 어머니는 막무가내셨지. '그애를 그대로 두었다간 우리를 바퀴벌레 죽이듯 죽이고 말걸.' 그러시는 거야. 그래서 어떻게 되었는지 아나, 그길로 순경한테 달려가셨어. 그러자 순경이 당장 우리집으로 달려오고…… 곧 증인들을 불러냈지."

"그래서 자네는 어떻게 했어?" 정원사가 물었다.

"나는 말이야, 친구, 배가 아파서 뒹굴고 토하고 난리가 났어. 창자가 끊어질 것 같아서 말도 할 수 없었고. 아버지는 곧장 짐마차에 말을 채우고 페도시야를 태워 군 경찰서에 갔다가 거기서 또 예심판사한테로 데려가셨어. 그런데 친구, 페도시야는 처음부터 죄를 다 인정했던 것처럼 예심판사에게도 모든 사실을 하나도 빼놓지 않고 차근차근 실토했어, 비소는 어디서 구했고, 어떻게 과자를 구웠는지 모조리 다. '왜 그런 짓을 했나?' 하고 물으니까 '그 사람이 싫으니까요. 그런 사람하고 사느니 차라리 시베리아에 가는 편이 나아요' 하는 거야. 그 사람이 바로 나야." 타라스가 싱글거리며 말했다. "그렇게 자기 죄를 다 인정했으니 감옥행은 당연했지. 아버지는 혼자서 터벅터벅 돌아오셨어. 그런데 마침 밭일을 할 때가 닥친 거야. 이제 우리집에 여자라곤 어머니뿐인데 몸이 좋지 않으셨어. 우리는 보석금을 내고 페도시야를 풀려나게 할 수 없을까 고심했어. 그래서 아버지가 관리를 찾아갔지만 허탕이었어. 다른 관리에게도 가서 부탁하셨는데 역시 허탕이었어. 아버지는 그렇게 관리 다섯 명을 계속 찾아가셨다네. 그러다가 단념하려던 차에 서기인지 뭔지 하는 사람을 만나게 됐어. 그런데 이자는 여간 약은 사람이 아니었어. '5루블 내면 풀어주겠소' 하는 거야. 결국 3루블로 합의를 봤지. 그러니 별수 있나, 나는 페도시야가 짠 삼베를 전당포에 맡겨 돈을 마련해 건넸어. 아, 그랬더니 그 사람이 서류를 써주기가 무섭게," 타라스가 사격 이야기라도 하듯이 말꼬리를 길게 끌었다. "단박에 일이 풀리더라고. 그때는 나도 이미 회복해서 직접 아내를 데리러 시내에 갔지. 시내에 도착하자마자 마방에 말을 맡겨두고 서류를 들고 감옥으로 갔어. '무슨 일이요?' 묻기에 이만저만해서 내 아내가 여기 갇혀 있다고 하니까 '서류는 있소?' 하고 묻더군. 바로 서류를 건넸지. 그걸 쓱 보더라고. '잠깐 기다리시오' 하길래 나는 의자에 앉아 기다렸어. 정오가 지나 해가 기울기 시작했는데. 마침내 관리가 오더니 '당신이 바르구쇼프요?' 하길래 바로 접니다 했지. '데리고 가시오' 하더군. 곧 문이 열렸어. 아내가 들어갔을 때와 똑같은 옷을 입고 끌려나왔어. '자, 갈까.' '당신, 걸어왔어요?' '아니, 말을 타고 왔지.' 둘이 함께 마방의 마당으로 가서 말을 맡긴 값을 셈하고 암말에 마구를 채운 다음 남은 꼴은 삼베 자루 밑에 밀어넣고 아내를 태워 돌아왔는데, 아내는 머릿수건으로 얼굴을 가린 채 말없이 앉아 있었고 나도 별말 하지 않았어. 집에 가까이 이르러서야 겨우 아내가 입을 열더군. '어때요, 어머님은 잘 계세요?' '잘 계셔.' '아버님도 건강하시고요?' '건강하셔.' '용서해줘요, 타라스, 내가 어리석었어요. 나는 내가 무슨 짓을 하는지도 몰랐어요.' 그래서 내가 말했어. '별말 할 거 없어. 난 이미 당신을 용서했어.' 그러고 더는 말하지 않았어. 집에 돌아오자 아내는 곧장 어머니 발밑에 엎드려 용서를 빌더군. 어머니는 '하느님이 용서하실 거다'라고 하셨고, 아버지는 무사히 돌아온 것을 기뻐하며 '지난 일을 이러쿵저러쿵해서 뭐하겠니. 이제 더 잘살면 된다. 이러고 있을 때가 아니다, 밭일을 서둘러야 해. 스코로드노예 너머에 빌린 오시민니크*짜리 땅뙈기가 거름발이 나 고맙게도 낫이 안 들어갈 만큼 호밀이 풍작이라 온통 이부자리를 깔아놓은 것처럼 덮였어. 얼른 거둬들여야 한다. 그러니 너도 내일 타라스카** 와 나가서 일을 도와라' 하셨어. 그때부터 아내는 일에 매달렸지. 어찌나 몸을 사리지 않고 열심히 하던지 모두 놀랄 정도였네. 우리는 그때 3데샤티나의 땅을 부치고 있었는데 고맙게도 호밀이고 귀리고 전에 없이 풍작이었어. 나는 베고 아내는 단을 묶었어. 때론 둘이서 베기도 했고. 나도 남한테 빠지지 않을 만큼 일손이 좋았지만 아내는 나보다 훨씬 손이 야물었어. 날렵한데다 젊기도 해서 말이야. 한창 물이 올라 있었으니까. 얼마나 열심히 하던지 내가 먼저 끝내자고 할 정도였다니까. 집에 돌아오면 손가락은 붓고 팔은 욱신거려 조금 쉬어야 하는데도 아내는 저녁도 먹지 않고 헛간으로 달려가 다음날 아침에 쓸 새끼다발을

---

* 러시아의 옛 지적 단위로, 1오시민니크는 1데샤티나의 4분의 1에 해당한다.
** 타라스의 애칭.

챙기는 거야. 정말 완전히 달라졌지 뭔가!"

"자네한테도 상냥해졌겠군?" 정원사가 물었다.

"두말하면 잔소리지, 나한테 딱 달라붙어서 한시도 안 떨어지게 됐지 뭐야. 내가 무슨 생각을 하는지 아내는 금방 알아차리곤 했어. 처음에는 그렇게 화를 내던 어머니까지도 '우리 페도시야가 완전히 딴사람이 되었구나' 하셨을 정도니까. 한번은 아내하고 둘이서 짐마차 앞쪽에 앉았는데, 내가 이렇게 물어봤어. '페도시야, 어떻게 그런 짓을 할 생각을 했어?' '어떻게 그런 생각을 했냐고요, 나는 당신하고 살고 싶지 않았어요. 차라리 죽는 편이 낫겠다, 더이상 살고 싶지 않다.' '그럼 지금은?' '지금은, 지금은 말이죠, 오로지 당신만 생각하고 있어요.' 이러지 않겠어." 타라스는 말을 마쳤고 기쁜 듯이 싱글거리면서 갑자기 놀란 것처럼 고개를 저었다. "밭일을 막 끝내고 아마를 물에 담그러 갔다가 집에 돌아왔는데," 그가 잠시 침묵한 뒤 계속했다. "글쎄, 재판을 한다는 소환장이 와 있는 거야, 우린 무슨 일로 재판을 받아야 하는지조차 까맣게 잊고 있었어."

"악마에 홀렸던 게지," 정원사가 말했다. "그렇지 않고야 인간이 인간을 죽인다는 게 가능한 일인가? 우리 마을에서도 한 남자가……" 정원사가 막 이야기를 시작하려는데 기차가 서서히 속력을 늦췄다.

"아, 역인가보군." 그가 말했다. "차라도 한잔 마시고 올까."

대화는 중단됐다. 네흘류도프도 정원사를 뒤따라 젖은 플랫폼 널빤지 위로 내려서려 했다.

42

찻간을 빠져나오기도 전에 네흘류도프는 방울을 달랑거리는 살찐 말 세 마리인가 네 마리를 채운 호화로운 대형 승용마차 몇 대가 역 광장에 서 있는 것을 보았다. 비에 젖어 새까매진 플랫폼으로 나가자 일등 찻간 앞에 많은 사람들이 보였다. 그중 비싼 깃털 장식 모자를 쓰고 비옷을 걸친 키가 크고 뚱뚱한 귀부인과 값비싼 목줄을 맨 커다랗고 살찐 개를 데리고 있는 키가 크고 다리가 가느다란 자전거복 차림의 청년이 유독 눈에 띄었다. 그들 뒤에는 망토와 양산을 들고 마중나온 하인들과 마부가 서 있었다. 뚱뚱한 귀부인부터 한 손으로 긴 카프탄 자락을 치켜올린 마부에 이르기까지 모두에게서 마치 각인된 듯한 자신감과 여유로움이 보였다. 그 주위로 호기심 많고 돈 앞에서 아첨하는 사람들이, 붉은 제모를 쓴 역장이며 헌병이며 여름에 기차가 도착할 때면 늘 역에 나오는 러시아식 옷차림에 유리구슬 목걸이를 건 비쩍 마른 처녀며 전신기사며 여행객들이 남녀 할 것 없이 빠르게 모여들었다.

네흘류도프는 개를 데리고 있는 청년이 김나지움에 다니는 코르차긴가의 아들임을 알아보았다. 뚱뚱한 귀부인은 공작부인의 동생으로, 코르차긴가 사람들은 그녀의 영지로 거처를 옮기는 중이었다. 금몰과 장화가 반짝이는 주임 차장은 필리프와 흰 앞치마를 두른 짐꾼이 접이식 안락의자에 앉은 긴 얼굴의 공작부인을 조심조심 실어 나오는 동안 존경의 표시로 찻간 문을 조용히 붙잡고 있었다. 자매가 인사를 나누고, 공작부인이 유개마차를 타느냐 포장마차를 타느냐를 놓고 프랑스어로 의논하는 것 같더니, 마침내 일행이 양산과 가죽 케이스를 든 곱슬머리

하녀를 맨 끝에 거느리고 기차역 출구 쪽으로 이동하기 시작했다.

네흘류도프는 다시 그 사람들과 만나 작별인사를 하는 것이 번거로워 출구까지 가지 않고 잠시 멈춰 일행이 지나가기를 기다렸다. 공작부인과 그 아들, 미시, 의사, 그리고 하인이 먼저 가고 노공작은 처제와 뒤쪽에 서 있었다. 네흘류도프는 가까이 다가가지 않았기 때문에 그들이 프랑스어로 나누는 대화가 드문드문 들렸다. 그 대화에서 노공작의 입에서 나온 프랑스어 한 구절이, 전에도 종종 그랬듯 억양과 울림까지 네흘류도프의 뇌리에 또렷이 박혔다.

"오, 그 사람은 진정한 상류사회의 인간이었지, 진정한 상류사회 인간." 노공작이 확신에 찬 큰 목소리로 누군가에 대해 말하고는, 공손한 차장과 짐꾼들을 대동한 채 처제와 함께 기차역 출구를 지나갔다.

그때 기차역 모퉁이에서 나무껍질 신발을 신고 반외투에 자루를 멘 노동자 무리가 모습을 드러냈다. 그들은 절도 있고 경쾌한 걸음걸이로 첫번째 찻간으로 다가가 올라타려 했지만 곧바로 차장에게 쫓겨났다. 노동자들은 서로 발을 짓밟고 어깨에 멘 자루를 찻간 모서리며 문에 부딪쳐가며 옆 찻간으로 들어가기 시작했다. 그러자 기차역 출구에 서 있던 다른 차장이 그들의 의도를 알아채고는 엄하게 고함쳤다. 들어갔던 노동자들은 다시 나왔다가 네흘류도프의 자리가 있는 다음 찻간으로 옮겨갔다. 차장은 다시 그들을 제지했다. 그들이 더 앞쪽 찻간으로 가려고 머뭇거리자 네흘류도프가 그들에게 자리가 있으니 들어오라고 말했다. 노동자들은 그 말에 따랐고, 네흘류도프도 그들을 뒤따라 들어갔다. 노동자들이 재빨리 자리를 잡고 앉으려던 찰나, 기장이 달린 모자를 쓴 신사와 두 부인이 그들이 이 찻간에 앉는 것을 개인적인 모욕으로 받아들이고 단호하게 반대하면서 쫓아내려 했다. 햇볕에 그을린 까칠하고 지친 얼굴의 스무 명쯤 되는 노동자들은 자신들의 잘못을 충분히 인지한 듯 얼른 자루를 챙겨 의자며 벽이며 문에 부딪치면서 찻간을 지나 다시 앞쪽으로 갔다. 설령 못 위에 앉게 되더라도 어디든 앉으라고만 하면 세상 끝까지 갈 태세였다.

"어딜 몰려가는 거냐, 이 자식들아! 여기 앉아." 맞은편에서 다른 차장이 걸어오며 그들에게 고함쳤다.

"*별꼴 다 보는군요.*" 두 부인 중 젊은 여자가 자신의 유창한 프랑스어가 네흘류도프의 주의를 끌리라 확신하는 듯한 어조로 말했다. 팔찌를 낀 부인은 줄곧 코를 킁킁거리며 눈살을 찌푸렸고 악취 나는 노동자들과 함께 앉는 것이 영 내키지 않아 구시렁댔다.

노동자들은 큰 위험을 모면한 사람들처럼 기뻐하고 안심하면서 발을 멈추고 등에 졌던 무거운 자루를 어깨를 들썩이며 내려 좌석 밑으로 밀어넣고는 저마다 자리를 잡았다.

타라스와 이야기하던 정원사가 자기 자리로 돌아가자, 타라스 옆과 맞은편에 빈자리가 세 개 생겼다. 노동자 세 명이 그 자리에 앉으려 하다가 다가온 네흘류도프의 신사다운 차림새를 보고 당황하며 일어섰다. 그러나 네흘류도프는 그들에게 그냥 앉으라고 하고 자신은 통로 쪽 좌석 팔걸이에 걸터앉았다.

두 노동자 중 쉰 살쯤 된 사람은 미심쩍은 듯, 심지어 깜짝 놀란 듯 젊은 쪽과 시선을 주고받았다. 네흘류도프가 다른 신사들처럼 욕하거나 쫓아내지 않고 오히려 자리를 양보한 데 무척 놀란 모양이었다. 그들은 이 일 때문에 나중에 나쁜 일이 생기는 건 아닌지 두려워하기까지 했다. 그러나 네흘류도프에게서 어떤 악의도 보이지 않는데다 그가 타라스와 편하게 이야기하는 것을 보자 두 사람은 마음을 놓았고 중년의 노동자가 젊은 노동자에게 자루 위에 앉으라고 이르고는 네흘류도프에게 그 자리를 권했다. 네흘류도프의 맞은편에 앉은 중년의 노동자는 처음에는 자기가 신은 나무껍질 신발이 그에게 닿을까봐 최대한 발을 모으며 움츠렸으나, 곧 네흘류도프와도 타라스와도 격의 없이 이야기를 나누게 되었고, 나중에는 자기 이야기에 더 집중해달라는 듯이 손등으로 네흘류도프의 무릎을 치기까지 했다. 그는 자신의 처지에 대해, 또 습지에서 이탄을 캔 일에 대해 이야기했다. 두 노동자는 집으로 돌아가는 길인데, 두 달 반을 일했지만 고용될 때 일부를 선금으로 받았기 때문에 지금 집으로 가져가는 돈은 각각 10루블밖에 되지 않는다고 했다. 무릎까지 빠지는 물속에서 해 뜰 때부터 해 질 때까지 식사시간 두 시간을 제외하고 줄곧 일했다고 했다.

"익숙하지 않은 사람에게는 그야말로 힘든 일이지만," 그가 말했다. "견딜라치면 또 아무것도 아닙니다. 먹는 것만 괜찮다면야. 처음에는 식사가 시원찮았습니다. 나빴어요. 하지만 모두가 분개해서 투덜거리니까 차츰 식사도 좋아지고 일도 편해졌죠."

그는 이십팔 년 동안 계속해서 여기저기로 품팔이를 다녔고 번 돈은 모두 집으로 보낸다고 했다. 처음에는 아버지에게, 그다음에는 형에게 보내다가 지금은 살림을 맡고 있는 조카에게 보내고, 자기는 일 년에 버는 50 내지 60루블 중 2루블에서 3루블을 담배와 성냥 값으로 쓸 뿐이라고 했다.

"부끄러운 일이지만, 너무 피곤할 때는 보드카를 한잔 마시곤 합니다." 그가 겸연쩍은 듯 웃으며 덧붙였다.

그는 집에서 여자들이 그들을 대신해 집안일을 돌보고 있다고, 오늘 출발하기 전 청부업자가 자신들 모두에게 보드카를 반 통이나 대접했다고, 그들 중 한 사람은 어쩌다 죽었고, 또 한 사람은 병에 걸려 돌아가게 됐다고도 이야기했다. 그가 말한 병자는 이 찻간의 한구석에 앉아 있었다. 얼굴이 납빛처럼 창백하고 입술이 새파란 소년이었다. 학질로 고통받는 게 분명했다. 네흘류도프가 가까이 다가가자 소년은 극심한 고통에 시달리는 눈빛으로 쳐다보았고, 그래서 네흘류도프는 소년을 힘들게 할 질문은 하지 않고 다만 키니네를 사서 소년에게 먹이라고 종이에 약 이름을 써서 중년의 노동자에게 건넸다. 그가 약값을 주려 하자 중년의 노동자는 사양하며 자기가 사주겠다고 했다.

"지금껏 정말 많은 곳을 돌아다녔지만 나리 같은 분은 처음 봅니다. 먹살을 잡고 쫓아내기는커녕 이렇게 자리까지 내주시다니. 같은 나리라도 여러 질이 있나봅니다." 그가 타라스를 돌아보며 말을 맺었다.

'그래, 완전히 새로운 세계다.' 네흘류도프는 까칠까칠하게 굳은 손발, 너덜너덜한 옷, 햇볕에 그을리고 피로에 지친 얼굴들을 바라보며 생각했다. 그는 진정으로 노동하는 인간의 삶이 지니는 진지한 흥미와 기쁨, 고통을 체현하는 새로운 사람들에게 둘러싸여 있었다.

'이것이 *진정한 상류사회다.*' 네흘류도프는 코르차긴 공작이 했던 말과 쓸데없는 일에 보잘것없는 흥미를 보이는 한가롭고 사치스러운 코르차긴 일가의 세계를 떠올리며 생각했다.

그리고 그는 미지의 아름다운 세계를 발견한 여행가와 같은 희열을 느꼈다.

제3부

1

마슬로바가 속한 이송대는 5천 베르스타쯤 이동했다. 페름*까지는 마슬로바도 기차나 증기선으로 형사범들과 이동했지만, 함께 이동하던 보고두홉스카야가 전에 조언했던 대로, 네흘류도프는 이 도시에 이르러서야 겨우 그녀를 정치범 무리로 옮길 수 있었다.

페름까지 오는 동안 마슬로바는 육체적으로나 정신적으로 몹시 힘들었다. 육체적으로는 협소함과 불결함, 한시도 가만두지 않고 달려드는 징그러운 벌레들이 힘들었고, 정신적으로는 그런 벌레들 못지않게 추근거리는 징그러운 남자들이 힘들었다. 숙영지가 바뀔 때마다 새로운 남자들이 나타났지만 추근거리는 것은 똑같아서 한시도 마음을 놓

---

* 모스크바에서 동쪽으로 약 1400킬로미터 지점에 있는 도시.

을 수 없었다. 남녀 죄수들, 간수들, 호송병들 일부는 상습적으로 음탕한 짓을 벌였는데 여자라면 누구나, 특히 젊은 여자는 여자로서의 처지를 이용할 마음이 없다면 쉬지 않고 경계해야 했다. 이런 공포와 끊임없이 싸워야 하는 처지란 몹시도 괴로운 것이었다. 마슬로바는 매력적인 용모와 모두가 아는 과거 때문에 누구보다 이런 일에 시달렸다. 전과 달리 그녀는 추근거리는 남자들을 단호하게 물리쳤는데, 그들은 그것을 모욕으로 받아들이고 적의까지 품었다. 그래도 페도시야와 타라스와 가깝게 지내는 덕분에 상황이 조금은 수월했는데, 타라스는 아내가 분명 그런 봉변을 당할 거라 생각하고 아내를 지키기 위해 일부러 체포당해 니즈니에서부터 다른 진짜 죄수들과 함께 이동하고 있었다.

정치범 무리로 옮겨가자 마슬로바의 처지는 모든 면에서 나아졌다. 숙영지도 식사도 더 나아지고 무례한 대우도 덜 받게 되었다. 게다가 끈질기게 추근거리던 남자들에게서 벗어났기 때문에, 그토록 간절히 잊기 원했지만 순간순간 자신도 모르게 떠올리던 과거를 떠올리지 않고 지낼 수 있었다. 그러나 정치범 무리로 옮겨가면서 얻은 가장 큰 수확은 그녀에게 더없이 중요하고 유익한 영향을 미치게 될 몇 사람을 새로이 알게 된 것이었다.

마슬로바는 숙영지에 있는 동안은 정치범들과 함께 있을 수 있었지만, 병약자가 아니었으므로 낮에는 건강한 사람으로서 형사범들과 함께 걸어야 했다. 그녀는 톰스크부터 줄곧 그렇게 이동했다. 그녀와 함께 걷는 정치범은 둘이었는데—한 명은 네흘류도프가 보고두홉스카야와 면회할 때 보고 감동했던 어린양 같은 눈을 가진 아름다운 마리야 파블로브나 셰티니나라는 젊은 여자였고, 또 한 명은 역시 면회 때 네흘류도프의 눈길을 끌었고 야쿠츠크로 유형을 떠난다 하던 눈이 움푹 꺼지고 덥수룩한 검은 머리의 시몬손이란 남자였다. 마리야 파블로브나가 걷는 것은 짐마차의 자기 자리를 임산부인 형사범 여자에게 내주었기 때문이었고, 시몬손이 걷는 것은 계급적 특권을 이용하는 것이 스스로 옳지 않다고 여겼기 때문이었다. 세 사람은 짐마차로 늦게 출발하는 다른 정치범들과는 따로 아침 일찍 형사범들과 출발했다. 큰 도시에 도착한 전날 밤 숙영지에서도 그들은 이렇게 출발했고, 큰 도시에 도착하자 새로운 호송대 장교가 죄수들을 인계받았다.

9월의 어느 흐린 아침이었다. 차가운 강풍이 몰아치고 비가 내리다가 어느덧 눈발이 휘날렸다. 죄수들―남자 죄수 사백 명과 여자 죄수 약 오십 명―은 모두 이미 숙영지 안마당에 모여 있었는데, 일부는 이틀 치 식료비를 죄수 반장에게 건네고 있는 부사관 주위에 무리지어 있었고 일부는 숙영지 마당에 들어온 여자 장사꾼들에게서 식료품을 사고 있었다. 셈을 치르고 식료품을 사는 죄수들의 커다란 목소리와 여자 장사꾼들의 날카로운 목소리가 울려퍼졌다.

카튜샤와 마리야 파블로브나는 둘 다 장화에 모피 반외투를 입고 머릿수건을 두른 차림으로 숙영지 밖으로 나와 여자 장사꾼들에게 갔다. 여자 장사꾼들은 바람을 피해 북쪽 건물 담장 밑에 앉아 갓 구운 빵, 피로크*, 생선, 국수, 죽, 간, 쇠고기, 달걀, 우유 등 가져온 것들을 경쟁하듯 내밀었다. 한 여자는 통째로 구운 새끼돼지도 팔았다.

---

* 속을 넣어 구운 러시아식 파이.

고무를 댄 재킷에 긴 털양말 위로 고무 덧신을 끈으로 바짝 조여 맨 시몬손도(그는 채식주의자여서 도살된 짐승의 가죽을 몸에 걸치지 않았다) 죄수 무리가 출발하기를 기다리며 잠시 마당에 나와 있었다. 그는 현관 계단 앞에 서서 머릿속에 떠오른 생각을 수첩에 적고 있었다.

"만일 박테리아가," 그는 적었다. "인간의 손톱을 관찰하고 연구했다면 그것을 무기물이라고 판단했을 것이다. 마찬가지로 우리도 지구 표면을 관찰하면서 그것을 무기물로 판단했다. 그러나 틀렸다."

마슬로바가 달걀과 부블리크* 꾸러미, 생선, 갓 구운 빵을 사서 자루에 집어넣고 마리야 파블로브나가 여자 장사꾼에게 돈을 치르고 있을 때, 죄수들이 술렁거리기 시작했다. 이내 모두가 조용해지더니 정렬하기 시작했다. 장교가 나와 출발 전 마지막 지시를 내렸다.

모든 것이 평소와 다름없이 진행되었다. 점호를 하고, 족쇄 검사를 하고, 이동할 죄수들을 둘씩 짝지어 수갑을 채웠다. 그런데 별안간 호송대 장교의 성난 고함소리와 구타하는 소리, 어린아이 울음소리가 들렸다. 일순간 잠잠해지더니 이내 죄수 무리 속에서 나지막한 투덜거림이 흘러나왔다. 마슬로바와 마리야 파블로브나는 소동이 일어난 곳으로 갔다.

---

* 러시아식 베이글.

2

소동이 일어난 곳으로 간 마리야 파블로브나와 카튜샤는 다음과 같은 광경을 보았다. 금빛 콧수염을 큼직하게 기른 건장한 장교가 험악한 표정으로 남자 죄수의 얼굴을 후려친 자기 오른손바닥을 왼손바닥으로 문지르면서 상스럽고 거친 욕지거리를 퍼부었다. 그 앞에는 머리털 반이 깎이고 짧은 상의에 그보다 더 짧은 바지를 입은 키가 크고 야윈 남자 죄수가 한 손으로는 피가 나도록 세게 얻어맞은 뺨을 문지르고, 다른 한 손으로는 새되게 울어대는 여자아이를 솔로 감싸안고 서 있었다.

"그래, 너 이 새끼(입에 담지 못할 욕지거리), 이러쿵저러쿵 말대꾸하면 어떻게 되는지 가르쳐줄까(또다시 욕지거리). 애는 여자들한테넘겨." 장교가 고함쳤다. "채워."

장교가 농민공동체 재판에서 추방형을 선고받은 농민 죄수에게 수갑을 채우라고 명령했다. 그는 아내가 톰스크에서 티푸스에 걸려 죽자 이동하는 내내 딸아이를 안고 걸었다. 수갑을 차면 아이를 안을 수 없다고 말대꾸하자 마침 기분이 좋지 않았던 장교가 명령에 따르지 않는다는 이유로 마구 때린 것이었다.[*]

흠씬 두들겨 맞은 죄수 앞에는 호송병 한 명과 한 손에 수갑을 찬 검은 턱수염의 죄수가 서 있었는데, 이 죄수는 딸아이를 안은 채 얻어맞은 동료 죄수와 장교를 우울한 표정으로 번갈아 힐끔거렸다. 장교는 호

---

[*] D. A. 리뇨프의 『호송길에서』에 기술된 사실—원주.

송병에게 여자아이를 데려가라는 명령을 되풀이했다. 죄수들 사이에서 투덜거리는 목소리가 점점 커졌다.

"톰스크에서부터 수갑을 차지 않고 왔어요." 뒷줄에서 갈라진 목소리가 들렸다.

"개새끼가 아니라 사람 아이라고."

"어린애가 있는데 어쩌라는 거야?"

"세상에 이런 법은 없어." 또 누군가 말했다.

"어느 놈이야?" 장교가 뱀에게 물리기라도 한 것처럼 갑자기 맹렬하게 무리 속으로 뛰어들며 외쳤다. "내가 법이 뭔지 가르쳐주지. 누구야? 너냐? 너냐?"

"모두가 말했습니다. 그러니까……" 너부데데한 얼굴의 땅딸막한 남자 죄수가 말했다.

이 죄수는 말을 끝마칠 수 없었다. 장교가 양손으로 그의 얼굴을 후려갈겼다.

"이놈들, 폭동이라도 일으킬 작정이냐? 폭동을 일으키면 어떻게 되는지 내가 똑똑히 보여주지. 개처럼 쏴 죽이겠어. 상부에서도 고마워할 거다. 아이를 데려가!"

죄수 무리는 잠잠해졌다. 한 호송병이 악을 쓰며 울어대는 여자아이를 낚아챘고, 다른 호송병이 체념한 듯 손을 내민 죄수에게 수갑을 채웠다.

"여자들에게 넘겨." 장교가 군도의 요대를 바로잡으며 호송병에게 말했다.

숄에 싸인 여자아이는 조그만 손을 빼내려고 새빨개진 얼굴로 버둥거리면서 울었다. 마리야 파블로브나가 무리 속에서 뛰어나와 호송대 장교에게 다가갔다.

"장교님, 제가 데리고 가게 해주세요."

여자아이를 데려가던 호송병이 발을 멈췄다.

"누구냐?" 장교가 물었다.

"저는 정치범입니다."

살짝 튀어나온 듯한 눈을 지닌 마리야 파블로브나의 아름다운 얼굴이(그는 죄수들을 인계할 때 이미 그녀를 눈여겨보았었다) 분명 장교에게 영향을 미친 듯했다. 그는 뭔가를 궁리하는 표정으로 말없이 그녀를 바라보았다.

"나는 상관없으니 데려가고 싶으면 데려가라. 저들을 동정하는 건 괜찮지만, 만일 저자가 도망치기라도 하면 누가 책임을 지지?"

"자식을 두고 어디로 도망치겠어요?" 마리야 파블로브나가 말했다.

"잡담할 시간 없어. 원하면 데려가."

"넘길까요?" 호송병이 물었다.

"넘겨."

"자, 이리 온." 마리야 파블로브나가 아이를 달래려고 애쓰며 말했다.

그러나 여자아이는 호송병의 품에서 아버지 쪽으로 몸을 뻗치며 계속 울었고, 마리야 파블로브나에게 가려 하지 않았다.

"잠깐만요, 마리야 파블로브나, 나한테는 올 거예요." 마슬로바가 자루에서 빵을 꺼내며 말했다.

마슬로바를 아는 여자아이는 그녀의 얼굴과 빵을 보더니 그녀의 품에 안겼다.

주위가 조용해졌다. 문이 열리고 죄수 무리는 밖으로 나가 정렬했다. 호송병들이 다시 인원수를 점검했다. 자루들을 짐마차에 실어 밧줄로 동여매고 그 위에 병약자들을 태웠다. 마슬로바는 여자아이를 품에 안고 페도시야와 나란히 여자들 대열에 섰다. 아까부터 이 모습을 죽 지켜보던 시몬손은 모든 지시를 마치고 여행마차에 올라타려던 장교를 향해 결연한 걸음걸이로 다가갔다.

"장교님, 당신의 행동은 옳지 않았습니다." 시몬손이 말했다.

"자리로 돌아가, 당신이 나설 일이 아니야."

"당신에게 말하는 건 내 일이죠. 당신의 행동은 옳지 않았습니다." 시몬손이 짙은 눈썹 밑으로 장교의 얼굴을 뚫어지게 바라보며 말했다.

"준비됐나? 일동, 출발." 장교는 시몬손에게 관심을 두지 않고 큰 소리로 외치고는 마부 병사의 어깨를 잡고 여행마차에 올라탔다.

죄수 무리는 움직이기 시작했고 긴 행렬을 이루며 양쪽에 도랑이 있고 바큇자국들이 어지럽게 널린 깊은 숲속 진창길에 들어섰다.

3

도시에서 무질서하고 사치스럽고 나태하게 육 년의 세월을 보내고 교도소에서 형사범들과 두 달을 지낸 카튜샤는 정치범들과 함께하는 지금의 생활이, 온갖 열악한 조건에도 불구하고 아주 만족스러웠다. 하루에 20베르스타에서 30베르스타 정도 걷는 이동을 이틀 하고 하루 쉬어가는 일과와 꽤 괜찮은 식사 덕분에 그녀는 건강해졌고, 새로운 사람들과 사귀며 지금껏 없었던 인생에 대한 흥미를 느끼게 되었다. 그녀 자신이 말했듯, 지금까지 그녀는 그런 **훌륭한** 사람들을 알지 못했을 뿐 아니라 그런 사람들이 세상에 존재한다고 상상해본 적조차 없었다.

"그래, 판결이 내려졌을 때 나는 통곡했지," 그녀가 말했다. "하지만 지금은 평생 신에게 감사드려야 해. 죽을 때까지 모를 뻔했던 것을 알게 됐거든."

그녀는 그들을 움직이게 하는 동기를 쉽게 힘들이지 않고 이해했을 뿐 아니라 민중의 한 사람으로서 그들에게 온전히 공감했다. 그녀는 그들 정치범들이 민중을 위해 귀족계급에 저항한다는 것을 이해했고, 그들 자신도 귀족계급이면서 민중을 위해 자신들의 특권과 자유와 목숨을 희생한다는 사실을 특히 높이 평가했고 존경심을 느꼈다.

그녀는 새로운 동료들 모두에게 감탄했다. 그중에서도 마리야 파블로브나에게 더욱 감탄했고, 감탄을 넘어 존경과 열광에 찬 특별한 애정을 느꼈다. 부유한 장군 집안의 귀한 딸로 태어나 3개 국어를 자유자재로 구사하는 아름다운 여자가 평범하기 그지없는 노동자처럼 행동하고, 부유한 오빠가 보내주는 것을 전부 다른 사람들에게 나눠주고 외모 따위는 전혀 신경쓰지 않고 검소하다못해 남루하기까지 한 옷을 입고 그런 신발을 신는다는 것이 무엇보다 놀라웠다. 조금도 교태를 부리지 않는 면모에도 크게 놀랐고, 더욱 매료되었다. 마슬로바는 마리야 파블로브나가 자신이 아름답다는 것을 알고 만족스러워하면서도 남자들이 자신의 외모에서 받는 인상을 달가워하지 않을 뿐 아니라 오히려 두려워하고 연애 감정에 혐오와 공포마저 느낀다는 것을 알아차렸다. 그래서인지 그것을 아는 남자들, 동료 정치범들도 설사 그녀에게 마음이 끌리더라도 드러내지 않고 그녀를 남자 동료처럼 대했다. 그러나 그것을 모르는 남자들이 종종 그녀에게 추근거리는 일이 있었는데, 그녀가 말하길, 그럴 때마다 자신을 지켜주는 것은 스스로도 특별히 자랑스럽게 여기는 그녀의 억센 완력이었다. "한번은 말이야," 그녀가 웃으며 이야기했다. "거리에서 어떤 신사가 귀찮게 따라오면서 도무지 떨어지질 않았는데, 내가 멱살을 홱 잡아채고 흔들었더니 깜짝 놀라서 줄행랑을 치더라고."

그녀는 자신이 혁명가가 된 것은 어려서부터 상류층의 생활을 혐오하고 소시민의 생활을 좋아했기 때문이라며, 자신은 응접실이 아니라 하녀방이나 부엌, 마구간에 있기를 좋아해서 늘 꾸지람을 들었다고 했다.

"식모나 마부와 있으면 마냥 즐겁고 신사나 귀부인과 있으면 지루했어." 그녀가 말했다. "철이 들면서는 우리의 생활이 아주 잘못됐다는 걸 똑똑히 깨달았지. 그때 어머니는 세상에 없었고 난 아버지를 좋아하지 않았어. 그래서 열아홉 살에 가출해서 친구와 공장에서 일을 하게 된 거야."

그후 공장을 그만두고 그녀는 시골에서 살다가 다시 도시로 돌아왔고, 비밀 인쇄소로 쓰던 아파트에서 지내다 체포되어 징역형을 선고받았다. 마리야 파블로브나가 직접 자기 입으로 징역형의 이유를 말한 적은 없지만, 가택수색 때 동료 혁명가가 어둠 속에서 헌병에게 총을 쏜 것을 자신이 쐈다고 스스로 뒤집어썼기 때문이었음을 다른 사람을 통해 알게 되었다.

카튜샤는 마리야 파블로브나를 알게 된 후로, 그녀가 어디에 있건 어떤 상황에 놓이건 결코 자신은 생각하지 않고 큰일 작은 일 할 것 없이 언제나 남에게 봉사하거나 도우려 하는 모습만을 봐왔다. 그녀의 동료 중 노보드보로프라는 남자는 그녀가 자선이라는 스포츠에 푹 빠져 있다고 농담조로 말하기도 했다. 사실이었다. 그녀의 모든 관심은 사냥꾼이 새를 찾듯 다른 사람을 도울 기회를 찾는 데 쏠려 있었다. 그리고 그 스포츠가 습관이 되고 일생의 사업이 되었다. 더구나 그것을 어찌나 자연스럽게 해왔던지 그녀를 아는 사람들은 이제 그녀에게 고마워하기보다 당연하다는 듯 도움을 청했다.

마슬로바가 정치범 무리에 합류했을 때 마리야 파블로브나는 그녀에게 혐오감과 반감을 느꼈다. 카튜샤도 그것을 눈치챘지만, 시간이 흐르면서 마리야 파블로브나가 자신을 전과 달리 유난히 다정하고 상냥하게 대한다는 것을 알게 되었다. 이 예사롭지 않은 존재의 상냥함과 선량함에 마슬로바는 진심으로 마음이 기울고 경도되어 마침내 그녀의 생각을 제 것으로 받아들이고 자기도 모르는 사이에 모든 면에서 그녀를 따라 하게 되었다. 카튜샤의 이런 헌신적인 사랑에 마리야 파블로브나는 깊이 감동했고 그녀도 카튜샤를 사랑하게 되었다.

두 여자를 더욱 가깝게 만든 또하나는 성적인 사랑에 대한 공통된 혐오감이었다. 한 여자는 그 사랑의 무서움을 뼈저리게 체험했기 때문에 증오했고, 또 한 여자는 경험하진 않았으나 그것을 불가해한 무언가로, 인간의 존엄을 욕되게 하는 것으로 여기고 혐오했다.

4

마리야 파블로브나의 영향은 마슬로바가 받은 영향들 중 하나였다. 그것은 마슬로바가 마리야 파블로바를 사랑한 데서 비롯된 것이었다. 또하나는 시몬손의 영향이었다. 그것은 마슬로바에 대한 그의 사랑에서 비롯된 것이었다.

사람은 누구나 어느 정도는 자신의 사상에 따라, 어느 정도는 타인의 사상에 따라 생활하고 행동한다. 다만 얼마나 자신의 사상을 따르느냐, 얼마나 다른 사람의 사상을 따르느냐 하는 정도에 큰 차이가 있다. 어떤 사람들은 대부분의 상황에서 자신의 사상은 지적 유희로 이용하고 이성은 벨트가 벗겨진 제동기처럼 다루어 관습이나 전통, 법률, 즉 타인의 사상에 따르고, 또 어떤 사람들은 자신의 사상을 모든 활동의 주된 원동력으로 삼아 언제나 그 이성의 요구를 경청하며 따르면서 가끔은 비판적으로 검토한 뒤 타인의 결정에 따른다. 시몬손이 그런 사람이었다. 그는 모든 것을 자신의 이성으로 비판하고 검토한 뒤 결정하고 한번 결정한 것은 반드시 실행했다.

아직 김나지움 학생이던 시절, 재무 관리이던 아버지가 번 돈을 부정한 돈이라고 생각한 그는 아버지에게 전 재산을 민중에게 돌려줘야 한다고 주장했다. 아버지가 그의 말을 듣지도 않고 오히려 책망하자 그는 집을 떠났고 아버지의 돈으로 살기를 거부했다. 또한 그는 현존하는 악은 모두 민중이 교육받지 못한 데서 비롯된다고 단정하고 대학을 졸업하자마자 인민주의자들과 함께 시골 학교 교사가 되어 학생들과 농민들에게 자기가 옳다고 생각하는 것을 당당하게 가르쳤고 허위로 여겨지는 모든 것을 부정했다.

그는 체포되어 재판을 받았다.

재판을 받는 동안 그는 재판관들에게 그들은 자신을 재판할 권리가 없다는 생각을 당당히 표명했다. 재판관들이 그의 발언을 무시하고 재판을 이어가자 그는 일체의 대응을 하지 않기로 결심하고 모든 질문에 침묵으로 일관했다. 그는 아르한겔스크 도로 유형을 떠났다. 거기서 그는 자신의 모든 행동을 결정하는 독자적인 종교적 교의를 만들었다. 세상 만물은 모두 살아 있고 생명이 없는 것은 없으며, 우리가 생명이 없는 무기물로 여기는 모든 것은 우리가 이해할 수 없는 거대한 유기체의 일부이므로, 인간의 사명은 이 유기체의 생명, 그리고 유기체의 살아 있는 각 부분의 생명을 보존하는 데 있다는 가르침이었다. 이런 이유로 시몬손은 생명체를 죽이는 행위를 범죄로 규정하고 전쟁이나 사형, 인간은 물론이고 동물을 죽이는 것도 반대했다. 결혼에 대해서도 나름의 이론이 있었는데, 생식은 인간의 하등 기능일 뿐이며 고등 기능은 이미 존재하는 생명체에 봉사하는 데 있다는 것이었다. 그는 그 증거를 혈액에 존재하는 식세포*에서 발견했는데, 그의 의견에 따르면, 독신자는 식세포와 같은 존재이고 그들의 사명은 유기체의 병약한 부분들을 돕는 것이었다. 그도 젊은 시절 한때 방탕에 몸을 맡긴 적이 있었지만 이렇게 결론 내린 뒤로는 자기 원칙대로 생활했다. 이제 그는 자신을 마리야 파블로브나와 마찬가지로 이 세계의 식세포라 여기고 있었다.

---

* 해로운 균이나 죽은 세포 등을 포식해 몸을 보호하는 세포.

카튜샤에 대한 시몬손의 사랑은 그의 이론을 어지럽히지 않았다. 그녀를 향한 플라토닉한 사랑은 약자에게 봉사하는 식세포로서의 활동을 방해하지 않았을 뿐 아니라 오히려 그 활동을 고무하는 것이었다.

또한 그는 도덕적인 문제를 자기식대로 해결했고 현실적인 문제도 대부분 그렇게 해결했다. 온갖 실제적인 일에 대해서도 나름의 이론을 가지고 있었는데, 몇 시간 일하고 얼마나 쉬어야 하는지, 무엇을 먹고 어떻게 입어야 하는지, 페치카에 어떻게 불을 때고, 실내 조명은 어떻게 할 것인지 등등 규칙이 다 있었다.

그리고 시몬손은 사람들에게 무척 조심스러웠고 겸손했다. 그러나 그가 일단 결정을 내리면 결코 말릴 수 없었다.

바로 그런 남자가 마슬로바를 사랑하며 그녀에게 결정적인 영향을 미쳤던 것이다. 마슬로바는 여자의 직감으로 그것을 아주 빨리 알아챘고, 자신이 그처럼 비범한 사람의 마음에 사랑을 불러일으켰다는 것을 의식하자 자신을 돌아보게 되었다. 네흘류도프의 청혼은 관대한 마음과 과거의 일로 인해 이루어진 것이었다. 그러나 시몬손은 있는 그대로의 그녀를 사랑했고, 사랑을 느끼기에 사랑할 뿐이었다. 게다가 시몬손은 그녀를 그 어떤 여자보다도 비범하고, 누구보다도 고결한 정신적 자질을 갖춘 여자로 여기는 것 같았다. 그녀는 자신에게 어떤 자질이 있는지 알지 못했지만 그의 기대에 어긋나고 싶지 않아 상상할 수 있는 모든 훌륭한 자질을 자기 안에서 끌어내려 애썼다. 그렇게 그녀는 가능한 한 훌륭한 사람이 되고자 노력했다.

이 모든 일은 그녀가 아직 교도소에 있을 때 시작된 것으로, 정치범들이 면회를 하던 날 그녀가 시몬손의 조금 튀어나온 이마와 눈썹 아래서 반짝이는 천진하고 선량한 푸른 눈이 유난히 자신에게 쏠리는 것을 눈치채면서부터였다. 그때부터 그녀는 그를 남다르게 보았고, 그가 각별한 눈빛으로 자기를 바라본다는 것을 알았으며, 부스스하게 곤두선 머리와 찌푸린 눈썹에서 풍기는 엄격함, 선량하고 어린애 같은 순수함이 느껴지는 눈빛이 자아내는 상반되면서도 묘한 조화에 놀라움을 느꼈다. 그후 톰스크에서 정치범들 쪽으로 옮겨왔을 때 그녀는 다시 그를 보았다. 그들 사이에 말은 한 마디도 오가지 않았지만, 그들이 나눈 눈길 속에는 서로를 기억하고 있고, 서로에게 소중한 존재라는 고백이 담겨 있었다. 그뒤에도 두 사람 사이에는 별다른 대화가 오가지 않았지만 마슬로바는 그가 자기가 있는 곳에서 말할 때면 그 말이 자신을 향하고 있다는 것을, 그가 그녀를 위해 최대한 이해하기 쉽게 말하려 애쓴다는 것을 느꼈다. 특히 그 역시 형사범들과 함께 걷게 되면서부터 두 사람은 가까워졌다.

5

네흘류도프는 니즈니에서 페름까지 가는 동안 카튜샤와 두 번밖에 만나지 못했다. 한 번은 니즈니에서 죄수들이 철망으로 둘러싸인 바지선에 타기 전이었고, 한 번은 페름교도소 사무실에서였다. 두 번의 면회 때 그녀는 뭔가를 숨기는 듯 어딘가 냉담했다. 몸은 좀 어떤지, 필요한 건 없는지 묻는 그의 말에 그녀는 왠지 피하고 싶은 듯 우물쭈물 대답을 얼버무렸는데, 그 대답에는 그가 전에도 느꼈던 비난과 적의가 실려 있었다. 사실 그녀는 남자들이 추근거리는 것 때문에 기분이 가라 앉았을 뿐이었지만, 네흘류도프는 괴로웠다. 그는 그녀가 이송중의 힘 겹고 무질서한 조건 때문에 전에 그에게 불끈 화를 냈던 것처럼 스스로에게 화풀이를 하거나 인생에 대한 절망감에 빠져 다시 마구 담배를 피우거나 술을 마시지 않을까 적이 염려스러웠다. 이송 초기에는 그녀와 만날 기회가 없어 그는 그녀를 도울 길이 없었다. 그녀가 정치범들 쪽으로 옮겨간 다음에야 비로소 그는 자신의 걱정이 기우였음을 확신하게 되었고, 더욱이 그후 그녀와 만날 때면 그토록 자신이 열망했던 그녀의 내적 변화가 점차 뚜렷해져가는 것을 느낄 수 있었다. 톰스크에서 처음 면회했을 때 그녀는 모스크바 출발 전과 같은 모습으로 돌아가 있었다. 그를 보아도 얼굴을 찌푸리거나 당혹해하지 않고 오히려 드러내놓고 기쁜 듯이 그를 맞았고, 그가 자신을 위해 해준 일에 대해, 특히 지금 그녀가 함께 있는 사람들을 만나게 해주어 감사하다고 말했다.

숙영지에서 숙영지로 헐박을 거듭한 두 달이 지나자 그녀의 내면에서 일어난 변화가 외모에서도 나타났다. 그녀는 살이 빠졌고 볕에 그을렸으며 그새 조금 나이가 든 듯 눈가와 입가에 잔주름이 잡혔고, 머리는 이마 위로 늘어뜨리지 않고 머릿수건으로 깔끔하게 싸맸으며, 옷차림에서도 머리 모양에서도 몸짓에서도 전과 같은 교태의 흔적은 보이지 않았다. 그녀의 내면에서 일어났고 지금도 일어나고 있는 변화에 네흘류도프의 마음속에서는 끊임없는 기쁨이 샘솟았다.

그는 그녀에게 지금까지 한 번도 느껴보지 못한 감정을 경험하고 있었다. 이 감정은 최초의 시적인 사랑과도 다르고, 후에 경험한 육체적인 연정과는 더더욱 다른, 심지어 재판이 끝난 후 그녀와 결혼하겠다고 결심했을 때 느꼈던 자기도취와 뒤섞인 의무감과도 전혀 달랐다. 이 감정은 그가 교도소에서 처음 그녀를 면회했을 때, 그리고 그후 병원에서 만나 혐오감을 억누르고 의사 조수와 얽힌 추문(이것이 오해였음은 나중에 알았지만)을 용서했을 때 새로운 힘으로 경험했던, 연민과 감동이 섞인 지극히 단순한 감정이었다. 이번에도 그때와 똑같았다. 한 가지 다른 점이 있다면, 그때의 감정은 일시적이었지만 지금은 항구적이라는 것이다. 지금은 무슨 생각을 하건 무슨 일을 하건 그는 그녀뿐만 아니라 모든 사람에게 연민과 감동을 느꼈다.

그 감정은 네흘류도프의 마음속에서 지금껏 출구를 찾지 못했던 사랑의 흐름에 수문을 열어준 것처럼 그가 만나는 모든 사람에게로 흘러들어갔다.

그런 고양된 상태에서 네흘류도프는 이동중에 만나는 모든 사람에게, 아래로는 마부와 호송병에서부터 위로는 교도소장과 도지사에 이르기까지 자기도 모르게 연민과 호의를 느꼈다.

마슬로바가 정치범 쪽으로 옮겨간 후로 네흘류도프는 여러 정치범과 알게 되었다. 처음은 그들 모두가 함께 아무런 구속 없이 큰방에 수용되었던 예카테린부르크에서였고, 그후 이송 도중 마슬로바가 새로 끼게 된 무리의 남자 다섯, 여자 넷과 가까워졌다. 그리고 유형수 정치범들과 접촉하면서 그는 그들에 대한 시각을 완전히 바꾸게 되었다.

러시아에서 혁명운동이 일어난 초기부터, 특히 3·1사건 이후로 네흘류도프는 혁명가들에게 반감과 경멸감을 품고 있었다. 반감은 무엇보다도 반정부투쟁에서 그들이 사용한 수단의 잔혹성과 폐쇄성, 특히 그들이 저지른 살인 행위의 잔혹성에서 비롯되었고 게다가 그들 모두가 공통적으로 보이는 강한 자부심이 그는 싫었다. 그러나 그들과 가까워진 뒤로, 그들 대부분이 죄도 없이 정부의 박해를 받고 있다는 것을, 그리고 그들이 어쩔 수 없이 지금과 같이 될 수밖에 없었다는 것을 이해하게 되었다.

이른바 형사범이 겪는 고통이 아무리 두렵고 무의미한 것일지라도, 그들에 대해서는 판결 전후에 어느 정도 규정된 법률이 적용되고 있다. 그러나 네흘류도프가 슈스토바의 경우에서 보았던 것처럼 정치범들에게는 법률 적용이라는 것이 아예 없었고, 새로 알게 된 정치범들 대부분의 경우도 그러했다. 당국은 마치 그물로 물고기를 잡듯이 그들을 잡았다. 그물에 걸린 것은 모조리 물가로 끌어올린 뒤 필요한 큰 물고기만 골라내고 잔챙이는 그대로 내팽개쳐 물 밖에서 말라 죽든 말든 개의치 않았다. 무고할 뿐만 아니라 정부에 어떠한 해악도 끼치지 않는 수많은 사람들을 이런 방식으로 닥치는 대로 잡아들여 몇 년이고 교도소에 가두고는 폐병에 걸리거나 미치거나 자살하도록 내버려두는 것이다. 그런데도 그들을 가둬두는 이유는 그들을 내보낼 명분이 없기 때문이고, 또 가까운 교도소에 잡아두면 심리 때 문제를 해결하는 데 그들을 편리하게 데려다가 쓸 수 있기 때문이다. 정부의 시각에서 보더라도 이 무고한 사람들의 운명은 헌병이니 경찰관이니 간첩이니 검사니 예심판사니 지사니 장관이니 하는 자들의 변덕과 심심풀이, 기분에 좌우되었다. 이런 패거리들은 자신들이 따분하거나 실적으로 돋보이고 싶을 때 당장 검거를 행하기도 하고 자기 기분대로 혹은 상관의 눈치를 보면서 교도소에 감금하기도 하고 석방하기도 한다. 상급 관리 또한 공적을 세울 필요가 있거나 장관과 어떤 관계가 있거나 하면 세상 끝까지라도 쫓아가서 체포해 독방에 가두거나 유형, 징역, 사형을 선고하고, 어느 귀부인이 부탁하면 즉시 풀어주기도 한다.

이처럼 관헌이 정치범들을 마치 전시에서처럼 다루다보니 정치범들 역시 똑같은 방법으로 대응했다. 군인은 범법 행위를 저질러도 그 범죄성을 숨길 수 있을 뿐 아니라 오히려 그것을 영웅적 행동으로 간주하는 사회 여론의 분위기 속에서 살아간다. 마찬가지로 혁명가들에게도 언제나 그들 집단만의 여론 분위기가 있어서, 그들은 그에 따라 자유와 생명, 그 밖에 인간에게 소중한 뭔가를 잃을 경우 위험을 무릅쓰고라도 가혹한 수단을 취하고, 그들이 수행하는 잔혹한 행위 역시 악행이 아닐 뿐만 아니라 오히려 용감한 행위로 간주되는 것이다. 네흘류도프가 보기에 살아 있는 것에게 고통을 주는 건 고사하고 그 생명체가 고통스러워하는 모습을 보는 것마저 괴로워하는 더없이 온순한 사람들이 자기방어 또는 다수의 행복이라는 대의를 달성하는 수단으로 살인을 합법적이고 정당한 행위로 인정하는 놀라운 현상도 이러한 논리로 설명되었다. 정부가 그들의 행위에 지나치게 큰 의미를 부여해 가한 잔혹한 형벌이 그들이 자신들의 과업에 자연스럽게 커다란 의미를 부여하는 결과를 낳았다. 자신들이 지금껏 당해온 박해를 견뎌내기 위해 그들은 스스로를 높이 평가해야만 했던 것이다.

그들과 더 가까워지자 네흘류도프는 사람들이 생각하는 것과 달리 그들이 타고난 악인도 완전한 영웅도 아닌 모두가 보통 사람이라 확신하게 되었고, 어디서나 그렇듯 그중에는 좋은 사람도, 나쁜 사람도, 그 중간인 사람도 있다는 것을 알게 되었다. 현존하는 악과 싸우는 것을 진정한 의무라고 생각하는 혁명가가 있는 반면, 이기적인 허영심으로

이 활동을 선택한 사람도 있었다. 대다수는 군복무 시절 네흘류도프도 그랬듯 위험과 모험을 즐기는 마음, 목숨을 건 도박을 즐기는 마음, 혈기왕성한 젊은이들이 흔히 갖는 마음에 이끌려 투신한 것이었다. 다만 그들이 보통 사람과 다른 점이 있다면, 그들 사이에서 요구되는 도덕성이 세상의 일반 사람들 사이에서 요구되는 도덕성보다 훨씬 높다는 것이었다. 그들 사이에서는 절제와 엄격한 생활, 성실함, 무욕뿐 아니라 공동 사업을 위해서라면 모든 것을, 심지어 목숨까지 바치겠다는 각오가 당연한 의무로 여겨졌다. 그래서 평균 이상인 사람들은 네흘류도프보다 훨씬 뛰어난 도덕성을 지녔지만, 평균 이하인 사람들은 그보다 훨씬 열등한 존재로서 불성실하고 위선을 일삼았으며 유체스럽고 오만했다. 그리하여 네흘류도프는 새로 알게 된 사람들 중 몇 사람은 존경하고 또 진심으로 사랑했지만, 그 밖의 사람들에게는 여전히 무관심했다.

6

네흘류도프는 카튜샤가 새로 합류한 무리에서 함께 걷는 청년, 폐병을 앓는 징역수 크릴초프가 특히 마음에 들었다. 네흘류도프는 예카테린부르크에서 처음 그를 알았고, 그뒤 몇 번인가 만나 대화를 나눴다. 어느 여름 날엔가 숙영지에서 하루 쉴 때 거의 종일을 그와 보냈는데, 대화에 심취한 크릴초프가 자기 신상부터 혁명가가 된 내력까지 들려주었다. 그가 투옥된 경위는 아주 간단했다. 남러시아의 부유한 지주였던 아버지는 그가 갓난아이일 때 사망했다. 그는 외아들로 홀어머니 밑에서 자랐다. 그는 김나지움에서도 대학에서도 공부를 잘했고 수학과를 수석으로 졸업했다. 대학에 남아 외국 유학을 다녀오라는 권유를 받았다. 그는 망설였다. 사랑하는 여자가 있었고, 그녀와 결혼해 지방자치회에서 일해볼까 생각하고 있었다. 그 밖에도 하고 싶은 일이 여러 가지 있었지만 아무것도 결심하지 못했다. 그 무렵 대학 동창들이 그에게 공동 사업을 한다며 자금 출연을 부탁했다. 그는 그 공동 사업이 당시 그에게는 전혀 흥미가 없던 혁명 사업임을 알았지만 우정 때문에, 그리고 겁쟁이로 보이고 싶지 않은 자존심 때문에 출연금을 건넸다. 돈을 받은 사람들이 체포되었다. 그때 발견된 서류로 인해 크릴초프가 자금 출연자 중 하나라는 것이 드러났다. 그도 체포되어 처음에는 구치소에 있다가 교도소로 옮겨졌다.

"내가 수감된 곳은," 크릴초프가 네흘류도프에게 이야기했다(그는 움푹 꺼진 가슴을 웅크리고, 높은 널빤지 침상 위에 걸터앉아 무릎에 팔꿈치를 짚은 채 아름답고 총명하고 선량한 두 눈을 열병에 걸린 듯 반짝이며 네흘류도프를 바라보곤 했다). "별로 엄격하지 않았어요. 우리는 벽을 두드려 신호를 주고받기도 하고, 복도를 왔다갔다 거닐기도 하고, 대화를 나누며 먹을 것과 담배를 나누기도 하고 저녁에는 함께 노래를 부르기도 했어요. 그때는 내 목청이 좋았거든요. 그랬습니다. 만일 어머니만 아니라면―어머니가 무척 슬퍼하셨죠―수감생활도 나쁘지 않았어요, 꽤 유쾌하고 재미있기까지 했으니까요. 그런데 여기서 그 유명한 페트로프(그는 나중에 요새감옥에서 유리로 목을 그어 자살했다)와 그 밖의 사람들을 알게 됐어요. 그러나 나는 혁명가는 아니었습니다. 옆 감방의 두 사람과도 알게 됐죠. 그 두 사람은 폴란드

선언 사건으로 체포됐는데 기차역으로 호송되던 도중 도망치려다 재판에 회부됐다고 하더군요. 한 사람은 로진스키라는 폴란드인이고, 또 한 사람은 로좁스키라는 성을 가진 유대인이었습니다. 그랬습니다. 로좁스키는 아직 어렸어요. 본인은 열일곱 살이라고 하는데 열다섯 살쯤으로 보였죠. 왜소하고 깡마르고 검은 눈이 반짝이는 이 쾌활한 소년은 유대인들이 그렇듯 음악을 아주 좋아했습니다. 아직 변성기지만 노래도 무척 잘 불렀어요. 그랬습니다. 어느 아침, 두 사람이 재판장에 끌려갔습니다. 그러고는 저녁에 돌아와 둘 다 사형선고를 받았다고 했습니다. 아무도 예상 못한 일이었죠. 그들의 죄목은 그리 대단한 것도 아니었어요—호송병을 뿌리치고 도망치려 했을 뿐 누굴 다치게 한 것도 아니었으니까요. 더구나 로좁스키 같은 어린 사람을 처형한다니 말도 안 되는 것 같았어요. 그래서 감방에 있던 우리는 저들이 겁을 주려고 그러는 것이지 아직 판결은 확정되지 않았다고 단정했죠. 처음에는 모두가 놀랐지만 나중에는 안정을 찾았고, 평소와 같은 생활이 계속됐습니다. 그랬습니다. 그런데 어느 저녁, 간수가 내 감방 문 앞으로 다가와 슬며시 귀띔해주는 겁니다. 목수들이 와서 지금 교수대를 만들고 있다고요. 처음에는 간수의 말을 이해하지 못했습니다—그게 무슨 말입니까? 교수대라니, 왜요? 그러나 몹시 흥분한 듯한 늙은 간수의 표정을 보고 나는 그것이 그 둘을 처형하기 위한 것임을 깨달았습니다. 나는 벽을 두드려 동료들과 상의하고 싶었지만, 혹시 두 사람 귀에 들어갈까봐 망설였어요. 동료들도 침묵하고 있었고요. 분명 모두 아는 것 같았습니다. 복도건 감방이건 죽음 같은 정적이 흘렀거든요. 우리는 벽도 두드리지 않고 노래도 부르지 않았습니다. 열시쯤 간수가 오더니 모스크바에서 사형집행인이 도착했다고 알려주더군요. 간수는 그 말만 하고 가버렸어요. 나는 다시 간수를 불렀습니다. 그때 복도 너머 맞은 편 감방에서 로좁스키가 내게 큰 소리로 물었어요. '무슨 일이에요? 저 사람을 왜 부르는 거예요?' 나는 간수가 내게 담배를 갖다주었다고 둘러댔지만 소년은 뭔가 짐작한 듯 왜 아무도 노래를 부르지도, 벽을 두드리지도 않느냐고 물었어요. 내가 뭐라고 대답했는지는 기억나지 않지만, 아무튼 대화를 피하려고 얼른 문가에서 물러났습니다. 네. 무서운 밤이었어요. 나는 밤새 모든 소리에 귀를 기울였죠. 동틀 무렵 복도문이 열리더니 누군가 들어오는 소리가 들렸습니다. 나는 작은 창으로 재빨리 다가갔어요. 복도에는 램프가 하나 켜져 있었습니다. 맨 먼저소장이 지나갔습니다. 뚱뚱한 이 남자는 자신만만하고 단호해 보였어요. 그런데 얼굴은 핏기가 사라져 창백하고 겁에 질린 듯 침울해 보였죠. 눈썹을 찌푸린 부소장이 결연한 모습으로 그의 뒤를 따랐고. 그 뒤에 위병이 따랐어요. 그들은 내 감방을 지나쳐 옆 감방 앞에 섰습니다. 그리고 나는 부소장이 괴괴한 목소리로 이렇게 외치는 소리를 들었습니다. '로진스키, 일어나서 깨끗한 속옷으로 갈아입어라.' 그랬습니다. 이윽고 삐걱거리며 문이 열리고 그들이 안으로 들어가는 발소리와 로진스키의 발소리가 들렸습니다. 그는 맞은편 구석으로 걸어갔어요. 내 시야에는 소장만 보이더군요. 소장은 창백한 얼굴로 꼿꼿이 서서 어깨를 움츠린 채 단추를 끌렀다 채웠다 했습니다. 네. 그러더니 별안간 놀란 듯이 한옆으로 물러섰어요. 로진스키가 그의 옆을 지나 내 감방 쪽으로 다가왔기 때문이죠. 아름다운 청년이었어요. 전형적인 폴란드 미남으로, 부드럽게 물결치는 금발이 환한 이마를 모자처럼 덮고, 아름다

운 하늘색 눈을 가진, 그야말로 만개한 꽃처럼 싱싱하고 건강한 청년이
었죠. 그가 내 창 앞에서 멈췄기 때문에 그의 얼굴이 또렷이 보였습니다. 무섭도록 핼쑥하고 음울한 얼굴이. '크릴초프, 담배 있습니까?' 내가 주고 싶었는데, 부소장이 늦을까봐 염려한 듯 자기 담뱃갑을 얼른 꺼내주더군요. 그가 담배 한 개비를 집자 부소장이 성냥을 켜 불을 붙여줬어요. 그는 담배를 피우기 시작했고 생각에 잠긴 듯했습니다. 그리고 곧 뭔가 생각이 난 듯 말하기 시작했어요. '잔인해, 부당해, 나는 아무 죄도 없어. 나는……' 내가 시종 눈을 뗄 수 없었던 그의 하얗고 탄력 있는 목이 파르르 경련했고 그는 말을 멈췄습니다. 그랬습니다. 그때 로좁스키가 복도 쪽에서 유대인 특유의 가느다란 목소리로 뭐라고 외쳤어요. 로진스키는 피우던 담배를 버리고 문에서 물러났습니다. 그러자 감방의 작은 창에 로좁스키의 얼굴이 나타났어요. 땀방울이 송골송골 맺혀 있는 그의 앳된 얼굴은 붉게 상기되었고 검은 두 눈에는 눈물이 그렁그렁했습니다. 역시 깨끗한 속옷으로 갈아입은 그는 헐렁한 바지를 연신 두 손으로 끌어올리며 온몸을 부들부들 떨었습니다. 그가 애처로운 얼굴을 내 작은 창 가까이로 댔어요. '아나톨리 크릴초프, 의사가 나한테 약을 처방해주었다는 게 사실이에요? 몸이 안 좋아서 약을 좀더 먹으려고요.' 아무도 대꾸하지 않자 그는 미심쩍은 듯 나와 소장을 번갈아 쳐다보았습니다. 왜 그런 말을 했는지 나는 알 수 없었어요. 그랬습니다. 별안간 부소장이 엄한 표정을 짓더니 다시 날카롭게 외쳤습니다. '뭔 시시한 소리야? 어서 가.' 로좁스키는 자기를 기다리는 것이 무엇인지 모르는 듯 앞장서서 거의 뛰다시피 복도를 걸어갔어요. 그러다가 우뚝 멈춰 서더니 꼼짝도 하지 않았습니다. 그가 절규하는 소

리, 울부짖는 소리가 들렸습니다. 한바탕 큰 소란이 벌어졌고 쿵쾅거리는 발소리가 들렸죠. 이윽고 그 소리도 차츰 멀어지더니 복도 문이 열리고 모든 것이 조용해졌습니다…… 그랬습니다. 그렇게 교수형이 집행된 겁니다. 두 사람 다 밧줄에 목이 졸려 죽었습니다. 간수가 형장을 보고 와서 내게 말하길, 로진스키는 저항하지 않았지만 로좁스키는 오랫동안 버둥거리다가 강제로 끌려가 목에 올가미가 걸렸다고 하더군요. 그랬습니다. 이 간수는 좀 모자란 사람이었어요. '사람들이 무섭다고 했거든. 그런데 별것 아니던데. 두 사람이 매달리고 나니까 딱 두 번 어깨가 이렇게 됐나?' 그는 그들의 어깨가 어떻게 경련했는지 시늉해 보였어요. '그리고 사형집행인이 올가미가 더 잘 조여지게 쭉 잡아당기니까 그걸로 끝이었어. 꼼짝도 않더군. 하나도 안 무서웠어.'" 크릴초프는 간수의 말을 되풀이하고는 미소 지으려고 애썼지만 미소 대신 울음이 터졌다.

그는 한참이나 괴로운 듯 숨을 몰아쉬고 목구멍으로 치밀어오르는 흐느낌을 삼키며 침묵했다.

"그후로 나는 혁명가가 되었습니다. 그랬습니다." 그는 마음을 가라앉히며 자기 이야기를 마쳤다.

그는 '인민의 의지'파 소속으로, 정부가 스스로 권력을 내려놓고 민중을 인정하게 만들기 위해 테러를 조직하는 파괴 공작단의 단장이었다. 이 목적을 달성하기 위해 그는 페테르부르크로, 외국으로, 키예프로, 오데사로 돌아다녔고 가는 곳마다 성공을 거두었다. 그러나 그가 전적으로 믿었던 남자가 그를 배신했다. 그는 체포되어 재판받았고 이 년 동안 수감되었다가 처음에는 사형선고를 받았으나 나중에 무기징역으로 감형받았다.

그는 감방에서 폐병을 얻어 지금 상태로는 겨우 몇 개월 버티는 것도 힘들 것 같았다. 그는 그것을 알고 있었고, 자기가 해온 활동을 조금도 후회하지 않았으며, 다시 태어난다 해도 역시 같은 목적, 즉 자기가 목격한 일들을 용납하는 현행 제도의 파괴를 위해 목숨을 바칠 거라고 말했다.

네흘류도프는 그의 이야기를 듣고 그와 가까워지면서 지금껏 이해하지 못했던 많은 것을 이해하게 되었다.

7

숙영지를 출발하면서 어린 여자아이 때문에 호송대 장교와 죄수들 사이에 충돌이 있었던 그날, 네흘류도프는 늦잠을 잔데다 도청소재지에 도착하면 부치려고 편지 몇 통을 쓰느라 평소보다 늦게 여관을 나섰기 때문에 여느 때처럼 도중에서 죄수 일대를 따라잡지 못하고 해가 저문 후에야 중간 숙영지가 있는 마을에 도착했다. 네흘류도프는 목이 유난히 두껍고 하얀 뚱뚱한 중년의 과부가 운영하는 여관에 도착해 성상화와 그림들로 꾸며진 소박한 방에서 젖은 옷을 말리며 차를 마신 뒤호송대 장교에게 면회 허가를 청하기 위해 서둘러 숙영지 영사로 갔다.

지금까지 여섯 군데 숙영지를 지나오면서 호송대 장교가 그때마다 바뀌었는데, 모두 약속이나 한 듯 네흘류도프를 숙영지 안으로 들여보내주지 않아 벌써 일주일 넘게 카튜샤를 만나지 못하고 있었다. 이렇게 엄격해진 것은 교도소와 관련된 고관이 이곳을 지나갈 예정이기 때문이었다. 그러나 고관이 숙영지를 둘러보지 않고 바로 지나갔기 때문에 네흘류도프는 오늘 아침 죄수 일대를 인계한 호송대 장교가 예전의 장교들처럼 허가해주리라 기대했다.

여관 주인 여자는 마을 끝에 있는 중간 숙영지까지 마차를 타고 가라고 권했지만 네흘류도프는 걸어가기로 했다. 어깨가 떡 벌어진 건장한 젊은 일꾼이 갓 칠한 타르냄새를 풍기는 큼직한 장화를 신고 안내에 나섰다. 짙은 안개가 깔려 주변이 어두웠고 집집의 창문에서 새어나오는 불빛이 미치지 않는 곳에서는 젊은이가 세 걸음만 떨어져도 보이지 않을 정도로 깜깜해서 네흘류도프는 진창길에 질컥거리는 장화 소리에 의지해 따라갔다.

네흘류도프는 안내자를 따라 교회가 있는 광장과 집집의 창문에서 환한 불빛이 새어나오는 긴 거리를 지나 캄캄한 마을 변두리까지 갔다. 그러나 곧 이 어둠 속에서 숙영지 주위에 켜진 희미한 전등 불빛이 안개 속에서 흐릿하게 떠올랐고, 불그스름한 얼룩 같던 불빛이 가까이 다가갈수록 차츰 커지고 밝아졌다. 이윽고 목책의 말뚝과 왔다갔다하는 보초의 검은 그림자, 거뭇한 줄무늬 기둥, 초소 등이 보였다. 보초는 다가오는 두 사람에게 늘 하는 것처럼 "누구냐?" 하고 소리쳐 불러 세웠고 민간인임을 확인하자 갑자기 아주 엄격해지더니 목책 옆에 잠시 있는 것도 허락하지 않았다. 그러나 네흘류도프의 안내자는 보초의 엄중함에도 전혀 당황하지 않았다.

"에잇, 이봐, 왜 화를 내고 그러나!" 그가 보초에게 말했다. "높은 사람 좀 깨워줘, 여기서 기다릴게."

보초는 대답하지 않고 쪽문 안쪽을 향해 뭐라고 외치더니 외등 불빛 속에서 어깨가 떡 벌어진 젊은이가 네흘류도프의 장화에 달라붙은 진흙을 나뭇조각으로 긁어 떼어주는 모습을 가만히 바라보았다. 목책 말뚝 너머에서 남녀가 왁자하게 떠드는 소리가 들려왔다. 삼 분쯤 지나자 쇳소리와 함께 쪽문이 열리고 어둠 속 외등 불빛 속에서 털가죽 외투를 걸친 부사관이 나와 용건을 물었다. 네흘류도프는 개인적인 사유로 면회를 청한다고 적은 쪽지와 미리 준비한 명함을 건네며 장교에게 전해달라고 부탁했다. 부사관은 보초보다는 덜 엄격했지만 호기심이 강했다. 그는 먹잇감의 냄새를 맡고 놓칠세라 초조한 듯 네흘류도프에게 장교는 무슨 일로 만나려는 것인지 묻고, 네흘류도프가 누구인지 알아내려 했다. 네흘류도프는 특별한 용건이 있으며, 사례는 꼭 하겠다고 하며 쪽지를 전해달라고 부탁했다. 부사관은 쪽지를 건네받고 고개를 끄덕인 뒤 들어갔다. 얼마 후 다시 쪽문이 열리는 소리가 나더니 바구니며 나무껍질로 엮은 소쿠리며 항아리며 자루를 든 여자들이 나왔다. 여자들은 시베리아 특유의 사투리로 시끄럽게 떠들면서 쪽문을 넘어왔다. 모두 도시풍 옷차림이었는데 외투나 털가죽 외투를 입고 스커트는 짧게 올려입고 머릿수건을 감싸고 있었다. 여자들은 호기심에 찬 눈으로 외등 아래 서 있는 네흘류도프와 안내자를 힐끔거리며 지나갔다. 그중 한 여자는 어깨가 떡 벌어진 젊은이를 보자 당장 아양스러운 목소리로 시베리아식 욕을 섞어가며 놀렸다.

"염병, 레시*가 여기서 뭐한대?" 그녀가 그에게 말했다.

---

* 슬라브 전설에 나오는 숲의 정령의 일종. 피가 파래서 볼과 입술도 새파랗다고 전해진다.

"보다시피 손님을 안내하지." 젊은이가 대답했다. "그런데 뭘 가져온 거냐?"

"우유, 내일 아침에 또 가져오래."

"자고 가라고 하진 않았나?" 젊은이가 물었다.

"뭐라고, 처맞을래, 이 허풍쟁이야!" 그녀가 큰 소리로 말하고 깔깔거렸다. "마을까지 같이 가자, 우리 좀 바래다줘."

안내자가 또다른 말로 여자들뿐 아니라 보초까지 웃게 하더니 네흘류도프를 돌아보았다.

"어떠세요, 혼자 돌아가실 수 있겠습니까? 길을 잃진 않으실까요?"

"갈 수 있네, 염려 말게."

"교회 지나 이층집에서 오른쪽 두번째 집입니다. 참, 지팡이를 빌려드리죠." 그는 자기 키보다 큰 지팡이를 네흘류도프에게 내주고는 큼직한 장화를 절벅거리며 여자들과 어둠 속으로 사라졌다.

한동안 안개 속에서 여자들 목소리와 뒤섞여 간간이 그의 목소리가 들려왔고, 이윽고 다시 쪽문이 철컥 열리더니 부사관이 나와 장교에게로 안내할 테니 자기를 따라오라고 네흘류도프에게 말했다.

8

이 중간 숙영지 건물도 시베리아 가도를 따라 점재한 다른 크고 작은 숙영지와 건물의 배치가 비슷했다. 뾰족한 통나무 목책으로 둘러싸인 안마당에 단층 건물이 세 동 있었다. 그중 창문에 쇠창살이 박힌 가장 큰 동이 죄수들 숙소로 사용되었다. 두번째 동은 호송대가, 세번째 동은 장교 숙소 겸 사무실로 사용되었다. 세 동 모두 불이 환히 켜져 있었고, 불빛이란 게 늘 그렇듯이, 그리고 이곳에서는 더욱, 불이 켜진 벽 안쪽에 무언가 기분좋고 아늑한 것이 있으리라는 환상을 자아내고 있었다. 동마다 현관 계단 앞에 외등이 켜졌고, 벽 둘레에도 다섯 개쯤 되는 외등이 마당을 환히 비췄다. 부사관은 바닥에 깔린 널빤지 위를 걸어 네흘류도프를 가장 작은 동 현관 계단으로 안내했다. 세 계단을 올라가자 부사관은 램프가 켜져 있고 일산화탄소냄새가 역한 현관방으로 네흘류도프를 먼저 들여보냈다. 허름한 셔츠에 넥타이를 매고 검은색 바지를 입은 병사가 목이 노란 가죽 장화를 한쪽만 신은 채 페치카 앞에서 몸을 구부려 불을 피우려는 듯 사모바르 아래를 다른 쪽 장화로 부채질하고 있었다. 네흘류도프를 발견한 병사가 사모바르를 그대로 두고 다가가 털가죽 외투를 벗도록 도운 뒤 안쪽 방으로 들어갔다.

"오셨습니다, 지휘관님."

"그래, 들여보내." 성난 듯한 목소리가 들렸다.

"들어가십시오." 병사가 말하고 곧바로 다시 사모바르에 달려들었다.

벽걸이 램프가 비추는 두번째 방에는 탁자보를 씌운 탁자에 먹다 남은 음식과 술병 두 개가 놓여 있었고, 넓은 가슴과 어깨에 딱 맞는 오스트리아풍 재킷을 입고 금빛 콧수염을 풍성하게 기른 불그스름한 얼굴의 장교가 한쪽에 앉아 있었다. 따뜻한 방안에는 담배냄새 말고도 독한 싸구려 향수냄새가 풍겼다. 네흘류도프가 들어가자 장교는 엉거주춤 일어나며 비웃는 듯한 의심쩍은 눈빛으로 그를 쳐다보았다.

"무슨 일로 오셨습니까?" 그가 묻고는 대답을 기다리지도 않고 문 쪽을 향해 소리쳤다. "베르노프! 사모바르는 대체 언제 되나?"

"곧 됩니다."

"곧 된다는 게 언제야, 기어코 혼쭐이 나야겠나!" 장교가 눈을 부라리며 외쳤다.

"가져갑니다!" 병사가 크게 외치며 사모바르를 들고 들어왔다.

네흘류도프는 병사가 사모바르를 놓는 동안 잠시 기다렸다(장교는 한 대 후려갈길 곳을 찾는 듯 작고 성난 눈으로 병사를 노려보았다). 사모바르가 준비되자 장교는 차를 넣었다. 그런 다음 여행용 식료품 가방에서 코냑이 든 사각 유리병과 알베르트 비스킷을 꺼냈다. 그것을 모두 탁자에 늘어놓고는 다시 네흘류도프에게로 고개를 돌렸다.

"무슨 일이십니까?"

"어느 여자 죄수를 면회하려고 합니다." 네흘류도프가 선 채로 말했다.

"정치범인가요? 그건 법으로 금지되어 있습니다." 장교가 대답했다.

"그 여자는 정치범이 아닙니다." 네흘류도프가 말했다.

"좀 앉으시죠." 장교가 말했다.

네흘류도프는 앉았다.

"정치범은 아닙니다만," 그가 되풀이했다. "제가 상부에 청원해서 정치범들과 함께 있어도 된다는 허락을 받았습니다."

"아, 압니다." 장교가 끼어들었다. "몸집이 작고 가무잡잡한 여자 말씀이죠? 그렇다면 좋습니다. 담배 피우시겠습니까?"

그는 네흘류도프 앞으로 담뱃갑을 밀고 잔 두 개에 신중하게 차를 따라 하나를 네흘류도프에게 권했다.

“드십시오.”그가 말했다.

“고맙습니다, 빨리 면회를 했으면 합니다만……”

“밤은 깁니다. 시간은 충분해요. 불러오라고 이르겠습니다.”

“이리로 부르지 않고 제가 그쪽으로 가면 안 될까요?”네흘류도프가 물었다.

“정치범들 있는 곳으로요? 그건 법이 허용하지 않습니다.”

“전 지금까지 몇 번이나 허락을 받았는데요. 혹시 제가 정치범에게 무슨 쪽지라도 건넬까봐 걱정되는 거라면 마음놓으십시오. 그럴 작정이라면 그 여자를 통해서도 얼마든지 할 수 있지 않겠습니까.”

“안 되죠, 어차피 몸수색을 하니까요.”장교가 이렇게 말하고 불쾌한 웃음을 지었다.

“그럼 제 몸을 수색하십시오.”

“뭐, 그럴 것까진.”장교가 코르크 마개를 딴 병을 네흘류도프의 잔으로 가져가며 말했다. “한잔하시겠습니까? 좋으실 대로. 이런 시베리아에 있다보면 교양 있는 분을 만나는 게 큰 즐거움입니다. 아시다시피 우리 일이라는 게 참으로 한심해서 말입니다. 다른 일에 길든 사람에게는 괴롭기 짝이 없는 일이죠. 사실 우리에 대해서는 묘한 오해가 있습니다. 호송대 장교들은 못 배우고 난폭한 인간들이라는 식으로 말입니다. 그런데 우리가 이런 일이나 하려고 태어난 게 아니라고 생각해주는 사람은 없습니다.”

네흘류도프는 장교의 붉은 얼굴과 향수냄새, 반지, 특히 그의 불쾌한 웃음이 못 견디게 싫었지만, 이동하는 내내 어떤 사람에 대해서도 경솔하게 모욕하는 짓은 하지 않겠다고 스스로 정한 대로, 이 사람과도 ‘허심탄회하게' 이야기해야 한다고 생각했다. 장교의 말을 다 들은 네흘류도프는 자기 지배하에 있는 사람들을 고통스럽게 하는 일에 관여하는 것이 괴롭다는 뜻으로 그의 마음을 이해하고 진지하게 말했다.

"당신의 직무 안에서도 그들의 고통을 덜어주면서 위안을 찾을 수 있을 거라고 생각합니다." 네흘류도프가 말했다.

"그들의 고통이라는 게 뭡니까? 그들은 본래 그런 인간들이에요."

"그들이 우리와 다른 인간들은 아니잖습니까?" 네흘류도프가 대꾸했다. "모두 똑같은 인간입니다. 그중에는 무고한 사람들도 있고요."

"물론이죠, 다양한 인간이 있으니까요. 물론 딱한 사람도 있죠. 다른 동료들은 몹시 엄격하게 하지만, 저는 될 수 있는 한 편하게 해주려고 애씁니다. 그들을 괴롭히느니 차라리 제가 괴로운 편이 낫다고 생각하니까요. 다른 동료들은 작은 일 하나에도 금세 법을 들이대고 총살도 서슴지 않습니다만 저는 그들을 불쌍하게 여깁니다. 더 드릴까요? 좀 드시죠." 그가 다시 차를 따르며 말했다. "그나저나 만나시려는 그 여자는 대체 누굽니까?" 그가 물었다.

"어쩌다 매춘부의 처지로까지 전락한 매우 불행한 여자인데, 독살 혐의로 부당한 판결을 받았지만 원래는 아주 선량한 사람입니다." 네흘류도프가 대답했다.

장교는 고개를 갸웃했다. "그렇군요, 흔한 일이죠. 카잔에도 비슷한 여자가 있었는데, 이름이 엠마였습니다. 헝가리 태생인데 눈은 완전히 페르시아인이었죠." 그는 그 생각에 떠오르는 미소를 감추지 못하며 말을 이었다. "백작부인이라 해도 손색이 없을 정도로 맵시가 아주……"

네흘류도프는 장교의 말을 가로막고 원래의 화제로 되돌아갔다.

"죄수들이 당신의 권력 아래 있는 동안만큼은 당신이 그들의 처지를 가볍게 해줄 수 있으리라 믿습니다. 그리고 그렇게 하실 때 당신도 분명 커다란 기쁨을 얻으실 겁니다." 네흘류도프는 외국인이나 아이에게 말하듯이 최대한 알기 쉽게 말하려고 노력했다.

장교는 반짝이는 눈으로 네흘류도프를 바라보았고, 아직도 그의 기억 속에 생생히 떠올라 다른 생각을 모두 삼켜버린 페르시아인의 눈을 가진 헝가리 여자 이야기를 계속하고 싶어 네흘류도프의 말이 끝나기를 초조하게 기다렸다.

"네, 맞습니다, 그렇다고 해둡시다." 그가 말했다. "저도 그 사람들을 가엾게 생각합니다. 그건 그렇고, 제가 하고 싶은 말은 그 엠마라는 여자 이야깁니다. 그 여자가 어떤 여자였냐 하면……"

"저는 그런 일에는 흥미가 없고," 네흘류도프가 말했다. "솔직히 말씀드리자면 저도 전에는 이렇지 않았지만 지금의 저는 여자를 그런 식으로 보는 것을 혐오합니다."

장교는 악연히 네흘류도프를 바라보았다.

"더 드시겠습니까?" 그가 차를 권했다.

"아니요, 괜찮습니다."

"베르노프!" 장교가 소리쳤다. "이분을 바쿨로프한테 모시고 가서 정치범 특별감방으로 안내해드리라고 해. 점호 때까지는 거기 계셔도 괜찮다고 하고."

9

네흘류도프는 전령병의 안내를 받아 불그스름한 등불이 흐릿하게 비치는 캄캄한 마당으로 다시 나왔다.

"어디 가나?" 도중에 마주친 호송병이 네흘류도프를 안내하는 병사에게 물었다.

"특별감방 5호실에."

"이쪽으로는 못 가, 잠가놔서 저쪽 입구 계단으로 돌아가야 해."

"왜 잠겨 있지?"

"부사관이 잠가놓고 마을로 가버렸어."

"그렇군, 그렇다면 이쪽으로 오십시오."

병사는 네흘류도프를 다른 입구로 안내하며 널빤지 발판을 따라서 갔다. 안에서 사람들이 웅성웅성하는 소리가 벌떼가 벌집에서 날기 직전에 내는 소음처럼 들려왔는데, 네흘류도프가 더 가까이 다가가자 문이 열리고 소리가 더욱 커지더니 서로 고함치고 욕하고 웃어대는 소리로 바뀌었다. 그리고 쇠사슬이 철거덕거리며 부딪치는 소리가 들렸고 이제는 익숙한, 분뇨와 타르가 뒤섞인 역한 냄새가 코를 찔렀다.

이 두 가지 인상―쇠사슬 소리와 뒤엉킨 시끄러운 목소리들과 끔찍한 악취―은 언제나 네흘류도프 안에서 뒤섞이며 일종의 정신적 욕지기를 불러일으키다 점차 생리적 욕지기로 바뀌었다. 그리고 두 인상은 뒤섞이며 서로를 강화시켰다.

건물 현관방으로 들어섰을 때 가장 먼저 네흘류도프의 눈에 띈 것은 '감방용 변기통'이라 불리는 악취 나는 커다란 나무통 가장자리에 올라

앉은 여자였다. 그 맞은편에는 민머리에 블린 모양 모자를 비스듬히 쓴 남자가 있었다. 두 사람이 뭔가 이야기하고 있었다. 남자 죄수가 네흘류도프를 보자 한쪽 눈을 찡긋하며 말했다.

"황제도 오줌은 못 참는 법이지."

여자는 죄수복 옷자락을 끌어내리고 눈을 내리깔았다.

현관부터 복도가 죽 이어지고 양쪽에 감방 문들이 보였다. 첫번째는 가족용 방, 그다음은 독신자용 넓은 방, 복도 끝에 정치범들이 쓰는 작은 방 두 개가 있었다. 백오십 명을 수용할 수 있는 중간 숙영지 건물에 사백오십 명이 비좁게 들어차 죄수들은 다 들어가지도 못하고 복도에까지 넘치고 있었다. 바닥에 앉거나 드러누운 사람들도 있고, 뜨거운 물이 든 주전자를 들고 여기저기 기웃대는 사람들도 있었다. 그 속에 타라스도 있었다. 그는 네흘류도프를 따라잡고 다정하게 인사했다. 타라스의 선량한 얼굴은 콧등과 눈 아래에 잡힌 파란 멍으로 보기 흉했다.

"왜 이렇게 됐나?" 네흘류도프가 물었다.

"어쩌다보니 이렇게 됐습니다." 타라스가 씩 웃으며 대답했다.

"늘 싸움질만 해대니까 그렇죠." 호송병이 얕잡는 투로 말했다.

"그 여자 때문에," 뒤에서 따라온 남자 죄수가 덧붙였다. "페디카라는 장님과 한바탕 붙었죠."

"그래, 페도시야는 잘 있나?" 네흘류도프가 물었다.

"잘 지내고, 건강해요, 안 그래도 차를 마실 수 있게 뜨거운 물을 가져다주려던 참이었습니다." 타라스가 말하고 가족 감방으로 들어갔다.

네흘류도프는 문가에서 들여다보았다. 감방 안은 널빤지 침상 위고 아래고 할 것 없이 남녀 죄수들로 바글바글했는데, 젖은 옷을 말리느라 김이 자욱하게 서렸고 여자들이 외치는 소리가 끊이지 않았다. 그다음은 독신자용 감방이었다. 여기는 더 꽉 차 있었고 젖은 죄수복을 입은 죄수들이 뭔가를 나누려고 큰 소리로 티격태격하며 문 앞과 복도에까지 밀려나와 있었다. 호송병이 네흘류도프에게 말하길, 앞으로 나올 식대를 걸고 도박판을 벌였는데 딴 돈이나 빌린 돈을 죄수 우두머리가 밀매를 하는 죄수에게 카드짝으로 만든 전표로 셈하는 중이라고 했다. 가까이에 서 있던 죄수들은 부사관과 네흘류도프를 발견하자 입을 다물고 적의에 찬 눈초리로 훑어보았다. 네흘류도프는 뭔가를 나누는 죄수들 속에서 안면이 있는 징역수 표도로프를 발견했고, 그와 늘 붙어다니는 창백한 낯빛에 눈썹이 치켜올라가고 얼굴이 부은 궁상맞고 볼품없는 젊은이와, 도망치다 타이가*에서 동료를 죽이고 그 인육을 먹었다는 소문이 있는 곰보에 코가 없는 흉측한 몰골의 남자가 있었다. 이 부랑자는 젖은 죄수복을 한쪽 어깨에 걸친 채, 네흘류도프가 지나가려 해도 비켜주지 않고 복도에 버티고 서서 비웃는 듯 발막한 눈초리로 네흘류도프를 쳐다보았다. 네흘류도프는 그를 비켜서 지나갔다.

　네흘류도프는 이러한 광경이 결코 낯설지 않았는데, 석 달 동안 사백 명이나 되는 형사범들의 온갖 상황을 질리도록 보아왔기 때문이었다. 폭염 속에서 그들이 쇠사슬을 찬 발로 몽몽하게 흙먼지를 일으키며 걷는 모습도 보았고, 길가에서 쉬는 모습도 보았고, 따뜻한 날 숙영지 안마당에서 드러내놓고 음탕한 짓을 벌이는 모습도 자주 보았지만, 그

---

* 북유럽, 시베리아, 북아메리카의 북위 50~70도 지역에 분포하는 침엽수림.

는 그들 무리 속에 들어갈 때마다 모두의 시선이 자신에게 쏠리는 것을 알았고 그럴 때마다 괴로운 죄책감과 수치심을 느꼈다. 무엇보다 괴로웠던 것은 그 수치심과 죄책감 속에 억누를 수 없는 혐오감과 두려움이 섞여 있다는 사실이었다. 그들과 같은 상황에 놓이면 자신도 그들처럼 될 수밖에 없으리란 것을 알면서도 그들에 대한 혐오감을 억누를 수 없었다.

"저놈들이야 좋지, 놀고먹으니까." 네흘류도프가 이미 정치범들 감방 앞에 이르렀을 때 누군가 말했다. "저 기생충들은 뭐가 어떻게 되든 상관 안 해, 제 배가 아프진 않으니까." 누군가 목쉰 소리로 말하더니 상스러운 욕을 덧붙였다.

악의에 찬 비웃음소리가 들렸다.

10

독신자 감방을 지나자 네흘류도프를 안내한 부사관은 점호 전에 다시 오겠다고 말하고 돌아갔다. 부사관이 물러가자마자 한 남자 죄수가 족쇄를 잡고 소리를 죽여 맨발로 재빠르게 네흘류도프 옆으로 바짝 다가와 시큼한 땀내를 풍기며 귀에 대고 속삭였다.

"도와주십시오, 나리. 저 젊은 게 완전히 속아넘어갔습니다. 술을 마시고요. 오늘 인계 때도 제 입으로 제 이름을 카르마노프라고 하지 뭡니까. 제발 도와주십시오, 우린 할 수 있는 게 없습니다, 꼼짝없이 죽게 될 겁니다." 남자 죄수가 불안한 듯 주위를 두리번거리며 말하고는 곧장 네흘류도프 곁을 떠났다.

카르마노프라는 징역수가 자기와 얼굴이 많이 닮은 유형수 젊은이를 꾀어 이름을 바꾸기로 했는데, 자기는 유형지로 가고 젊은이는 징역을 살게 하려고 수작을 부린 것이었다.

네흘류도프는 일주일 전에도 방금 다가왔던 죄수가 그 일에 대해 말했었기 때문에 이미 알고 있었다. 네흘류도프는 잘 알았으니 힘써보겠다는 뜻으로 고개를 끄덕이곤 뒤도 돌아보지 않고 곧장 걸어갔다.

네흘류도프는 예카테린부르크에서 이 죄수를 알게 되었는데, 아내가 자기를 따라올 수 있게 힘써달라는 부탁을 해왔기 때문이었다. 그런데 그가 저지른 범죄가 실로 충격적이었다. 중키에 아주 평범한 농사꾼 얼굴이고 서른 살쯤 된 그는 강도와 살인 미수로 징역형을 선고받았다. 이름은 마카르 뎁킨이었다. 그의 범죄는 혀를 내두를 정도였다. 그가 직접 네흘류도프에게 한 말에 따르면, 그 일은 마카르가 아니라 그놈, 즉 악마의 소행이라고 했다. 한 나그네가 어느 날 마카르의 아버지를 찾아와 2루블에 40베르스타 떨어진 마을까지 썰매를 태워달라고 청했다. 아버지는 마카르에게 나그네를 데려다주라고 시켰다. 마카르는 썰매에 말을 채우고 옷을 챙겨 입고 나그네와 차를 마셨다. 나그네는 차를 마시는 동안, 자기는 결혼하기 위해 고향으로 돌아가는 길이며 모스크바에서 번 500루블을 가지고 있다고 말했다. 이 말을 들은 마카르는 마당으로 나가 썰매에 깐 짚단 밑에 도끼를 밀어넣었다.

"제가 왜 도끼를 챙겼는지는 저도 모르겠습니다." 그가 말했다. "도끼를 가져가'고 그놈이 말해서 그랬던 겁니다. 출발했고, 아무 일 없었어요. 저는 가는 동안 도끼는 까맣게 잊어버렸습니다. 그런데 숲길에서 큰길로 나가는 오르막길에 들어설 때였어요. 저는 내려서 썰매 뒤를 따라 걸었는데 그놈이 다시 속삭이더군요. '뭘 꾸물거려? 오르막이 끝나 큰길로 나가면 사람들이 지나다닐 거고 곧 마을이야. 저자는 돈을 가지고 가버릴걸. 하려면 지금이야—망설일 거 없어.' 저는 썰매 안쪽으로 몸을 구부려 짚을 매만지는 척했는데, 도낏자루가 저절로 손에 잡혔어요. 그 사람이 뒤를 돌아봤습니다. '뭐하는 건가?' 하더군요. 순간 도끼를 휘둘러 내려치려는데, 어찌나 재빠른지 그 사람이 썰매에서 잽싸게 뛰어내려 제 양손을 움켜잡았어요. '이 악당놈, 뭔 수작이냐?⋯⋯' 그러고는 저를 눈밭으로 내동댕이쳤고, 저는 싸우지도 못하고 두 손 들고 말았습니다. 그 사람이 제 양손을 허리띠로 잡아묶고는 썰매로 밀어넣었습니다. 그리고 그길로 군 경찰서로 끌고 갔죠. 그래서 교도소에 갇혔습니다. 재판을 받았고요. 마을 사람들이 모두 저를 착한 사람이라며, 나쁜 짓 할 사람이 아니라며 역성을 들어줬습니다. 제가 머슴살이를 했던 집 나리도 말해줬고요. 하지만 변호사를 댈 돈이 없었고," 마카르가 말했다. "그래서 사 년 징역형을 받은 겁니다."

그 남자가 지금 제 목숨이 위태로워진다는 것을 알면서도 고향 사람 하나를 구하려고 죄수들 사이의 비밀을 네흘류도프에게 전한 것이었다. 이 사실이 알려지면 그는 교살될 게 분명했다.

11

정치범들의 공간은 작은 감방 두 개로 이루어졌고 두 개의 문이 칸막이 쳐진 복도 쪽으로 나 있었다. 칸막이 안쪽 복도에 들어섰을 때 네흘류도프가 처음 본 사람은 시몬손이었고, 재킷 차림의 그는 소나무 장작개비 하나를 손에 들고 활활 타오르는 페치카 앞에 쪼그려 앉아 있었다.

네흘류도프를 보자 시몬손은 눈썹 아래 깊게 파인 눈으로 올려다보며 앉은 채 손을 내밀었다.

"아, 마침 잘 오셨습니다, 안 그래도 만나야 할 일이 있었는데." 그가 의미심장한 표정으로 네흘류도프의 눈을 똑바로 쳐다보며 말했다.

"무슨 일입니까?" 네흘류도프가 물었다.

"나중에 말씀드리겠습니다. 지금은 좀 바빠서."

그러고 시몬손은 또다시 페치카로 바싹 다가갔는데, 그는 열 손실을 최소한으로 줄여야 한다는 자기 나름의 이론에 따라 불을 때던 중이었다.

네흘류도프가 첫번째 문으로 들어가려 할 때 다른 문에서 마슬로바가 허리를 구부린 채 빗자루를 들고 페치카 쪽으로 쓰레기를 쓸어모으며 나왔다. 그녀는 하얀 재킷 차림에 긴 양말을 신고 스커트 자락을 걷어올리고 있었다. 머리에는 먼지를 덮어쓰지 않으려고 하얀 머릿수건을 눈썹 언저리까지 덮어썼다. 네흘류도프를 보자 마슬로바는 허리를 펴고 얼굴을 붉히면서 생기 있는 표정으로 얼른 빗자루를 기대 세워두고는 두 손을 스커트에 닦으며 걸어와 그의 앞에 멈춰 섰다.

"청소해요?" 네흘류도프가 손을 내밀며 말했다.

"네, 예전부터 항상 하던 일이죠." 그녀가 말하고 생긋 웃었다. "말도 못할 정도로 지저분해요. 아무리 치워도 끝이 없어요. 저기, 담요는 다

말랐나요?" 그녀가 시몬손을 돌아보며 말했다.

"거의." 시몬손이 네흘류도프가 봤다면 분명 놀랄 만큼 특별한 눈빛으로 그녀를 바라보며 대답했다.

"그럼 그걸 걷어오고 털가죽 외투를 가져와서 말려야겠어요. 우린 모두 여기서 지내요." 그녀가 안쪽 문으로 들어가다 옆문을 가리키며 네흘류도프에게 말했다.

네흘류도프는 문을 열고 널빤지 침상 위에 나지막이 놓인 작은 양철 램프가 희미하게 밝히고 있는 작은 감방으로 들어갔다. 감방 안은 춥고 아직 가라앉지 않은 먼지와 습기와 담배 냄새가 났다. 양철램프 주위만 밝았고 널빤지 침상에는 그늘이 드리워졌으며 사방 벽에 그림자가 어른거렸다.

좁은 방에는 뜨거운 물과 식량을 받으러 나간 식량 담당인 두 남자 죄수를 빼고는 모두 모여 있었다. 네흘류도프가 오래전부터 알고 지낸 베라 예프레모브나도 있었는데, 머리를 짧게 자르고 재킷을 걸친 그녀는 전보다 더 야위고 얼굴이 누렇게 떴고, 커다랗게 뜬 눈에 두려움이 어렸으며 이마에 핏줄이 불거져 있었다. 그녀는 담뱃가루를 흩어놓은 신문지 앞에 앉아 서툰 손놀림으로 말지에 가루를 채워넣고 있었다.

네흘류도프가 가장 호감을 느끼는 정치범 에밀리야 란체바도 있었는데, 방 살림을 도맡은 그녀는 아무리 극악한 조건에서도 알뜰함과 멋을 잃지 않는 존재였다. 그녀는 램프 옆에 앉아 소맷자락을 걷어붙인 채 햇볕에 그을린 민첩한 팔을 뻗어 머그컵과 찻잔을 닦은 뒤 냅킨을 깔아둔 널빤지 침상 위에 올려놓았다. 젊은 란체바는 미모가 뛰어나지는 않지만 항상 표정이 지적이고 차분했고, 웃을 때 얼굴이 순식간에 명랑하고 활기차고 매력적으로 변하는 특징이 있었다. 지금도 그녀는 그런 얼굴로 네흘류도프를 맞이했다.

"우리는 당신이 러시아로 아주 돌아가신 줄로 알았어요." 그녀가 말했다.

마리야 파블로브나는 멀리 그늘진 구석자리에서 끊임없이 재잘거리는 하야스름한 머리의 귀여운 여자아이와 뭔가 하고 있었다.

"잘 오셨습니다. 카탸*는 만나셨나요?" 그녀가 네흘류도프에게 물었다. "우리에게 이렇게 귀여운 손님이 와 있답니다." 그녀가 여자아이를 가리키며 말했다.

아나톨리 크릴초프도 있었다. 핼쑥하고 창백한 그는 구석의 널빤지 침상 위에 펠트장화를 신은 두 다리를 오그리고 앉아 반외투 소매에 두 손을 쑤셔넣고 등을 구부린 채 덜덜 떨면서 열병 환자 같은 눈으로 네흘류도프를 응시했다. 네흘류도프는 그에게 다가가려 했는데, 문 오른쪽에 앉은 방수 재킷에 안경을 쓴 빨간 곱슬머리 남자가 뭘 찾는지 자루 속을 뒤적이며, 미소가 아름다운 그라베츠와 이야기 나누는 모습이 보였다. 이 남자는 유명한 혁명가 노보드보로프였다. 네흘류도프는 남자에게 서둘러 짧은 인사를 건넸다. 정치범들 중에서 네흘류도프가 유일하게 좋아하지 않는 사람이었기 때문이다. 네흘류도프를 본 노보드보로프는 얼굴을 찌푸린 채 안경 너머로 파란 눈을 번뜩이며 여윈 손을 내밀었다.

"어때요, 여행은 즐겁습니까?" 그가 분명한 조롱조로 말했다.

---

* 카튜샤의 애칭.

"네, 흥미로운 일이 많습니다." 네흘류도프는 그의 조롱을 알아채지 못한 척 호의로 받아넘기고는 크릴초프에게 다가갔다.

네흘류도프는 노보드보르프에 대해 겉으로는 무심한 척했지만 속은 결코 그렇지 않았다. 노보드보르프가 방금 한 말과 일부러 그를 불쾌하게 하려는 분명한 의도가 네흘류도프가 모처럼 느끼던 유쾌한 기분을 일거에 부숴버렸다. 그래서 그는 낙심하고 서글픔을 느꼈다.

"어때요, 몸은 괜찮습니까?" 그가 크릴초프의 차갑고 떨리는 손을 쥐며 물었다.

"네, 괜찮습니다, 몸이 따뜻해지지 않을 뿐이에요, 흠뻑 젖어버려서." 크릴초프가 내밀었던 손을 반외투 소매 속으로 급히 감추며 말했다. "게다가 여긴 지독하게 추워요. 저렇게 창문도 깨졌고요." 그가 쇠창살 뒤에 끼워진, 두 곳이 깨진 유리를 가리켰다. "그런데 당신은요, 왜 그동안 보이지 않았습니까?"

"들여보내주지 않아서요, 관리들이 엄격하더군요. 오늘에야 겨우 친절한 장교를 만났죠."

"허, 친절하다니요!" 크릴초프가 말했다. "그자가 아침에 무슨 짓을 했는지 마샤*한테 한번 물어보세요."

마리야 파블로브나가 자리에 앉은 채 오늘 아침 숙영지를 떠날 때 여자아이에게 무슨 일이 있었는지 말해주었다.

"집단적으로 항의해야 합니다." 베라 예프레모브나는 단호한 목소리로, 그러면서도 이 사람 저 사람의 얼굴을 살피며 주저하듯 말했다. "블

---

* 마리야의 애칭.

라디미르*가 항의했지만 그걸로는 충분하지 않아요."

"항의라니 어떤?" 크릴초프가 잔뜩 짜증난 얼굴로 말했다. 그는 베라 예프레모브나의 부자연스러운 태도와 작위적인 말투, 신경질적인 성향이 오래전부터 거슬렸었다. "카탸를 찾으시죠?" 크릴초프가 네흘류도프를 돌아보며 말했다. "카탸는 일만 해요, 청소에 열심입니다. 남자 방은 끝났고 지금은 여자 방을 청소하고 있어요. 벼룩까지는 쓸어낼 수 없어 뜯겨가면서 말이죠. 그런데 마샤는 저기서 뭐하죠?" 그가 마리야 파블로브나가 있는 구석을 고갯짓으로 가리키며 물었다.

"양딸의 머리를 빗겨주네요." 란체바가 말했다.

"그건 좋은데 벼룩이나 이가 우리 쪽으로 옮아오진 않겠죠?" 크릴초프가 말했다.

"아니에요, 내가 조심해서 하고 있어요. 이애는 이제 깨끗해요." 마리야 파블로브나가 말했다. "아이를 좀 맡아주세요." 그녀가 란체바에게 말했다. "가서 카탸를 도와야겠어요. 참, 담요도 가져와야겠네요."

란체바는 어머니처럼 사랑을 담아 아이의 통통한 맨팔을 자기 몸에 꼭 붙이며 받아 안았고 무릎에 앉히고는 설탕조각을 주었다.

마리야 파블로브나가 나가자 뒤이어 두 남자 죄수가 뜨거운 물과 식량을 들고 들어왔다.

---

* 시몬손의 이름.

들어온 두 남자 중 한 사람은 키가 작고 몸이 마르고, 안감을 덧댄 털 가죽 반외투에 목이 긴 장화를 신은 젊은이였다. 그는 김이 나는 뜨거 운 물이 든 큰 주전자를 두 손에 하나씩 들고, 손수건에 싼 빵을 겨드랑 이에 낀 채 종종걸음으로 들어왔다.

"아, 우리 공작님도 오셨군요." 그가 찻잔들 사이에 주전자를 내려놓 고 마슬로바에게 빵을 건네며 말했다. "기막힌 것들을 사왔어요." 그가 반외투를 벗어 사람들 머리 너머 널빤지 침상 구석 쪽으로 던지며 말 했다. "마르켈이 우유하고 달걀을 샀어요. 오늘밤에는 그야말로 무도회 를 열어도 되겠어요. 키릴로브나*가 미적 감각에 청결함을 더해 전부 꾸며줄 테니." 그가 란체바를 보고 웃으며 말했다. "자, 이제 차를 끓여 주세요." 그가 그녀에게 말했다

이 남자의 몸짓, 목소리의 울림, 눈빛 등 외양 전체에서 생기와 쾌활 함이 넘쳐흘렀다. 다른 한 사람도 이 남자와 마찬가지로 키가 작고 뼈 만 앙상한 체격에 얼굴이 창백했다. 그러나 광대뼈가 불거진 야윈 볼, 넓은 미간과 아름다운 푸른색 눈, 엷은 입술은 앞의 젊은이와는 반대로 어둡고 침울한 인상을 주었다. 그는 솜을 넣은 낡은 외투를 입고 장화 에 덧신을 포개 신은 차림이었다. 손에는 나무껍질 바구니와 항아리를 두 개씩 들고 있었다. 란체바 앞에 짐을 내려놓은 그는 네흘류도프에게 가볍게 목인사를 하면서도 시선을 떼지 않았고, 내키지 않은 듯 땀에

---

* 란체바의 부칭.

젖은 손을 내밀어 악수를 하더니 바구니에서 식량을 꺼내 천천히 늘어놓았다.

두 정치범 모두 민중 출신이었다. 한 사람은 농민 나바토프이고, 또 한 사람은 직공 마르켈 콘드라티예프였다. 마르켈이 혁명운동에 뛰어든 것은 이미 서른다섯 살이던 때였고, 나바토프는 열여덟 살 때 뛰어들었다. 마을 학교를 졸업하고 김나지움에 진학한 나바토프는 타고난 명석함으로 재학중 개인교사 등으로 생계를 유지하며 졸업할 때 금메달도 받았지만 대학에는 진학하지 않았는데, 이미 7학년 때 그는 아무의 관심도 받지 못하는 형제들을 계몽하기 위해 자기 출신 계급인 농민들에게 가기로 결심했기 때문이다. 그는 마음먹은 대로 실천했다. 처음에는 큰 마을의 서기가 되어 농민들에게 책을 읽어주기도 하고 그들과 소비생산조합을 만들기도 했는데, 그 이유로 체포되고 말았다. 여덟 달 동안 수감되었다가 비밀감시 조건으로 풀려났다. 자유로운 몸이 되자 그는 당장 다른 지방의 마을로 가서 교사로 일하며 예전과 똑같은 일을 했다. 그러다 또다시 체포되었고 일 년 이 개월 동안 수감생활을 했지만 그의 신념은 더욱 굳건해졌다.

두번째 수감생활이 끝나고 그는 페름 도로 유형을 갔다. 그는 거기서 도망쳤다. 그러나 다시 체포되어 일곱 달의 금고형을 받은 뒤 아르한겔스크 도로 유형을 떠났다. 거기서는 새로 즉위한 차르*에게 바치는 선서를 거부한 죄목으로 다시 야쿠츠크 도로 유형을 갔는데, 그렇게 그는 어른이 된 후로 인생의 절반을 감방과 유형지에서 보낸 셈이었다.

---

* 알렉산드르 3세.

그러나 그 모든 편력에도 그는 격앙한다거나 무력해지지 않았고 오히려 그의 열정은 불타올랐다. 튼튼한 소화력을 타고난데다 혈기왕성한 그는 늘 한결같이 활동적이고 명랑하고 활기 넘쳤다. 지난 일에 대해서는 후회하지 않고, 미래를 앞서 생각하지도 않고, 그는 오직 자신의 지력과 민첩성을 발휘하며 온 힘으로 현재를 살았다. 자유의 몸일 때는 자신이 세운 목적을 위해, 즉 일하는 민중, 그중에서도 특히 농민의 계몽과 단결을 위해 일했다. 하지만 자유의 몸이 아닐 때도 외부와 연락을 주고받기 위해, 자신만이 아니라 동료들 전체를 위해, 주어진 조건에서 최선의 생활조건을 향상하기 위해 활동성을 발휘하고 실제적으로 활동했다. 무엇보다도 그는 공동체를 소중히 여기는 인물이었다. 자기 자신을 위해서는 아무것도 필요로 하지 않고 무엇으로도 만족할 수 있었지만, 동료와 공동체를 위해서는 많은 것을 요구했고, 육체노동이든 정신노동이든 침식을 거르며 일할 수도 있었다. 또한 농민답게 근면하고 지혜롭고 무슨 일에서건 민첩하고 인내심이 강했을 뿐만 아니라 겸손하며 타인의 감정과 의견에 주의를 기울이는 인물이었다. 과부에 까막눈이고 미신적 습성에 젖은 늙은 어머니가 아직 시골에 살고 있어서 그는 어머니의 생계를 도왔고 자유의 몸일 때는 종종 찾아가기도 했다. 어머니 집에 있는 동안은 생활의 소소한 부분까지 살피며 일을 도왔고, 옛 동료들이나 농민 친구들과 어울리는 것도 잊지 않았다. 그들과 싸구려 입담배를 말아 피우기도 하고 권투를 하기도 하고 정부가 그들을 어떻게 속이고 있으며 그 기만으로부터 빠져나오려면 어떻게 해야 할 것인지 그들에게 설명해주기도 했다. 그는 혁명이 민중에게 무엇을 줄 것인지 생각하고 말할 때면 언제나 자신의 출신 계급인 민중, 그것도 지주니 관리니 하는 것들이 없고 오로지 땅과 함께 있는 민중을 상상했다. 그가 생각하는 혁명은 민중의 근본적 삶의 형태를 바꾸는 것이 되어선 안 되고―이 점에서 그는 노보드보로프와도, 그 추종자인 마르켈 콘드라티예프와도 의견이 달랐다―혁명은 건물 전체를 파괴하는 것이 아니라 아름답고 견고하고 거대한, 그가 열렬히 사랑하는, 역사 깊은 건물의 내부 설계만을 바꾸는 것이라야 했다.

　종교에 대해서도 그는 전형적인 농민이었다. 형이상학적 문제라든가 우주 만물의 기원이라든가 내세 등에 대해서는 지금까지 한 번도 생각한 적이 없었다. 아라고와 마찬가지로 그에게도 신은 오늘날까지 그 필요성을 한 번도 느낀 적 없는 가설*이었다. 세상이 어떻게 시작되었는지, 모세가 옳은지 다윈이 옳은지 따위는 아무 관심 없었고, 동료들이 그토록 중요하게 여기는 다윈주의도 그에게는 엿새 동안의 천지 창조설과 마찬가지로 사상적 유희에 지나지 않았다.

　세계가 어떻게 생겨났는가 하는 문제가 그의 흥미를 끌지 않았던 이유는 이 세계에서 최선의 삶을 살기 위해 무엇을 어떻게 해야 하느냐는 문제가 언제나 그의 앞에 놓여 있었기 때문이다. 또한 내세에 대해서도 한 번도 생각해본 적 없었는데, 그의 마음 깊은 곳에는 조상으로부터 물려받았고 모든 농민에게 공통된 하나의 확고한 신념, 즉 동물과 식물의 세계에서는 어느 것도 끝나지 않고 다만 한 형태에서 다른 형태로, 예컨대 거름이 알곡이 되고 알곡이 닭이 되고 올챙이가 개구리가 되고 애벌레가 나비가 되고 도토리가 떡갈나무가 되는 것과 마찬가지

---

* 도미니크 프랑수아 장 아라고(1786~1853). 프랑스 물리학자, 천문학자. 무신론자였다.

로 인간도 사멸하지 않고 바뀌어갈 뿐이라는 신념이 있었기 때문이다. 그것을 믿었으므로 그는 언제나 명랑하고 씩씩하게 죽음을 직시하고 죽음으로 이끄는 고통도 의연히 견딜 수 있었지만, 그는 그것에 대해 말하는 것은 좋아하지 않았고, 어떻게 말해야 할지도 몰랐다. 그는 일하기를 좋아했고 언제나 실질적인 일을 하느라 바빴으며, 동료들도 그런 그를 실질적인 일에 끌어들였다.

이 무리에 속한 민중 출신의 또다른 정치범 마르켈 콘드라티예프는 전혀 다른 성격의 사람이었다. 열다섯 살 때 노동판에 발을 들였고 막연한 굴욕감을 지우기 위해 술과 담배를 시작했다. 성탄절에 공장주의 아내가 마련한 욜카* 파티에 다른 소년공들과 함께 초대되었을 때, 소년공들은 1코페이카짜리 피리나 사과, 금색으로 칠한 호두, 말린 무화과 같은 선물을 받고 공장주의 자식들은 마법사의 선물 같아 보이는 장난감을, 나중에 알았지만 50루블도 넘는 선물을 받는 것을 보았을 때 그는 처음으로 그 굴욕감을 맛보았다. 그가 스무 살 되던 해, 공장에 직공으로 들어온 유명한 여성 혁명가가 콘드라티예프의 뛰어난 재능을 알아보고는 책과 팸플릿을 주고 많은 이야기를 해주면서 그가 처한 상황이 어떻고, 그 원인이 무엇이며 어떤 방법으로 개선할 수 있는지 설명하기 시작했다. 그는 현재의 굴욕적인 처지에서 동료들과 함께 벗어날 수 있다는 가능성을 확인하자, 현재의 불공평한 처지가 전에 생각했던 것보다 더 잔혹하고 끔찍하게 느껴졌고, 자신의 해방뿐만 아니라 이런 잔혹하고 부당한 환경을 만들고 유지시키는 사람들을 응징해야

---

* '성탄목'이라는 뜻.

겠다는 열정으로 불타올랐다. 그 가능성이 지식에 있다는 말을 듣자 콘드라티예프는 지식 습득에 온 열정을 기울였다. 그는 사회주의 이상의 실현이 지식을 통해 어떤 식으로 성취될지 명확히 알지 못했지만, 지식이 자신이 처한 상황의 부당함을 일깨웠듯 그 부당함도 바로잡아줄 거라 믿었다. 게다가 지식이 있으면 다른 사람들보다 훌륭한 견해를 갖게 될 것 같았다. 그래서 술도 담배도 모두 끊고 창고지기로 일하면서 더 많아진 여가 시간을 모두 공부에 썼다.

그를 가르쳤던 여성 혁명가는 지치지 않고 온갖 지식을 흡수하는 그의 역량에 놀라워했다. 그는 이 년 동안 대수학과 기하학, 특히 그가 좋아한 역사를 공부했고, 예술문학과 비평문학, 특히 사회주의적 작품을 탐독했다.

여성 혁명가가 체포되었을 때 콘드라티예프도 거주지에서 금서들이 발견된 혐의로 함께 투옥되었고, 이후 그는 볼로그다 도로 유형보내졌다. 그곳에서 그는 노보드보로프를 만났고 더 많은 혁명 서적을 탐독하고 무엇이든 암기하며 사회주의적 견해를 더욱 탄탄하게 다졌다. 유형이 끝나자 그는 대규모 노동자 파업을 이끌었다. 이 파업은 공장이 폭파되고 경영주가 살해되며 종결되었는데, 그는 이 사건으로 또다시 체포되어 이번에는 시민권을 박탈당하고 다시 유형을 선고받았다.

그는 종교에 대해서도 경제 제도만큼이나 부정적이었다. 자신이 성장한 배경인 신앙의 어리석음을 깨닫고 처음에는 두려움을 품었지만, 노력 끝에 결국에는 기뻐하며 신앙에서 벗어나게 되었고, 자신과 선조들을 옥죄는 기만에 복수하듯 사제와 종교적 도그마에 대해 지칠 줄 모르고 독설과 비소를 쏟아냈다.

그는 오랜 습관으로 금욕주의자가 되었고 최소한의 것으로 만족했으며, 어릴 때부터 노동에 길들어 근육이 발달한 사람이 그렇듯 육체노동은 얼마든지 거뜬히 해치웠고 무엇보다도 시간을 소중히 여기며 교도소에서건 숙영지에서건 공부를 계속해나갔다. 그는 지금 마르크스 1권*을 공부하면서 보물단지처럼 늘 이 책을 품속에 간직했다. 동료 누구에게나 차분하고 무관심한 태도로 대했지만, 노보드보로프만은 예외로 그의 말에는 무조건 따르고 무슨 일에서건 그의 판단을 절대적인 진리로 받아들였다.

여자에 대해서는 모든 중요한 일에 방해되는 장애물로 생각하며 극도로 경멸했다. 그러나 마슬로바만큼은 상류 계급에게 희생당한 하층 계급의 표본이라 여겼으므로 가여워하고 친절히 대해주었다. 이 같은 이유로 그는 네흘류도프를 좋아하지 않았고, 그와는 말도 잘 섞지 않았고 그가 인사하며 악수를 청하면 절대 먼저 잡지 않고 자신이 내민 손을 잡을 수 있게 해줄 뿐이었다.

13

페치카가 활활 타올라 금세 따뜻해지고 모두의 잔과 머그컵에 끓인 차와 우유가 따라지고 바란키**와 곱게 체 친 밀가루로 만든 갓 구운 빵, 삶은 달걀과 버터, 송아지 머릿고기와 다릿살이 차려졌다. 식탁 대

---

* 『자본론』.
** 가락지 모양의 빵.

신 쓰는 널빤지 침상에 촘촘히 둘러앉아 먹고 마시고 이야기했다. 란체바는 상자에 걸터앉아 차를 따라주었다. 그 주위를 모두가 빙 둘러쌌는데, 크릴초프만 젖은 반외투를 벗고 마른 담요로 몸을 감싼 채 자기 침상에 누워 네흘류도프와 이야기를 나누었다.

이동하는 동안의 추위와 습기, 도착해서 맞닥뜨린 불결함과 혼잡함, 모든 것을 정리하는 노동, 이런 것들이 지나가고 음식과 따뜻한 차를 든 뒤라 모두 더없이 유쾌하고 들뜬 기분에 젖었다.

벽 너머에서 들려오는 형사범들의 발소리며 외침소리며 욕설 소리가 그들을 둘러싼 주변 상황을 일깨우면서도 훈훈한 기분을 증폭시켰다. 바다 한가운데 떠 있는 작은 외딴섬에라도 있는 것처럼 그들은 자신들을 에워싼 굴욕과 고통 속에서 잠시 해방감을 맛보며 고양되고 들뜬 기분에 잠겨 있었다. 그들은 온갖 것에 대해 이야기하면서도 지금 그들의 처지나 앞으로 기다리고 있는 것에 대해서만은 입에 올리지 않았다. 게다가 지금의 그들처럼 강제로 동거를 하는 상황에서 종종 그렇듯, 젊은 남녀들 사이에서는 서로 끌리거나 엇갈린, 다양하게 얽힌 관계가 형성되어 있었다. 거의 모두가 사랑에 빠져 있었다. 노보드보로프는 언제나 미소 짓는 아름다운 그라베츠를 사랑했다. 그라베츠는 아직 앳된 대학생으로, 어떤 일도 깊게 생각하지 않았고 혁명에도 무관심했다. 그럼에도 시대의 영향에 휩쓸려 스스로를 위험에 빠뜨리고 유형을 선고받았다. 자유의 몸이었을 때 그녀의 주된 관심사는 남자들에게 주목을 받는 것이었는데 이는 재판을 받는 동안에도 교도소에 있는 동안에도 여전했다. 이번에 이송되는 중에도 그녀는 자신이 노보드보로프의 마음을 사로잡았다는 사실에 위안을 얻었고, 그녀 또한 그에게 빠졌

다. 베라 예프레모브나는 사랑에 쉽게 빠지지만 정작 남자에게 사랑을
불러일으키지는 못하는 여자인데, 언제나 서로 사랑하게 되길 기대하
며 때로는 나바토프에게, 때로는 노보드보로프에게 번갈아 빠져들었
다. 크릴초프는 마리야 파블로브나에게 연정 비슷한 감정을 품고 있었
다. 그는 남자가 여자를 사랑하는 감정을 마리야 파블로브나에게 품었
지만, 그녀가 남녀의 사랑을 어떻게 생각하는지 알았기 때문에 특별히
친절하게 자신을 간병해주는 그녀에게 감사와 우정이라는 단순한 형
태로 자신의 감정을 교묘히 숨겼다. 나바토프와 란체바는 매우 복잡한
애정관계로 얽혀 있었다. 마리야 파블로브나가 완벽하게 순결한 처녀
이듯이, 란체바는 완벽하게 정숙한 유부녀였다.

아직 열여섯 살 김나지움 학생이었을 때 그녀는 페테르부르크대학
교에 다니던 란체프와 사랑에 빠져 열아홉 살 대학생이던 그와 결혼했
다. 그녀의 남편은 대학 4학년 때 학생운동에 연루되어 페테르부르크
에서 추방당했고, 혁명가가 되었다. 그녀도 청강중이던 의과전문학교
를 자퇴하고 남편을 따라 혁명가가 되었다. 만약 그녀가 자신의 남자를
세상에서 가장 훌륭하고 똑똑한 사람이라 생각하지 않았다면 그녀는
그를 사랑하지도, 그와 결혼하지도 않았을 것이다. 그리고 그녀가 생각
하기에 세상에서 가장 훌륭하고 똑똑한 남자와 사랑에 빠지고 결혼한
이상 그 남자와 똑같은 시각으로 인생과 그 목적을 바라보는 것은 당
연한 일이었다. 남편은 처음 한동안은 인생을 끊임없는 배움의 과정이
라 생각했고 그녀도 그렇게 인생을 이해했다. 그가 혁명가가 되자 그녀
도 혁명가가 되었다. 그녀는 현행 제도가 그대로 허용되어서는 안 되며
이러한 제도에 맞서 개성을 자유로이 계발할 수 있는 정치적, 경제적

체제를 확립하기 위해 노력하는 데 인간의 의무가 있다는 것을 아주 훌륭하게 논증할 수 있었고 또 실제로 자신이 그렇게 생각하고 느낀다고 여겼지만, 사실은 남편이 생각하는 것을 전부 절대적 진리라고 믿으면서 오직 하나, 즉 그녀에게 도덕적 만족을 준 남편의 정신과의 완전한 일치만을 꿈꾸고 있었다.

그녀는 남편과의 이별도, 어머니가 맡아 키워주는 아이와의 이별도 괴로웠다. 그러나 그것이 남편을 위한 일이고, 남편이 섬기기 때문에 의심의 여지 없이 진리인 과업을 위한 일임을 알았기에 의연하고 침착하게 견뎠다. 그녀는 언제나 마음속에서 남편과 함께였고, 남편을 만나기 전 누구를 사랑한 적이 없었듯 지금도 남편 외에는 누구도 사랑할 수 없었다. 하지만 나바토프의 헌신적이고 순수한 사랑에 그녀는 마침내 감동했고 마음이 흔들렸다. 그는 도덕적이고 착실한 사람이고 무엇보다 남편의 친구였기 때문에 란체바를 늘 여동생처럼 대하려 애썼지만, 이따금 그의 태도에서 그 이상의 무엇이 보였고 이것이 두 사람을 두렵게 하면서도 현재의 고통스러운 생활에 일종의 장식이 되고 있었다.

정치범들 가운데 연애 관계에서 완전히 자유로운 사람은 마리야 파블로브나와 콘드라티예프뿐이었다.

14

모두 함께 차를 마시고 식사하고 나면 늘 그랬듯, 네흘류도프는 카튜샤와 따로 말할 기회가 오기를 기대하며 크릴초프 옆에 앉아 대화하고 있었다. 말이 나온 참에 네흘류도프는 마카르의 부탁과 그 범죄 경위에 대해 이야기했다. 크릴초프는 반짝이는 시선을 네흘류도프에게 고정하고 주의깊게 들었다.

"그렇습니다," 그가 갑자기 말했다. "이따금 이런 생각에 사로잡힙니다. 지금 우리는 그들과 함께 걸어가고 있다, 그런데 '그들'은 대체 누구인가? 그들은 우리가 구하려는 사람들이죠. 그런데 우리는 그들을 모를 뿐만 아니라 알고 싶어하지도 않습니다. 더 안타까운 건 그들이 우리를 미워하고 적대시한다는 거죠. 정말 무서운 일입니다."

"무서워할 것 없어." 두 사람의 이야기에 귀를 기울이던 노보드보로프가 말했다. "민중은 언제나 권력만을 숭배해." 그가 특유의 갈라진 목소리로 말했다. "정부에게 권력이 있으니까 그들은 정부를 숭배하고 우리를 미워하는 거지. 하지만 내일이라도 우리가 권력을 쥔다면 그들은 우리를 숭배할 것이고……"

이때 벽 너머에서 욕을 퍼붓는 소리, 사람들이 벽에 부딪히는 소리, 쇠사슬 소리, 비명과 고함소리가 뒤섞여 들렸다. 누군가 구타를 당하고 누군가 "사람 살려!" 하고 외쳤다.

"봐, 저들은 짐승이야! 우리와 저들 사이에 무슨 소통이 가능하겠어?" 노보드보로프가 태연하게 말했다.

"지금 짐승이라고 했나. 그런데 지금 네흘류도프 씨에게 들었는데," 크릴초프가 흥분하며, 마카르가 동향 사람을 구하기 위해 제 목숨까지 무릅쓰려 한다는 이야기를 전했다. "이건 짐승의 짓이 아니라 영웅적인 행동이야."

"감상적이군!" 노보드보로프가 비꼬았다. "저들의 감정이나 행동의 동기는 우리로선 이해하기 어려워. 자네는 거기서 관대함을 보지만 어쩌면 그 징역수에 대한 질투가 숨어 있는지도 몰라."

"왜 너는 다른 사람의 장점을 보려 하지 않는 거야?" 마리야 파블로브나가 갑자기 열을 올리며 말했다(그녀는 누구와도 '너'라 부르며 터놓고 지냈다).

"없는데 무슨 수로 봐."

"없긴 왜 없어, 한 인간이 죽음을 무릅쓰려 하는데?"

"내 생각에," 노보드보로프가 말했다. "우리가 과업을 이루려면, 그 첫째 요건은 (램프 옆에서 책을 읽던 콘드라티예프가 책을 내려놓고 스승의 말을 주의깊게 들었다) 허상을 보지 말고 사물을 있는 그대로 직시해야 한다는 거야. 인민대중을 위해 모든 일을 하되 그들에게 아무것도 기대하지 않아야 한다는 거지. 대중이 지금처럼 타성에 젖어 있는 한 그들은 우리 활동의 대상일 뿐 결코 협력자는 될 수 없으니까." 그는 강의하는 투로 말하기 시작했다. "그러니까 우리가 그들에게 준비시키려는 발전 과정, 그 과정에 이르기 전까지는 그들에게서 도움을 기대하는 건 완전한 환상이야."

"발전 과정이라니?" 크릴초프가 상기된 표정으로 말했다. "우리는 언제나 횡포와 전제專制에 반대한다고 공언하지만, 그것이야말로 무서운 전제 아니겠어?"

"전혀 그렇지 않아." 노보드보로프가 침착하게 대꾸했다. "나는 민중이 가야 할 길을 알고 있다고 말하는 것뿐이고, 나는 그 길을 가르쳐줄 수 있어."

"하지만 네가 제시하는 길이 올바르다고 어떻게 확신하지? 그게 전제가 아니고 뭐야, 종교재판이며 프랑스대혁명의 학살을 낳은 전제주의와 뭐가 달라? 그들도 이론을 좇아 그것이 유일한 진실의 길이라고 믿었던 거야."

"그들이 실책했다고 해서 내가 실책하리란 법은 없지. 그리고 관념론자들의 헛소리와 실증경제학의 데이터 사이에는 큰 차이가 있으니까."

노보드보로프의 목소리가 방안에 쩌렁쩌렁 울렸다. 그 혼자 떠들었고 다른 사람들은 모두 침묵했다.

"또 논쟁이군." 그가 잠시 말을 멈췄을 때 마리야 파블로브나가 말했다.

"당신은 이 문제를 어떻게 생각합니까?" 네흘류도프가 마리야 파블로브나에게 물었다.

"아나톨리가 옳다고 생각해요. 민중에게 우리 생각을 강요해서는 안 되죠."

"그럼 카튜샤 당신은?" 네흘류도프는 그녀가 엉뚱한 말을 할까봐 소심한 미소를 띠며 묻고는 대답을 기다렸다.

"저는 민중이 모욕당하고 있다고," 얼굴이 새빨개진 채 그녀가 대답했다. "너무도 끔찍하게 모욕당하고 있다고 생각해요."

"맞아요, 미하일로브나, 그 말이 맞아요." 나바토프가 외쳤다. "민중은 모욕당하고 있어요. 그러니까 그런 일이 없도록 해야죠. 그게 바로 우리의 과업입니다."

"혁명의 과업을 묘하게 이해했군." 노보드보로프가 이렇게 말하고 성난 표정으로 말없이 담배를 피웠다.

"저 사람하고는 말을 못하겠어요." 크릴초프가 작게 중얼거리고 입을 다물었다.

"말을 하지 않는 게 낫습니다." 네홀류도프가 말했다.

15

노보드보로프는 모든 혁명가에게 존경받고 대단히 학식이 뛰어나고 비범한 인물로 인정받고 있었지만, 네홀류도프는 그를 정신적 자질이 평균 이하라고, 아니 그보다 훨씬 낮은 수준의 혁명가로 분류했다. 이 인물의 지력, 즉 분자는 컸지만 그의 자만심, 즉 분모는 헤아릴 수 없을 만큼 더 커서 이미 지력을 능가하고 있었다.

그는 정신생활 면에서 시몬손과 완전히 정반대였다. 시몬손이 주로 사유의 힘으로 행동을 규정하고 그에 따라 행동하는 남성적인 유형이라면, 노보드보로프는 사유 활동의 일부는 감정이 설정한 목적을 달성하는 데 돌리고, 일부는 감정에서 비롯된 행위를 변론하는 데 돌리는 여성적인 유형이었다.

노보드보로프는 설득력 있는 논증으로 자신의 모든 혁명적 활동을 유창하게 설명할 줄 알았지만 네홀류도프에게 그 모든 활동은 허영에서, 그리고 사람들을 능가하려는 욕망에서 비롯된 것으로만 보였다. 그는 타인의 생각을 자기 것으로 삼는 재주 덕분에 이러한 능력을 특히 높이 평가하는 학생 시절(김나지움, 대학교, 대학원)에 학생들과 교사들 사이에서 크게 두각을 나타낼 수 있었고 스스로도 만족했다. 그러나 졸업장을 받고 학업을 마친 이후 이러한 우위가 더이상 계속되지 않자, 노보드보로프를 싫어하는 크릴초프가 말했듯이, 그는 새로운 환경에서 우위를 차지하기 위해 자신의 견해를 일거에 뒤집어 자유주의적 온건파에서 급진적인 인민주의자로 돌변했다. 회의와 동요를 불러일으키는 도덕적, 미적 자질이 결여된 덕에 그는 혁명가들 세계에서도 자존심을 충족할 수 있는 지도자의 위치를 차지하게 되었다. 한번 방향을 선택하면 그는 의심도 동요도 하지 않았으며 자신은 결코 오류를 저지를 리 없다고 믿었다. 모든 것이 그에게는 지극히 단순하고 명백하고 의심의 여지가 없었다. 편협하고 일면적인 시야에서 보면 실제로 무엇이나 아주 간단하고 명백했으며 그가 말한 대로 논리적이기만 하면 되었다. 그는 자기확신이 지나치게 강해서 사람들을 떨어져나가게 하거나 굴복시키거나 언제나 둘 중 하나였다. 그러나 그는 그 끝 모르는 자기확신을 심오한 사유나 지혜로 여기는 새파란 젊은이들 사이에서만 활동했으므로 대다수 젊은이가 그를 따랐고, 그래서 혁명가 집단에서는 큰 성공을 거두었다. 그의 일은 권력을 장악하고 인민회의를 소집하게 할 봉기를 준비하는 것이었다. 그리고 그 인민회의에서는 그가 작성한 정치 강령이 제출되어야만 했다. 그는 그 강령에 모든 문제가 망라되어 있으며, 그러므로 반드시 실행되어야 한다고 굳게 믿었다.

동료들은 그의 용기와 결단성을 존경했으나 그를 사랑하지는 않았다. 그 역시 누구도 사랑하지 않았고 뛰어난 사람은 누구나 경쟁자로 여겼고 기회만 있으면 늙은 수컷 원숭이가 새끼 원숭이 다루듯 그들을 대했다. 그는 자기 재능을 발휘하는 데 방해가 된다면 다른 사람들의 지혜와 재능을 모조리 빼앗는 짓도 서슴지 않았을 것이다. 그는 자기를 추종하는 사람들에게만 호의적으로 대했다. 지금도 그의 이론에 감화된 노동자 콘드라티예프, 그에게 반한 베라 예프레모브나, 아름다운 그라베츠에게는 그렇게 대하고 있었다. 겉으로는 여성해방운동을 찬성하면서도 속으로는 모든 여자를 어리석고 무가치한 존재로 여겼는데, 그가 반한 그라베츠처럼 자신이 호감을 느끼는 여자는 예외였고, 그 여자들의 장점은 오직 자기만 안다고 생각했다.

양성 관계의 문제도 그에게는 다른 모든 문제와 마찬가지로 단순하고 분명한 것이어서, 자유연애만 인정하면 모든 문제가 해결된다고 생각했다.

그에게는 위장 결혼을 한 아내와 서류상의 진짜 아내가 있는데, 그들과는 진정으로 사랑하지 않는다고 확신하며 헤어졌고, 지금은 그라베츠와 새로이 자유결혼을 하려 계획하고 있었다.

그는 네흘류도프를 비웃고 있었는데, 그의 말을 빌리자면 마슬로바와 '부자연스러운 수작을 하고 있기' 때문이었고, 특히 네흘류도프가 주제넘게 주장하는 현행 제도의 결함이며 그 개선 방법이 그, 즉 노보드보로프의 생각과 구구절절 다를 뿐 아니라 어딘가 자기 식대로, 공작의 방식으로, 즉 바보처럼 생각하고 있기 때문이었다. 네흘류도프 역시 자신에 대한 노보드보로프의 태도를 알고 있었으므로 이동하는 내내 온화한 기분으로 지냈음에도 그에게만은 똑같은 방법으로 되갚으려 했고 억누를 수 없는 강한 적개심을 갖게 되자 서글퍼졌다.

16

옆 감방에서 관리의 목소리가 들렸다. 주위가 조용해지고, 이어 한 부사관이 호송병 둘을 데리고 들어왔다. 점호였다. 부사관은 한 사람 한 사람을 손가락으로 가리키며 인원수를 셌다. 그리고 네흘류도프 차례가 되자 부드럽고 친근하게 말했다.

"공작님, 점호 후에는 여기 계시면 안 됩니다. 나가서야 합니다."

네흘류도프는 그 말의 의미를 알아채고 그에게 다가가 준비해둔 3루블을 쥐여주었다.

"이런, 공작님한텐 못 당하겠군요! 좀더 계십시오."

이 부사관이 나가려는 순간 다른 부사관이 들어왔고, 뒤이어 키가 훤칠하고 몸이 비쩍 마르고 성긴 턱수염을 기른 남자 죄수가 들어왔다.

"딸아이 일로 왔습니다." 죄수가 말했다.

"아, 아빠다." 별안간 아이의 새된 목소리가 들리더니 란체바 뒤에서 하야스름한 머리가 불쑥 나타났다. 란체바는 마리야 파블로브나와 카튜샤와 함께 치마를 뜯어서 아이에게 새 옷을 지어주려던 참이었다.

"내 딸, 아빠 왔다." 부좁킨이 다정하게 말했다.

"아이는 여기서 잘 지내요." 마리야 파블로브나가 부좁킨의 멍든 얼굴을 딱한 눈으로 쳐다보며 말했다. "그냥 우리에게 맡겨두세요."

"아줌마들이 새 로포티* 만들어준대." 아이가 란체바의 손에 들린 바느질감을 가리키며 말했다. "좋아, 빠알갛고 예뻐." 아이가 재잘거렸다.

---

* 시베리아풍 옷―원주.

270

"우리랑 잘 거지?" 란체바가 아이를 쓰다듬으며 말했다.

"응, 아빠도."

란체바가 환하게 미소 지었다.

"아빠는 안 돼." 란체바가 말했다. "그냥 여기에 두고 가세요." 그녀가 아버지에게 말했다.

"그래, 그냥 두는 게 좋겠군." 부사관이 문가에서 말하고 다른 부사관과 함께 나갔다.

호송병들이 나가자 나바토프가 부좁킨에게 다가와 어깨를 두드리며 말했다.

"이보게, 형제, 카르마노프가 바꿔치기하려 한다는 게 사실인가?"

부좁킨의 선하고 순한 얼굴에 갑자기 슬픈 표정이 떠오르고 눈동자는 엷은 막이 덮인 듯 흐려졌다.

"우린 못 들었어, 설마 그럴 리가." 그는 말하고 여전히 엷은 막이 덮인 눈으로 보며 덧붙였다. "그럼 악숫카, 마님들하고 잘 놀고 있어." 그러고는 서둘러 나가버렸다.

"저 사람은 알고 있어. 바꿔치기한다는 이야기가 사실인 거야." 나바토프가 말했다. "어떻게 하실 건가요?"

"마을에 도착하면 관리에게 말해야죠. 내가 그 두 사람 얼굴을 압니다." 네흘류도프가 말했다.

다시 논쟁이 벌어질까봐 두려운 듯 모두가 입을 다물었다.

줄곧 널빤지 침상 한구석에 누워 말없이 두 손을 베개 삼아 머리에 받치고 있던 시몬손이 갑자기 결연히 일어나더니 앉아 있던 사람들을 조심스럽게 에돌아 네흘류도프에게 다가갔다.

"할말이 있는데, 들어주시겠습니까?"

"물론입니다." 네흘류도프가 대답하고 그를 따라나가려고 일어섰다.

일어서는 그를 바라보던 카튜샤가 그와 눈이 마주치자 얼굴을 붉히면서 미심쩍은 듯이 고개를 저었다.

"다름이 아니라," 시몬손이 네흘류도프와 단둘이 복도로 나오자 말을 꺼냈다. 복도에서는 형사범들의 와자한 말소리와 이따금 터져나오는 고함소리가 한층 더 뚜렷하게 들렸다. 네흘류도프는 눈살을 찌푸렸지만 시몬손은 신경쓰지 않는 듯했다. "당신과 카테리나 미하일로브나의 관계를 알기 때문에," 그가 네흘류도프의 얼굴을 부드러운 눈길로 조심스럽게 바라보며 말했다. "이러는 것이 내 의무라고 생각했습니다." 그는 말을 이었으나 가까이 칸막이 뒤편에서 다투는 두 사람의 목소리가 한꺼번에 터져나와 말을 멈춰야 했다.

"그러니까 다들 말하잖아, 이 얼간이야, 내 게 아니라고!" 한 목소리가 고함질렀다.

"납작하게 밟아줄까, 개자식아." 다른 걸걸한 목소리가 외쳤다.

그때 마리야 파블로브나가 복도로 나왔다.

"이런 데서 얘기가 될 리 있나요." 그녀가 말했다. "이쪽으로 오세요, 이 방에는 베로치카밖에 없어요." 그러고는 앞장서서 원래는 독방이었지만 지금은 여자 정치범들이 마음대로 쓰게 된 옆방으로 이끌었다. 널빤지 침상에는 베라 예프레모브나가 머리까지 담요를 뒤집어쓰고 누워 있었다.

"편두통으로 자고 있어서 못 들을 거예요. 저도 나갈게요!" 마리야 파블로브나가 말했다.

"아니, 그냥 있어줘." 시몬손이 말했다. "나는 누구한테도 비밀이 없고 당신에게는 더욱 그래."

"그럼 좋아." 마리야 파블로브나는 대답하고 널빤지 침상 깊숙이 걸터앉아 아이처럼 몸을 좌우로 움직이면서 아름다운 양 같은 눈으로 먼 곳을 막연히 바라보며 들을 준비를 했다.

"그러니까 할말은 다름이 아니라," 시몬손이 되풀이했다. "당신과 카테리나 미하일로브나의 관계를 알기 때문에, 그녀에 대한 내 마음을 알려야 한다고 생각했습니다."

"그게 무슨 말이죠?" 네흘류도프는 시몬손의 솔직하고 성실한 태도에 감탄하며 되물었다.

"그러니까, 나는 카테리나 미하일로브나와 결혼하고 싶습니다……"

"어머, 세상에!" 마리야 파블로브나가 시몬손의 얼굴에 시선을 고정하며 말했다.

"……그래서 그녀에게 청혼하기로 마음먹었습니다, 아내가 되어달라고요." 시몬손이 말을 이었다.

"내가 무슨 일을 할 수 있겠습니까? 그건 어디까지나 그녀에게 달린 문제예요." 네흘류도프가 말했다.

"그렇죠, 하지만 그녀는 당신 없이는 이 문제를 결정하지 못할 겁니다."

"왜지요?"

"그녀는 당신과의 관계가 근본적으로 해결되지 않으면 아무것도 선택할 수 없을 테니까요."

"나는 이미 그 문제의 결론을 내렸습니다. 나는 내가 해야 한다고 생각하는 일을 하고 있고, 그녀의 처지가 조금이라도 가벼워지길 바랄 뿐입니다. 하지만 어떤 경우에라도 그녀를 구속할 생각은 없습니다."

"그렇군요, 하지만 그녀는 당신의 희생을 기뻐하고 있지 않습니다."

"절대 희생이 아닙니다."

"그리고 난 그녀가 절대로 생각을 바꾸지 않을 거라고 생각합니다."

"그렇다면 나하고 무슨 얘기를 하고 싶은 겁니까?" 네흘류도프가 말했다.

"당신이 그녀의 생각을 인정해주시길 원합니다."

"내가 의무라고 생각하는 일을 하지 말라는 건데 그걸 내가 인정할 수 있겠습니까. 내가 말할 수 있는 건 오직 한 가지, 나는 자유롭지 못하지만 그 사람은 자유롭다는 겁니다."

시몬손은 생각에 잠겨 잠시 침묵했다.

"좋습니다, 그녀에게 그렇게 전하겠습니다. 하지만 내가 그녀에게 반했다고 생각하진 말아주십시오." 그가 말을 이었다. "저는 그녀가 온갖 고통을 겪어온 훌륭한 인간이라서 사랑합니다. 그녀에게 바라는 건 아무것도 없습니다. 힘이 되어주고 지금의 처지를 조금이라도……"

네흘류도프는 시몬손의 목소리가 떨리는 것을 듣고 놀랐다.

"그녀의 처지를 조금이라도 나아지게 하고 싶을 뿐입니다." 시몬손이 말을 이었다. "만일 그녀가 당신의 도움이 아니어도 좋다고 한다면 내 도움을 받게 해주십시오. 그녀가 동의한다면 나도 그 유형지로 보내달라고 청원할 생각입니다. 사 년이란 세월은 결코 길지 않습니다. 내가 그녀 곁에서 지낸다면 어쩌면 그 운명을 조금이라도 가볍게 해줄……" 그는 흥분 때문에 다시 말을 멈췄다.

"내가 무슨 말을 할 수 있겠습니까?" 네흘류도프가 말했다. "나는 그 녀에게 당신 같은 보호자가 나타난 게 진심으로 기쁘고……"

"내가 알고 싶었던 것이 바로 그겁니다." 시몬손이 계속했다. "그녀를 사랑하고 그녀의 행복을 바라는 당신이 우리의 결혼을 좋게 받아들이실지 알고 싶었습니다."

"오, 그렇고말고요." 네흘류도프가 단호하게 말했다.

"모든 건 그녀에게 달렸습니다. 나는 그 고통받는 영혼이 쉴 수 있기만 바랄 뿐입니다." 시몬손이 여느 때의 음울한 표정과는 달리 어린애 같은 부드러운 표정으로 네흘류도프를 바라보며 말했다.

시몬손이 일어나서 수줍은 미소를 띠며 네흘류도프의 손을 잡고 그의 손에 입을 맞췄다.

"그럼 그렇게 그녀에게 말하겠습니다." 그는 이렇게 말하고 나갔다.

17

"아, 이게 웬일이죠?" 마리야 파블로브나가 말했다. "반한 거죠, 완전히 반한 거예요. 블라디미르 시몬손이 애들처럼 그런 맹목적이고 유치한 사랑에 빠지다니 정말 상상도 못할 일이에요. 놀랍기도 하고, 솔직히 어이가 없군요." 그녀가 한숨으로 말을 맺었다.

"그런데 카챠는 어떨까요? 그 사람은 이 문제를 어떻게 생각할 것 같습니까?" 네흘류도프가 물었다.

"카챠요?" 마리야 파블로브나는 이 물음에 가능한 한 분명하게 답하기 위해 잠시 말을 멈췄다. "카탸요? 글쎄요, 당신도 아시다시피 그녀는 그런 과거가 있긴 해도 본성이 도덕적인데다…… 아주 섬세한 감정을 가졌고…… 당신을 사랑하죠, 진심으로 사랑해요. 그리고 자기 때문에 당신이 낭패를 보지 않도록 하기 위해서라면 소극적인 선행이라도 할 수 있다는 걸 행복으로 여겨요. 그녀에게 당신과의 결혼은 이전의 어떤 타락보다도 훨씬 무서운 타락일 것이기 때문에, 그래서 아마 절대로 동의하지 않을 거예요. 사실 당신의 존재는 그녀를 불안하게 하고 있어요."

"그럼 어떻게 하면 좋겠습니까, 내가 사라져버려야 할까요?" 네흘류도프가 말했다.

마리야 파블로브나가 특유의 귀엽고 앳된 미소를 지었다.

"그렇죠, 어느 정도는."

"어느 정도 사라진다니, 어떻게요?"

"농담이에요. 하지만 제가 해두고 싶은 말은, 그녀도 이미 시몬손의 어리석은 열정적인 사랑에(그는 그녀에게 아무 말도 하지 않았지만), 마음이 끌리기도 하고 두렵기도 할 거란 거예요. 물론 제가 이런 일에 이러쿵저러쿵할 자격은 없지만, 제가 보기에 시몬손이 어떤 가면을 썼건 간에 지금 그의 감정은 지극히 평범한 남자의 감정이에요. 본인은 이 사랑이 자기 내면의 에너지를 고양해준다느니 플라토닉 러브라느니 하지만 전 알아요. 설령 그것이 특별한 사랑일지라도 그 밑바닥에는 분명 추악한 것이 숨어 있지요…… 노보드보로프와 류보치카*의 사랑

---

* 류보피의 애칭.

276

처럼요."

마리야 파블로브나는 자기가 좋아하는 주제에 빠져 문제에서 벗어나버렸다.

"그럼 나는 어떡해야 할까요?" 네흘류도프가 물었다.

"그녀에게 말해야 한다고 생각해요. 언제나 모든 것을 명확하게 하는 것이 좋으니까요. 그녀와 대화해보세요, 불러드릴게요. 어떠세요?" 마리야 파블로브나가 말했다.

"그렇게 하죠." 네흘류도프가 대답했고, 마리야 파블로브나는 나갔다.

작은 방에 혼자 남은 네흘류도프는 이따금 신음소리에 끊기는 베라 예프레모브나의 조용한 숨소리와 두 개의 문 너머 형사범들의 감방에서 줄곧 들려오는 와자한 소음을 들으며 묘한 감정에 사로잡혔다.

시몬손이 한 말은 네흘류도프의 마음이 약해질 때마다 그 자신을 괴롭혔던 의무, 스스로 짊어진 의무에서 해방되는 듯한 느낌을 주었지만, 이상하게도 그는 불쾌하고 고통스럽기까지 했다. 이 감정 속에는 시몬손의 제안이 그의 비상한 행위를 파괴하고 그가 바치려는 희생의 가치를 그 자신은 물론이고 타인 앞에서 깎아내렸다는 불만이 섞여 있었다. 그녀와 아무런 인연이 없는 훌륭한 남자가 그녀와 운명을 함께하려 한다면, 네흘류도프의 희생은 이제 의미를 상실하게 되는 것이었다. 어쩌면 그 감정 속에 단순한 질투가 있는지도 모른다. 그는 자기를 향한 그녀의 사랑에 너무나 익숙해져 그녀가 다른 남자를 사랑할 수도 있다는 것을 도저히 상상할 수 없었다. 또한 그가 세운 계획, 즉 그녀가 형기를 마칠 때까지 곁에서 함께하겠다는 계획이 무산되는 것이 불만스럽기도 했다. 만일 그녀가 시몬손과 결혼한다면, 그는 불필요한 존재가 될 것이고, 그는 또다시 새로운 생활을 설계해야 할 것이다. 그가 미처 감정을 정리하기도 전에 문이 열렸고, 형사범 감방의 왁자한 소음이 한층 더 크게 들려왔고(오늘 그들에게 뭔가 특별한 일이 있는 모양이었다), 카튜샤가 방으로 들어왔다.

그녀가 종종걸음으로 그에게 다가왔다.

"마리야 파블로브나가 가보라고 하던데요." 그녀가 가까이에서 걸음을 멈추며 말했다.

"아, 잠시 할 얘기가 있어서. 좀 앉아요. 방금 블라디미르 이바노비치*에게 얘기 들었어요."

그녀는 무릎에 두 손을 포개고 앉았다. 평온해 보였지만 네흘류도프가 시몬손의 이름을 말하자마자 갑자기 그녀의 얼굴이 홍당무처럼 빨개졌다.

"그 사람이 대체 무슨 말을 하던가요?" 그녀가 물었다.

"당신하고 결혼하고 싶다고요."

그녀는 갑자기 고통스러운 듯 얼굴을 찌푸렸다. 그리고 말없이 눈을 내리떴다.

"그 사람이 나에게 동의랄까 조언을 구했어요. 나는 모든 건 당신에게 달려 있으며 당신이 결정해야 할 문제라고 말했고."

"아, 그게 무슨 말이죠? 왜요?" 언제나 네흘류도프의 마음을 유독 강렬하게 흔드는 그 묘한 사시의 눈으로 그녀가 그의 눈을 쳐다보며 말

---

* 블라디미르 시몬손의 부칭.

했다. 두 사람은 잠시 말없이 눈만 마주쳤다. 그 눈은 서로에게 많은 것을 이야기하고 있었다.

"당신이 결정할 일이에요." 네흘류도프가 되풀이했다.

"뭘 결정하라는 거죠?" 그녀가 반문했다. "벌써 다 결정된 일 아닌가요."

"아니, 당신이 결정해야 해요, 블라디미르 이바노비치의 청혼을 받아들일지 받아들이지 않을지 당신이 직접." 네흘류도프가 말했다.

"제가 어떻게 누군가의 아내가 돼요, 징역수인 제가 어떻게요? 왜 제가 블라디미르 이바노비치 인생까지 망쳐야 하나요?" 그녀가 잔뜩 찌푸리며 말했다.

"그래요, 하지만 사면을 받게 된다면?" 네흘류도프가 말했다.

"아, 저를 좀 내버려두세요. 더이상 할말도 없어요." 그녀는 말하고 일어나 방에서 나가버렸다.

18

네흘류도프가 카튜샤의 바로 뒤편 남자 감방으로 돌아왔을 때는 모두가 흥분한 상태였다. 여기저기 돌아다니면서 누구와도 쉽게 친해지고 무엇이고 관찰하는 나바토프가 놀라운 소식을 가져왔다. 강제징역형을 선고받은 페틀린이라는 혁명가가 써놓은 쪽지를 그가 벽에서 발견했다는 것이었다. 사람들은 모두 페틀린이 이미 카라*에 가 있는 줄 알았는데, 최근 그가 형사범들과 이 길을 지나간 것이다.

쪽지에는 이렇게 적혀 있었다.

8월 17일, 나는 홀로 형사범들 무리에 끼여 호송되었다. 네베로프가 함께 있었지만 그는 카잔의 정신병원에서 목을 매어 죽었다. 나는 건강하고 원기 왕성하며 만사를 낙관하고 있다.

모두 페틀린의 처지와 네베로프의 자살 원인을 두고 논쟁했다. 크릴초프만 반짝이는 눈으로 물끄러미 앞을 응시하며 말없이 생각에 잠겨 있었다.

"남편이 말하는데 네베로프가 페트로파블롭스크 요새감옥에 있었을 때부터 환영을 보았대요." 란체바가 말했다.

"맞아, 시인에 공상가 같은 그런 사람은 독방을 견디지 못해." 노보드보로프가 말했다. "내가 독방에 있었을 때는 모든 상상력을 정지시키고 시간을 체계적으로 쓰며 벼르고 있었지. 그래서 잘 견딜 수 있었어."

"못 견딜 게 뭐 있어? 난 독방에 있을 때마다 즐겁기만 하던걸." 나바토프가 암울한 기분을 쫓아내려는 듯 씩씩한 목소리로 말했다. "항상 두려워하며 잡히지는 않을까, 다른 사람들을 말려들게 하진 않을까, 일을 망치는 건 아닐까 마음 졸이지만, 일단 잡혀버리면 그것으로 책임은 끝이라 오히려 마음놓고 쉴 수 있거든. 편히 앉아서 담배도 피울 수 있고."

"넌 그 사람과 잘 알던 사이야?" 마리야 파블로브나가 갑자기 표정이

---

* 시베리아 동부의 강. 1873~1890년까지 정치범들이 이곳 금광에서 노역했다.

바뀐 크릴초프의 핼쑥한 얼굴을 불안하게 바라보며 물었다.

"네베로프가 공상가라고?" 크릴초프가 오랫동안 소리 지르거나 노래 부른 사람처럼 가쁘게 숨을 몰아쉬며 불쑥 말을 꺼냈다. "네베로프는 우리 건물 수위 말대로 하자면, 지구에서 흔치 않은 인간이었어…… 그래…… 그 사람은 온몸이 수정처럼 투명한 사람이었지. 그래…… 거짓말은 물론이고 가식도 전혀 없는 사람이었어. 살갗이 엷다 못해 온몸의 살갗이 벗겨지고 신경이 모두 드러난 사람 같을 만큼. 그래…… 생각이 너무나 많고 풍부한 감성을 타고난, 좀처럼 보기 드문…… 뭐, 이런 말을 해서 뭐해!……" 그는 잠시 입을 다물었다. "우리는 뭐가 더 나은지 논쟁만 하고 있지," 크릴초프가 혐오스러운 듯 눈살을 찌푸리며 말했다. "먼저 민중을 계몽한 뒤 생활양식을 개혁해야 하는가, 아니면 먼저 생활양식을 바꾼 뒤에 민중을 계몽해야 하는가, 그다음에는 어떻게 투쟁할 것인가, 온건한 계몽인가 테러인가? 논쟁만 일삼아. 그런데 그들은 논쟁 같은 건 하지 않아, 자신들이 해야 할 일을 아니까. 그리고 그들은 몇십 명 몇백 명이 죽든 관심도 없어! 오히려 그들이 원하는 건 훌륭한 인물들이 죽어주는 거야. 그래, 게르첸*도 말했지, 십이월당원들이 모조리 처형됐을 때 사회 수준이 떨어졌다고. 어찌 안 떨어지겠어! 그뒤 게르첸도 그 동료들도 모두 제거되지 않았느냐 말이야. 지금은 세상의 네베로프들을……"

"모두를 말살시킬 순 없을 거야." 나바토프가 힘찬 목소리로 말했다. "싹을 틔울 씨앗은 언제나 남기 마련이야."

---

* 알렉산드르 게르첸(1812~1870). 러시아의 급진적 사상가이자 혁명가.

"아니, 남지 않아. 우리가 그들에게 관대한 이상." 크릴초프가 아무에게도 끼어들 틈을 주지 않으려는 듯 언성을 높였다. "담배나 한 대 줘."

"네 몸에 해로워, 아나톨리," 마리야 파블로브나가 말했다. "제발 피우지 마."

"아, 내버려둬." 그는 언짢은 듯 말하고 담배에 불을 붙여 물었지만 당장 기침하기 시작했다. 그러다가 헛구역질을 했다. 그가 침을 뱉고 나서 말을 이었다. "우리는 엉뚱한 짓을 해왔어, 그래, 엉뚱한 짓이었어. 논쟁을 일삼을 게 아니라 모두 일치단결해서…… 그자들을 없애버려야 해. 그래."

"하지만 그들 또한 사람이잖습니까." 네흘류도프가 말했다.

"아니요, 그자들은 사람이 아닙니다. 그런 짓을 그렇게 태연하게 할 수 있다면…… 아닙니다, 듣자 하니 폭탄과 기구氣球가 발명됐다고 하던데요. 그래요, 기구를 타고 하늘로 올라가 그자들 머리 위로 폭탄을 퍼부어 빈대 잡듯 죄다 쓸어버리는 거야…… 그래요, 왜냐하면……" 그는 계속 말하려 했으나 별안간 얼굴이 새빨개지며 더 심하게 기침을 했고 왈칵 피를 토했다.

나바토프는 눈을 퍼오려고 뛰어나갔다. 마리야 파블로브나가 쥐오줌풀 물약을 꺼내 권했지만 그는 눈을 감은 채 앙상하고 핏기 없는 손으로 그녀를 밀쳐냈고 괴로운 듯 가쁘게 숨을 몰아쉬었다. 눈과 찬물로 그를 얼마간 진정시키고 자리에 눕혔다. 네흘류도프는 그들과 작별인사를 나누었고, 그를 데려가려고 아까부터 한참 기다렸던 부사관과 출구로 걸어갔다.

형사범들은 이제 잠잠해졌고 대부분 잠들어 있었다. 감방 안을 보니 죄수들이 널빤지 침상 위에도 밑에도 통로에도 누워 있었는데 미처 자리를 잡지 못한 일부는 복도 마룻바닥에서 자루를 베개 삼아 축축한 죄수복을 뒤집어쓴 채 누워 있었다.

문 너머와 복도에서 코고는 소리, 신음소리, 잠꼬대하는 소리가 들렸다. 죄수복을 뒤집어쓴 인간의 형상들이 뭉쳐져 이루어진 덩어리가 어디서건 보였다. 독신자 형사범 감방에서만 몇 사람이 잠을 자지 않고 한구석에서 거의 다 타들어간 양초 주위에 둘러앉아 있다가 병사를 보자 불을 훅 불어 껐다. 한 노인이 복도의 램프 밑에 앉아 있었다. 노인은 발가벗고 앉아 속옷에 붙은 이를 잡고 있었다. 정치범 감방의 불결한 공기는 악취가 진동하는 이곳 공기에 비하면 그래도 맑은 편이었다. 램프가 안개처럼 뿌연 그을음을 뱉어내 숨쉬기조차 힘들었다. 잠든 사람들을 밟거나 걷어차지 않고 복도를 지나기 위해서는 계속 발 디딜 곳을 미리 살피며 한쪽 발을 먼저 딛고 그다음 걸음 뗄 곳을 찾아야 했다. 한편 복도에서조차 잘 곳을 찾지 못한 세 사람은 현관방에 자리를 잡았는데, 지독한 악취에 널빤지를 잇댄 틈새에서 오물이 흘러나오는 변기통 바로 옆에 누워 있었다. 그중 하나는 네흘류도프가 이동하면서 자주 보았던 바보 노인이었다. 또하나는 열 살쯤 된 소년인데, 그는 두 죄수 사이에 누워 한쪽 손을 볼에 괸 채 다른 사람의 다리를 베고 잠들어 있었다.

문밖으로 나오자 네흘류도프는 발을 멈춘 채 가슴을 펴고 시린 공기를 깊이 들이마셨다.

19

별이 총총한 밤이었고, 군데군데 진창이 남아 울퉁불퉁하게 얼어붙은 길을 걸어 여관으로 돌아온 네흘류도프가 컴컴한 창문을 두드리자 어깨가 떡 벌어진 젊은 일꾼이 맨발로 나와 문을 열어주고 현관방으로 그를 들였다. 입구 오른쪽, 굴뚝 없이 페치카만 때는 오두막에서 마부들이 코고는 소리가 들렸다. 문밖 안마당에서는 말들이 떼를 지어 귀리 씹는 소리가 들렸다. 왼쪽에는 소박한 응접실로 통하는 문이 있었다. 이 응접실에서는 쑥냄새와 땀냄새가 풍기고 칸막이 너머에서는 힘차고 건강한 사람의 규칙적인 코골이 소리가 들려왔고, 성상화 앞의 등불은 붉은 유리 속에서 타고 있었다. 옷을 벗은 네흘류도프는 방수포 씌운 소파에 담요를 깔고 자신의 여행용 가죽베개를 베고 누워, 오늘 하루 보고 들었던 것을 차례차례 머릿속에 떠올려보았다. 변기통에서 흐른 끈적끈적한 오물 위에서 다른 죄수의 다리를 베고 누워 자던 소년의 모습이 가장 충격적이었다.

오늘 저녁 시몬손과 카튜샤와 나눈 대화는 뜻밖인데다 중요한 것이었지만, 그는 이 일을 마음에 오래 담아두지 않았다. 이 문제에 대한 그의 입장은 너무 복잡한 동시에 막연해서 이 생각은 가능한 한 머릿속에서 몰아냈다. 그러나 숨막히는 공기 속에서 거친 숨을 내쉬던 불행한 사람들, 변기통에서 흘러나온 악취 진동하는 끈적끈적한 오물 위에서 뒹굴고 있던 사람들, 특히 징역수의 다리를 베고 잠든 천진한 얼굴의 소년이 내내 머리에서 떠나지 않았다.

어딘가 먼 곳에서 사람들이 다른 사람들에게 온갖 종류의 타락과 비인간적인 굴욕과 고통을 겪게 하며 인간성을 말살시키고 있다는 것을 머리로 아는 것과 석 달 동안 그것을 직접 눈으로 보는 것 사이에는 커다란 차이가 있었다. 네흘류도프는 이것을 모두 목격했다. 그는 지난 석 달 동안 끊임없이 스스로에게 물었다. '다른 사람들이 보지 못하는 일을 보는 내가 미치광이인가, 아니면 내가 보고 있는 일을 직접 실행하고 있는 그들이 미치광이인가?' 그러나 사람들은(그들은 아주 많았다) 그토록 그를 놀라게 하고 등골을 오싹하게 만드는 짓을 태연하게 자행했고 마땅히 해야 하는 일로 알 뿐만 아니라, 아주 유익하고 중대한 일이라고 확신하며 행했다. 그러므로 그들을 모두 미치광이라고 단정할 수는 없었다. 그렇다고 자신을 미치광이로 생각할 수도 없었는데, 왜냐하면 그는 명료한 사고와 판단력을 지닌 인간이기 때문이었다. 그래서 그는 줄곧 의혹에 사로잡혀 있었다.

석 달 동안 네흘류도프가 본 것은 대체로 다음과 같았다. 법원이나 행정기관은 자유의 몸으로 살아가는 사람들 중에서 신경질적이고 성마르고 쉽게 흥분하는 사람들, 유능하고 강인하고 다른 사람들보다 덜 교활하고 덜 신중한 사람들을 선별한다. 하지만 그들이 자유의 몸으로 남은 사람들에 비해 죄가 더 있다거나 사회에 더 위험한 것은 아니다. 그들은 교도소나 죄수 숙영지나 유형지 등에 수감되어 몇 달이고 몇 년이고 물질적 보장 아래 완전한 허송세월을 보내며, 인간이 자연스러운 도덕적 생활을 누리기 위해 필요한 모든 필요조건, 즉 자연과 가족과 건강한 노동으로부터 격리된다. 이것이 첫번째 관찰이다. 둘째, 이 사람들은 이러한 시설에서 쇠사슬, 삭발, 치욕스러운 죄수복 등 온갖 굴욕을 당하는데, 즉 세간의 평판에 대한 염려, 수치의 자각, 인간의 존엄성에 대한 의식 등 연약한 자들이 선량하게 생활할 수 있는 원동력을 박탈당한다. 셋째, 이들은 끊임없이 생명의 위협에 처하는데, 일사병이나 익사, 화재, 폐쇄된 공간에서 발생하는 전염병, 피로, 구타로 인한 죽음 등 특수한 경우들은 말할 것도 없고, 아무리 선량하고 도덕적인 인간이라도 자기방어의 수단으로 잔학한 행위를 할 수밖에 없거나 타인에게도 잔학하고 끔찍한 행위를 허용하게 되는 처지에 줄곧 놓인다. 넷째, 이들은 오로지 생활조건 때문에(특히 이런 시설들 때문에) 타락한 색정광들, 살인자들, 악한들과 강제적으로 섞이고, 타락한 자들은 밀가루 반죽에 넣은 효모처럼 아직 인간이라는 수단에 의해 완전히 타락하지 않은 모든 이들에게 영향을 미친다. 마지막 다섯째, 이러한 영향에 노출된 사람들 모두에게는 온갖 폭력, 잔혹 행위, 만행이 금지되지 않을 뿐 아니라 그것이 정부에 이익이 된다면 언제라도 허용된다는 생각, 그러므로 속박, 곤궁, 결핍에 처한 자들에게는 더욱 허용된다는 생각이 가장 확실한 방법으로 주입되는데, 그 방법이란 그들 신체에 가해지는 온갖 비인간적 행위, 즉 어린아이, 여자, 노인을 고문하고, 몽둥이와 채찍으로 구타하고, 탈옥수를 산 채로든 죽은 채로든 잡기만 하면 상금을 주고, 부부를 떼어놓아 남의 아내와 남의 남편을 동거하게 하고, 총살하고 교살하는 것 등이다.

이 모든 제도는 다른 조건에서는 달성될 수 없는 극도의 타락과 악행을 만들어내기 위해, 그리고 극도의 악행과 타락을 모든 민중에게 확산시키기 위해 일부러 고안된 것 같았다. 되도록 많은 사람을 타락시키려면 어떻게 하는 것이 가장 효과적이고 확실한 방법인가, 라는 과제가 주어지기라도 한 것처럼.' 네흘류도프는 교도소와 숙영지에서 벌어지는 일들을 떠올리면서 숙고했다. 수십만 명이 해마다 극도의 타락에 빠지고, 그들이 결국 완전히 타락하게 되면, 교도소에서 익힌 타락을 모든 민중에게 퍼뜨리도록 그들을 자유의 세계로 내보내는 것이다.

튜멘, 예카테린부르크, 톰스크 등지의 교도소와 숙영지에서 네흘류도프는 사회가 스스로 설정한 듯 보이는 이 목표가 얼마나 성공적으로 달성되고 있는지 목격했다. 러시아 사회, 농촌, 그리스도교의 도덕적 요구를 따르던 소박하고 평범한 사람들이 지금까지의 생활관념을 저버리고 이익이 된다면 어떠한 비인간적인 모독도 구타도 횡포도 눈감는 교도소의 새로운 관념을 습득한다. 교도소에서 지내본 사람들은 자신들이 직접 겪은 경험으로 미루어, 교회나 윤리 교사들이 가르치는 인간에 대한 존경과 연민의 도덕률은 사실상 폐기되었으므로 굳이 지킬 필요가 없다고 온몸으로 느낀다. 네흘류도프는 표도로프, 마카르, 심지어 타라스에 이르기까지 그가 아는 모든 죄수에게서 그 사실을 확인했다. 여러 숙영지를 전전한 지난 두 달 동안 부도덕한 생각에 빠져 네흘류도프를 깜짝 놀라게 했던 타라스도 마찬가지였다. 이동하는 도중 네흘류도프는 어떤 부랑자들이 타이가로 도망치면서 동료들을 꾀어내 데려갔고 나중에 그들을 죽여 인육을 먹었다는 이야기를 들었다. 그는 체포되어 자백한 죄수를 직접 보았다. 그러나 무엇보다도 무서운 것은 이러한 식인 사건이 그치지 않고 되풀이되고 있다는 점이다.

이런 시설들에서 벌어지고 있듯 악덕이 특수한 방식으로 계속 배양된다면 러시아인들은 모두 그 부랑자들처럼 될 수 있고, 니체의 새로운 사상을 선취한 듯 모든 것이 허용된다고, 금지된 것은 하나도 없다고 생각한 그 부랑자들은 처음에는 죄수들에게, 그다음에는 민중에게 악덕을 퍼뜨릴 것이다.

현재 행해지는 모든 것을 정당화하는 유일한 설명은 많은 책에 적혀 있듯 예방, 위협, 교정, 그리고 합법적 보복이다. 그러나 현실에서는 첫째 것도, 둘째 것도, 셋째 것도, 넷째 것도, 심지어 그 유사한 것도 없었다. 예방은커녕 범죄가 확산될 뿐이었다. 범죄자를 위협하기는커녕 그들을 북돋아 그들 대다수가 부랑자처럼 제 발로 감옥에 찾아온 듯했다. 그러므로 교정은커녕 온갖 악덕의 조직적 감염만 있을 뿐이었다. 보복의 요구는 당국의 처벌로는 채워지지 않았고 오히려 그럴 마음이 없던 민중 사이에 복수심을 키우는 결과만 낳았다.

'그럼 그들은 대체 왜 그런 짓을 하고 있는가?' 네흘류도프는 자문했지만 답을 찾을 수 없었다.

놀랍게도 이 모든 일은 우연이나 오해로 단 한 번 일어난 일이 아니라 이미 수백 년 전부터 꾸준히 일어났던 일이었다. 차이가 있다면 옛날에는 코를 베거나 귀를 자르고, 신체에 불도장을 찍어 쇠막대에 매달았으나 이제는 수갑을 채워 마차가 아니라 기관차나 증기선으로 실어 나른다는 것뿐이다.

네흘류도프를 분노하게 한 이 모든 문제에 대해 관리들은 수감 시설과 유형 시설의 불완전한 설비 때문이며 새로운 양식의 시설이 만들어지면 문제도 사라질 거라고 변명했지만, 그는 그 대답에 만족할 수 없었다. 그가 분노하는 이유는 수감 시설의 설비가 얼마나 완전한가 불완전한가에서 비롯된 것이 아니었기 때문이다. 그는 전기경보기까지 갖춘 완벽한 설비의 교도소에 대해서도, 타르드가 추천한 전기의자 사형에 대해서도 읽어보았지만 그처럼 완성된 폭력은 그를 더욱 분개시킬 뿐이었다.

네흘류도프가 가장 분노한 사실은, 민중에게 거둬들인 세금으로 막대한 봉급을 받는 법원이나 행정기관의 관리들이 자신들과 똑같은 관리가 역시 그 봉급을 받기 위해 쓴 책을 참고하면서 거기에 쓰인 법률을 위반한 사람들의 행위를 각각의 조항에 끼워맞추고 그 조항에 따라 사람들을 어딘가 먼 곳으로, 두 번 다시 그들을 볼 수 없는 먼 곳으로 추방해버리고 그렇게 쫓겨난 수백만 명의 정신과 육체가 잔학무도한 교도소장과 간수와 호송병들의 절대적인 권력 아래서 파멸해간다는 것이었다.

교도소와 숙영지를 더 가까이에서 보고 알게 된 네흘류도프는 죄수들 사이에서 자라는 음주, 노름, 무자비 등의 모든 악덕과 재소자들 사이에서 벌어지는 모든 무서운 범죄, 그리고 식인 행위까지도 결코 우연의 결과, 혹은 정부의 입맛에 맞게 아둔한 학자들이 주장하는 퇴화 현상, 범죄적 전형, 천성의 결함이 아니라 인간이 인간을 벌할 수 있다는 불가해한 망상의 필연적 결과라는 것을 보았다. 네흘류도프는 식인 행위도 타이가가 아니라 각 부처, 각 위원회, 각 국局에서 시작되어 타이가에서 결실을 맺은 것일 뿐이라고 생각했다. 이를테면 그의 매형을 비롯해 아래로는 사무관, 위로는 장관에 이르기까지 모든 법관과 관리는 자신들이 말하는 정의니 민중의 복지니 하는 것에는 관심이 없었고, 그들이 원하는 것은 오직 이 타락과 고통을 조장하는 대가로 지급받는 루블뿐이었다. 이것은 너무나 자명했다.

'정말 이 모든 것이 단지 잘못된 생각 때문에 빚어진 일이라고 할 수 있을까? 모든 관리에게 봉급을 보장해주고 특별 보상을 내려서라도 그런 짓을 멈추도록 할 순 없을까?' 네흘류도프는 생각했다. 생각에 젖어 있는 동안 벌써 닭이 두 번이나 홰를 쳤고, 조금만 몸을 뒤척여도 벼룩들이 분수처럼 튀어오르는데도 그는 깊은 잠에 빠졌다.

20

네흘류도프가 눈을 떴을 때 마부들은 이미 한참 전에 떠나고 없었고, 차를 다 마신 여주인이 땀이 밴 두꺼운 목을 손수건으로 닦으며 숙영지에서 병사가 쪽지를 가져왔다고 알렸다. 쪽지는 마리야 파블로브나가 쓴 것이었다. 그녀는 크릴초프의 발작이 생각보다 심각하다고 적었다.

그와 함께 이곳에 남고 싶었지만 허락을 받지 못해 그를 데리고 가게 되었습니다. 하지만 모든 게 걱정됩니다. 다음 도시에서라도 그를 남게 할 수 있다면 우리 중 누군가 한 사람이라도 남을 수 있게 힘을 써주세요. 만약 그와 결혼한 사이여야 한다면 기꺼이 제가 그렇게 하겠습니다.

네흘류도프는 말을 준비하도록 젊은 일꾼을 역으로 보내고 서둘러 짐을 챙겼다. 그가 두 잔째 차를 다 마시기도 전에 삼두 역마차가 포장도로처럼 단단하게 언 진창길을 따라 요란하게 방울소리와 수레바퀴 소리를 울리며 현관 계단 앞에서 멈췄다. 네흘류도프는 목이 두꺼운 여주인과 셈을 마치고 마차의 상인방에 훌쩍 뛰어올라 되도록 빨리 일행을 따라잡으라고 마부에게 일렀다. 방목장 문 가까이에 이르러 병약자들과 자루를 가득 싣고 수레바퀴에 녹기 시작한 언 진창길을 덜컹거리면서 가고 있는 짐마차들을 따라잡았다(장교는 먼저 떠나고 없었다). 한잔 들이켠 듯한 호송병들은 쾌활하게 지껄여대며 무리 뒤에서 양쪽으로 걸어가고 있었다. 짐마차 행렬은 꽤 길었다. 앞쪽 짐마차에는 병약한 형사범들이 여섯 명씩 옹색하게 타고 있었고 뒤쪽 세 대에는 짐마차 한 대에 세 명꼴로 정치범들이 타고 있었다. 맨 뒤 짐마차에는 노보드보로프와 그라베츠와 콘드라티예프가, 두번째 짐마차에는 란체바와 나바토프, 그리고 류머티즘을 앓는 병약한 여자 죄수가 마리야 파블로브나가 양보한 자리에 앉아 있었다. 세번째 짐마차에는 건초와 쿠션 위에 크릴초프가 누워 있었다. 그 옆 마부대에는 마리야 파블로브나가 앉아 있었다. 네흘류도프는 마부에게 크릴초프가 탄 짐마차 옆에 세워달라고 하고 내려서 다가갔다. 거나하게 한잔 걸친 호송병이 한 손을 저으며 제지했지만 네흘류도프는 개의치 않고 짐마차로 다가가 덧방나무를 잡고 나란히 걸었다. 털가죽 외투에 양피 모자를 쓰고 손수건으로 입을 가린 크릴초프는 더 여위고 핼쑥해져 있었다. 그의 크고 아름다운 눈이 유난히 반짝였다. 짐마차가 덜컹거려 약간씩 흔들리면서도 그는 네흘류도프에게서 눈을 떼지 않았고 상태에 대해 묻자 눈을 감은 채 성가신 듯 고개를 저었다. 그는 짐마차의 요동을 견디는 데 모든 힘을 쏟고 있는 게 분명했다. 마리야 파블로브나는 맞은편에 앉아 있었다. 그녀는 크릴초프의 상태가 걱정되는 듯 의미심장한 시선을 네흘류도프와 나누고는 곧장 쾌활한 목소리로 말했다.

"아마 그 호송대 장교도 마음이 불편했던 모양이에요." 그녀가 덜컹거리는 수레바퀴 소음에 묻히지 않도록 큰 소리로 네흘류도프에게 말했다. "부줍킨의 수갑을 풀어주어서 오늘은 아빠가 직접 딸아이를 안고 가는데 카탸와 시몬손이 따라가고 저 대신 베로치카도 같이 가고 있어요."

크릴초프가 마리야 파블로브나를 가리키며 뭐라고 말했는데 네흘류도프가 알아듣지 못하자 이맛살을 찌푸린 채 기침을 참으려고 애쓰며 고개를 저었다. 네흘류도프는 그의 말을 들으려고 얼굴을 바짝 가져다 댔다. 그러자 크릴초프가 입에서 손수건을 조금 떼고 소곤거렸다.

"이제 훨씬 좋아졌어요. 감기에 걸리지만 않으면 좋겠습니다."

네흘류도프는 그의 말에 고개를 끄덕이고는 마리야 파블로브나와 눈짓을 주고받았다.

"삼체문제三體問題는 어떻게 됐습니까?" 크릴초프가 다시 속삭이더니 괴로운 듯 힘겹게 미소 지었다. "해결은 어렵겠죠?"

네흘류도프가 무슨 말인지 이해하지 못하자 마리야 파블로브나가 나서서 그것은 세 개의 천체, 즉 태양과 달과 지구의 관계를 결정하는 유명한 수학문제인데, 네흘류도프와 카튜샤와 시몬손의 삼각관계를 빗대 그가 농담한 거라고 설명해주었다. 크릴초프는 자기가 한 농담에 대한 그녀의 설명에 만족한 듯 고개를 끄덕였다.

"그 문제를 푸는 사람은 내가 아닙니다." 네흘류도프가 말했다.

"제 쪽지는 받으셨죠? 도와주실 건가요?" 마리야 파블로브나가 물었다.

"물론입니다." 네흘류도프는 대답했고, 크릴초프의 얼굴에 불만의 빛이 떠오르는 걸 보고는 자기 마차로 돌아가 가운데가 아래로 휜 상인

방에 뛰어오른 뒤 울퉁불퉁한 길 때문에 심하게 흔들리는 짐마차 가장자리를 붙잡고서 잿빛 죄수복에 반외투를 입고 족쇄를 찬 채 두 사람씩 짝지어 1베르스타가량 앞서가던 일행을 앞질렀다. 네흘류도프는 길 반대쪽에서 카튜샤의 파란 머릿수건과 베라 예프레모브나의 검은 외투, 시몬손의 재킷과 털실로 뜬 모자, 샌들처럼 가죽끈으로 묶은 하얀 털양말을 발견했다. 시몬손은 두 여자와 나란히 걸으며 무언가 열심히 이야기하고 있었다.

네흘류도프를 보자 두 여자는 고개인사를 했고 시몬손은 정중히 모자를 들어올렸다. 네흘류도프는 딱히 할말도 없고 해서 마차를 세우지 않고 그들을 앞질렀다. 다시 평탄한 길로 나오자 마부는 더 속도를 올렸고, 길 양쪽으로 뻗은 짐마차 행렬을 에둘러 가기 위해서는 평탄한 길을 계속 벗어나야 했다.

온통 바퀴자국으로 깊게 파인 길은 어두운 침엽수림을 따라 쭉 뻗었는데, 길 양쪽은 아직 잎이 남은 자작나무와 낙엽송의 선명하고 노란 빛깔로 알록달록했다. 길게 뻗은 행렬을 절반쯤 따라잡은 곳에서 숲이 끝나자 양쪽으로 들판이 펼쳐졌고, 수도원의 금빛 십자가와 둥근 지붕이 보였다. 하늘은 청명했고. 구름이 걷히면서 태양이 숲 위로 높이 떠오르자 젖은 나뭇잎이며 물웅덩이, 둥근 지붕, 교회의 십자가가 햇빛에 빛났다. 저멀리 오른쪽으로는 회청색 산이 희미하게 모습을 드러냈다. 삼두마차는 근교의 큰 마을로 들어갔다. 마을의 거리는 러시아인, 온갖 기이한 모자와 겉옷을 걸친 이민족들로 가득했다. 술에 취하거나 취하지 않은 남녀들이 구멍가게, 음식점, 선술집, 짐마차 주위에 모여 떠들고 있었다. 도시가 가까워졌음을 알 수 있었다.

마부는 오른쪽 부마에게 채찍을 휘두르며 고삐를 당겼고 옆자리로
옮겨 앉더니 자못 솜씨를 뽐내듯 속도를 늦추지 않고 거리를 달려 나
루터가 있는 강가에 이르렀다. 물살이 센 강 한가운데에 나룻배가 보였
는데 저편에서 건너오는 모양이었다. 이편에는 짐마차가 스무 대쯤 기
다리고 있었다. 네흘류도프는 그다지 오래 기다리지 않았다. 물살을 거
슬러 상류 쪽으로 올라가던 나룻배가 급물살을 타고 금세 나루터 배다
리에 닿았던 것이다.

반외투에 나무껍질 신발을 신은, 큰 키에 어깨가 벌어지고 건장한
사공들이 익숙한 솜씨로 날쌔게 밧줄을 던져 말뚝에 매고 가로장을 치
운 뒤 싣고 온 짐마차들을 강기슭에 내려놓고 대기하던 짐마차들을 싣
기 시작했다. 순식간에 나룻배는 물을 보고 물러서는 말들과 짐마차들
로 가득찼다. 물살이 세고 넓은 강은 밧줄을 팽팽히 당기면서 나룻배의
뱃전을 후려쳤다. 나룻배가 가득찼을 때 네흘류도프의 역마차도 짐마
차에서 풀린 말들과 함께 사방에서 몰려드는 다른 마차들에 밀리면서
겨우 한쪽 구석에 자리잡았다. 사공들은 다시 가로장을 걸고 미처 타지
못한 사람들의 사정 따윈 아랑곳하지 않고 밧줄을 풀어 나룻배를 띄웠
다. 나룻배 위는 조용했고 어쩌다가 사공들의 발소리, 발을 바꾸느라
갑판에 부딪치는 말발굽소리만 들릴 뿐이었다.

21

네흘류도프는 물살이 거친 넓은 강을 바라보며 나룻배 뱃전에 서 있

었다. 그의 머릿속에서는 두 가지 형상이 동시에 떠올랐다. 덜컹거리는 짐마차 위에서 머리가 흔들거리며 분노 속에서 죽어가던 크릴초프, 그리고 길 한쪽에서 시몬손과 힘차게 걸어가던 카튜샤였다. 각오할 틈도 없이 죽어가던 크릴초프의 모습에서 쓰라린 슬픔의 인상을 받았다. 또 하나는 시몬손 같은 남자의 사랑을 얻은데다 지금은 확고하고 올바른 길에 들어선 씩씩한 카튜샤가 준 인상이었는데, 기뻐해야 할 일인데도 괴로웠고, 네흘류도프는 그 괴로움을 이겨낼 수 없었다.

도시에 있는 교회의 커다란 종이 울리며 둔탁한 금속성의 은은한 여운이 강물에 실려 들려왔다. 네흘류도프 옆에 서 있던 역마차의 마부도, 짐마차의 마부들도 잇따라 모자를 벗고 성호를 그었다. 다만 뱃전 난간 가까이에 서 있는 작은 키에 머리가 텁수룩한 노인만이, 네흘류도프도 처음에는 주의를 기울이지 않았던 그 노인만이 성호를 긋지 않고 고개를 든 채 네흘류도프를 찬찬히 응시하고 있었다. 노인은 해진 여름 외투에 나사 잠방이를 입고 역시 해진 나무껍질 신발을 신고 있었다. 어깨에는 작은 자루를 메고 머리에는 운두가 높은 닳아빠진 털모자를 쓰고 있었다.

"영감, 당신은 왜 기도를 올리지 않는 겁니까?" 네흘류도프의 마부가 모자를 고쳐 쓰며 말했다. "세례를 받지 않으셨나?"

"누구한테 기도한다는 건가?" 텁수룩한 노인은 단호하면서도 공격적인 말투로 한 마디 한 마디 또박또박 발음했다.

"누구한테긴, 빤하잖아, 하느님이지." 마부가 조롱하듯 말했다.

"그럼 그게 어디 있는지 나한테 보여봐, 하느님 말이야."

노인의 표정에 어딘지 모르게 진지하고 늠연한 구석이 있어 역마차 마부는 만만찮은 상대에게 걸려들었구나 생각하며 약간 당황했지만, 그런 내색은 하지 않고 많은 사람 앞에서 말문이 막혀 창피를 당하지 않으려고 애쓰며 얼른 대꾸했다.

"어디긴요? 뻔하지, 하늘이지 어딥니까."

"거기 가보기라도 했나?"

"가보지 않아도 하느님에게 기도해야 한다는 건 누구나 다 아는 거 아닙니까."

"하느님을 봤다는 사람은 본 적이 없어. 아버지 품안에 있는 독생자에게만 보여주었을 뿐이야." 노인이 엄격한 얼굴로 눈살을 찌푸리며 여전히 단호하게 말했다.

"영감은 아무래도 그리스도교도가 아닌가보군요, 구멍교도인가, 구멍이라도 믿나." 마부가 채찍 자루를 허리춤에 꽂고 부마의 봇줄을 손보며 말했다.

누군가 웃음을 터뜨렸다.

"그럼 당신이 믿는 종교는 뭡니까?" 뱃전의 짐 옆에 서 있던 중년 남자가 물었다.

"나는 신앙이 없습니다. 나 자신 외에는 아무도 믿지 않소." 노인이 이번에도 단호한 어조로 대답했다.

"어떻게 자기 자신을 믿을 수 있습니까?" 네흘류도프가 대화에 끼어들었다. "잘못을 저지를 수도 있잖습니까."

"천만에, 그럴 일은 없소." 노인이 고개를 저으며 결연히 대답했다.

"그렇다면 어째서 그렇게 많은 종교가 있을까요?" 네흘류도프가 물었다.

"모두들 자기 자신을 믿지 않고 다른 사람들을 믿으려 하기 때문이오. 나도 한때는 다른 사람들을 믿고 타이가를 헤매듯 방황했었소. 미로를 헤매듯 빠져나갈 수가 없었지. 구교니 신교*니 토요안식교니 채찍파니 사제인정파니 사제부정파니 오스트리아파니 몰로칸교니 거세파니 할 것 없이 어느 종파고 모두 자기들만 옳다 하지요. 모두 눈먼 개처럼 그저 사방을 기어다닐 뿐이란 말이오. 종파는 넘쳐나지만 영혼은 하나예요. 당신 안에도, 내 안에도, 저 사람 안에도 영혼이 있소. 그러니까 모두가 자신의 영혼만 믿으면 세상은 하나가 될 수 있단 말이오. 모두가 자신을 믿으면 하나가 될 수 있소."

노인은 큰 소리로 말하며 줄곧 주위를 둘러보았고, 되도록 더 많은 사람이 듣길 바라는 것 같았다.

"당신은 오래전부터 그런 믿음을 가지고 계셨습니까?" 네흘류도프가 물었다.

"나 말이오? 벌써 오래전이오. 그 때문에 쫓겨다닌 지가 벌써 이십삼 년째요."

"쫓겨다닌다니, 왜 그렇습니까?"

"예수그리스도가 그랬듯이 나도 쫓겨다니고 있소. 붙잡혀서 재판정으로, 사제들한테로, 학자들한테로, 바리새파한테로 여기저기 사방으로 끌려다녔고, 정신병원에 처넣어진 적도 있소. 하지만 아무도 나를 어떻게 할 순 없어요, 난 자유로우니까. 다들 묻지요. '네 이름이 뭐냐?' 모두들 내게 이름이 있다고 생각하지요. 하지만 난 이름 같은 건 없소.

---

* 가톨릭과 프로테스탄트가 아니라, 1654년 러시아의 니콘 대주교가 행한 종교개혁 때 찬성한 신교, 반대한 구교를 말함. 당시 구교는 이단으로 규정되었다.

나는 모든 걸 버렸거든─이름도 사는 곳도 나라도 없소─아무것도 없단 말이오. 나는 나일 뿐이오. '이름이 뭐냐?' 물으면 그저 인간이라고 할밖에. '몇 살이냐?' 물으면 나는 세본 적도 없고 셀 수도 없다고 말하오. 왜냐하면 나는 언제나 존재해왔고 앞으로도 영원히 존재할 테니까. '네 아버지와 어머니는 누구냐?' 물으면 나한테는 아버지도 어머니도 없다고 대답하오, 신과 땅 외에는 아무도 없다고. 신이 아버지고 땅이 어머니라고. '그럼 황제는 인정하느냐?' 물으면 어찌 인정하지 않을 수 있겠소? 그 사람은 그 사람 자신의 황제이고 나는 나 자신의 황제인데. 그러면 '네놈하곤 대화가 되질 않아' 하지요. 그럼 나는 나도 네놈에게 나와 대화해달라고 사정한 적 없다고 말하오. 그렇게들 나를 괴롭히지요."

"당신은 어디로 가시는 겁니까?" 네흘류도프가 물었다.

"하느님이 이끄시는 대로. 일이 있으면 하고 없으면 걸식하오." 노인은 나룻배가 강기슭에 가까워지자 말을 멈췄고, 옆에서 그의 말을 듣던 사람들을 의기양양하게 둘러보았다.

나룻배가 강기슭에 닿았다. 네흘류도프는 지갑을 꺼내 노인에게 돈을 내밀었다. 노인은 거절했다.

"돈은 받지 않소. 빵이면 몰라도." 그가 말했다.

"아, 결례했습니다."

"결례랄 건 없소. 당신은 날 모욕하지 않았습니다. 나를 모욕할 수도 없지만." 노인은 이렇게 말하고 내려놓았던 자루를 어깨에 짊어졌다.

그사이 마부가 네흘류도프의 마차를 끌고 나와 말을 채웠다.

"나리도 참 호기심이 대단하시군요, 저런 인간과 말을 섞으시다니."

마부가 사공들에게 행하를 주고 마차에 올라타는 네흘류도프에게 말했다. "저 사람은 정처 없는 부랑자일 뿐인데요."

22

언덕에 올라서자 마부가 돌아보았다.

"어느 여관으로 모실까요?"

"어디가 좋겠나?"

"'시비르스카야'가 가장 낫죠. 아니면 듀코프도 괜찮고요."

"좋을 대로 하게."

마부는 다시 비스듬히 앉아 속력을 더했다. 도시는 여느 도시와 다를 바 없었다. 다락이 있는 초록 지붕집들도 똑같았고, 똑같은 교회, 구멍가게, 거리의 상점들, 심지어 순경들까지 여느 도시와 똑같았다. 다만 집은 대부분 목조건물이고 길은 포장되어 있지 않았다. 마부는 가장 번화한 거리에 있는 한 여관 앞에서 삼두마차를 세웠다. 그런데 빈방이 없어 다른 여관으로 가야 했다. 다행히 다른 여관에는 빈방이 있었고, 네흘류도프는 두 달 만에 처음으로 비교적 깨끗하고 편리한, 익숙한 환경에 몸을 맡기게 되었다. 네흘류도프가 안내되어 들어간 방은 호화스럽다고 할 순 없지만 마차와 여관과 숙영지 등에서 지내온 터라 크게 위안이 되었다. 우선 그는 여기저기 숙영지를 거치는 내내 벗어날 수 없었던 이를 없애야 했다. 여장을 풀고 곧장 목욕탕으로 가 씻은 뒤 빳빳하게 풀을 먹인 셔츠, 다림질한 바지, 프록코트, 외투 등 도회풍으로 차려입고 지방관을 만나러 나갔다. 여관 수위가 불러준 삯마차 마부는 덜컹거리는 사륜마차에 살찌고 몸집이 큰 키르기스산 암말을 채워 네흘류도프를 태웠고 순경과 보초가 서 있는 웅장하고 훌륭한 건물 앞에 마차를 세웠다. 저택 앞뒤에 있는 정원에는 잎이 떨어져 가지만 남은 미루나무가 있었고, 자작나무와 가문비, 소나무, 전나무가 짙푸르게 우거져 있었다.

지방관인 장군은 몸이 좋지 않아 손님을 받지 않았다. 네흘류도프는 하인에게 명함을 건네달라고 부탁했고, 하인이 반가운 답변을 가지고 돌아왔다.

"모시라고 하십니다."

현관방, 제복 하인, 전령, 계단, 쪽마루가 반질반질 닦여 있는 홀 등 전부가 페테르부르크를 방불케 했는데, 다만 조금 더 지저분하고 조금 더 화려했다. 네흘류도프는 안내되어 서재로 들어갔다.

장군은 주먹코에 이마와 벗어진 머리에는 혹이 튀어나오고 눈 밑 살이 자루처럼 축 늘어지고 몸이 푸석푸석하게 부은 다혈질의 남자로 타타르식 실크 가운을 입고 손에 담배를 든 채 은접시에 잔을 받치고 차를 마시고 있었다.

"안녕하십니까, 어서 오십시오! 이런 차림으로 맞이하는 것을 용서하십시오. 아예 뵙지 않는 것보다는 낫다고 생각해서." 그가 주름지고 굵은 목을 가운 깃으로 여미면서 말했다. "건강이 좋지 않아 출문하지 못하고 있습니다. 어떻게 이 궁벽한 데를 다 오셨습니까?"

"저는 죄수 일행과 함께 왔습니다. 가까운 사람이 거기 있어서요." 네흘류도프가 대답했다. "실은 그 사람과 또 한 사람의 사정 때문에 각하에게 드릴 청이 있어서 찾아왔습니다."

장군은 담배를 쭉 빨아들이고 차를 한 모금 마시더니 공작 앞 재떨이에 담배를 비벼 끄고는 간격이 먼 째진 두 눈을 반짝이며 네흘류도프에게서 시선을 떼지 않고 주의깊게 들었다. 그가 말을 가로막은 것은 네흘류도프에게 담배를 피우지 않겠냐고 물었을 때 한 번뿐이었다.

장군은 자유주의와 인도주의를 자기 직무에 조화시킬 수 있다고 생각하는 학식 있는 군인 유형이었다. 그러나 본디 영리하고 선량한 그는 그러한 조화가 불가능하다는 것을 아주 재빨리 느끼고 자신의 내적 모순을 보지 않기 위해 군인들 사이에 널리 퍼진 폭음 습관에 조금씩 몸을 내맡기게 되었고, 마침내 그 습관에 빠진 삼십오 년의 봉직 뒤에는 의사들이 말하는 알코올중독 환자가 되고 말았다. 그는 온몸이 술에 잠겨 있었다. 취기를 느끼기 위해서는 어떤 술이든 마시기만 하면 되었다. 음주는 그에게 불가결한 요구가 되어버려 이제 술 없이는 한시도 살아갈 수 없었다. 저녁 무렵이면 으레 취해 있었으나 그러한 상태에 완전히 적응되었기 때문에 비틀거리지도, 딱히 어리석은 말을 내뱉지도 않았다. 또 설령 그런 말을 하더라도 그는 이 지방에서 최고위직에 있었으므로 아무리 어리석은 말이라도 사람들은 현명한 말로 받아들였다. 오전만큼은, 바로 네흘류도프가 그를 방문한 이 시간대에는 얼마간 분별 있는 사람으로 보였고 남의 이야기도 잘 이해했으므로 "취하고도 지혜로우면 일거양득"이라는 그가 즐겨 말하는 속담을 그럭저럭 실천하는 셈이었다. 상부에서도 그가 술고래라는 것을 알았지만, 그래도 그는 다른 자들보다 교양이 있는데다—그 교양도 술독에 빠지고부터는 사라져버렸지만—대담하고 민첩하며 아무리 취해도 임기응변에 능했으므로 지금도 책임 있는 요직에 임명되어 그 지위를 유지하는 것이었다.

네흘류도프는 그에게 자기가 신경쓰고 있는 죄수는 여자이고 무고하게 유죄판결을 받았으며 그래서 황제에게 청원서를 올렸다고 이야기했다.

"그렇군요. 그래서요?" 장군이 말했다.

"그 여자의 운명에 대한 통지가 늦어도 이달 안에 페테르부르크에서 이곳에 있는 제게 전달된다고 하는데……"

장군은 역시 네흘류도프에게서 시선을 떼지 않고 한쪽 손을 탁자로 뻗어 짧은 손가락으로 벨을 눌렀고, 담배를 피우고 또 유난히 요란하게 기침을 하면서 묵묵히 들었다.

"청원서에 대한 회답이 올 때까지, 가능하다면 그 여자를 여기에 머물도록 허락해주셨으면 합니다."

하인 대신 군복을 입은 종졸이 들어왔다.

"안나 바실리예브나가 일어났는지 가서 알아보고," 장군이 종졸에게 말했다. "차도 한 잔 더 내오게. 또다른 용건은 뭡니까?" 장군이 네흘류도프에게 물었다.

"또하나는," 네흘류도프는 계속했다. "역시 그 일행에 있는 정치범에 관한 겁니다."

"호오, 그래요!" 장군이 의미심장하게 고개를 끄덕이며 말했다.

"그는 환자이고 위중합니다. 아마도 이곳 병원에 남겨질 것 같습니다. 여자 정치범 한 명이 그의 곁에 남아 간병하기를 원해서요."

"그 여자는 남자와 전혀 관계가 없는 사람입니까?"

"그렇습니다. 그 여자는 그 사람 곁에 남아 있을 수 있다면 그와 결혼도 하겠다고 합니다."

장군은 상대방을 눈길로 당혹스럽게 하려는 듯 반짝이는 눈으로 뚫어지게 바라보며 묵묵히 귀를 기울인 채 줄곧 담배만 피워댔다.

네흘류도프가 말을 마치자 그는 탁자에서 책을 한 권 집어들고 얼른 손가락에 침을 발라 책장을 넘기면서 결혼에 관한 조문을 찾아 읽었다.

"그 여자는 무슨 형을 선고받았습니까?" 그가 책에서 눈을 들고 물었다.

"징역형입니다."

"흠, 그렇다면 일단 선고를 받은 사람의 처지는 결혼을 하더라도 나아질 수가 없습니다."

"그렇습니다, 그러나……"

"잠깐만요. 설사 그 여자가 자유민과 결혼한다 하더라도 형기는 정확히 마쳐야 합니다. 문제는 두 사람 중 누가 더 무거운 형을 받았느냐는 겁니다."

"두 사람 다 징역형을 받았습니다."

"아아, 그렇다면 어쩔 수가 없군요." 장군이 웃으며 말했다. "양쪽 다 같은 죄니까요. 남자 쪽은 병으로 남을 수 있습니다," 그는 계속했다. "물론 그의 운명을 가볍게 해주기 위해 할 수 있는 일은 다 할 수 있을 겁니다. 그러나 여자 쪽은 남자와 결혼한다고 해도 여기에 남을 수 없습니다……"

"부인께서는 차를 들고 계십니다." 하인이 알렸다.

장군은 고개를 끄덕하고는 계속했다.

"그러나 좀더 생각해봅시다. 그 두 사람의 이름은 뭡니까? 여기에 적어주시지요."

네흘류도프는 적었다.

"이것도 어쩔 수 없군요." 장군이 병자를 만나게 해달라는 네흘류도프의 청에 대해 말했다. "물론 당신을 의심하는 건 아닙니다만," 그가 말했다. "당신은 그 남자는 물론 다른 죄수들에게도 관심을 가지고 있고 돈도 가진 분이죠. 이 고장은 돈이면 다 되는 곳입니다. 나도 뇌물을 뿌리 뽑으라는 말을 늘 듣긴 합니다. 하지만 모두가 뇌물을 받고 사는데 어떻게 뿌리 뽑을 수 있겠습니까? 지위가 낮을수록 더하죠. 5천 베르스타나 떨어진 곳에 있는 사람들을 어떻게 감시합니까? 나처럼 그들도 각자의 고장에서는 작은 황제들인지라." 그가 웃기 시작했다. "분명 그동안 정치범들을 면회하셨을 테고, 그때마다 사례금을 주고 허가를 받으셨겠죠?" 그가 싱글거리며 말했다. "그렇죠?"

"그렇습니다."

"그러지 않을 수 없었다는 걸 이해합니다. 당신은 정치범을 만나고 싶어합니다. 그들이 못 견디게 불쌍한 겁니다. 하지만 교도소장이나 호송병도 다들 주는 대로 돈을 받을 수밖에 없어요. 20코페이카 은화 두 닢의 봉급으로 가족을 부양하는 처지라 받지 않을 수가 없는 겁니다. 나도 그들이나 당신의 입장에 있었다면 똑같이 행동했을 겁니다. 그러나 나는 이 지위에 있는 이상, 나도 인정에 이끌릴 수 있는 인간이라는 이유로 지엄한 법의 조문을 한 글자라도 어기는 일은 할 수 없습니다. 나는 정부의 신임을 받는 행정관으로서 그 의무를 다해 신뢰에 보답해야 합니다. 그럼, 이 문제는 이쯤 해둡시다. 자, 이제는 본국의 이야기나 좀 들려주십시오."

장군은 여러 가지를 묻고 이야기했는데, 새로운 소식을 기대하는 동시에 자신의 진가와 인간애를 인정해주길 바라는 게 분명했다.

23

"그건 그렇고, 어디 묵고 계십니까? 듀크? 음, 거긴 좋지 않아요. 이따가 오셔서 식사나 하시지요," 장군이 네흘류도프를 배웅하면서 말했다. "다섯시입니다. 영어 할 줄 아십니까?"

"네, 그렇습니다."

"그래요, 그거 잘됐군요. 실은 영국인 여행가 한 사람이 이곳에 와 있습니다. 시베리아의 유형제도와 교도소를 연구하는 중인데 마침 그 사람도 식사하러 오기로 했으니 당신도 꼭 오십시오. 식사는 다섯시에 시작합니다. 아내가 시간에 꽤 깐깐해서 말이죠. 그때 오시면 그 여자 죄수를 어떻게 할지 대답해드리죠. 그리고 그 병자 일도요. 어쩌면 한 사람쯤 곁에 남겨둘 수 있을지도 모르겠습니다."

네흘류도프는 장군에게 작별인사를 하고 유달리 들뜨고 활동적인 기분을 느끼며 우체국으로 갔다.

우체국 안은 천장이 둥글고 낮았다. 직원 몇 명이 창구에 앉아 몰려든 사람들을 응대하고 있었다. 한 직원이 고개를 기울인 채 차례차례 밀려오는 봉투에 숙련된 손놀림으로 끊임없이 소인을 찍었다. 네흘류도프는 오래 기다리지 않았다. 그가 이름을 말하자 직원은 곧 그에게 상당히 큰 우편물 꾸러미를 건네주었다. 돈이 들어 있었고 편지 몇 통, 〈조국 수기〉 최신호 등도 있었다. 우편물을 받아든 네흘류도프는 한 병사가 손에 수첩을 들고 뭔가를 기다리듯 앉아 있는 나무의자로 가서 그 옆에 앉아 편지들을 살펴보았다. 그중 새빨간 봉랍에 또렷한 봉인이 찍힌 훌륭한 봉투에 담긴 등기우편이 있었다. 그는 봉투를 뜯어 공문서로 보이는 것과 동봉된 셀레닌의 편지를 보았고, 그러자 피가 얼굴로 솟구치며 심장이 오그라드는 것 같았다. 카튜샤 사건의 결정문이었다. 어떤 결정이 내려졌을까? 기각일까? 네흘류도프는 자잘해서 알아보기 힘든, 딱딱하고 어지러운 필체로 쓰인 편지를 단숨에 읽어내렸고 안도의 숨을 내쉬었다. 결정문의 내용은 만족스러웠다. 셀레닌은 다음과 같이 적었다.

친애하는 벗이여!
우리의 마지막 대화는 내게 강렬한 인상을 남겼어. 마슬로바에 관해서는 자네가 옳았어. 그 사건을 면밀히 조사했고 언어도단이라고 할 만한 부정이 있었음을 발견했지 뭔가. 이를 정정하는 건 자네가 청원서를 제출한 청원위원회에서만 할 수 있었던 일이었어. 다행히 나도 거기서 사건의 해결에 도움을 줄 수 있었지. 그래서 이렇게 특사명령서 사본을 동봉해 예카테리나 이바노브나 백작부인이 알려준 주소로 보내네. 원본은 재판중에 그녀가 수감되어 있었던 곳으로 발송되었으니까 아마 거기서 바로 시베리아 총국으로 전송될 걸세. 기쁜 소식을 서둘러 전하네. 우정의 악수를 보내며.
자네의 벗 셀레닌

특사명령서의 내용은 다음과 같았다.

황제 폐하 직속 청원사무국. 모모 사건, 사무 담당. 모년 모월 모일. 황제 폐하 직속 청원사무국 국장의 지시에 따라 소시민 여자 예카테리나 마슬로바에게 다음과 같은 선고가 판결됨. 황제 폐하께서는 상주된 보고로 마슬로바의 청원을 청허하셨고 전 판결인 징역형을 취소하고 시베리아에서 멀지 않은 지방 거주로 형을 변경하라는 명을 내리셨음.

이 소식은 아주 기쁘고도 중대한 것이었다. 네흘류도프가 카튜샤를 위해, 그리고 자기 자신을 위해 열망하던 모든 것이 성취되었기 때문이다. 그녀의 처지가 이렇게 바뀐다면 그녀와의 관계도 새로운 방식으로 복잡해질 것이 자명했다. 그녀가 징역수이던 동안에는 그가 그녀에게 청혼한 것도 유명무실한 것이었고 그녀의 처지를 가볍게 한다는 의미만 지녔을 뿐이었다. 이제는 그들의 동거를 방해할 것이 없었다. 그러나 네흘류도프는 아직 마음의 준비가 되어 있지 않았다. 게다가 시몬손과 그녀의 관계는 어떻게 될까? 어제 그녀가 했던 말에는 어떤 뜻이 있을까? 그리고 만일 그녀가 시몬손의 청혼을 승낙한다면 그것은 좋은 일일까, 나쁜 일일까? 그는 이 문제들을 도무지 매듭지을 수 없어 일단은 생각하지 않기로 했다. '결국에는 모든 것이 분명해질 것이다,' 그는 이렇게 생각했다. '지금은 가능한 한 빨리 그녀를 만나 기쁜 소식을 전하고 그녀를 자유롭게 해주어야 한다.' 우선은 손에 든 이 사본만으로도 충분하다고 생각했다. 그래서 그는 우체국에서 나와 마부에게 교도소로 가자고 일렀다.

오늘 아침 장군은 그에게 면회를 허가해주지 않았지만, 네흘류도프는 지금까지의 경험으로 보아 상관에게서 허가를 얻을 수 없던 일이 하급 관리들한테서는 쉽게 가능해졌던 것을 알고 있었기 때문에 지금도 일단 교도소로 가서 시도해보기로 했다. 만약 성사되면 카튜샤에게 기쁜 소식을 알리고 당장이라도 풀려나게 해주고 싶었고, 동시에 크릴초프의 상태도 알아보면서 그와 마리야 파블로브나에게 장군의 말을 전할 수 있을지도 모른다고 생각했다.

교도소장은 뚱뚱하고 키가 크고 콧수염과 구레나룻 끝이 입가에서 말린, 풍채가 당당한 사람이었다. 그는 네흘류도프를 아주 엄격하게 응대하고 상부의 허가 없이는 외부인의 면회를 절대로 허가할 수 없다고 딱 잘라 말했다. 네흘류도프가 두 수도*의 교도소에서도 허가를 받았었다고 말하자 소장은 이렇게 대답했다.

"얼마든지 그러셨겠죠. 하지만 나는 허가하지 않겠습니다." 그의 어조는 마치 이렇게 말하는 듯했다. '당신네 수도 사람들은 우리가 깜짝 놀라며 어리벙벙해할 거라 생각하겠지만 동부 시베리아에 사는 우리도 질서라는 것을 확실히 알아. 어디 한번 보여드릴까.'

황제 폐하 직속 청원사무국에서 온 명령서 사본도 소장에게는 아무런 효과가 없었다. 그는 네흘류도프의 요청을 단호하게 거절했다. 이 사본만 제시하면 마슬로바가 석방될 줄 알았던 네흘류도프의 순진한

---

* 모스크바와 페테르부르크.

예상과 달리 그는 누군가를 석방하기 위해서는 직속상관의 지시가 반드시 있어야 한다고 말하며 얕잡듯이 웃었다. 결국 특사명령을 마슬로바에게 전달하고 상부의 지시를 받는 대로 지체 없이 그녀를 석방하겠다는 약속만 받아냈을 뿐이었다.

크릴초프의 상태에 대해서도 그는 그런 죄수가 있는지 그가 어떤지 말할 수 없다면서 어떤 정보도 주기를 거절했다. 그렇게 네흘류도프는 아무 소득도 없이 삯마차를 타고 여관으로 돌아왔다.

교도소장이 그토록 엄격했던 것은 정원의 갑절이나 되는 죄수들을 수용한 교도소 안에 티푸스가 유행하고 있었기 때문이었다. 네흘류도프를 태운 삯마차 마부는 가는 길에 그에게 이렇게 말했다. "교도소에서 무척 많은 죄수가 죽어나가는데, 무슨 나쁜 병이 퍼져 날마다 스무 명씩 묻히고 있답니다."

24

교도소에서 하려던 일은 실패했지만 그래도 네흘류도프는 여전히 들뜨고 활동적인 기분을 느꼈고 뭔가 하지 않고는 못 배길 정도여서 마슬로바의 특사명령서가 도착했는지 알아보기 위해 도청으로 갔다. 서류가 아직 도착하지 않은 걸 확인하고 네흘류도프는 여관으로 돌아와 그길로 즉시 셀레닌과 변호사에게 편지를 썼다. 편지를 쓰고 나서 시계를 보니 벌써 장군이 초대한 만찬에 가야 할 시간이었다.

가는 동안 그의 머릿속에는 카튜샤가 특사를 어떻게 받아들일까 하는 생각이 다시 떠올랐다. 그녀는 어디로 이주하게 될까? 나는 그녀와 어떻게 살아가게 될까? 시몬손은 어떻게 될까? 그 두 사람의 관계는 어떻게 될까? 그는 그녀의 내적 변화를 떠올렸다. 그리고 그녀의 과거를 돌이켜 생각했다.

'그건 잊어야 한다, 지워버려야 해.' 그는 잠시 생각하고는 그녀에 대한 상념을 서둘러 마음에서 떨쳐냈다. '때가 되면 알게 되겠지.' 그는 속으로 중얼거리고는, 장군에게 무슨 말을 해야 할지 생각했다.

장군 저택의 만찬은 네흘류도프에게 익숙한, 부호나 고관의 일상적 사치로 채워져 있었는데, 오랫동안 사치는 고사하고 극히 일상적인 편의마저 누리지 못했던지라 유난히 유쾌하게 느껴졌다.

여주인은 페테르부르크의 전형적인 구식 귀부인으로 한때 니콜라이 1세 궁정의 여관女官이었고 프랑스어는 유창하지만 러시아어는 서툴렀다. 그녀는 부자연스러우리만큼 몸을 꼿꼿이 세우고 손을 움직일 때도 팔꿈치를 옆구리에서 떼지 않았다. 남편에게는 차분하면서도 다소 수심이 담긴 듯한 공손한 태도를 취했으나 손님들에게는 비록 상대에 따라 뉘앙스가 다르긴 했지만 더없이 상냥했다. 그녀는 네흘류도프에게 유독 세련되고 은근한 찬사를 섞어가며 마치 일가친척처럼 대했고, 네흘류도프도 새삼 자신의 장점을 의식하며 유쾌한 만족을 느꼈다. 그녀는 머나먼 시베리아의 변방까지 온 그의 유별나지만 훌륭한 행적을 알고 있으며 그를 비범한 인물로 생각한다는 것을 내비쳤다. 이처럼 세련된 찬사와 장군 저택의 우아하고 호화로운 세간을 마주하자 네흘류도프는 아름다운 저택, 산해진미, 자기에게 익숙한 집단의 교양인들과의 즐겁고 유쾌한 교류가 주는 만족감에 푹 빠진 나머지 지난 몇 달 동안의 생활은 모두 꿈이고 그 꿈에서 깨어나 이제야 진짜 현실로 돌아온 것만 같았다.

만찬에는 장군의 딸 내외와 부관 등 집안식구들 외에 영국인, 금광업을 하는 상인, 시베리아의 어느 먼 도시에서 온 지사가 앉아 있었다. 네흘류도프는 그들 모두가 유쾌하게 느껴졌다.

건강하고 혈색이 좋은 영국인은 프랑스어는 무척 서툴지만 견문이 넓어 미국이니 인도니 일본이니 시베리아 등에 대해 흥미로운 이야기를 했다.

금광업을 하는 젊은 상인은 농부의 아들로, 런던에서 맞췄다는 연미복에는 다이아몬드 커프스버튼이 달려 있었고, 상당한 장서를 소유한 데다 자선사업에 거액을 기부하는 등 유럽식 자유주의를 신봉하는 사람이었는데 네흘류도프는 이 젊은이에게서 농부답고 건강한 잡목에 유럽의 교양을 접목한 전혀 새로운 문화의 전형을 보는 것 같아 호감과 흥미를 느꼈다.

먼 도시에서 온 지사는 네흘류도프가 페테르부르크에 있을 때 한창 입방아에 오르내리던 바로 그 전직 국장이었다. 그는 곱슬곱슬한 성긴 머리에 부드러운 푸른 눈을 가졌고, 하체가 뚱뚱하고, 말끔히 다듬은 하얀 손에 보석 반지를 여러 개 끼고 있었고, 웃는 얼굴이 유쾌한 인상을 주었다. 지사는 뇌물 수수를 일삼는 수많은 관리들 속에서 오직 그 혼자만 철저하게 뇌물을 받지 않는다는 이유로 이 집의 주인인 장군에게 높은 평가를 받고 있었다. 굉장한 음악 애호가이자 실력 있는 피아니스트인 안주인 또한 그가 음악에 조예가 깊고 자기와 함께 연주할 수 있다는 점에서 그를 높이 평가했다. 이날 네흘류도프는 더할 나위 없이 평안했던 터라 이런 인물도 불쾌하게 느껴지지 않았다.

쾌활하고 활동적이고 잿빛 턱수염을 깎은 자리가 푸르스름한 부관도 무슨 일에서건 호의를 보이려 했고 그 선량함이 사람을 기분좋게 했다.

누구보다 큰 호감을 준 건 보기만 해도 흐뭇한 젊은 한 쌍으로, 장군의 딸 부부였다. 딸은 미인은 아니지만 젊고 순진했고 어린 두 자녀에게 온 정성을 쏟고 있었다. 그녀의 부모가 오랫동안 반대했는데도 결국 연애결혼에 성공한 남자는 모스크바대학교를 졸업한 겸손하고 총명한 자유주의자로, 관청에서 통계 관련 업무를 하고, 특히 이민족을 연구하면서 그들을 멸족으로부터 구하려 애쓰고 있었다.

모두 네흘류도프에게 다정하고 친절했을 뿐 아니라 새롭고 흥미 있는 인물로 여기며 그와 함께하는 것을 분명 기뻐하는 듯했다. 군복을 입은 장군은 목에 하얀 십자훈장을 걸고 만찬 자리에 나왔는데 마치 오래된 지인이라도 되는 양 네흘류도프와 인사를 나누고는 즉시 손님들을 보드카와 안주가 마련된 쪽으로 안내했다. 오늘 방문 후 돌아가서 무엇을 했느냐는 장군의 물음에 네흘류도프는 우체국에 가서 아침에 말했던 인물의 특사 소식을 알게 되었다고 말하고 다시 한번 교도소 방문을 허가해달라고 청했다.

장군은 만찬 자리에서 사무적 용무를 언급한 것이 마뜩하지 않은 듯 눈살을 찌푸리고 아무 말도 하지 않았다.

"보드카 드시겠습니까?" 그가 옆으로 다가온 영국인에게 프랑스어로 물었다. 영국인은 보드카를 한 잔 마신 뒤, 오늘 자기는 교회와 공장을 방문했는데 호송 죄수를 맡는 대규모 교도소도 보고 싶다고 말했다.

"마침 잘됐군요," 장군이 네흘류도프에게 말했다. "같이 가시면 되겠군요. 이분들에게 통행증을 드리게." 그가 부관에게 지시했다.

"언제 가고 싶으십니까?" 네흘류도프가 영국인에게 물었다.

"저녁에 가는 것이 좋을 것 같습니다." 영국인이 대답했다. "모두 감방에 있을 거고 아무 준비도 못할 테니 있는 그대로 볼 수 있겠죠."

"아, 가장 훌륭한 광경을 보고 싶으신 거군요? 좋습니다. 나도 몇 번인가 관련한 글을 쓴 적이 있지만 누구도 관심을 가져주지 않았는데 외국의 간행물을 통해서라도 알게 되면 좋겠군요." 장군이 이렇게 말하고는 안주인이 자리를 지정해둔 식탁으로 갔다.

네흘류도프는 안주인과 영국인 사이에 앉았다. 그의 맞은편에는 장군의 딸과 전직 국장이 앉았다.

식사를 하는 동안 영국인이 인도에 대해 이야기하고, 장군이 통킹 원정*을 맹렬히 비난하기도 하고, 시베리아에 만연한 부패와 뇌물에 대해 이야기하는 등 띄엄띄엄 대화가 이루어졌다. 네흘류도프로는 그런 이야기에 그다지 흥미가 일지 않았다.

그러나 식사를 마치고 응접실로 옮겨 커피를 마시면서 영국인, 안주인이 함께 글래드스턴**에 대해 아주 흥미로운 대화를 하게 되었고, 네흘류도프는 이 대화에서 자신이 사람들의 관심을 끄는 재치 있는 말을 많이 했다고 생각했다. 진수성찬에 좋은 술을 먹고 마신 뒤 편안한 안락의자에 앉아 커피를 마시며 친절하고 예의바른 사람들과 있는 것만

─────────────

* 통킹은 베트남 북부의 유럽식 명칭으로, 프랑스군이 이곳으로 원정해 1884년 보호통치기 선언되나.

** 윌리엄 이워트 글래드스턴(1809~1898). 영국 정치가, 수상.

으로도 네흘류도프는 한층 기분이 좋아졌다. 영국인의 요청으로 여주인이 전직 국장과 함께 그랜드피아노 앞에 앉아 베토벤 교향곡 5번을 숙달된 솜씨로 연주하기 시작했을 때, 네흘류도프는 오랫동안 느끼지 못했던 완전한 정신적 만족을 만끽했고 자신이 얼마나 훌륭한 인간인지 이제야 깨달은 듯한 기분마저 들었다.

그랜드피아노도 훌륭했지만 연주도 훌륭했다. 이 곡을 알고 좋아하는 네흘류도프에게는 적어도 그랬다. 아름다운 안단테를 들으며 그는 자기 자신과 자신의 모든 선행에 대한 감격으로 코끝이 찡해지는 것을 느꼈다.

네흘류도프가 오랫동안 잊고 지냈던 즐거움을 선사해줘 고맙다고 안주인에게 말하고 작별인사를 하려 했을 때, 그녀의 딸이 단단히 작심한 듯 그에게 다가와 얼굴을 붉히며 말했다.

"제 아이들에 관해 물으셨죠. 그 아이들을 보고 싶지 않으세요?"

"얘도 참, 누구나 다 제 아이들을 보고 싶어하는 줄 안다니까요." 어머니가 딸의 사랑스럽고 거침없는 행동에 빙긋이 웃으며 말했다. "공작은 그런 데 전혀 흥미가 없으시단다."

"천만에요. 아주, 아주 흥미 있습니다." 네흘류도프는 넘쳐흐르는 행복한 모성애에 감동하여 말했다. "보여주십시오."

"제 새끼들을 보이고 싶어 기어이 공작을 데려가는군." 장군이 웃으면서 사위와 금광업자, 부관과 함께 앉아 있던 카드 탁자에서 외쳤다. "가서 의무를 다하세요, 의무를."

젊은 부인은 자기 아이들이 다른 사람에게 어떤 평을 들을지 들뜬 마음으로 네흘류도프 앞에서 종종걸음으로 안쪽 방들을 향해 걸어갔다. 높은 천장에 흰 벽지를 바른 세번째 방에는 짙은 색 갓을 씌운 작은 램프가 나란히 놓인 작고 귀여운 침대 두 개를 비추고 있었다. 침대 사이에는 흰 케이프를 걸치고 시베리아 사람답게 광대뼈가 튀어나온 선량한 얼굴의 유모가 앉아 있었다. 유모가 일어나서 인사했다. 어머니는 첫번째 침대 위로 허리를 구부렸고, 헝클어진 긴 곱슬머리를 베개 위에 흩뜨린 두 살쯤 된 여자아이가 조그만 입을 벌린 채 곤히 잠들어 있었다.

"얘가 카탸예요." 어머니가 하늘색 줄무늬 이불 사이로 삐죽 나온 하얀 발꿈치를 바로잡으며 말했다. "귀엽죠? 이제 막 두 살 됐어요."

"오, 귀엽군요!"

"얘는 바슈크예요. 할아버지가 그렇게 부르세요. 얘는 완전히 다르게 생겼죠. 전형적인 시베리아 사람이에요. 그렇죠?"

"정말 잘생긴 아이로군요." 네흘류도프는 엎드려 자는 토실토실한 남자아이를 눈여겨보며 말했다.

"정말요?" 어머니가 의미심장한 미소를 지으며 말했다.

네흘류도프는 쇠사슬, 박박 깎인 머리, 구타, 타락, 죽어가는 크릴초프, 카튜샤와 그녀의 모든 과거를 머릿속에 떠올렸다. 그러자 갑자기 이렇게 깨끗하고 우아한 행복이 부럽고 그리워졌다.

몇 번이고 아이들을 칭찬하며 그 찬사를 욕심스레 받아들이는 어머니를 어느 정도 만족시키고 나서 그녀를 따라 응접실로 나왔다. 영국인이 약속대로 교도소에 함께 가기 위해 그를 기다리고 있었다. 네흘류도프는 늙고 젊은 주인들과 작별인사를 나누고 영국인과 현관 계단으로 나섰다.

날씨가 바뀌어 있었다. 함박눈이 펑펑 내려 어느새 거리와 지붕에도, 정원의 나무들에도, 마차 승강장에도, 사륜마차 지붕에도, 말의 등에도 수북이 쌓였다. 영국인은 자기 마차가 있었으므로 네흘류도프는 그의 마부에게 교도소로 가라고 이르고 자기 마차에 올라탔고, 유쾌하지 않은 의무를 이행해야 한다는 무거운 심정으로 그를 뒤따라 부드러운 눈 위를 힘겹게 달려가는 마차에 몸을 맡겼다.

25

문 앞에 보초가 서 있고 등불이 켜진 어둠 속 교도소 건물은 현관 입구며 지붕이며 벽이며 모든 것을 수북이 덮은 깨끗하고 하얀 눈의 덮개에도 불구하고 불 밝힌 전면의 창문들 때문에 아침보다 더욱 무거운 인상을 자아냈다.

위풍당당한 소장이 정문으로 나와 등불 밑에서 네흘류도프와 영국인의 통행증을 보더니 수긍할 수 없다는 듯이 건장한 어깨를 몇 번 으쓱했지만, 명령에 따르기 위해 두 방문자에게 자기를 따라오라고 말했다. 그는 우선 마당으로, 그리고 오른쪽의 문으로, 그리고 계단을 올라 사무실로 그들을 안내했다. 그들에게 앉으라고 권하고서 그는 네흘류도프에게 용건을 물었고 네흘류도프가 마슬로바를 면회하고 싶다고 대답하자 그녀를 데려오도록 간수를 보냈고, 그사이 영국인이 네흘류도프의 통역으로 건넨 질문들에 대한 답을 준비했다.

"교도소 수용 정원은 몇 명입니까?" 영국인이 물었다. "현재 수감된 죄수는 몇 명입니까? 남자 죄수는 몇 명이고 여자 죄수는 몇 명이고 어린아이는 몇 명입니까? 징역수, 유형수, 그리고 자원해서 동행하는 사람은 몇 명이고 병자는 몇 명입니까?"

카튜샤와의 면회를 앞둔 네흘류도프는 예기치 않은 혼란스러움을 느꼈고 내용은 전혀 안중에 없이 영국인과 소장의 말을 통역했다. 영국인에게 한창 통역하던 중 그는 가까워지는 발소리를 들었고, 사무실 문이 열리면서 매번 그랬듯 간수가 먼저 들어오고 머릿수건을 쓰고 죄수용 상의를 입은 카튜샤가 뒤따라 들어왔다. 그는 그녀를 보자 마음이 무거워졌다.

'나는 살고 싶다, 가정을 갖고 싶고, 아이를 갖고 싶고, 인간다운 삶을 살고 싶다.' 그녀가 종종걸음으로 눈을 내리깐 채 방으로 들어섰을 때 그의 머릿속에 이런 생각이 떠올랐다.

그는 일어나서 그녀 쪽으로 몇 걸음 다가갔다. 그녀의 표정은 굳어 있었고 유쾌해 보이지 않았다. 전에 그를 힐난했을 때와 같은 얼굴이었다. 얼굴은 붉으락푸르락하고 손가락은 경련이라도 인 듯 상의 자락을 잡고 있었으며 눈은 그를 응시하기도 하고 내리깔기도 했다.

"특사가 내려진 걸 알고 있어요?" 네흘류도프가 물었다.

"네, 간수에게 들었어요."

"원본이 오는 대로 원하는 곳 어디로든 가서 살 수 있어요. 우리 둘이 잘 생각해서……"

그녀는 서둘러 그의 말을 잘랐다.

"제가 뭘 생각해요? 전 블라디미르 이바노비치가 가는 곳으로 따라갈 생각이에요."

그녀는 몹시 흥분한 얼굴로 네흘류도프의 눈을 꼿꼿이 쳐다보며 마치 할말을 다 준비해둔 것처럼 빠르고 분명하게 내뱉었다.

"아, 그렇군!" 네흘류도프가 말했다.

"그렇잖아요, 드미트리 이바노비치, 그 사람이 저와 살고 싶어한다면," 그녀가 깜짝 놀란 듯 멈칫하더니 말을 고쳤다. "그 사람이 저를 곁에 두고 싶어한다면 말이에요. 제게 그보다 더 좋은 일이 있겠어요? 전 그걸 행복으로 여겨야겠죠. 저 같은 여자가 달리 뭘 바라겠어요……?"

'그래, 둘 중 하나다. 시몬손을 사랑하게 돼서 내가 하려는 희생을 원하지 않거나, 여전히 나를 사랑하지만 내 행복을 위해 내 사랑을 거절하고 시몬손과 자신의 운명을 묶어 영원히 자기 인생의 배를 불태워버릴 작정이거나.' 네흘류도프는 이렇게 생각하자 부끄러워졌다. 그는 얼굴이 붉어지는 것을 느꼈다.

"만약 당신이 그 남자를 사랑한다면……" 그가 말했다.

"사랑하는 건 뭐고 사랑하지 않는 건 뭔데요? 그런 건 버린 지 오래됐어요. 그리고 블라디미르 이바노비치는 특별한 사람이잖아요."

"그야, 물론이죠." 네흘류도프가 말했다. "그는 훌륭한 사람이고, 내 생각에는……"

그녀는 그가 하지 않아도 될 말을 하거나 자기가 할말을 다 하지 못하게 될까봐 두렵기라도 한 듯 다시 그의 말을 가로챘다.

"아니에요, 드미트리 이바노비치, 당신이 바라는 대로 하지 않는다고 해서 저를 나쁘게 생각진 말아주세요." 그녀가 신비로운 사시의 눈으로 잠시 바라보며 말했다. "결국 이렇게 돼버렸어요. 이제 당신도 살아야 하고요."

그녀는 네흘류도프가 아까 스스로에게 했던 말을 똑같이 했지만, 이미 그는 전혀 다른 것을 생각하고 느끼고 있었다. 그는 부끄러웠을 뿐 아니라 그녀와 더불어 잃게 될 모든 것이 가슴 아팠다.

"나로서는 좀 뜻밖입니다." 그가 말했다.

"당신이 이런 데서 살며 고생하실 이유가 없어요. 그동안 고생하신 것만으로도 충분해요." 그녀가 말하고 희미하게 웃었다.

"고생한 건 없어요. 나는 좋았습니다. 할 수만 있다면 당신을 더 돕고 싶어요."

"우리에게는," 그녀가 '우리'라고 말하고 네흘류도프를 힐끗 쳐다보았다. "아무것도 필요하지 않아요. 당신은 저를 위해 너무나 많은 일을 해주셨어요. 당신이 아니었다면……" 그녀는 뭔가 말하려 했지만 목소리가 떨렸다.

"따져보면 나에게 고마워할 건 없어요." 네흘류도프가 말했다.

"따져볼 게 뭐가 있겠어요? 우리 사이의 셈은 신이 해주실 거예요." 그녀는 이렇게 말했고, 검은 두 눈이 눈물로 차오르며 반짝거렸다.

"당신은 정말 훌륭한 여자예요!" 그가 말했다.

"제가 훌륭하다고요?" 그녀는 눈물을 글썽이며 말했고, 애련한 미소가 얼굴에 어렸다.

"*이제 됐습니까?*" 그러는 동안 영국인이 물었다.

"*다 됐습니다.*" 네흘류도프는 영국인에게 대답하고, 그녀에게 크릴초프에 대해 물었다.

그녀는 마음을 가라앉히고는 자기가 아는 것을 차분히 이야기했다.

크릴초프는 도중에 몹시 위중해져 바로 병원에 보내졌다. 마리야 파블로브나는 무척 걱정하며 자신이 따라가서 간병할 수 있게 해달라고 간청했지만 허락받지 못했다.

"그럼 이만 가봐도 되겠죠?" 그녀가 영국인이 기다리는 것을 알아채고 말했다.

"작별인사는 안 할게요. 또 만납시다." 네흘류도프가 말했다.

"용서하세요." 그녀가 들릴 듯 말 듯 말했다. 두 사람의 눈이 마주쳤고, '잘 가세요' 대신 '용서하세요'라고 말하는 그녀의 묘한 눈빛과 서글픈 미소에서 네흘류도프는 그녀가 결심한 이유가 두 가지 가정 중 후자였다고 확신할 수 있었다. 그녀는 네흘류도프를 사랑했지만 그와 맺어짐으로써 그의 인생을 망치기보다 시몬손과 떠나 그를 의무감에서 벗어나게 해주려 했고, 자신이 바라는 것을 행동으로 옮긴 것이 기쁘면서도 그와의 이별을 괴로워하고 있었다.

그녀는 그의 손을 꼭 쥐었다가 황급히 몸을 돌려 나갔다.

네흘류도프는 자기를 기다리는 영국인을 돌아보았고, 영국인은 수첩에 뭔가를 기록하고 있었다. 네흘류도프는 그를 방해하지 않으려고 벽 쪽에 있는 나무벤치에 앉았고 그러자 별안간 걷잡을 수 없는 피로감이 엄습했다. 그가 지쳤던 것은 불면 때문도, 이동 때문도, 흥분 때문도 아니었다. 그는 인생 전체에 무섭게 지쳐버렸음을 느꼈다. 그는 나무벤치에 기대어 눈을 감기가 무섭게 금세 죽음과도 같은 무거운 잠 속으로 빠져들었다.

"이번에는 감방을 둘러보시겠습니까?" 소장이 물었다.

네흘류도프는 퍼뜩 잠에서 깼고 자신이 이곳에 와 있다는 사실에 놀랐다. 수첩에 기록을 마친 영국인이 감방을 둘러보고 싶다고 대답했다. 지친 네흘류도프는 덤덤하게 그의 뒤를 따라갔다.

26

현관방을 지나 구역질이 일 정도로 악취를 풍기는 복도에 이르자 소장과 영국인과 네흘류도프는 마룻바닥에서 오줌을 누고 있는 두 죄수와 마주쳤고 세 사람은 놀란 얼굴로 간수의 안내를 받으며 첫번째 징역수 감방으로 들어갔다. 감방 한가운데에 널빤지 침상이 있고 죄수들은 모두 그 위에 누워 있었다. 일흔 명쯤 되는 듯했다. 그들은 머리와 머리를, 옆구리와 옆구리를 맞붙이고 누워 있었다. 참관인들이 들어가자 모두 쇠사슬 소리를 내며 벌떡 일어나 머리털 절반이 깎인 머리를 번뜩이면서 널빤지 침상 근처에 섰다. 두 사람은 그냥 누워 있었다. 한 사람은 열병 환자같이 얼굴이 벌건 젊은이였고 또 한 사람은 끊임없이 끙끙 앓는 소리를 내는 노인이었다.

영국인이 젊은이에게 발병한 지 얼마나 되었느냐고 물었다. 그러자 소장이 젊은이는 오늘 아침부터 아팠고, 노인은 벌써 오래전부터 위장병을 앓았지만 진료소가 만원이라 보낼 수 없었다고 대답했다. 영국인은 마음에 들지 않는다는 듯이 고개를 젓더니 이들과 몇 마디 나누고 싶다며 네흘류도프에게 통역을 부탁했다. 영국인에게는 시베리아의 유형지와 수감 시설을 돌아보고 글을 쓴다는 여행 목적 외에도 신앙과 속죄를 통한 구원을 전도하려는 또다른 목적이 있었다.

"이렇게 말해주십시오, 그리스도는 그들을 불쌍히 여기시고 사랑하셨다고," 그가 말했다. "그리고 그들을 위해 돌아가셨고, 이를 믿으면 구원을 받을 거라고요." 그가 말하는 동안 죄수들은 두 손을 바지 솔기에 축 늘어뜨린 채 널빤지 침상 앞에 묵묵히 서 있었다. "이렇게 말해주십시오, 이 책에," 그리고 이렇게 끝맺었다. "그 모든 답이 쓰여 있다고요. 글을 아는 사람이 있습니까?"

스무 명 이상이 글을 읽을 줄 알았다. 영국인은 손가방에서 제본된 『신약성경』을 몇 권 꺼냈다. 삼베 소맷부리들에서 손톱이 거칠고 까만 손들이 나와 서로 밀쳐대며 그에게로 뻗어왔다. 그는 복음서 두 권을 나눠주고 다음 감방으로 갔다.

다음 감방에서도 똑같았다. 숨막힐 듯한 공기와 악취도 똑같았다. 앞쪽의 창문과 창문 사이에 성상화가 걸려 있고, 문 왼쪽에 변기통이 있는 것도, 모두 옆구리와 옆구리를 맞붙이고 비좁게 누워 있는 것도, 벌떡 일어나 똑바로 선 것도 똑같았는데, 이 방에서는 세 사람이 일어나지 않았다. 그중 두 사람은 몸을 일으켜 앉았지만 한 사람은 그대로 누운 채 심지어 들어온 사람들을 쳐다보지도 않았다. 모두 병자들이었다. 영국인은 아까와 똑같은 말을 하고 복음서 두 권을 건넸다.

세번째 감방에서는 고함소리와 떠드는 소리가 들렸다. 소장은 문을 두드리며 "조용!" 하고 외쳤다. 문이 열리자 병자 몇 명과 다투는 두 죄수 외에는 모두 널빤지 침상 옆에 똑바로 섰다. 드잡이하던 두 사람은 증오로 일그러진 얼굴을 하고 한 사람은 머리털을, 또 한 사람은 턱수염을 움켜쥐고 있었다. 그들은 간수가 다가가자 비로소 서로 떨어졌다. 한 사람은 코를 얻어맞아 콧물과 침과 뒤범벅되어 흘러내리는 코피를 죄수복 소매로 닦았고, 다른 한 사람은 잡아 뽑힌 턱수염을 주워모았다.

"방장!" 소장이 엄격하게 외쳤다.

얼굴이 깨끗하고 건장한 죄수가 앞으로 나왔다.

"도저히 말릴 수가 없었습니다, 각하." 방장이 쾌활하게 눈웃음치며 말했다.

"그렇다면 내가 말려주지." 소장이 눈살을 찌푸리며 말했다.

"*저들은 뭐 때문에 싸운 겁니까?*" 영국인이 물었다.

네흘류도프는 왜 싸운 거냐고 방장에게 물었다.

"발싸개 때문이죠, 남의 걸 가져갔다고." 방장이 여전히 싱글거리며 대답했다. "이쪽이 홱 떼미니까 저쪽에서도 받아친 겁니다."

네흘류도프가 영국인에게 통역했다.

"이 사람들에게 몇 마디 해주고 싶습니다." 영국인이 소장을 돌아보며 말했다.

네흘류도프가 통역했다. 소장은 "좋습니다" 하고 말했다. 그러자 영국인이 가죽으로 장정한 복음서를 꺼냈다.

"통역해주십시오." 그가 네흘류도프에게 말했다. "당신들은 말다툼을 하고 주먹질을 했지만 우리를 위해 돌아가신 그리스도는 다툼을 해결하는 다른 방법을 주셨습니다. 그리스도의 율법에 따르면 우리를 모욕하는 자에게 어떻게 행동해야 하는지 알고 있느냐고 물어봐주십시오."

네흘류도프가 영국인의 말과 질문을 통역했다.

"그야 상부에 호소하면 거기서 다 판때려주지 않겠어요?" 한 죄수가 위풍당당한 소장을 곁눈질하며 묻듯이 말했다.

"그런 놈은 작살내야 해, 그래야 두 번 다시 까불지 않을 테니." 다른 사람이 말했다.

동조하는 몇몇의 웃음소리가 들렸다. 네흘류도프는 그들의 대답을 영국인에게 통역했다.

"이렇게 말해주십시오, 그리스도의 율법에 따르면 그와는 반대로 해야 한다고요. 한쪽 뺨을 맞으면 다른 쪽 뺨도 내밀어야 한다고요." 영국인이 뺨을 내미는 몸짓을 하며 말했다.

네흘류도프가 통역했다.

"자기가 직접 해보라지." 누군가 말했다.

"다른 쪽 뺨도 맞으면 그땐 뭘 내미는데?" 누워 있던 병자 중 하나가 말했다.

"그러다간 온몸이 작살날걸."

"어디 한번 해보시지." 누군가 뒤쪽에서 말하고는 쾌활하게 웃어댔다. 방안은 일제히 터져나오는 웃음소리로 가득찼다. 심지어 얻어터진 자까지 피와 콧물을 흘리면서 껄껄 웃었다. 병자들도 웃었다.

영국인은 당황하는 기색 없이, 그리스도를 믿는 자는 불가능한 일도 가능케 한다고 전해달라고 했다.

"저들에게 술을 마시는지 물어봐주십시오."

"당연하죠." 누군가의 목소리가 들렸고 다시 비웃음과 웃음소리가 새어나왔다.

이 감방에는 병자가 넷 있었다. 왜 병자를 다른 방에 따로 모아두지 않느냐는 영국인의 물음에 소장은 그들이 원하지 않는다고 대답했다. 이들은 전염병 환자가 아닐뿐더러 의사 조수가 그들을 보살피고 치료

해준다는 것이었다.

"벌써 이 주제 코빼기도 비치지 않는데." 누군가 말했다.

소장은 대꾸도 하지 않고 다음 감방으로 안내했다. 또다시 문이 열렸고 또다시 모두 일어나며 입을 다물었고 또다시 영국인은 복음서를 나누어주었다. 똑같은 일이 다섯번째, 여섯번째 감방에서, 복도 좌우 양쪽 감방에서 되풀이되었다.

징역수 감방에서 이송수 감방으로, 다음은 농민공동체에서 추방된 죄수들 방으로, 다음은 자원해서 따라온 사람들 방으로 갔다. 어디서나 똑같았다. 추위에 떨고, 굶주리고, 빈둥거리고, 병들고, 수모를 당하는 수인들이 마치 들짐승 같은 모습을 드러냈다.

영국인은 계획한 권수만큼 복음서를 나눠주자 그뒤로는 설교도 하지 않았다. 비참한 광경과 무엇보다 숨막히는 탁한 공기에 체력이 소진된 듯했다. 소장이 감방마다 어떤 죄수들이 수용되었는지 설명해도 그는 그저 "그렇군요"만 되풀이하며 이 감방에서 저 감방으로 옮겨갔다. 네흘류도프도 거절하고 돌아갈 기력조차 없이 여전히 피로감과 절망감에 사로잡힌 채 꿈에서 깨지 않는 사람처럼 묵묵히 따라갔다.

27

네흘류도프는 유형수들 감방 중 한 곳에서 놀랍게도 오늘 아침 나룻배에서 만났던 노인을 보았다. 헝클어진 머리에 얼굴이 온통 주름투성이인 노인은 한쪽 어깨가 찢어진 꾀죄죄한 잿빛 셔츠에 같은 색 바지를 입고 맨발로 널빤지 침상 옆 마룻바닥에 주저앉아 날카로운 눈빛으로 의심쩍은 듯 들어온 사람들을 지켜보고 있었다. 꾀죄죄한 셔츠의 구멍으로 보이는 깡마른 몸은 가엾고 허약해 보였지만 얼굴은 나룻배에서 봤을 때보다 더 위엄 있고 진지하고 활기차 보였다. 이 감방에서도 죄수들은 마찬가지로 상관들이 들어오자 벌떡 일어나 부동자세를 취했다. 노인은 그대로 앉아 있었다. 그의 눈은 빛났고 눈썹은 분노로 일그러졌다.

"일어섯!" 소장이 노인에게 외쳤다.

그러나 노인은 꿈쩍도 않고 얕잡듯이 웃기만 했다.

"당신 종들이나 당신 앞에 세워. 난 당신의 종이 아니야. 당신 이마에도 낙인이 찍혀 있군……" 노인이 소장의 이마를 가리키며 말했다.

"뭐라고?" 소장이 노인에게 한 발 쓱 다가서며 위협했다.

"저는 이 사람을 압니다." 네흘류도프가 소장에게 얼른 말했다. "그런데 무슨 일로 수감된 겁니까?"

"여행증을 소지하지 않았다고 경찰이 여기로 보냈습니다. 우리가 그렇게 보내지 말라고 하는데도 막무가내로 보내고 있습니다." 소장이 노엽게 노인을 흘겨보며 말했다.

"당신도 적그리스도*의 군대인가." 노인이 네흘류도프에게 말했다.

"아닙니다, 나는 참관자입니다." 네흘류도프가 말했다.

"그럼, 적그리스도가 사람들을 어떻게 괴롭히는지 보러 왔단 건가? 자, 그럼 실컷 보게. 연대를 이룰 만큼 사람들을 잡아다가 한 우리에 가

---

* 『신약성경』에 말세에 나타나 그리스도와 대적할 것이라고 예언된 강력한 자.

뒤두고 있잖아. 사람이란 땀 흘려 일하며 빵을 먹어야 하는 법인데도 저자는 돼지처럼 사람들을 이런 데다 가둬놓고 먹이기만 하고 옴짝달싹 못하게 하니 다들 짐승이 돼갈 수밖에."

"저 사람이 뭐라는 겁니까?" 영국인이 물었다.

네흘류도프는 노인이 소장에게 사람들을 강제로 감금한다며 비난하고 있다고 말했다.

"그럼, 법을 지키지 않는 사람을 어떻게 다루면 좋겠는지 물어봐주십시오." 영국인이 말했다.

네흘류도프가 통역했다.

노인은 고른 이를 드러내며 야릇하게 웃었다.

"법!" 그가 비웃듯이 되풀이했다. "남의 토지를 약탈하고 재산을 강탈해 제 것으로 만들어놓고는 거역하는 자들을 전부 족치더니 그제야 노략하지 마라, 살인하지 마라 하는 법을 만들었어. 그런 법은 그러기 전에 만들었어야지."

네흘류도프가 통역했다. 영국인은 씩 웃었다.

"그건 그렇다 치고, 그럼 오늘날 도둑이나 살인자를 어떻게 다루어야 하는지 물어봐주십시오."

네흘류도프가 또다시 통역했다. 노인의 얼굴이 엄하게 일그러졌다.

"이마에서 적그리스도 낙인을 떼면 말해주지. 그러면 도둑도 살인자도 없는 세상이 될 거라고. 저자에게 그렇게 말해주시오."

"*미쳤군요.*" 네흘류도프가 노인의 말을 통역하자 영국인이 이렇게 말하곤 어깨를 움츠리며 감방에서 나갔다.

"당신은 당신 일이나 해, 남 일에 간섭하지 말고. 어디까지나 나는 나고 너는 너야. 누구를 벌하고 용서하는 일은 신이 아시지 우린 몰라." 노인이 말했다. "자기 스스로 자기 상관이 되면 상관 따윈 필요 없어. 가, 가라고." 노인이 노엽게 얼굴을 찌푸리고 감방 안에서 머뭇거리던 네흘류도프를 노려보며 쏘아붙였다. "적그리스도의 종들이 사람들을 이에게 먹잇감으로 주는 걸 잘 봤겠지. 가라고, 가!"

네흘류도프가 복도로 나왔을 때 영국인이 소장과 텅 빈 감방의 열린 문 옆에 서서 이 방은 무슨 방이냐고 묻고 있었다. 소장은 시체실이라고 대답했다.

"오!" 네흘류도프가 통역하자 영국인이 이렇게 말하더니 들어가보자고 했다.

시체실은 보통의 작은 감방이었다. 벽에 걸린 작은 램프가 오른쪽 널빤지 침상에 누운 시체 네 구와 한구석에 쌓인 자루와 장작을 희미하게 비추었다. 삼베 셔츠와 바지를 입은 첫번째 시체는 큰 키에 빼족한 턱수염이 있고 머리털 반이 깎여 있었다. 몸은 이미 굳었고 분명히 가슴 위에 포개져 있었음직한 검푸른 두 손은 양쪽으로 늘어져 있었다. 맨발들도 서로 떨어져 제각기 발바닥을 세우고 있었다. 그와 나란히 하얀 상의에 치마를 입고 코가 뾰족한 작고 노란 주름투성이 얼굴에 성기고 짧은 머리를 조그맣게 땋아내린 맨머리의 노파가 맨발로 누워 있었다. 노파 뒤에는 보라색 옷가지를 걸친 남자 시체가 있었다. 이 색깔을 보자 네흘류도프의 머릿속에 뭔가 떠올랐다.

그는 더 가까이 다가가 살펴보았다.

위로 뾰족하게 솟은 작은 턱수염, 곧고 아름다운 코, 희고 반듯한 이마, 성긴 곱슬머리. 눈에 익은 윤곽이었으나 그는 눈을 의심하지 않을 수 없었다. 그는 어제 흥분과 분노로 괴로워하던 이 얼굴을 보았다. 이제 움직임을 멈춘 얼굴은 평온하고 소름 끼칠 만큼 아름다웠다.

그렇다, 크릴초프였다. 아니, 최소한 그의 물질적 존재가 남긴 흔적이었다.

'그는 무엇 때문에 괴로워했을까? 무엇을 위해 살아왔을까? 그것을 지금은 깨달았을까?' 네흘류도프는 생각해보았으나 답은 없고, 죽음만 존재할 뿐이라는 생각이 들자 우울해졌다.

네흘류도프는 영국인에게 작별인사도 하지 않고 간수에게 밖으로 안내해달라고 부탁했고, 오늘밤 자신이 본 모든 것을 되짚어보기 위해 혼자만의 시간이 필요하다고 생각하며 숙소로 향했다.

28

네흘류도프는 잠자리에 들지 못하고 한참 동안 방안을 서성거렸다. 그와 카튜샤의 관계는 끝나버렸다. 이제 그는 그녀에게 필요하지 않았고. 그는 그 사실이 슬프기도 하고 부끄럽기도 했다. 그러나 지금 그를 괴롭히는 건 다른 문제였다. 또하나의 일이 매듭지어지지 않았고 어느 때보다 강하게 그를 괴롭히며 그의 활동을 요구하고 있었다.

그가 최근에 보고 알게 된 소름 끼치는 모든 악, 특히 오늘 그 끔찍한 교도소에서 목도한 악은, 사랑스러운 크릴초프를 파멸시킨 그 모든 악은, 개선가를 울리며 군림했고 그것을 이겨내야 하지만 어떻게 이겨내야 할지 가능성조차 없어 보였다.

그의 머릿속에는 무관심한 장군들과 검사들과 교도소장들 때문에 전염병이 들끓는 공기 속에 갇혀 모욕당하고 있는 수백수천의 사람들이 떠올랐고, 당국의 죄악을 들추어낸 까닭에 미치광이 취급을 받는 독립불기의 괴이한 노인이 떠올랐고, 시체들 가운데 누워 있던, 분노 속에서 숨을 거둔 크릴초프의 수련한 백랍 같은 얼굴이 떠올랐다. 그러자 네흘류도프 자신이 미치광이인지, 아니면 스스로를 더없이 훌륭하다고 믿으며 거리낌없이 악행을 저지르는 저들이 미치광이인지 예전의 의문이 다시금 새로운 힘으로 그의 앞에 떠오르며 해결을 요구했다.

걷는 것도 생각하는 것도 힘들어 지친 그는 램프 앞 소파에 앉았고, 주머니에 든 것들을 치우면서 탁자 위에 던져두었던, 영국인이 기념으로 준 복음서를 무심코 펼쳐보았다. '여기에 모든 답이 쓰여 있다고 했지.' 그는 복음서를 넘기며 생각하다 펼쳐진 곳을 읽었다. 「마태복음」 18장이었다.

1. 그때에 제자들이 예수님께 다가와, "하늘나라에서는 누가 가장 큰 사람입니까?" 하고 물었다.

2. 그러자 예수님께서 어린이 하나를 불러 그들 가운데에 세우시고 이르셨다.

3. "내가 진실로 너희에게 말한다. 너희가 회개하여 어린이처럼 되지 않으면, 결코 하늘나라에 들어가지 못한다.

4. 그러므로 누구든지 이 어린이처럼 자신을 낮추는 이가 하늘나라에서 가장 큰 사람이다.

'그렇다, 바로 그렇다.' 그는 마음의 평화와 삶의 기쁨을 경험했던 것은 자기 자신을 낮추었을 때뿐이었음을 회상하며 생각했다.

5. 또 누구든지 이런 어린이 하나를 내 이름으로 받아들이면 나를 받아들이는 것이다."

6. "나를 믿는 이 작은 이들 가운데 하나라도 죄짓게 하는 자는, 연자매를 목에 달고 바다 깊은 곳에 빠지는 편이 낫다.

'이건 무슨 뜻일까? 어디로 누가 받아들인다는 것일까? 그리고 나를 받아들이듯이라는 말은 무슨 의미일까?' 그는 이 말이 자기에게 아무것도 답해주지 못한다고 느끼며 스스로에게 물었다. '그리고 목에 단 연자맷돌이니 깊은 바다니 하는 것은 무엇일까? 아니다, 이것은 명확하지 않다. 불확실하고 명료하지 않다.' 그는 과거에도 몇 번이나 성서를 읽기 시작했다가 언제나 그런 명료하지 않은 대목들에 막혀 중단했던 것을 회상하며 생각했다. 그는 또 죄짓게 하는 것과 죄짓게 하는 세상에 대해서, 사람들이 지옥불에 던져져 벌을 받게 될 것이고, 하늘에 계신 아버지의 얼굴을 보는 어린이들의 천사들에 대한 7, 8, 9, 10절*을

---

* 불행하여라, 남을 죄짓게 하는 일이 많은 이 세상! 사실 남을 죄짓게 하는 일은 일어나기 마련이다. 그러나 불행하여라, 남을 죄짓게 하는 일을 하는 사람!/네 손이나 발이 너를 죄짓게 하거든 그것을 잘라 던져버려라. 두 손이나 두 발을 가지고 영원한 불에 던져지는 것보다, 불구자나 절름발이로 생명에 들어가는 편이 낫다./또 네 눈이 너를 죄짓게 하거든 그것을 빼 던져버려라. 두 눈을 가지고 불타는 지옥에 던져지는 것보다, 한 눈으로 생명에 들어가는 편이 낫다./너희는 이 작은 이들 가운데 하나라도 업신여겨지지 않도록 주의하여라. 내가 너희에게 말한다. 하늘에서 그들의 천사들이 하늘에 계신 내 아버지의 얼굴을 늘 보고 있다."

더 읽었다. '유감스럽지만 온통 앞뒤가 안 맞는 말이야,' 그는 생각했다. '그러나 좋은 부분도 있다.'

11. "사람의 아들은 잃어버린 것들을 구하러 왔기 때문이다."

12. "너희는 어떻게 생각하느냐? 어떤 사람에게 양 백 마리가 있는데 그 가운데 한 마리가 길을 잃으면, 아흔아홉 마리를 산에 남겨둔 채 길 잃은 양을 찾아 나서지 않느냐?

13. 그가 양을 찾게 되면, 내가 진실로 너희에게 말하는데, 길을 잃지 않은 아흔아홉 마리보다 그 한 마리를 두고 더 기뻐한다.

14. 이와 같이 이 작은 이들 가운데 하나라도 잃어버리는 것은 하늘에 계신 너희 아버지의 뜻이 아니다."

'그렇다, 사람들이 파멸하는 것은 아버지의 뜻이 아니었다. 하지만 지금도 수백수천의 사람들이 파멸하고 있다. 그런데도 그들을 구할 길이 없다.' 그는 생각했다.

21. 그때에 베드로가 예수님께 다가와, "주님, 제 형제가 저에게 죄를 지으면 몇 번이나 용서해주어야 합니까? 일곱 번까지 해야 합니까?" 하고 물었다.

22. 예수님께서 그에게 대답하셨다. "내가 너에게 말한다. 일곱 번이 아니라 일흔일곱 번까지라도 용서해야 한다."

23. "그러므로 하늘나라는 자기 종들과 셈을 하려는 어떤 임금에게 비길 수 있다.

24. 임금이 셈을 하기 시작하자 만 달란트를 빚진 사람 하나가 끌려왔다.

25. 그런데 그가 빚을 갚을 길이 없으므로, 주인은 그 종에게 자신과 아내와 자식과 그 밖에 가진 것을 다 팔아서 갚으라고 명령하였다.

26. 그러자 그 종이 엎드려 절하며, '제발 참아주십시오. 제가 다 갚겠습니다' 하고 말하였다.

27. 그 종의 주인은 가엾은 마음이 들어, 그를 놓아주고 부채도 탕감해주었다.

28. 그런데 그 종이 나가서 자기에게 백 데나리온을 빚진 동료 하나를 만났다. 그러자 그를 붙들어 멱살을 잡고 '빚진 것을 갚아라' 하고 말하였다.

29. 그의 동료는 엎드려서, '제발 참아주게. 내가 갚겠네' 하고 청하였다.

30. 그러나 그는 들어주려고 하지 않았다. 그리고 가서 그 동료가 빚진 것을 다 갚을 때까지 감옥에 가두었다.

31. 동료들이 그렇게 벌어진 일을 보고 너무 안타까운 나머지, 주인에게 가서 그 일을 죄다 일렀다.

32. 그러자 주인이 그 종을 불러들여 말하였다. '이 악한 종아, 네가 청하기에 나는 너에게 빚을 다 탕감해주었다.

33. 내가 너에게 자비를 베푼 것처럼 너도 네 동료에게 자비를 베풀었어야 하지 않느냐?'

"이것뿐인가?" 복음서를 읽어가던 네흘류도프는 별안간 소리 내어 외쳤다. 그러자 그의 내면에 있는 목소리가 말했다. "그렇다, 그것뿐이다."

그러자 정신적 삶을 사는 사람들에게 자주 일어나는 일이 네흘류도프에게도 일어났다. 처음에는 이상하고 역설적이며 심지어 농담처럼 여겨졌던 것들이 차츰 실생활 속에서 확증되었고 마침내는 지극히 단순하면서도 의심할 나위 없는 확고한 진리로 나타났다. 그리하여 지금 사람들이 고통받고 있는 그 무서운 악에서 구원받는 유일한 길은 사람들이 신 앞에서 자기 자신을 언제나 죄인으로 인정하고, 따라서 다른 사람들을 벌하고 교정할 수 없음을 인식하는 데 있다는 것을 명확히 알게 되었다. 그리고 그가 교도소와 구치소에서 목격한 그 무서운 모든 악, 그리고 이 같은 악을 자행하고 있는 자들의 태연함은 사람들이 불가능한 일, 즉 스스로 악인이면서 악을 다스리려 하는 일에서 생겨났다는 것이 명확해졌다. 부도덕한 사람들이 부도덕한 사람들을 교정하려 하고 그것을 기계적인 방법으로 달성하려 했던 것이다. 그러나 이 모든 것에서 생겨난 결과는 오직 하나, 즉 궁핍하고 탐욕스러운 사람들이 가짜 형벌과 교정을 직업으로 택해 자기 자신도 극도로 타락하면서 동시에 자신이 괴롭히고 있는 사람들까지도 끊임없이 타락시킨다는 것이다. 이제 그가 목격했던 모든 공포가 어디에서 생기는지, 또 그것을 근절하기 위해서는 어떻게 해야 하는지 명확해졌다. 그가 그동안 찾지 못하고 있던 답은 그리스도가 베드로에게 했던 말, 즉 죄 없는 인간은 없으므로 인간을 처벌하고 교정할 수 없다는 것이었다. 따라서 언제나 모든 사람을 용서하고 몇 번이고 끝없이 용서해야 한다는 것이었다.

'하지만 이렇게 간단할 리 없다.' 네흘류도프는 속으로 중얼거렸다. 그런데 처음에는 정반대의 논리에 길들어온 그에게 이 새로운 생각이 무척 낯설었지만 이론적으로도 실제적으로도 바로 그것이 문제의 유일한 해결책이었다. 그렇다면 악인들은 어떻게 할 것인가, 그들을 그대로 두어야 한단 말인가 하는, 언제나 고개를 드는 반박도 이제 그를 곤혹스럽게 하지 않았다. 만일 형벌이 범죄를 줄이고 범인들을 교정한다는 것이 증명된다면 이러한 반박은 의미 있었을 것이다. 그러나 그 반대가 증명되고 인간은 인간을 교정할 수 없다는 것이 명백하기 때문에 유일한 합리적 해결책은 무익하고 해롭고 비도덕적이며 잔혹한 짓을 멈추는 것이다. '당신들은 지난 수 세기 동안 당신들이 범죄자라고 규정한 사람들을 처벌해왔다. 그래서 범죄자들은 사라졌는가? 사라지기는커녕 오히려 형벌 때문에 더욱 타락한 범죄자들의 수가, 또 인간을 재판하고 처벌하는 판사, 검사, 예심판사, 간수라는 범죄자들의 수가 불어났을 뿐이다.' 네흘류도프는 그럼에도 사회와 질서가 그나마 유지되는 것은 인간을 재판하고 처벌하는 합법적 범죄자들 때문이 아니라 이러한 부패와 타락에도 불구하고 서로 동정하고 사랑하는 마음을 잃지 않는 사람들 덕분이라는 것을 알게 되었다.

네흘류도프는 이 생각을 뒷받침할 수 있는 구절을 찾길 바라면서 복음서를 처음부터 읽기 시작했다. 언제나 그가 감동하며 읽었던 산상설교를 읽는 동안, 그는 오늘 처음으로 그 설교에 추상적이고 아름다운 생각, 상당 부분 과장되고 실현 불가능한 요구가 아니라 생활에서 실천할 수 있는 지극히 단순 명료한 계율이 존재한다는 것을 확인했다. 그 계율을 실천할 경우(그것은 충분히 가능한 것이었다) 인류는 새로운 인간사회의 질서를 확립할 수 있고, 네흘류도프를 그처럼 분노케 했던 온갖 폭력도 저절로 소멸할 뿐 아니라 인류가 도달할 수 있는 최고의 행복, 즉 지상천국이 세워질 것이다.

그 계율은 다음의 다섯 가지였다.

첫번째 계율(「마태복음」 5장 21~26절), 인간은 살인해서는 안 되고, 형제에게 성을 내거나 '바보'라고 욕해서도 안 된다. 만약 누군가와 다퉜다면 신에게 예물을 바치기 전에, 즉 기도하기 전에 그 형제와 화해해야 한다.

두번째 계율(「마태복음」 5장 27~32절), 인간은 간음을 해서도 안 되고 여자를 보고 음욕을 품어서도 안 된다. 한 여자와 하나가 되었다면 절대로 그 여자를 배신해서는 안 된다.

세번째 계율(「마태복음」 5장 33~37절), 무슨 일에서건 맹세나 약속을 해서는 안 된다.

네번째 계율(「마태복음」 5장 38~42절), 눈에는 눈으로 앙갚음하지 말고, 오른뺨을 치거든 왼뺨마저 돌려 대고, 모욕을 당해도 용서하고 부드러운 마음으로 받아넘기고, 누구든 도움을 구하면 물리쳐서는 안 된다.

다섯번째 계율(「마태복음」 5장 43~48절), 원수를 미워하지 말고 싸우지도 말고 그들을 사랑하고 그들을 도우며 봉사해야 한다.

네흘류도프는 미동도 없이 앉아 타오르는 램프의 불빛을 응시하고 있었다. 그는 인간 삶의 온갖 추악함을 떠올렸고, 사람들이 이러한 계율대로 살아간다면 그 삶이 어떻게 될 것인지 머릿속으로 선명히 상상하자 오랫동안 느끼지 못했던 환희가 용솟음쳤다. 그는 오랜 고통과 시련 끝에 갑자기 안식과 자유를 찾은 것 같았다.

그는 밤새 한잠도 자지 못했다. 복음서를 읽는 많은 사람들처럼 여러 번 읽으면서도 이해하지 못했던 말의 참뜻을 깨달은 것이었다. 해면이 물을 빨아들이듯 그는 복음서가 그에게 계시하는 요긴하고 중요하고 기쁜 것을 받아들였다. 그리고 그가 읽은 모든 것이 그가 익히 알고 있었던 것처럼 여겨졌다. 그가 오래전부터 이미 알고는 있었지만 충분히 이해하지 못하고 믿지 않았던 것을 이제야 뚜렷이 깨닫게 된 기분이었다. 그는 지금 그것을 충분히 깨닫고 믿고 있었다.

또한 그는 이러한 계율을 실천하면 인간은 최고의 행복에 이를 수 있다는 것을 깨닫고 믿었다. 이제 이 계율을 실천하는 것 말고 인간은 아무것도 행할 것이 없다는 것, 그 안에 인생의 유일하고 합당한 의미가 있고 그것을 거스르면 당장 벌을 받게 된다는 것을 깨닫고 믿었다. 이것은 가르침 면면에 배어 있지만, 포도밭 농부들에 대한 우화에 보다 더 확고하고 명확하게 표현되어 있었다. 농부들은 주인이 일을 하라고 맡겨둔 포도밭을 그들의 재산이라 생각했고, 포도밭에 있는 것은 모두 자기들을 위해 존재하며 자기들의 일은 오직 포도밭에서 인생을 즐기는 것뿐이라고 생각했다. 그리고 주인에 대해서는 잊은 채 주인이나 주인에 대한 그들의 의무를 생각나게 하는 자들을 모두 죽여버렸다.

'우린 그들과 똑같은 짓을 하고 있다.' 네흘류도프는 생각했다. '우리는 자신이 삶의 주인이며 삶은 우리의 쾌락을 위해 주어졌다는 어리석은 확신 속에 살고 있다. 실로 어리석다. 우리가 이 세상에 보내졌다면 분명 우리를 보낸 그 누군가의 의지와 목적이 있을 것이다. 그러나 우리는 오직 향락을 추구하며 살고 있으니, 주인의 뜻을 거스른 일꾼이 벌을 받았듯이 우리도 그렇게 될 것이다. 주인의 뜻은 이 계율에 나타나 있다. 모든 이가 이 계율을 실천한다면 지상천국이 세워질 것이고 사람들은 그들이 이를 수 있는 최대의 행복을 누릴 것이다.

너희는 먼저 하느님의 나라와 그분의 의로움을 찾아라. 그러면 이 모든 것도 곁들여 받게 될 것이다.* 그러나 우리는 그 모든 것을 찾고 있고, 분명 그것을 찾지 못할 것이다.

바로 이것이다, 이것이 내 필생의 과업이다. 이제 하나가 끝나자 또 다른 하나가 시작된 것이다.'

그날 밤 이후 네흘류도프에게 새로운 삶이 시작되었다. 그가 삶의 새로운 조건으로 들어가서가 아니라, 그때 이후 그에게 일어난 모든 것이 이전과는 전혀 다른 의미를 지니게 되었기 때문이다. 새로운 시기의 그의 삶이 어떻게 매듭지어질지는 오직 미래가 보여줄 것이다.

1899년 12월 16일

---

* 「마태복음」 6장 33절.

19세기 모든 예술의 총화

1

장편소설 『부활』은 두 세기의 경계선인 1899년에 발표되었다. 동시대인들은 이 사실에서 의미심장하고 상징적인 무언가를 찾아냈다. "바로 그러한 창조물들 위에서 19세기가 가고 20세기가 도래한다." 블라디미르 스타소프는 이렇게 썼다.

그러나 『부활』은 훨씬 이전인 1889년 말에 쓰이기 시작했고, 여러 해에 걸쳐 중단되면서 집필되었다. 그러는 가운데 19세기 마지막 십년 불안한 러시아의 삶을 점점 더 완전하게 흡수하고 삶의 다면적인 내용을 담으며 더욱 풍부해졌다. 이 소설의 예술적 '공간'은 당시 일반적 예술뿐만 아니라 톨스토이의 예술에도 낯선 주제와 대상을 포함하면서 점차적으로 확장된 것이다.

『부활』은 예술가이자 사상가였던 톨스토이가 앞서 걸었던 모든 길일 뿐만 아니라 19세기 모든 예술의 '총화'이기도 하다. 이 위대한 장편소설은 하나의 '단초'였는데, 그 단초는『부활』이후 톨스토이의 창작 세계보다는 새로운 20세기 예술의 맥락에서 계속 발전해나갔다.

톨스토이 자신도 이처럼 새로운 내용과 새로운 예술적 특질을 지닌 총괄적인 장편소설을 창조해야 한다는 절박한 요구와 필요를 느꼈다.

1891년 1월 25~26일, 미래에『부활』이 될 작품을 집필하기 시작해 일 년이 조금 지났을 무렵, 톨스토이는 일기에 이렇게 썼다. "오늘날의 시선으로 사물을 조명하면서 긴 호흡의 장편소설을 쓰고 싶었다. 나는 그 속에서 나의 모든 구상을 결합할 수 있으리라 생각했다. (…) 이제 나는 무엇을 어떻게 해야 할지 안다. 모든 것을 다시 혼합할 수 있고 그 속에서 작업할 수 있을 것이다."

이전 시기 톨스토이의 창작 의식 속에 생겨난 풍부하고 다양한 구상들을 포함해 결합시키게 될 새로운 장편소설은 '혼합된 것 속에서' 이루어진 작업의 결과가 되어야 했다. 톨스토이가 확신했던 것처럼, 오로지 그의 새로운, '사물에 대한 오늘의 시선'만이 '긴 호흡의 장편'이라는 장르에 그 모든 구상을 공고히 하고 결합하고 안착시킬 수 있었다.

"세계관 전체의 내적 개조"의 지극히 명확한 첫 결산, 긴장된 '분열' 작업의 첫 결산은 1879~1881년에 집필된『참회록』에서 다음과 같이 정식화되었다. "부유하고 많이 배운 우리 계층 사람들의 생활이 역겨워졌을 뿐만 아니라 그런 생활은 나에게서 모든 의미를 잃었다."* 반대로, 민중의 삶은 의미, 위대함, 도덕적 아름다움과 힘으로 가득한 것으로 나타났다. 이것이야말로 새로운, '사물에 대한 오늘의 시선'이었다.

톨스토이 '마지막 작품들' 중 가장 우수하고 가장 위대한 작품은 단연 장편소설 『부활』이다.

2

미래에 『부활』이 될 이야기의 기본 슈제트**는 유명 변호사 아나톨리 코니가 맡았던 어느 소송 사건에서 비롯되었다. 1887년 여름 야스나야 폴랴나에서 코니는 이 사건에 대해 톨스토이에게 이야기했다. 코니는 다음과 같이 회상했다. "종교적이고 도덕적인 문제에 관한 이야기를 나누면서 나는 예전 재판들에 대한 기억을 여러 차례 언급했고, 도덕 법칙에 거스르는 모든 죄는 이곳 지상의 삶에서 처벌되어야 한다는 의견의 타당성을 여러 소송 사건을 통해 직접 확인했음을 톨스토이에게 말해야 했다. 이 기억 중 하나가 레프 니콜라예비치의 창작 활동에 약간의 흔적을 남기게 되었다." 이 '하나'란 바로 '불쌍한 로잘리야 오니와 그녀를 유혹한 남자의 이야기'인데, 그 유혹자는 자기가 파멸시킨 여자의 재판에 배심원으로서 어쩔 수 없이 참여한 후 극심한 도덕적 동요에 휩싸인다. 코니가 들려준 이야기의 주인공은 자기 '죄'를 보상하기 위해 로잘리야와 결혼하기로 결심하지만, 복잡하게 얽힌 비극은 결국 로잘리야의 죽음으로 막을 내린다.

_____

* 레프 톨스토이, 『참회록』, 문학동네, 2021, 91쪽.
** 문학작품에서 등장인물들의 관계나 사건 전개 발전의 일정한 체계. 얽음새.

코니의 이야기에 자극받은 톨스토이는 잊지 않고 결국 '코니의 이야기'라는 소설을 쓰게 된다. 표제가 붙지 않은 미완성 초고에는 1889년 12월 26일 날짜가 적혀 있다.

1890년 12월 15일 일기에서 이제 『부활』이라고 명명한 이 소설의 두번째 미완성 원고의 집필 단계를 확인할 수 있다. 주인공이 평범한 상류사회 인간이었던 첫번째 미완성 원고와 달리, 이 원고에서 주인공은 다른 모습, 즉 '죽음'의 단계를 체험한, 복잡하고 비범한 정신세계를 지닌 인간의 모습을 보여준다. 물론 그는 '부활' '정신적 탄생'을 체험해야 할 것이다. 슈제트상 사건은 법정에서 시작되고, 감옥에서 마슬로바를 만나기 전까지 계속되고, 자신이 죄악을 저질렀다는 사실에 강한 충격을 받은 네흘류도프는 그녀에게 청혼한다. 사건은 동시대(1876년)로 접근한다.

톨스토이는 1895년 3월 12일 일기에 "예술적인 것을 쓰고 싶다"고 적었다. 그가 말한 '예술적인 것'의 첫번째 자리에는 '코니의 이야기', 즉 『부활』이 있었다. 톨스토이는 곧바로 이 장편소설의 첫번째 판을 집필하기 시작한다. 이제 시간은 1880년대에 맞춰진다.

『부활』보다 먼저 집필되어 이 소설에 직접적으로 연관되는 『인생에 대하여』에서 톨스토이는 참된 삶, '이성적 인식'의 삶이 항상 인간 내면에 보존되며 언젠가 삶이 세상 밖으로 드러나는 시기가 반드시 도래한다고 썼다. 그러나 진실한 정신적 삶의 길에 '동물적인' 삶의 '타성'이 버티고 서 있다. '인간적 삶의 모순'을 극복하고 타성과 투쟁하는 가운데 도덕적 갱생과 '부활'을 향한 움직임이 일어난다.

카튜샤의 타락은 무서운 사건이었고, 이것은 동물적 삶의 타성이 가져온 결과였다. 다시 말해 도덕적으로 무책임한 태도, 파멸과 진실한 사랑의 파괴였다. 네흘류도프는 타성을 극복하면서 정신적 삶을 부활시켜야 하고 '거짓된 중심'을 벗어나 진실한 사랑을 새로이 얻어야 한다.

톨스토이는 이러한 구상과 일치하는 최초의 완성된 원고에서 새로운 삶을 위해 '부활하는' 주된 인물들의 결합으로 슈제트를 완성한다. 과거 청년 시절에 얽힌 주인공들의 관계의 결말과 그 최후는 갱생과 부활이라는 이념을 예술적으로 실현하는 도정에서 중요한 단계였다.

네흘류도프의 삶, 네흘류도프의 '사건', 그가 피고 륩카에게서 카튜샤를 알아본 그 순간부터 네흘류도프의 영혼 속에서 시작된 '무섭고 고통스러운 작업'은 최초의 완성된 원고에서 슈제트의 토대가 되었다. 카튜샤는 아직 서술의 배경에 위치한다. 그리고 비록 네흘류도프가 '그녀를 부활시키기를' 원하지만, 톨스토이는 아직 카튜샤의 '부활'에 마음을 쓰지 않고 있다.

톨스토이는 '새로운' 『부활』의 집필을 시작한다(1895년 11월 7일자 일기). 1896년 2월경 두번째 완성된 원고가 나타나는데, 첫번째와 달리 소설의 처음은 '그녀로부터' 시작된다. 하지만 톨스토이는 '억지스러운 결말'(카튜샤와 네흘류도프의 결혼)을 이 단계에서 여전히 유지했는데, 왜냐하면 톨스토이가 보기에 그러한 결말이야말로 주인공들의 '부활'을 가장 잘 증명할 수 있었기 때문이다. 그러나 새로운 『부활』을 집필하면서 톨스토이는 대단히 불만족스러워했고 심지어 이 구상을 완전히 버리는 것까지 생각한다.

이 년 반이 지난 뒤 톨스토이는 장편소설 구상에 복귀한다. 세번째 원고는 1898년 8월 27~28일에 완성된 것으로 기록되어 있다. 이 원고의 가장 중요한 특징은 '순조로운 종말', 즉 카튜샤와 네흘류도프가 결혼하는 이야기가 폐기되었다는 것이다. 카튜샤 마슬로바는 네흘류도프가 아니라 정치범과 결혼한다.

그러나 『부활』은 아직 완성되지 않았다. 1898년 후반부터 1899년 말까지 극도로 긴장된 끊임없는 집필 작업이 이어진다. 바로 이 과정에서 우리가 오늘날 '부활'이라 부르는 장편소설이 창조된다. 조판을 위해 텍스트 일부를 잡지 〈니바〉에 보내면서(1898년 10월 22일부터 보냈다), 톨스토이는 1899년 1월까지 또다시 네번째 원고를 집필한다. 톨스토이의 관심은 점점 네흘류도프의 '부활'에서 마슬로바의 '부활', 그리고 '일반적 문제'로 옮겨간다.

이때 동시대의 사회적, 정치적 문제들이 서술에 압도적으로 개입한다. 이 원고에서 가장 핵심적인 부분은 바로 1870~1880년대 러시아 나로드니키(인민주의자) 혁명가들과 그들의 이념, 심리, 활동에 관한 묘사다. 네흘류도프는 정치범들을 비롯해 교도소에서 만난 여러 죄수와 마슬로바의 사건을 주선하기 위해 페테르부르크로 떠나는데, 그곳에 사는 상류층 인사들과 고관들의 세계도 소설에 삽입된다. 그리고 대체로 톨스토이의 모든 창작적 노력은 장편소설의 제3부, 즉 카튜샤가 정치범들과 알고 가까워지면서 시베리아로 가는 길을 그리는 부분에 집중되어 있다.

『부활』의 최종 원고는 1899년 3월부터 12월까지 〈니바〉에 게재되었다. 톨스토이의 텍스트는 이때 혹독한 검열을 받았다.

3

이미 1895년, 톨스토이가 "그녀로부터 시작해야 한다"고 썼을 때, 이는 슈제트의 도입부 변화뿐만 아니라 이미 집필되던 작품 구상 전체의 변화를 의미했다. '농노 여자의 딸' '민중 출신 인물' 카테리나 마슬로바, 즉 카튜샤의 운명이 전경으로 배치되었고, 소설의 무게중심은 이렇게 옮겨졌다.

네흘류도프는 매춘부 륩카에게서 자신이 과거 언젠가 사랑했던 "촉촉한 까치밥처럼 새까만 눈"(1부 12장)을 가진 사랑스럽고 활기찬 소녀를 알아보고는 공포에 사로잡힌다. 그것은 오래전 잊었던 것을 뒤흔드는, 두 사람의 순수한 사랑을 망쳐버린 억제할 수 없는 동물적 욕정으로 불타올랐던 어느 봄날의 밤을 기억 속에서 되살리는 데서 오는 공포였다.

과거에 대한 잔인한 기억은 카튜샤에게도 고통으로 다가온다. 네흘류도프와 만나고 나서 그녀는 자신의 옛 기억을 쫓아내려고 안간힘을 쓴다. 그러나 역시 쉬운 일이 아니다. 그녀는 지난날의 모든 일을 떠올렸고 고통스러웠던 기억이 의식 속에서 차츰 되살아나기 시작한다.

네흘류도프에게 카튜샤는 더이상 존재하지 않는 이미 "죽은 여자"로 비쳤다. 무서운 진실이 네흘류도프 앞에 펼쳐졌다. 그러나 이것은 진실의 일부에 지나지 않았다. 법정에서 교도소 감방으로 돌아온 그녀는 진지하게 자기를 뚫어져라 쳐다보는 "소년과 눈이 마주쳤다." 그리고 눈물이, 오랫동안 억제되었던 눈물이 가녀린 떨림과 함께 볼을 타고 흘러내렸다. 이 눈물은 카튜샤 자신도 알지 못한 그녀의 내면의 참된 모습을 덮고 있던 장막을 걷어내었다. 카튜샤의 영혼 속에는 삶의 싹이 보존되어 있었고, 그것은 당연한 일이었다. 노인 크릭스무트, 토포로프, 코르차기나 공작부인 등 사실 죽은 것이나 다름없는 유령 같은 존재들과는 달리 마슬로바는 비록 불행해졌으나 파멸되지는 않은, 살아 있는 인간이었다.

카테리나 마슬로바의 부활, 참된 '소생'의 과정은 차근차근 끊임없이 행해진다. 자신의 죄와 그것의 무서운 결과에 충격을 받은 네흘류도프는 정말로 카튜샤를 구원하고자 한다. 그러나 그것은 그가 할 수 있는 일이 아니다. 언제나 동요하고 불안정하고, 자신의 정신적 삶을 챙기기에도 바쁜 그는 자기 자신부터 찾아야 한다. 결국 네흘류도프와 카튜샤의 길은 서로 갈리게 된다.

카튜샤의 부활은 징역형으로 감옥과 숙영지에서 보내는 힘겨운 노동의 삶, 러시아의 양심이었던 사람들, 유형지로 향하는 혁명가들과의 교제, 그녀가 보기에 "민중을 위해 귀족에 맞섰던"(3부 3장) 사람들과의 교제 가운데 찾아온다. 이러한 방식으로 소설 속 카튜샤 마슬로바의 위치와 역할, 네흘류도프의 역할에서 완전히 독립된 역할이 만들어진다. 네흘류도프의 운명은 자족적인 관심을 상실하고 점점 더 '민중 출신 인물' 마슬로바의 운명에 의존하게 된다.

장편소설의 결말은 카튜샤에게 축복이었다. 민중 출신인 그녀는 다시금 민중을 위해 나아가고, 함께 걸었던 그들 민중 속으로 섞여든다. 카튜샤의 원형인 로잘리야 오니는 죽었으나, 톨스토이의 여주인공은 새로운 삶에 눈을 뜬다. 불쌍한 로잘리야와 그녀의 운명에 관한 이야기는 톨스토이의 펜 끝에서 '평민이 어떤 모욕을 당하며 사는지', 그리고

'이런 일이 없도록 하기 위해' 무엇을 해야만 하는지에 관한 서술로 변화한다.

이처럼 카튜샤의 '부활' 과정은 사상적으로 더욱 중요한 의미를 획득하고 예술적으로 더욱 완전하게 다듬어진다. 그녀의 운명이 '부활'에 대한 소설의 의미적, 구성적 토대, 그리고 슈제트의 축을 이루게 된다. 카튜샤는 소설에서 네흘류도프를 포함해 그녀가 마주치는 모든 이들의 행위와 행동을 이해하고 평가하는 일종의 '기준점'이자 진실한 척도인 것이다.

『부활』에서 네흘류도프의 위치와 역할은 삶과 도덕에 대한 개념들과 관련하여 그가 겪는 급격한 변화, 모든 삶의 행위를 근본적으로 변화시킬 수밖에 없는 변화의 중요성에 의해 규정된다.

내면세계가 작가에게 드러나 있는, 그래서 독자에게도 드러나는 네흘류도프는 소설에서 불안한 의식과 예리한 감수성으로 생생하게 외부 세계를 지각하는 인간이라는 특별하고 중요한 역할을 부여받았다. 그는 마치 외적, 대상적 세계와 독자의 의식 사이의 매개자인 듯하다. 더욱이 주변 세계의 모든 것, 그의 의식의 영역에 들어오는 모든 것에 대한 네흘류도프의 태도는 소설의 슈제트가 움직이기 시작하는 '급변' '재검토' '개조' 등의 도덕적 국면에 따라 극도로 첨예화한다.

그러나 톨스토이의 가장 귀한 사상을 진술하는 네흘류도프는 결코 작가의 제2의 자아alter ego가 아니다. 존재와 현상의 객관적 논리에 종속된, 자신의 고유한 예술적 성격, 따라서 사회적이고 심리적인 성격이 그에게 부여된다. 그는 완전히 독자적인 예술적 삶을 살아간다. 그에 대한 톨스토이의 시선, 그것은 소설가, 예술가의 시선인 것이다.

모종의 통찰을 경험한 네흘류도프는 도덕적, 사회적 책임을 인식하고 '귀족'의 나태함, 관조적 태도, 수동성을 거부할 수밖에 없다. 그리고 네흘류도프의 끝없고 불안정한 편력이 시작된다. 이때 네흘류도프의 명백한 내적 모순, 즉 작가가 그에게 부여한 이념(가부장적 농민의 이념)과 그의 사회적, '계층적' 본성의 불일치가 드러난다. 이 모순은 톨스토이가 네흘류도프의 심리를 분석할 때 기초를 이루었던 상태, '동물적인 것'과 '정신적인 것'으로 양분된 상태에 놓여 있는 듯하다. '동물적인 삶', 그것은 자신만을 위하는 삶으로, '권력자'들의 삶이다. 정신적 삶은 그러한 존재를 부정하며 민중의 삶과 그러한 삶의 의미와 도덕성을 향하고 있다.

4

네흘류도프의 편력의 길에서 그의 앞에 민중의 삶의 의미가 점점 폭넓게 열리게 되고 그의 개인적 존재와 개인적 불행은 점점 더 민중적 대중의 존재에 의해 가려진다. 그리고 진실은 민중적 대중의 존재 속에서만 찾을 수 있다.

이처럼 톨스토이의 소설에는 페이지마다 민중 출신의 인물들, 러시아 농민들이 살고 있다. 그들 모두는 다채롭고 다면적인 세계를 창조하고, 그 세계와 교류하면서 네흘류도프의 정신은 고양된다. 그리고 그 세계는 그의 정신을 기쁨과 희망으로 채우고 절망과 우수로부터 그의 이기주의적 존재를 구해준다.

소설의 2부는 카튜샤 마슬로바를 따라 시베리아로 이동하는 기찻간에서 네흘류도프가 진정한 상류사회le vrai grand monde, 즉 민중의 삶의 세계에 대해 사색하는 장면으로 끝난다. 그의 사색은 돈벌이하러 나갔다가 집으로, 고향 마을로 돌아가는 농민들과 만나면서 시작된다. 이 새로운 세계의 발견은 인간의 존엄과 도덕적 감정을 모욕하는 페테르부르크 관리들의 사무실과 상류사회 응접실을 괴롭게 편력한 뒤의 네흘류도프를 더욱 기쁘게 한다.

도덕적으로 부활하기 위해 네흘류도프는 카튜샤 앞에서 자신의 죄를 보상해야 할 뿐만 아니라, 자기 자신을 위해 농민의 문제를 급진적으로 해결해야 하고 토지 소유권에서 발생하는 비도덕성, 불공정성, '죄악'을 개선해야 한다. 그는 이러한 문제들의 해법을 바로 고모들의 마을 파노보에서 찾는다.

톨스토이는 러시아 농민혁명의 근본 문제인 토지 문제는 단일세의 실현으로 해결할 수 있다고 생각했다. 비록 『부활』에서 이러한 유토피아는 땅이 '지주들'의 손에서 상인들과 벼락부자가 된 이발사들의 손으로 넘어가는 것일 뿐이라며 부정되고 있기는 하지만 말이다. 더욱이 네흘류도프가 토지 소유의 불공정성과 비도덕성을 확신하고 땅을 농민들에게 내주었던 것과 달리 상인들과 '이발사'들은 농민들에게 토지를 주지 않을 것이다. "신기한 나리"(2부 4장)인 네흘류도프가 제시한 토지 문제의 도덕적 해결은 사회적 해결과 거리가 매우 멀었다. 그러한 사회적 해결은 러시아의 혁명적 농민계급에 의해서만 이루어질 수 있었다. 톨스토이는 러시아 농민계급의 운명이 달려 있는 혁명적 해결을 필요로 했으나 그러한 해결은 『부활』에서 그려지고 있지 않다.

물론 『부활』에서는 '토지 문제'의 이론적, 실제적 해결은 제시되지 않지만, 민중의 삶을 천재적인 솜씨로 그린 그림, 즉 러시아 농민들의 장엄하고 감동적이며 비극적인 형상들이 그들의 노동, 생활관습, 심리, 그리고 도덕 속에서 그려지고 있다. 여기에 러시아 농민의 도덕적 위대함과 그의 죽음이 있다.

노동하는 농민들이 보여주는 단순하고 자연스러운 관습, 그리고 농민들을 도시로 내모는 가난, 기아, 몰락. 동시대 러시아 농촌은 이 두 가지 모습으로 네흘류도프에게 열린다.

톨스토이가 보기에 도시로 향하는 농민, 그보다 더 많이 교도소와 감방, 그리고 징역살이로 끌려가는 농민은 불행하고 불구가 된 농민인 것이다.

『부활』의 파토스는 민중의 도덕성과 인간적 존엄을 파괴하는 착취 국가의 도구로 기능하는 교도소와 징역제도에 대한 진지한 이해와 묘사 속에 담겨 있다.

5

톨스토이가 '농민의 삶에서 시작해야만 한다는 것, 그들이 대상이라는 것, 그들은 긍정적이지만 때로는 그림자, 때로는 부정적인 존재라는 것'을 이해하자 비로소 그의 소설이 향해야 할 '먼 곳'이 열렸다.

'정부와 부유한 계급을 구성하는 사람들'은 『부활』에서 '그림자', 때로는 '부정적 존재'로 나타나고, 그들에게는 환영성과 사소함이 유기적으로 결합되어 있다. 도지사와 원로원 의원, 판사, 검사, 변호사 등의 존재들은 모두 내용을 상실한 채 비정상적인, 그 때문에 필연적으로 유령화되어버린 하찮고 헛된 활동 속에서 지나간다.

모든 사소한 것은 하찮고 내용이 상실되어 있고 그 때문에 어쩔 수 없이 유령 같은 것으로 변한다. 『부활』에서 톨스토이는 이러한 연관과 합법칙성을 풍자적 수법으로 그리며 의식적으로 첨예하게 다룬다. 공허, 사소함, 그리고 환영성은 톨스토이에 의해 '긍정적인 것', 즉 깊은 의미를 지닌 러시아 농민계급의 노동하는 삶과 대비되며 드러난다.

'러시아혁명의 거울'인 톨스토이는 자신의 창작에서 성숙해가는 혁명을 반영했다. 그는 혁명의 역사적 필연성과 점차 닥쳐오는 혁명의 정화하는 뇌우를 예견했다.

그렇기 때문에 심오한 이념과 예술의 합법칙성은 러시아혁명 운동과 그 활동가들, 그리고 그들의 이념과 심리에 대해 시간이 갈수록 더욱 귀를 기울인 톨스토이의 관심이 낳은 결과였다. 이것은 소설가인 예술가로서의 관심뿐 아니라, 사회적이고 도덕적인 사상가로서의 관심이었다.

톨스토이는 '청년운동'에 관한 역사소설을 쓴 것이 아니다. 『부활』에서 혁명가들의 개성과 활동의 묘사는 지금까지 그렇게 살지 않을 수 없었던 민중과 민중의 삶의 가장 깊은 곳에서 자연발생적으로 돌이킬 수 없이 일어나고 있는 변혁, 모든 것을 포괄하는 변혁 전체의 일부에 지나지 않는다. 톨스토이는 19세기 말 해방운동의 이념과 정치적 경향을 역사적으로 정확하게 반영하려고 애쓰지는 않았다. 그는 정치범 유형수들을 인민주의자나 '인민의 의지파 사람들'이라고 일컬었는데, 이는 소설 속 사건이 일어나는 시기에 부합했다. 톨스토이의 위대함은 그가 그들의 복잡한 심리를 날카롭고 깊이 있게 이해했고 그 도덕적 의미를 이해했다는 데 있다.

이렇게 해서 혁명가들은 도덕적으로 정당화된다. 그들은 폭력을 겪고 유형 보내지고 섬멸된다. 왜냐하면 평균의 도덕 수준보다 높은 곳에 서 있는 그들은 억압과 폭력에 근거한 '생활구조'를 받아들일 수 없기 때문이다. 그들은 이러한 생활구조와 관계를 끊어버린다. 예민한 도덕적 감수성과 순수함을 지닌 그들은 도덕적인 무책임성, 도덕적 불감증, 자기만족, 매판성의 세계와 관계를 끊어버린다.

네흘류도프가 유형지와 숙영지에서 만난 정치범들은 코르차긴, 마슬렌니코프, 크릭스무트의 세계와 절대적으로 대립하는 한편, 형사범들의 세계, 즉 어쩔 수 없이 비정상적인 행위 규범이 일상의 규범이 되어버린 세계와도 분리되어 그들만의 특별한 도덕적 세계를 창조한다.

이 혁명가들의 피라미드 정상에는 끝없이 헌신하고 희생할 준비가 되어 있는 마리야 파블로브나가 서 있다. 또 그 정상에는 인간에 대한 이성적 태도와 '살아 있는 것에 대한 봉사'에 관한 '종교적'(본질적으로 도덕적이고 윤리적인) 가르침을 설파하는 시몬손이 서 있다. 이 두 사람은 저마다 나름대로 톨스토이의 도덕적 이상을 체현하며, 왜 그들이 카튜샤 마슬로바의 '부활'에서 중요한 역할을 해야 했는지 명백하다.

물론 시몬손에게서는 1870년대 인민주의자의 특징을 발견할 수 있는데, 이 인민주의자는 후기 인민주의의 테러적 실천이나 정치적 이념과는 무관하다. 시몬손과 그의 이론은 오히려 톨스토이주의나 톨스토이 자신과 비교해볼 수 있다.

톨스토이의 이 주인공은 소설에서 특별한 위치를 차지한다. 그는 자신의 도덕적 가르침에서 작가가 '일정한 시대와 사회의 종교적 의식'이라고 말했던 것을 표현하고 있기 때문이다.

민중 세력을 죽이고 타락시키는 죽은 '생활구조'를 용인하지 않고, 그 삶의 구조에 복종하는 것을 거부하고, 불행한 민중을 돕고자 나서서 억압받는 자들을 위해 단호하게 실천하는 것 속에 바로 톨스토이가 생각하는 혁명운동의 진실이 있었다. 그리고 그 때문에 카튜샤는 '민중 출신 인물'로서 정치범들과 그처럼 솔직하고 자연스럽게 만난다.

"저는 민중이 모욕당하고 있다고 생각해요."(3부 14장) 카튜샤가 말한다. 그녀는 지배자들에 대한 민중의 증오를 설명하고 정당화하며 혁명가들 사이에서 벌어지는 끝없고 힘겨운 논쟁, 오직 민중의 관점에서만 해결될 수 있는 논쟁의 핵심에 답을 내놓는다. 그리고 카튜샤의 말에 민중 출신 혁명가이자 전형적 농민 나바토프가 열렬히 반응한다. 그는 이렇게 외친다. "맞아요, 미하일로브나, 그 말이 맞아요, 민중은 모욕당하고 있습니다. 그러니까 그런 일이 없도록 해야 하죠. 그게 우리의 과업입니다."(3부 14장) '혁명의 과제'에 대한 이러한 관념은 노보드보로프에게는 기이한 것으로 보인다. 그렇지만 톨스토이에게 혁명 투쟁, 혁명 사업의 의미는 무엇보다도 이것, 즉 민중이 모욕당하지 않도록 하는 데 있었다.

결국 톨스토이가 보기에 동시대의 정신을 규정하는 투쟁, '도덕의식'과 '폭력의 전승' 사이의 투쟁에서 『부활』의 혁명가들은 절대적으로 '도덕의식'의 편을 들고 있다.

『부활』의 창작에 얽힌 이야기와 이 작품 자체는 20세기 모든 예술이

해결해야 하는 과제, 즉 새로운 유형의 장편소설 창조라는 과제를 해결하려 했던 뛰어난 천재가 거인적 노력을 들이는 놀라운 광경을 보여주면서 많은 영감을 주고 있다.*

---

* 모스크바 예술문학출판사 톨스토이 전집 22권 중 13권 '해설'에서 발췌 번역했다.

1828년   8월 28일, 툴라 도 야스나야 폴랴나에서 니콜라이 일리치 톨스
          토이 백작과 마리야 니콜라예브나 톨스타야의 넷째아들(레프)
          로 태어남. 형은 니콜라이, 세르게이, 드미트리.

1830년   8월, 어머니가 막내딸 마리야를 낳고 곧 사망.

1833년   형 니콜라이에게서 모든 이에게 행복을 주는 비밀의 '푸른 지팡
          이'가 숲에 묻혀 있다는 이야기를 들음. 푸시킨의 시 「바다에게
          К морю」와 「나폴레옹 Наполеон」을 암송해 아버지가 감동함.

1837년   1월, 가족이 모스크바로 이주. 6월, 아버지가 툴라로 가던 도중
          뇌졸중으로 사망. 고모 A. I. 오스텐-사켄이 아이들의 후견인
          이 됨.

1841년   8월, 후견인 고모 사망. 세 형과 함께 또다른 고모 P. I. 유시코바
          의 집이 있는 카잔으로 이주.

1844년   9월, 카잔 대학교 동양학부 아랍-터키문학과 입학. 사교계에
          출입하며 방탕한 생활을 함. 이듬해 진급 시험에 떨어져 법학과
          로 전과.

1847년   일기를 쓰기 시작함. 루소, 고골, 괴테를 읽고, 몽테스키외의 『법
          의 정신』과 예카테리나 여제의 「훈령 Наказа」을 비교 연구함.
          4월, 카잔대학교 중퇴. 고향 야스나야 폴랴나에 돌아와 진보적
          지주로서 새로운 농사 경영, 농민들의 계몽과 생활개선에 노력
          하나 농노제 사회에서 그의 이상은 실현되지 못함.

1848년   10월부터 이듬해 1월까지 모스크바에서 방탕한 생활을 이어감.

1849년   4월, 페테르부르크대학교에서 법학사자격 검정시험을 치러 두

<table>
<tbody>
</tbody>
</table>

	과목에 합격했으나 중도 포기하고 귀향. 가을, 농민 자제들을 위한 학교를 엶.
1850년	6월, '방탕하게 지낸 3년'을 반성함.
1851년	3월, 「어제 이야기Историей вчерашнего дня」 집필. 4월, 맏형 니콜라이가 있는 캅카스로 가 군대 복무.
1852년	1월, 사관후보생 시험을 치러 4급 포병 하사관으로 현역 편입. 5~8월, 퍄티고르스크에서 요양하며 「유년 시절Детство」 「습격Набег」 집필. 9월, 네크라소프 추천으로 그가 주재하는 잡지 『동시대인Современник』에 중편 「유년 시절」 게재. 작가로서 첫발을 디딤. 중편 「지주의 아침Утро помещика」 집필 시작. 11월, 「소년 시절Отрочество」 집필 시작. 12월, 「습격」 탈고.
1853년	체첸인 토벌 참가. 전쟁의 부정과 죄악에 대해 일기에서 비판. 3월 『동시대인』에 「습격」 발표. 7~10월, 중편 「소년 시절」 「카자크들Казаки」, 단편 「득점기록원의 수기Записки маркёра」 집필.
1854년	1월, 산민 토벌의 공으로 소위보로 임관. 3월, 다뉴브 파견군으로 종군하고, 크림 방면 군대로 전속. 10월, 『동시대인』에 「소년 시절」 발표. 11월, 세바스토폴 도착.
1855년	3월, 「청년 시절Юность」 집필 시작. 6월, 『동시대인』에 단편 「12월의 세바스토폴Севастополь в декабре」 발표. 9월 『동시대인』에 「삼림 벌채Рубка леса」 발표. 11월, 페테르부르크로 돌아가 『동시대인』 동인들의 환영을 받음.
1856년	1월, 셋째형 드미트리 사망. 퇴역. 1~5월, 「1855년 8월의 세바스토폴Севастополь в августе 1855 года」 「눈보라Метель」 「두 경기병Два гусара」 탈고, 『동시대인』에 발표. 7월, 발레리야 아르세니예바와 3년간 사귀었으나 헤어짐. 11월, 「강등병Разжалованный」 집필.

1857년	1월, 『동시대인』에 「청년 시절」 발표. 첫 유럽 여행을 떠나 7월에 귀국, 야스나야 폴랴나에서 농사 경영. 「루체른Люцерн」 탈고, 『동시대인』에 발표. 「알베르트Альберт」 집필.
1858년	농사 경영에 전념. 농부農婦 악시니야와 관계.
1859년	잡지 『독서를 위한 도서관Библиотека для чтения』에 「세 죽음Три смерти」 발표. 러시아문학애호가협회 회원이 됨. 농민의 아이들을 위해 야스나야 폴랴나에 학교를 세우고 교육함. 「결혼의 행복Семейное счастие」 집필.
1860년	3월, 최초의 교육 논문인 「아동교육에 관한 메모와 자료Педагогические заметки и материалы」 집필. 7월, 외국의 민중교육 제도를 돌아보기 위해 서유럽 여행. 9월, 맏형 니콜라이 결핵으로 사망.
1861년	4월, 약 9개월간 유럽 교육시설을 돌아보고 귀국. 교육잡지 『야스나야 폴랴나Ясная Поляна』 간행. 5월, 투르게네프와 불화가 심해짐. 이듬해까지 농지조정원으로 활동하지만, 지주들의 반감을 사 사임.
1862년	1월, 톨스토이의 교육사업에 대해 관헌의 비밀 조사가 시작됨. 5월, 바시키르의 초원에서 마유주馬乳酒로 요양. 논문 「훈육과 교육Воспитание и образование」 집필. 7월, 부재중 가택수색을 당함. 「국민교육의 중요성에 대하여О значении народного образования」 집필. 시의侍醫인 베르스의 둘째딸 소피야 안드레예브나(당시 18세)와 결혼.
1863년	1월, 『모스크바통보Московских ведомостях』에 잡지 『야스나야 폴랴나』 정간 공고. 2~3월, 『러시아통보Русский вестник』에 「카자크들」 「폴리쿠시카Поликушка」 발표. 6월, 맏아들 세르게이 출생. 9월, 『전쟁과 평화Война и мир』 집필을 위한 자료 수집.

1864년	8월, 『L. N. 톨스토이 백작 전집 Сочинений гр. Л. Н. Толстого』 1권 간행. 9월, 맏딸 타티야나 출생. 사냥중 낙마로 오른손을 다쳐 모스크바에서 수술.
1865년	1~2월, 『전쟁과 평화』 첫 부분이 「천팔백오년 1805 год」이라는 제목으로 『러시아통보』에 실림.
1866년	5월, 둘째아들 일리야 출생. 봄, 『러시아통보』에 「천팔백오년」 2부 발표.
1867년	3월, M. N. 카트코프와 소설의 자비출판 계약을 맺음. 이때 처음으로 '전쟁과 평화'라는 제목 사용. 가을, 『전쟁과 평화』 집필을 위해 보로디노 옛 전장을 돌아봄. 12월, 『모스크바통보』에 『전쟁과 평화』 1~3권 출간 광고 게재.
1868년	3월, 『러시아문서고 Русский архив』에 「『전쟁과 평화』에 대한 몇 마디 Несколько слов по поводу книги 『Война и мир』」 발표.
1869년	셋째아들 레프 출생.
1871년	2월, 둘째딸 마리야 출생. 『알파벳 Азбуки』(초등교과서) 1부 간행.
1872년	넷째아들 표트르 출생.
1873년	3월, 『안나 카레니나 Анна Каренина』 집필 시작. 7월, 아내와 함께 사마라 지방에서 빈민 구제 활동. 읽고 쓰기 교육법, 사마라 지방 기근에 대한 글을 『모스크바통보』에 기고. 9월, 화가 크람스코이가 그의 첫 초상 두 점을 그림. 11월, 『L. N. 톨스토이 백작 전집』 전8권 간행. 넷째아들 표트르 사망. 12월, 과학아카데미 준회원이 됨.
1874년	4월, 다섯째아들 니콜라이 출생. 5월, 「국민교육에 대하여 О народном образовании」 집필. 6월, 맏딸 타티야나 사망. 『새 알파벳 Новая азбука』(새 초등교과서) 편집.

1875년	1월, 『안나 카레니나』 『러시아통보』에 연재 시작. 2월, 다섯째아들 니콜라이 사망. 6월, 『새 알파벳』 간행. 10월, 딸(바르바라) 태어나자마자 사망. 「신은 진실을 보지만 이내 말하지 않는다 Бог правду видит, да не скоро скажет」 「표트르 1세Пётр I」 집필. 『새 알파벳』 보충 자료인 『러시아어 읽기Русская книга для чтения』 전4권 출판.
1876년	전년에 이어 아동교육에 전념. 12월, 차이콥스키와 알게 됨.
1877년	5월, 『러시아통보』에 『안나 카레니나』 제8부 단독 발표. 12월, 여섯째아들 안드레이 출생.
1878년	1월, 『안나 카레니나』 단행본 출판. 데카브리스트 연구를 위해 모스크바와 페테르부르크에 감. 4월, 투르게네프에게 화해의 편지를 보냄. 8월, 투르게네프가 야스나야 폴랴나를 방문. 「데카브리스트Декабристы」 집필 시작.
1879년	7월, 야스나야 폴랴나에 이야기꾼 V. P. 셰골료노크 방문, 훗날 그의 이야기를 토대로 「사람은 무엇으로 사는가Чем люди живы?」 「두 노인Два старика」 「기도Молитвы」 등 민화 집필 구상. 10월부터 「참회록Исповедь」 「요약복음서Краткое Изложение Евангелия」 등 집필 구상. 일곱째아들 미하일 출생.
1880년	1월, 「교의신학 비판Критика догматического богословия」 집필. 3월, 「4대 복음서의 통합, 번역, 연구Соединение, перевод и исследование четырех Евангелий」 집필 시작. V. M. 가르신이 방문함. 종교 문제로 페트와 사이가 멀어짐. I. E. 레핀과 알게 됨.
1881년	2월, 도스토옙스키의 부고를 접하고 슬퍼함. 4월, 「요약복음서」 완성. 7월, 「사람은 무엇으로 사는가」 어린이 잡지에 발표. 9월, 가족과 모스크바로 이주. 10월, 여덟째아들 알렉세이 출생.

1882년   모스크바의 인구조사 참가. 논문 「그러면 우리는 무엇을 해야
         하는가Так что же нам делать?」기고. 5월, 「참회록」을 완성해
         『러시아사상Русская мчсль』에 발표하나 발행 금지됨. 7월, 돌
         고하모브니체스키 골목의 주택 구매(후에 톨스토이박물관).
         10월, 히브리어를 배워 구약성경을 읽음. 12월, 톨스토이의 종
         교적 저작을 위험시하는 포베도노스체프의 검열 강화. 중편 「이
         반 일리치의 죽음Смерть Ивана Ильича」기고.
1883년   4월, 야스나야 폴랴나 저택 화재. 5월, 아내에게 재산 관리를 맡
         김. 7월, 파리의 잡지에 「요약복음서」 게재. 10월, 죽을 때까지
         가까운 벗이자 사상의 동지로 남게 되는 V. G. 체르트코프와 알
         게 됨. 「나의 신앙은 무엇인가В чем моя вера?」집필.
1884년   1월, 화가 게(Ге)가 「나의 신앙은 무엇인가」에 쓸 초상을 그림.
         「나의 신앙은 무엇인가」 탈고, 당국에 압수당하나 사고로 유통
         됨. 2월, 공자와 노자를 읽음. 3월, 「한 미치광이의 수기Записок
         несумасшешего」기고. 5월, 금연함. 6월, 아내와 불화로 가
         출을 시도. 셋째딸 알렉산드라 출생. 11월, 비류코프가 찾아와
         체르트코프와 함께 민중을 위한 출판사 '중개자Посредник'
         설립.
1885년   1월, 『러시아사상』 제1호에 게재된 「그러면 우리는 무엇을 해
         야 하는가」가 검열로 발매 금지됨. 2월, 키시뇨프에서 톨스
         토이의 사상에 촉발된 최초의 병역 거부자 나옴. 헨리 조지
         의 『진보와 빈곤Progress and Poverty』에 감명받아 사유재
         산을 부정하며 아내와 불화가 심해짐. 이후 모든 저작권을 아
         내에게 양도함. 2월 말, '중개자'를 위한 민화 다수 집필. 「두
         형제와 황금Два брата и золото」「소녀는 노인보다 지혜롭
         다Девчонки умнее стариков」「불을 놓아두면 끄지 못한다
         Упустишь огонь-не потушишь」「사랑이 있는 곳에 신이 있

다『Где любовь, там и Бог」「촛불Свечка」「두 노인」「바보 이반Сказка об Иване - дураке …」「사람에게는 많은 땅이 필요한가Много ли человеку земли нужно?」「캅카스의 포로Кавказский пленник」등. 10월, 「참회록」「요약복음서」「나의 신앙은 무엇인가」 체르트코프 영역으로 런던에서 출판. 11월, 중편「홀스토메르Холстомер」 발표. 12월, 아내와 불화가 심해지자 헤어지기로 결심.

1886년 1월, 아들 알렉세이 사망. 2월, 코롤렌코가 찾아옴. 3월, 「이반 일리치의 죽음」 탈고. 5월, 희곡『최초의 양조자Первый винокур』 발표. 11월, 희곡『계몽의 열매Плоды просвещения』 집필 시작.

1887년 1월, 동서고금 성현의 가르침을 모은『일력Календарь с пословицами на 1887 год』 발행, 수백만 부 판매됨. 이후『독서의 고리Круг чтения』(인생독본)의 토대가 됨. '중개자'에서 희곡『어둠의 힘Власть тьмы』 간행. 이 희곡의 무대 상연이 검열로 금지됨. 3월부터 육식을 금함. 4월, 로맹 롤랑의 첫 편지 도착. 레스코프가 찾아옴. 9월, 은혼식 올림. 10월, 「크로이체르 소나타Крейцерова соната」 구상. 민화 발행 금지 처분. 12월, 『인생에 대하여О жизни』 탈고. 술과 담배를 끊으려고 노력함. 「빛이 있는 동안 빛 속을 걸어라Ходите в свете, пока есть свет」, 민화 「빵조각을 보상한 작은 악마 이야기Как чертенок краюшку выкупал」「뉘우친 죄인Кающийся грешник」「세 현인Три старца」「달걀만한 씨앗Зерно с куриное яйцо」「일꾼 예멜리얀과 빈 북Работник Емельян и пустой барабан」「세 아들Три сына」 집필.

1888년 1월, 「고골에 대하여О Гоголе」 집필 시작. 코롤렌코가 찾아옴. 2월, 금연함. 아들 일리야 결혼. 막내아들 이반 출생. 파리의 극장에서 『어둠의 힘』 첫 상연. 4월, 종무원 『인생에 대하여』 발행 금지. 『최초의 양조자』 상연 금지. 5월, 『일력』 판매 금지.

1889년   3월, 『인생에 대하여』 소피야 부인의 프랑스어역으로 출판. 『계몽의 열매』 집필. 4월, 『예술이란 무엇인가Что такое искусство?』 「크로이체르 소나타」 집필 시작. 8월 「크로이체르 소나타」 탈고. 11월, 중편 「악마Дьявол」 기고. 12월, 「크로이체르 소나타」 후기 완성. 법률가 A. F. 코니의 이야기를 쓰기 시작, 후에 『부활Воскресение』로 완성됨. 야스나야 폴랴나 저택에서 『계몽의 열매』 상연.

1890년   1월, 연극 애호가의 노력으로 『어둠의 힘』 러시아 초연, 베를린 초연. 2월, 「세르기 신부Отец Сергий」 집필. 7월, 「신의 왕국은 당신 안에 있다Царство Божие внутри вас」 집필. 「무저항주의론Статья о непротивлении」 집필. 10월, 「빛이 있는 동안 빛 속을 걸어라」 영역 출판.

1891년   1월, 「왜 사람들은 취하는가Для чего люди одурманиваются?」 영국 초역. 저작권 포기 문제로 아내와 대립. 4월, 아내가 페테르부르크로 가 알렉산드르 3세를 알현하고 발행 금지되었던 「크로이체르 소나타」를 전집에만 싣는다는 조건으로 공표 허가를 얻어냄. 「니콜라이 팔킨Николай Палкин」 제네바에서 출판. 6월, 재산 문제로 처자와 대립, 가출을 고려함. 7월, 1881년 이후의 저작권 포기를 톨스토이가 신문에 공표하려 하자 아내가 철도에서 자살 기도. 8월, 채식주의를 옹호하는 「첫 단계Первая ступень」 집필. 9월, 중부와 동남부 21개 도에서 기근이 일어나자 농민 구제 활동.

1892년   1월, 『데일리 텔레그래프Daily Telegraph』에 「기근에 대하여 О голоде」가 영역으로 실려 큰 반향을 일으키고 정부가 기근 대책에 나섬. 5월, 「첫 단계」 발표. 7월, 아내와 자식들의 재산

분쟁.

1893년   1월, 『계몽의 열매』로 러시아극작가상 수상, 상금은 구제 기금으로 기부. 8월, 「종교와 도덕Религия и нравственность」집필. 10월, 「그리스도교와 애국심Христианство и патриотизм」「부끄러워라Стыдно」「태형 반대론Против смертной казни」「노동자 대중에게К рабочему народу」등 집필.

1894년   1월, 모스크바심리학회 명예회원으로 추대. 헨리 조지의 「당혹한 철학자A Perplexed Philosopher」를 읽고 토지사유제도의 악을 확인. 슬로베니아 의사 마코비츠키와 알게 됨. 9월, 「주인과 머슴Хозяин и работник」집필을 이어감. 11월, 「종교와 과학Религия и наука」탈고. 12월, 「종교와 도덕」완성. 「복음서 해석Изложение Евангелия」발표. 두호보르교도와 처음 알게 됨.

1895년   2월, 아홉째아들 이반 사망. 3월, 『북방 수기Северном вестнике』에 「주인과 머슴」발표. 6월, 4천 명 두호보르교도의 병역거부운동이 일어나자 그 지도자로 지목되어 당국의 탄압이 심해짐. 8월, 체호프에게 『부활』초고를 건넴. 농민 체벌에 반대하는 논문 「부끄러워라」발표.

1896년   5~11월, 「애국심인가 평화인가Патриотизм или мир?」「가까운 종말Приближение конца」집필. 「그리스도교의 가르침Христианское учение」집필. 8월, 『하지 무라트Хаджи-Мурат』착수. 10월, 두호보르교도에게 원조금을 보냄.

1897년   여전히 가출과 죽음을 바람. 2월, 호소문 「도와주시오 Помогите!」를 작성했다는 이유로 국외로 추방된 V. G. 체르트코프, P. I. 비류코프, I. M. 트레구보프를 전송하기 위해 페테르부르크로 감. 이듬해까지 『예술이란 무엇인가』집필. 3월, 병상에 있는 모스크바의 체호프를 방문. 『하지 무라트』「헨리 조지의 사상О проекте Генри Джорджа」「국가와의 관계Об отношении к государству」집필. 6월, 시베리아에 유형되는 두호보르교도를 모스크바 이송 감옥으로 찾아감. 8월, 스위스의 신문에 편지를 보내 병역을 거부하는 두호보르교도의 투쟁에 노벨평화상을 줄 것을 제안. 10월, 『예술이란 무엇인가』를 탈고하지만 검열 허가의 가망이 없음. 11월, 영문판을 위해 서문을 씀.

1898년 툴라 도와 오룔 도에서 기아 구제사업. 1월, '중개자'에서 『예술이란 무엇인가』출판. 7월, 두호보르교도의 해외 이주 자금을 얻기 위해 『부활』탈고에 전념. 8월 28일, 일흔번째 생일을 맞음. 10월, 『부활』을 연재하기로 『니바Нива』지와 협의, 결정. 「세르기 신부」완성. 「기근인가, 기근이 아닌가Голод или не голод?」「두 전쟁Две войны」「카르타고는 파괴되어야 한다Карфаген должен быть разрушен」등 집필, 탈고. 12월 19일, 모스크바 코르시 극장에서 톨스토이 탄생 70주년 기념회가 열림.

1899년 1월, 체호프의 「귀여운 여인Душечка」을 낭독하고 감동함. 3월, 『니바』에 『부활』연재 시작. 4월, 체호프가 찾아옴. 12월 18일, 일기에 "『부활』을 마쳤다"고 썼지만 계속 집필.

1900년 1월, 학술원 문학 부문 명예회원이 됨. 고리키가 찾아옴. 가을, 희곡 『산송장Живой труп』착수. 「죽이지 말라Не убий」집필. 논문 「우리 시대의 노예Рабство нашего времени」기고.

1901년 정교회에서 파문됨. 광범한 대중의 분노를 삼. 4월, 파문 명령에 대한 「종무원 결정에 대한 대답」집필, 발행 금지. 레오니드 파스테르나크가 초상을 그림. 9월, 고리키가 찾아옴. 체호프가 찾아옴. 크림으로 요양을 떠남.

1902년 전제정치의 폐기, 이주와 교육과 신앙의 자유, 토지사유제 폐지를 요구한 「니콜라이 1세에게 부치는 편지」를 보냄. 1월 하순

~2월 초순, 폐렴으로 위독. 2~4월 폐렴과 장티푸스로 위독. 정부는 톨스토이가 죽더라도 보도하지 말라는 통제 명령을 언론사에 전달. 포베도노스체프는 성직자에게 톨스토이가 죽으면 곧바로 사람들에게 그가 죽음 직전 정교회로 개종했다고 거짓 보고를 하라고 지시. 5월, 코롤렌코가 찾아옴. 6월, 야스나야 폴랴나로 돌아옴. 가을~겨울, 논문 「일하는 민중에게К рабочему народу」 집필. 『하지 무라트』 재검토. 9월, 『하지 무라트』 집필. 「성직자에게К духовенству」 착수.

1903년 연초부터 심부전과 심근경색으로 쇠약해지나 『하지 무라트』를 쓰기 위해 니콜라이 1세 관계자료 조사. 8월, 단편 「무도회 뒤После бала」 집필. 「아시리아 왕 아사르하돈Ассирийский царь Ассархадон」 「세 가지 의문Три вопроса」 착수. 8월 28일, 톨스토이 탄생 75주년 기념회가 열림. 9월, 「셰익스피어와 드라마에 대하여О Шекспире и о драме」 집필. 12월, 「위조지폐Фальшивый купон」 「신의 것과 사람의 것Божеское и человеческое」 집필.

1904년 러일전쟁 반대론 「깊이 생각하라Одумайтесь!」 기고. 둘째형 세르게이 사망. 10월, 『하지 무라트』 완성. 11월, 「나는 누구인가Кто я?」 집필. 12월, 마코비츠키가 주치의로 입주.

1905년 1월, 체호프 「귀여운 여인」 후기 집필. 2월, 「알료샤 고르쇼크Алеша Горшок」 「코르네이 바실리예프Корней Васильев」 집필. 「딸기Ягоды」 「세기의 종말Конец века」 「푸른 지팡이Зеленая палочка」 집필.

1906년 2월, 「내가 꿈속에서 본 것Что я видел во сне…」 집필. 4월, 단편 「무엇 때문인가За что?」 「두 길Две дороги」 집필. 11월, 딸 마리야 사망.

1907년 2월, 야스나야 폴랴나 학교를 다시 엶. 9~10월, 새 『독서의 고리』에 전념.

1908년 7월, 사형 반대를 주장한 「침묵할 수 없다Не могу молчать!」 를 국내외에서 발표. 9월, 『어린이를 위해 쓴 그리스도의 가르 침Учением Христа, изложенным для детей』 출판. 톨스토이 탄생 80주년이 되어 연초부터 축전을 조직하는 발기인회가 생 겼으나 정부, 종무원, 시당국이 방해. 그러나 9개월에 걸쳐 세계 각국 단체들, 개인들, 심지어 블라디보스토크 감옥의 죄수들까 지 축하 편지, 전보를 보내옴.

1909년 탄생 80주년 기념 톨스토이 박람회 페테르부르크에서 개최. 1월, 툴라의 사제가 교회와 경찰의 요청으로 소피야 부인을 찾 아와, 톨스토이가 죽기 전 참회했다고 민중에게 거짓으로 알리 기 위해 그의 죽음이 임박하면 알려줄 것을 강요. 3월, 「의식의 혁명Революция сознания」 착수. 「고골에 대하여」 발표. 4월, 일기에서 베르댜예프, 불가코프 등의 논집 『도표Вехи』에 대해 비판. 5월, 「혁명은 피할 수 없다Неизбежный переворот」 집 필을 이어감. 스톡홀름 평화국제회의에서 초대장을 보냄. 아내 와의 저작권 및 재산관리권 문제의 갈등으로 출석하지 못함.

1910년 1월, 문집 『인생의 길Путь жизни』 편집, 완성. 2월, 단편 「호딘 카Ходынка」 집필. 28일, 새벽 4시, 마코비츠키를 데리고 가출. 옵티나 수도원에 머묾. 샤모르디노의 여동생 집에 머묾. 31일, 샤모르디노에서 기차로 남쪽으로 향함. 도중 오한으로 아스타 포보역에 하차, 역장의 숙사에 누움. 11월, 자식들이 찾아옴. 폐 렴 진단. 7일(신력 20일) 오전 6시 5분 영면. 9일 이른아침 야스 나야 폴랴나로 운구되어 고별식 뒤 형 니콜라이가 '푸른 지팡 이'가 있다고 이야기를 지어냈던 숲에 묻힘.

문학동네 세계문학전집 발간에 부쳐

세계문학은 국민문학 혹은 지역문학을 떠나 존재하는 문학이 아니지만 그것들의 총합도 아니다. 세계문학이라는 용어에는 그 나름의 언어와 전통을 갖고 있는 국민문학이나 지역문학의 존재를 인정하면서 그것을 넘어서는 문학의 보편적 질서에 대한 관념이 새겨져 있다. 그 용어를 처음 고안한 19세기 유럽인들은 유럽문학을 중심으로 그 질서를 구축했지만 풍부한 국민문학의 전통을 가지고 있는 현대의 문학 강국들은 나름의 방식으로 세계문학을 이해하면서 정전(正典)의 목록을 작성하고 또 수정한다.

한국에서도 세계문학 관념은 우리 사회와 문화의 변화 속에서 거듭 수정돼왔다. 어느 시기에는 제국 일본의 교양주의를 반영한 세계문학 관념이, 어느 시기에는 제3세계 민족주의에 동조한 세계문학 관념이 출현했고, 그러한 관념을 실천한 전집물이 출판됐다. 21세기 한국에 새로운 세계문학전집이 필요하다는 것은 명백하다. 우리의 지성과 감성의 기준에 부합하는 세계문학을 다시 구상할 때가 되었다.

문학동네 세계문학전집은 범세계적으로 통용되는 고전에 대한 상식을 존중하면서도 지난 반세기 동안 해외 주요 언어권에서 창작과 연구의 진전에 따라 일어난 정전의 변동을 고려하여 편성되었다. 그래서 불멸의 명작은 물론 동시대 세계의 중요한 정치·문화적 실천에 영감을 준 새로운 작품들을 두루 포함시켰다.

창립 이후 지금까지 한국문학 및 번역문학 출판에서 가장 전문적이고 생산적인 그룹을 대표해온 문학동네가 그간 축적한 문학 출판 경험을 바탕으로 새로운 세계문학전집을 펴낸다. 인류가 무지와 몽매의 어둠 속을 방황하면서도 끝내 길을 잃지 않은 것은 세계문학사의 하늘에 떠 있는 빛나는 별들이 길잡이가 되어주었기 때문이다. 우리가 자부심과 사명감 속에서 그리게 될 이 새로운 별자리가 독자들의 관심과 애정에 힘입어 우리 모두의 뿌듯한 자산이 되기를 소망한다.

문학동네 세계문학전집 편집위원
민은경, 박유하, 변현태, 송병선, 이재룡, 홍길표, 남진우, 황종연

지은이 **레프 톨스토이**

1828년 러시아 툴라 지방의 야스나야 폴랴나에서 태어났다. 1852년 「유년 시절」을 발표하면서 작가로서의 첫발을 내디뎠다. 1862년 결혼한 뒤, 『전쟁과 평화』 『안나 카레니나』 『부활』 등 대작을 집필하며 세계적인 작가로서 명성을 얻었다. 1910년 방랑길에 나섰다가 아스타포보역(현재 톨스토이역)에서 숨을 거두었다.

옮긴이 **박형규**

고려대학교 노어노문학과 교수, 한국러시아문학회 초대회장, 러시아연방 주도 국제러시아어문학교원협회(MAPRYAL) 상임위원을 역임하고, 현재 한국러시아문학회 고문, 러시아연방 국립톨스토이박물관 '벗들의 보임' 명예회원이다. 국제러시아어문학교원협회 푸시킨 메달을 수상했고, 러시아연방국가훈장 우호훈장(학술 부문)을 수훈했다. 지은 책으로 『러시아문학의 세계』 『러시아문학의 이해』(공저) 등이 있고, 옮긴 책으로 『전쟁과 평화』 『안나 카레니나』 『닥터 지바고』 『인생독본』 외 다수가 있다.

세계문학전집 107

부활 2

초판 인쇄 2022년 11월 18일
초판 발행 2022년 11월 30일

지은이 레프 톨스토이 | 옮긴이 박형규

책임편집 김혜정 | 편집 김미혜 이희연 이종현
디자인 신선아 최미영 | 저작권 박지영 형소진 이영은 김하림
마케팅 정민호 이숙재 박치우 한민아 이민경 안남영 왕지경 김수현 정경주
브랜딩 함유지 함근아 김희숙 고보미 박민재 박진희 정승민
제작 강신은 김동욱 임현식 | 제작처 영신사

펴낸곳 (주)문학동네 | 펴낸이 김소영
출판등록 1993년 10월 22일 제2003-000045호
주소 10881 경기도 파주시 회동길 210
전자우편 editor@munhak.com | 대표전화 031)955-8888 | 팩스 031)955-8855
문의전화 031)955-1927(마케팅), 031)955-1904(편집)
문학동네카페 http://cafe.naver.com/mhdn
인스타그램 @munhakdongne | 트위터 @munhakdongne
북클럽문학동네 http://bookclubmunhak.com

ISBN 978-89-546-9952-5 04890
        978-89-546-0901-2 (세트)

www.munhak.com

문학동네 세계문학전집

● 문학동네 세계문학전집은 계속 출간됩니다